HENNING DRECOLL /
ALEXANDER SCHULLER

Große Oper

GROSSE OPER, LIEBE, MORD »Ich kenne Sie«, sagte der Mann, der 48 Stunden zuvor seine Frau erschlagen hatte, »aus der Oper!«. Jürgen Lohmann, dienstältester Ermittler bei der Dresdner Mordkommission mit hundertprozentiger Aufklärungsquote, lässt sich seine Überraschung nicht anmerken. Wie immer nicht. Überhaupt ist dieser Fall ja so gut wie gelöst: Der Täter ist geständig, und Lohmann, dessen Leben durch zwei Schicksalsschläge aus den Fugen geraten ist, würde seine Dienstmarke am liebsten sofort abgeben. Doch kurz nach der Befragung des Totschlägers erreicht ihn die Meldung eines Leichenfunds nahe des Nobelstadtteils »Weißer Hirsch.« Dabei könnte es sich um die sterblichen Überreste seiner Lebensgefährtin Angela Spengler handeln, die – ebenfalls Kommissarin bei der Kripo – Monate zuvor von Unbekannten entführt wurde. Seitdem fehlt von ihr jede Spur. Lohmann nimmt sich des neuen Falles an und sticht wenig später in ein Wespennest aus Intrigen, fatalen Beziehungen und Mord in den besseren Kreisen der Hauptstadt Sachsens …

© Profoto Funk GbR

Henning Drecoll, 1942 im niedersächsischen Buxtehude geboren, war viele Jahre als Leitender Oberstaatsanwalt in Dresden tätig, wo auch sein Debütroman »Große Oper« spielt.

© Martina van Kann

Alexander Schuller, geboren 1961 in München, arbeitet seit 1995 als freier Journalist, Texter und Autor. Der Absolvent der Henri-Nannen-Schule hat bisher rund 35 Romane, Biografien und Sachbücher veröffentlicht.

HENNING DRECOLL /
ALEXANDER SCHULLER

Große Oper

KRIMINALROMAN

GMEINER

MIX
Papier | Fördert gute Waldnutzung
FSC® C014496

Besuchen Sie uns im Internet:
www.gmeiner-verlag.de

Im Ehnried 5, 88605 Meßkirch
Telefon 07575/2095-0
info@gmeiner-verlag.de

1. Auflage 2024

Mitarbeit: Kati Hertzsch
Herstellung: Mirjam Hecht
Umschlaggestaltung: U.O.R.G. Lutz Eberle, Stuttgart
unter Verwendung eines Fotos von: © ManuWe / istockphoto.com
Druck: GGP Media GmbH, Pößneck
Printed in Germany
ISBN 978-3-8392-0595-2

Personen und Handlung sind frei erfunden.
Ähnlichkeiten mit lebenden oder toten Personen
sind rein zufällig und nicht beabsichtigt.

1

»Ich kenne Sie«, sagte der Mann, der 48 Stunden zuvor seine Frau erschlagen hatte.

»Ach ja?«, fragte Lohmann, nahm gegenüber dem Tatverdächtigen Platz, legte einen hellgrünen Aktenordner vor sich auf den Tisch, klappte ihn auf, rückte mit dem Stuhl ein Stück näher und schaltete das digitale Aufnahmegerät an. »Donnerstag, 22. September. Es ist 10 Uhr. Vernehmung des Beschuldigten Helmut Wohberg im Tötungsverfahren Sibylle Wohberg. Anwesend sind der Beschuldigte selbst, Polizeiobermeister Günther Quambusch und Hauptkommissar Jürgen Lohmann, Kommissariat 11.«

»Aus der Oper«, sagte Wohberg und nahm die gefesselten Hände vom Tisch. »Sie sitzen doch immer im zweiten Rang links, Herr Hauptkommissar. Vor drei Wochen erst. Ich habe auch ein Abonnement, Wochentagsanrecht, wissen Sie? Man spart 30 Prozent vom üblichen Kartenpreis. Leider nur dritter Rang, aber der Klang ist immer noch sehr gut.«

Lohmann beschloss, sich auf das Geplänkel einzulassen, obwohl die Aufnahme bereits lief. »Puccini ist ja nicht jedermanns Sache«, sagte er.

»›Tosca‹ würde ich mir jedoch niemals entgehen lassen, Herr Hauptkommissar«, sagte Wohberg. Er lächelte. »Wobei Bernd Mandel sicherlich ein guter Cavaradossi ist, aber definitiv kein zweiter Placido Domingo oder Luciano Pavarotti.«

Ausgerechnet ein Opernfan, dachte Lohmann. Er warf einen Blick auf das Blatt des Erkennungsdienstes in der Akte. Helmut Wohberg, wohnhaft im Dresdner Stadtteil Löbtau, Deubener Straße, Jahrgang 1965, geboren in Erfurt, verheiratet – nein, jüngst verwitwet, um genau zu sein; keine Kinder, Musiklehrer und Chorleiter am Robert-Koch-Gymnasium. Und mit ziemlicher Sicherheit jetzt ein Totschläger. Als Tatwaffe hatte man eine Beethoven-Büste aus Bronze sichergestellt, 850 Gramm schwer. Die Fingerabdrücke darauf stammten eindeutig vom Tatverdächtigen.

»Was Domingo und Pavarotti betrifft, stimme ich Ihnen zu, Herr Wohberg«, sagte Lohmann und klappte die Akte zu. »Aber ich glaube nicht, dass es zurzeit außer Mandel einem anderen Tenor gelingen würde, die Gestalt des Cavaradossi so überzeugend zum Ausdruck zu bringen, darstellerisch wie auch stimmlich.«

»Und was ist mit Marcelo Álvarez? Oder José Cura?«, warf Wohberg ein.

»Aber nein! Mandel ist ganz klar die bessere Besetzung. Doch was ich Sie eigentlich fragen wollte, Herr Wohberg ...« Lohmann machte eine Pause »Warum?«

»Sie haben doch meine Aussage bestimmt schon gelesen, Herr Hauptkommissar«, entgegnete Wohberg und kratzte sich an seinem ergrauten runden Kinnbart.

Typisches Lehrergestrüpp, fand Lohmann. Er selbst hatte nur ein einziges Mal versucht, sich einen Bart wachsen zu lassen. Vor zwei Jahren, im Urlaub, aber Angela hatte nach den drei herrlichen Wochen in der

Toskana gemeint: »Jürgen, das steht dir gar nicht. Ein Bart passt einfach nicht zu dir.«

Nicht an Angela denken. Nicht jetzt. Lohmann atmete tief durch, räusperte sich und versuchte, sich zu konzentrieren. Vielleicht würde das hier sein letzter Fall sein. Ein Fall, der praktisch aufgeklärt war. Im nächsten Frühjahr, nach seinem 58. Geburtstag, wollte er der Kripo Adieu sagen und in den Vorruhestand gehen. Depressionen, hin und wieder auch das Herz. Aber noch war die Sache nicht spruchreif. Wohberg unterbrach ihn in seinen Gedanken. »Ich habe alles aufgeschrieben, und ich wüsste wirklich nicht, was ich dem noch hinzufügen könnte.«

Er sprach vollkommen ruhig, in freundlichem, verbindlichem Ton. Eine Spur zu gelassen für jemanden, der seiner Frau den Schädel so zertrümmert hatte, dass man das Ergebnis an allen vier Wänden des Musikzimmers bis zur Decke hinauf sehen konnte.

Stephanie Walter, die neue Kommissaranwärterin, hatte sich beim Anblick der Leiche sofort übergeben und den Tatort kontaminiert. Brenner von der KTU war stinksauer gewesen.

»Um noch einmal auf ›Tosca‹ zurückzukommen«, sagte Wohberg, »in der letzten großen Arie …«

»›E lucevan le stelle‹!«, warf Lohmann ein, um sein Interesse am Gespräch zu bekunden.

»… ja, fantastisch, nicht wahr? Wie sich der Mandel als Cavaradossi vor seiner Erschießung vom Leben verabschiedet und all seine Verzweiflung über den Abschied von seiner Geliebten hineingelegt hat!« Helmut Wohberg schloss träumerisch die Augen und wiegte seinen Kopf wie in Zeitlupe hin und her.

»Der Mandel, das wird einmal ein ganz Großer. Das hat man auch an der Reaktion des Publikums gemerkt«, sagte Lohmann und konnte nicht verhindern, dass Angela erneut vor seinem geistigen Auge auftauchte. Angela Spengler, Oberkommissarin im Kommissariat 13, Organisierte Kriminalität, und die sprichwörtliche Liebe seines Lebens. Sie war vor sieben Monaten während einer Observation an der Autobahnraststätte Elbaue von Unbekannten in einen Lieferwagen gezerrt und entführt worden. Seitdem fehlte von Angela Spengler jedes Lebenszeichen; die Entführer hatten sich nicht gemeldet.

Hinter der einseitig verspiegelten Scheibe wandte sich Stephanie Walter an Werner Schubert. Der bullige Oberkommissar galt schon seit Längerem als der designierte Nachfolger von Jürgen Lohmann. »Über was reden die beiden da?«

Schubert verzog den Mund zu einem dünnen Lächeln. »Das ist so Lohmanns Art. Er folgt keiner klassischen Verhörtaktik. Meistens versucht er, sich einem Tatverdächtigen erst einmal zu nähern. Er wickelt ihn ein, zieht ihn auf seine Seite. Und der Erfolg spricht für ihn. Man sollte diese Plauderei nicht unterschätzen: Damit findet er überraschend schnell heraus, wo jemand eine Schwachstelle besitzt. Wer zuhören kann, Kollegin, liegt meistens vorn.« Schubert neigte zum Dozieren.

»Aber dieser Wohberg hat doch bereits alles zugegeben«, sagte Stephanie Walter verblüfft. Sie selbst hatte dem Musiklehrer in der Küche seiner Wohnung die Handschellen angelegt, und er hatte diese entwürdigende Prozedur beinahe reglos über sich ergehen lassen. Vor ihm auf dem Tisch hatte ein ordentlich zugeklebter Umschlag gelegen, adressiert an die »Sehr geehrten Beamten der Dresdner Kriminalpolizei«. Darin ein handgeschriebenes, siebenseitiges Geständnis, in dem er minutiös alle Gründe für die Tötung seiner Ehefrau Sibylle aufgezählt hatte.

Schubert war während der Lektüre zur Erkenntnis gelangt, dass er diese Frau vermutlich schon auf Seite zwei unten, spätestens aber auf Seite drei oben ebenfalls umgebracht hätte. »Wohberg hat nach der Tat selbst die Polizei gerufen und sich widerstandslos festnehmen lassen. Und er hatte bereits einen Koffer gepackt, für den Knast. Nach was sieht das für dich aus?«, fragte er.

»Er steht zu seiner Tat und ist bereit, dafür zu büßen«, sagte Stephanie Walter.

»Eben«, sagte Schubert, »und genau das wird später vor Gericht für Wohberg entscheidend sein.«

Drinnen im Verhörraum sagte Lohmann: »Ich würde Sie gern noch einmal fragen, Herr Wohberg: Warum? Warum diese ungeheure Wut?« Der Beschuldigte schwieg. »Sie machen auf mich eigentlich einen ausgeglichenen Eindruck.« Lohmann klappte den Ordner erneut auf und legte das erkennungsdienstliche Deckblatt zur Seite. Darunter befanden sich mehrere Dutzend Fotos vom Tatort. Er hatte nicht gefrühstückt, und das war auch besser so.

»Welchen Eindruck mache ich denn auf Sie?«, fragte Wohberg.

»Ruhig, sachlich, gelassen und entspannt. Sie wirken jetzt sogar fast ein wenig erleichtert. Doch was ist wirklich passiert, Herr Wohberg? Was ist da schiefgelaufen zwischen Ihnen und Ihrer Frau?« Natürlich hatte Lohmann das Geständnis des Musiklehrers gelesen. Aber er wollte es aus Wohbergs Mund hören.

»Also gut. Salopp ausgedrückt, denn ich will Ihre Zeit ja nicht unnötig beanspruchen: Meine Frau hat mir in ›Nessun dorma‹ hineingequatscht.«

Lohmann rümpfte die Nase und sah den Tatverdächtigen scheel an.

Wohberg lächelte wieder. »Verrückt, was? Ich sollte den Müll rausbringen – aber sofort. Ich bin sicher, das war der Auslöser. Der berühmte Tropfen, wissen Sie? Ich habe meine Frau dann betont ruhig gefragt, ob der Müll nicht noch ein paar Minuten warten könne, woraufhin sie den Tonarm meines Plattenspielers aus seiner Halterung gerissen hat.«

Lohmann hörte interessiert zu.

»An das, was danach geschah, kann ich mich kaum mehr erinnern.«

Lohmann glaubte ihm nicht. »Na, kommen Sie, was haben Sie dann gemacht?«, fragte er.

»Ich bin aus meinem Sessel aufgestanden, habe nach dem Beethoven gegriffen …«

»Aufgestanden oder aufgesprungen?«

»Ich bin aufgestanden. Ganz normal. Wie fremdgesteuert, würde ich sagen.«

»Und die Büste stand wo?«

»Auf meinem Flügel. Das war wie ein Automatismus. Ich weiß noch, wie Sibylle mich angrinste und mir den abgebrochenen Tonarm triumphierend vor die Nase hielt. Aber dass ich ihr so vehement widersprechen würde, damit hat sie nicht gerechnet.«

Lohmann nickte. »Haben Sie noch etwas zu Ihrer Frau gesagt, bevor Sie zugeschlagen haben?«

»Nein. Aber sie hat gesagt, dass ich mich sowieso nicht trauen würde. Sie wollte mich auslachen, wie immer, aber dieses Mal kam sie nicht mehr dazu.« Wohberg seufzte. »Ich weiß übrigens nicht, wie oft ich zugeschlagen habe.«

»Der Gerichtsmediziner erwähnt in seinem Bericht insgesamt 17 Schläge, von denen mindestens sieben für sich allein tödlich gewesen wären«, sagte Lohmann. »Hat Ihre Frau sich nicht gewehrt?«

»Nein. Sie lag bereits nach dem ersten Schlag auf dem Boden und rührte sich nicht. Irgendwann bin ich wie aus einem Rausch aufgewacht und wusste sofort, das ist jetzt das Ende.«

»Hat es in Ihrer Ehe schon vorher handgreifliche Auseinandersetzungen gegeben, Herr Wohberg? Fälle von häuslicher Gewalt?«

»Jedenfalls nicht von meiner Seite aus«, sagte der Lehrer und schaute peinlich berührt auf seine Hände.

»Ihre Frau hat Sie geschlagen?«

Lohmann wurde hellhörig.

Helmut Wohberg nickte. »Und bis vergangenen Samstag habe ich es geschehen lassen. Ich habe alles geschehen lassen. Immer. Glauben Sie mir oder auch nicht, Herr Hauptkommissar. Fragen Sie unsere Freunde, obwohl wir am Ende nicht mehr viele gehabt haben. Und erkundigen Sie sich auch gern im Städtischen Klinikum.« Er verzog den Mund zu einem schmalen Lächeln. »In der Notaufnahme war ich in den vergangenen Jahren so etwas wie ein Stammgast.«

Der Polizeiobermeister, der schräg hinter dem Tatverdächtigen Aufstellung genommen hatte, unterdrückte ein Grinsen. Lohmann ignorierte sein unangebrachtes Verhalten.

»Wie lange waren Sie eigentlich verheiratet, Herr Wohberg?«

»Fast 24 Jahre. Aber gute Erinnerungen, wenn überhaupt, habe ich nur an die ersten beiden. Danach begann das, was ich heute als Hölle bezeichnen möchte.«

»Warum haben Sie sich nicht von Ihrer Frau getrennt, Herr Wohberg?«

»Warum? Warum? Warum dies nicht, warum das nicht? Ich glaube, das versteht niemand, der nicht selbst in einer solchen Situation gesteckt hat. Sind Sie verheiratet?«

»Das tut nichts zur Sache«, sagte Lohmann leise, aber bestimmt.

»Es geht mich ja auch nichts an«, sagte Wohberg. »Entschuldigung. Irgendwann habe ich wohl einfach resigniert.«

Wohberg senkte den Kopf und fummelte, behindert durch die Handfesseln, zwei Teilgebisse aus seinem Mund. »Das war vor vier Jahren. Da hat Sibylle mir mit einem gusseisernen Bräter alle Vorderzähne ausgeschlagen. Mein Unterkiefer war zertrümmert. Acht Wochen war meine Fresse verdrahtet. Wissen Sie, was das heißt, Herr Hauptkommissar?«

»Ich stelle es mir unangenehm vor«, sagte Lohmann, ehrlich betroffen.

Auch dem Polizeiobermeister war jetzt nicht mehr nach Lachen zumute.

»Sibylle, meine Frau … Nun, sie war natürlich psychisch krank. Doch sie weigerte sich, zu einem Therapeuten zu gehen«, sagte Wohberg. »Tja, und ich, ich habe mich immer mehr in die Musik geflüchtet.«

»Und Sie fühlten sich Ihrer Frau verpflichtet?«, vermutete Lohmann, der sich nun wie ein Therapeut vorkam.

»Wie es so schön heißt: in guten wie in schlechten Tagen. Und so wie ich die Sache sehe, Herr Hauptkommissar, hatten meine Frau und ich vorgestern einen ziemlich schlechten Tag.« Er steckte sich die beiden Teleskopschienen wieder in den Mund. »Im Grunde war die Musik das Einzige, wofür ich noch gelebt habe.«

»Und was ist mit Ihren Schülern? Glauben Sie, dass Sie ein beliebter Lehrer sind?«

»Ich denke schon. Ich hatte jedenfalls keine Probleme, nie.«

»Wann haben Sie Ihr Geständnis aufgeschrieben?«

»Als alles vorbei war. Also erst, als sie tot war.«

»Und wann haben Sie Ihren Koffer gepackt?«

»Nachdem ich meine Angelegenheiten geregelt hatte. Es hätte ja gar keinen Sinn gehabt zu fliehen.« Helmut Wohberg sah Lohmann aus wässrigen Augen an. »Ich bin übrigens noch nie weggelaufen. Aber ich habe es einfach nicht länger ausgehalten, Herr Hauptkommissar, können Sie das vielleicht verstehen?« Seine Stimme senkte sich zu einem Flüstern. »Über 20 Jahre habe ich Sibylles Demütigungen ertragen müssen. Unsere Freunde … Wie ich schon sagte, irgendwann hatten wir praktisch keine mehr, und auch mit meinem Bruder habe ich mich nur heimlich in Verbindung gesetzt. Er lebt in Heilbronn. Meine Frau war selbst in ihrer eigenen Familie nicht gut gelitten. Und dann die Hausgemeinschaft … Die anderen Mieter schnitten uns. Fragen Sie, wen Sie wollen! Meine Frau ist – sie war – eine Teufelin in Menschengestalt. Trotzdem hatte ich es nicht geplant, sie … wirklich nicht.«

»›Turandot‹«, sagte Lohmann unvermittelt, »›Nessun dorma‹ ist ja auch eine der ganz großen Arien.«

»Sie kennen sich wirklich gut aus, Herr Hauptkommissar!«

Lohmann wich Wohbergs Blick nicht aus. Er war geneigt, dem Musiklehrer zu attestieren, dass der seine Frau nicht heimtückisch, sondern im Affekt getötet hatte. Fürs Erste jedenfalls. Aber das zeigte er ihm nicht. Er tippte auf Wohbergs schriftliches Geständnis. »Sie bleiben bei Ihren Ausführungen?«

»Es hat sich alles genau so abgespielt«, beteuerte Wohberg, beinahe schon feierlich, und richtete sich auf.

»Sie haben eben gesagt, ›nachdem ich meine Angelegenheiten geregelt hatte‹. Was meinen Sie damit?«

»Ich musste doch ein paar Briefe schreiben. An meinen Bruder, an die Wohnungsverwaltung, an meine Bank, an eine Möbelspedition, an die Rektorin meiner Schule, Frau Ritzenhoff. Und natürlich an ein Bestattungsinstitut.«

»Sie haben also Ihre persönlichen Angelegenheiten geordnet – für den Fall, dass Sie längere Zeit im Gefängnis verbringen müssen.«

»Ich mag nun einmal klare Verhältnisse.«

»Von diesen Briefen haben Sie bisher nichts erwähnt.«

»Ich sah dazu keine Veranlassung. Ich habe mich geduscht und umgezogen, bin anschließend raus zum

Briefkasten und habe die Schreiben eingeworfen. Dann bin ich zurück nach Hause, habe die 110 gewählt und meine Tat gemeldet.«

»Haben Sie einen Anwalt, Herr Wohberg?«

Wohberg schüttelte den Kopf. »Noch nicht. Brauche ich denn überhaupt einen Anwalt?«

»Später vor Gericht ja«, meinte Lohmann ausweichend, denn er war sich nicht 100-prozentig sicher – er konnte einfach nicht 100-prozentig sicher sein –, ob Helmut Wohberg ein genialer Schauspieler, ein ausgekochter Hund oder beides oder einfach doch nur ein gedemütigter Ehemann war, der nach einer langen Leidenszeit einen schrecklichen Moment lang die Beherrschung verloren hatte.

»Sie haben vorhin von Ihren Freunden gesprochen. Können Sie mir sagen, um wen es sich dabei handelt?«

Wohberg nannte ihm drei Namen, die Lohmann sich zusätzlich zur Bandaufnahme in sein Notizbuch schrieb.

»Und wie geht es jetzt weiter, Herr Hauptkommissar?«

Lohmann klappte das Notizbuch zu und steckte es ein. »Die Staatsanwaltschaft wird einen Haftbefehl gegen Sie beantragen. Sie werden noch heute dem Haftrichter vorgeführt und mit ziemlicher Sicherheit in die JVA Dresden überstellt.«

»Aber ich würde doch nicht weglaufen, Herr Hauptkommissar. Ich weiß, was ich getan habe«, sagte Wohberg ernst.

»Das mag sein«, erwiderte Lohmann, »hier geht es allerdings um ein Tötungsdelikt, und daher wird Ihnen die Untersuchungshaft nicht erspart bleiben.«

»Obwohl die Gefahr einer Wiederholungstat ja ziemlich gering ist«, sagte Helmut Wohberg und lachte kurz auf.

Lohmann schaute ungerührt auf seine Armbanduhr. 10.28 Uhr. »Ende der Vernehmung«, sagte er und schaltete das Aufnahmegerät ab.

»Das war wohl kein so guter Scherz in meiner Lage«, murmelte Helmut Wohberg. »Entschuldigung!«

Lohmann erhob sich und wandte sich an den Polizeiobermeister. »Sie können Herrn Wohberg zurück in die Arrestzelle bringen.«

Der Tatverdächtige erhob sich von seinem Stuhl. »Ich hätte noch eine Bitte, Herr Hauptkommissar«, sagte er.

Lohmann sah ihn an.

»Mein Radio. Ich hatte mir noch rasch ein kleines digitales Radio gekauft. Es hat einen sehr guten Klang.«

»Das haben Sie eben nicht erwähnt.«

»Nein, wozu auch? Könnten Sie vielleicht dafür sorgen, dass ich in der Zelle Radio hören darf?«

»Das wird entschieden, wenn man Sie in die JVA überstellt hat, Herr Wohberg.«

»Ich verstehe«, sagte Wohberg. »Dann auf Wiedersehen, Herr Hauptkommissar.« Er streckte Lohmann seine gefesselten Hände entgegen.

»Bestimmt!«, sagte Lohmann. Fast hätte er Wohbergs Hände geschüttelt.

»Mensch, Jürgen«, sagte Schubert, als Lohmann wenig später ihr gemeinsames Büro betrat, »das ist doch mal ein schöner Fall zum Abschied. Glasklar.«

Stephanie Walter, die an der Kopfseite der beiden zusammengeschobenen Schreibtische saß, nickte.

»Meinst du?«, fragte Lohmann, steckte eine Kaffeekapsel in die kleine Maschine auf dem Sideboard und schaltete sie an. Er fand es hirnrissig, auf diese Weise rund 70 Euro für ein Kilo Kaffee, Sorte Arabica, auszugeben, aber der Bürokaffee aus der Teeküche war ungenießbar. Deshalb gönnte er sich ab und an den Luxus eines frischen Espressos.

»Dieser Wohberg hat sein Geständnis jedenfalls nicht widerrufen«, warf Walter ein.

»Niemand würde wohl ernsthaft daran zweifeln, dass er es getan hat. Aber wie sehen Sie denn die Sachlage in diesem Fall, Frau Walter?« Lohmann stellte eine Espressotasse unter den Auslauf.

»Als der weitaus Ältere darf ich Ihnen sicher das Du anbieten?«

Die junge Frau lief rot an und Lohmann lächelte.

Stephanie Walter kam aus Leipzig. Sie hatte ein auffallend hübsches Gesicht mit grünen Augen, halblange, dunkelblonde Haare und eine gute Figur mit langen, schlanken Beinen. Und sie konnte als Jahrgangsbeste auf der Hochschule der Sächsischen Polizei hervorragende Beurteilungen vorweisen.

Plötzlich fiel Lohmann ein, dass Angela ebenfalls aus Leipzig stammte. Und ebenfalls als Jahrgangsbeste abgeschnitten hatte. Er griff nach der Espressotasse und nahm an seinem Schreibtisch Platz.

»Du glaubst ihm also auch«, fuhr Schubert fort.

»Weiß ich noch nicht. Und ihr?«

»Jedenfalls glaube ich nicht mehr an Mord«, sagte Stephanie Walter, »obwohl Wohberg nach seinem Ausraster extrem cool geblieben ist. Aber der ist einfach so verschroben. Und natürlich auch total verzweifelt. Wenn er allerdings auf Totschlag im Affekt aus ist, sollte er vor Gericht lieber die Klappe halten.«

»Das sehe ich genauso«, meinte Schubert.

Lohmann trank den Espresso in einem Schluck. Schubert fragte ihn immer wieder, wie ihm das gelänge, ohne sich den Mund zu verbrennen. Dabei käme es bloß auf die Zunge an und wie man sie im Mund formt, erklärte Lohmann jedes Mal. Zu einer Art Halbmond nämlich. Dann gleitet der heiße Kaffee wie auf einem Luftkissen die Speiseröhre hinunter.

»Ich tendiere ebenfalls zu dieser Theorie«, sagte er, »die Tat war für Wohberg im wahrsten Sinne des Wortes ein Befreiungsschlag. Aber wenn er später an den Müller geraten sollte, kriegt er vermutlich lebenslänglich.«

»Müller?«, fragte Stephanie Walter.

»Oder auch Richter Hammerhart«, sagte Schubert.

»Der Vorsitzende der zweiten großen Strafkammer am Landgericht«, sagte

Lohmann, »und wie Schubert es eben so treffend formuliert hat, ein strenger Erster Vorsitzender. Es geht zwar nicht mehr um die Täterschaft, trotzdem kommen wir nicht umhin, noch ein paar Zeugen zu vernehmen. Am besten so viele wie möglich.«

»Ich nehme mal an, du meinst Entlastungszeugen«, sagte Walter.

»Ihm nützt jetzt jeder, der möglichst detailliert erzählen kann, wie Wohberg unter dem Joch seiner Ehefrau gelitten hat«, meinte Schubert.

»Aber dieses überlegte Handeln nach seinem Blutrausch«, sagte Lohmann nachdenklich und sah dabei aus dem Fenster. Es hatte ihn schon während des Verhörs nicht losgelassen. Die Blätter an den Bäumen begannen, sich zu verfärben. Angela war inzwischen über sieben Monate lang verschwunden. Sieben Monate, sechs Tage und 12 Stunden, um genau zu sein. Er riss sich zusammen. »Er hat sogar daran gedacht, sich ein Radio für den Knast zu kaufen. Das muss man sich mal auf der Zunge zergehen lassen. Wir brauchen den exakten Todeszeitpunkt – und die Zeit bis zum Radiokauf.«

»Du denkst, Wohberg hat das geplant? Dass es wie eine Tat im Affekt aussieht?«, fragte Schubert.

»Möglich!«, sagte Lohmann.

»Wo soll ich anfangen?«, fragte die Kommissaranwärterin, »ich meine, bei wem?«

Lohmann holte das Notizbuch aus der Innentasche seines Sakkos hervor und schlug es auf. »Oltmann, Günther. Raduscheit, Inge und Frank. Schneyder, Ludwig«, las er die Namen von Wohbergs Freunden vor. »Sie sollen alle hier in Dresden wohnen.«

»Für Wohbergs Bruder in Heilbronn kann ich ja schon mal ein Ermittlungsersuchen einleiten«, sagte Schubert und wandte sich an Stephanie Walter. »Und dann nehmen wir uns mit zwei Kollegen seine Nachbarn, das Städtische Klinikum und das Kollegium des Gymnasiums vor.«

»Vielleicht war Sibylle Wohberg früher doch mal bei irgendwem in Therapie«, sagte Stephanie Walter, während sie sich in ihren Computer einloggte, »und eventuell hat Herr Wohberg einen Hausarzt, der uns weiterhelfen kann.«

»Überhaupt sollte sich ein Gutachter den Herrn mal genauer ansehen«, sagte Schubert.

»Dafür wird der Staatsanwalt sorgen«, entgegnete Lohmann. »Oder sein Anwalt wird das anleiern.«

»An wen denkst du?«, fragte Schubert.

»Machanowski oder Ullreich. Vielleicht noch Mahlmann«, sagte Lohmann.

»Dann Mahlmann«, sagte Schubert.

»Sind das gute Verteidiger?«, fragte Walter.

Schubert nickte. Machanowski und Ullreich säßen jetzt allerdings im Schwurgerichtssaal des Dresdner Landgerichts, wo am Morgen das Urteil gegen mehrere Mitglieder eines Menschenschmugglerrings gefallen war, merkte er an.

»Ach ja: Was hat Vehrenkamp bekommen?«, fragte Lohmann und schaute erneut aus dem Fenster.

»Sieben Jahre, acht Monate«, antwortete Schubert zerknirscht, »die beiden anderen Angeklagten haben vier und zweieinhalb Jahre gekriegt. Die Urteilsbegründung dürfte gerade in vollem Gange sein.«

»Hmm«, knurrte Lohmann, sprang auf und sah auf seine Armbanduhr. »Ich bin verabredet«, sagte er und verließ grußlos das Büro.

»Was war das denn eben?«, fragte Walter, während Lohmanns Schritte sich draußen auf dem Flur entfernten.

Schubert seufzte. »Du kennst die Geschichte nicht?«

»Was für eine Geschichte? Ist doch erst mein sechster Tag heute.«

»Weißt du, wer Angela Spengler ist?«

»Angela Spengler? Die Kollegin, die vor ein paar Monaten entführt wurde, oder? Da gab es doch einen Zusammenhang mit einer groß angelegten Razzia. War sie nicht auch am Fall Vehrenkamp dran? Diesem Menschenschmuggler? Ich glaube ja nicht, dass sie noch …« Sie sprach nicht aus, was jedem inzwischen klar sein musste. Die Chance, dass Angela Spengler am Leben war, war gleich null. Man vermutete ihren Leichnam irgendwo im tschechischen Grenzgebiet an der alten E 55. Nur Lohmann sah das anders. Jedenfalls noch, und auch das konnte niemand genau beurteilen.

Schubert hob die Hand. »Die Sache ist die: Angela Spengler *ist* Lohmanns Lebensgefährtin. Nicht *war*. Das ist unsere Sprachregelung, solange noch ein Funken Hoffnung besteht.«

Walter presste die Lippen zusammen und nickte heftig.

»Wenn Lohmann dir was dazu erzählen will, wird er es tun. Aber frag ihn nicht danach!«

Als zur Mittagszeit die Sonne durch die frühherbstliche Wolkendecke brach, wurde es angenehm warm. Lohmann hatte seinen Trenchcoat aufgeknöpft, während Richard Samuel, Oberstaatsanwalt am Dresdner Landgericht, mutig auf einen Mantel verzichtet hatte.

Die beiden Männer waren auf dem Weg vom Landgericht hinunter zum Fährgarten Johannstadt, einem beliebten Biergarten direkt an der Elbe. Samuel blinzelte hinauf in den Himmel. Könnte schwer werden mit einem Tisch im Fährgarten.

»Mir ist so richtig nach einem Bier«, sagte der Oberstaatsanwalt, »auch wenn es erst Mittag ist.«

Lohmann lächelte. Ein Bier wäre wirklich nicht schlecht.

»Sie waren gar nicht bei der Urteilsverkündung.«

»Vielleicht besser so.« Lohmann atmete hörbar aus.

»Ja, vielleicht«, sagte Samuel.

»Auf die Journaille möchte ich jedenfalls gern verzichten. Außerdem haben wir einen neuen Fall.«

»Dieser Lehrer, der seine Frau erschlagen hat?«

Lohmann nickte.

»Staatsanwalt Kirsche hat mir heute Morgen in der Gerichtskantine ein paar Einzelheiten erzählt«, sagte Samuel und fügte an: »Meine Herren!«

»Mit einer Beethoven-Büste. Und es ist einfach alles möglich. Entweder ist der Kerl vollkommen verrückt, oder er ist eiskalt, oder er war tatsächlich nur zutiefst verzweifelt und hat im Affekt zugeschlagen«, sagte Lohmann.

»Wozu tendieren Sie? Die Wohnung soll ja ausgesehen haben wie …«

»… hat sie auch. Tja, schwer zu sagen. Wohberg – der Tatverdächtige – hat offenbar jahrelang unter seiner Ehe gelitten und ist dann einfach explodiert. So gesehen wäre es eine psychologisch motivierte Tat. Dagegen spricht jedoch seine unfassbar kühle und überlegte Handlungsweise. Sie müssen sich das mal vorstellen: Als er den Notruf wählte, hatte er bereits seinen Koffer fürs Gefängnis gepackt und die Wohnung – bis auf das Musikzimmer, in dem seine Frau lag – aufgeräumt und geputzt. Er hatte Briefe an seine Familie und diverse Institutionen geschrieben, um ›seine Angelegenheiten zu regeln‹, und danach hat er noch rasch ein Radio gekauft, damit er im Gefängnis Musik hören kann.«

»Also ist der Affekt vielleicht nur vorgetäuscht?«

»Gut möglich«, sagte Lohmann. »Da wird Ihr Kollege, Herr Kirsche, ordentlich zu tun haben.«

»Der Kirsche, der kann was«, sagte Samuel, »sehr engagiert.«

Schweigend liefen sie an den Elbwiesen entlang, bis Samuel sich einen Ruck gab. »Jetzt sagen Sie mal Lohmann: Wie geht es Ihnen denn mit dem Urteil im Vehrenkamp-Prozess, wenn ich das fragen darf?«

»Tja, das Gericht hat Ihrem Strafantrag ja vollumfänglich entsprochen«, sagte Lohmann, »doch solange Vehrenkamp nicht wegen Entführung oder Mordes verurteilt wird, sondern lediglich wegen Drogen- und Menschenhandels sowie Förderung der Prostitution … Tut mir leid, aber damit kann ich nicht zufrieden sein.«

»Ich muss nicht erwähnen, dass ich für Ihre Gefühle das größte Verständnis habe«, sagte der Oberstaatsanwalt. »Aber die Beweislage war einfach zu dünn.«

Samuel und Lohmann kannten sich schon eine ganze Weile, sie hatten in den vergangenen Jahren hervorragend zusammengearbeitet. Dennoch herrschte zwischen ihnen die stille Übereinkunft, erst im Ruhestand zum vertrauensvollen Du überzugehen. Was den Oberstaatsanwalt betraf, würde das noch etwa sechs Jahre dauern.

Im Gegensatz zu Lohmann konnte Samuel besser über schwere Motorräder philosophieren als über klassische Musik. Auf seiner Harley-Davidson war er bereits bis zum Nordkap gefahren. Lohmanns Zweiradbegeisterung hatte vor vielen Jahren mit dem Unfalltod seines damals 16-jährigen Sohnes geendet, der auf seiner Schwalbe von einem übermüdeten Lastwagenfahrer an einer roten Ampel gerammt worden war.

Dieser Schicksalsschlag hatte das Aus für seine Ehe bedeutet. Und jetzt war auch noch seine Lebenspartnerin auf mysteriöse Weise verschwunden. Der Oberstaatsanwalt hatte sich schon oft gefragt, wie Lohmann mit all diesen persönlichen Katastrophen fertig wurde.

Sie waren am Fährgarten angekommen, der wie immer bei warmem Wetter gut besucht war, doch es gelang ihnen, einen einzelnen Tisch direkt am Zaun zum Elbufer zu ergattern. Samuel kümmerte sich ums Bier, Lohmann ums Essen. Der Klassiker: Thüringer Bratwurst mit einem Klacks Kartoffelsalat.

Samuel war für sein Alter erstaunlich durchtrainiert, was man von Lohmann nicht behaupten konnte. Der schleppte seit Längerem ein unübersehbares Bäuchlein mit sich herum. Immerhin war es noch kein *Bauch*, aber er wusste, dass er höllisch aufpassen musste, um nicht aus dem Leim zu gehen. Die Gewichtszunahme war eine Folge des Antidepressivums, das er seit einigen Monaten schluckte und das bei ihm nicht selten Heißhungerattacken auslöste, denen er nur mühsam widerstehen konnte. Doch davon wusste niemand – außer Werner Schubert.

Auf der Elbe fuhr ein historischer Raddampfer vorbei. Die »Leipzig« musste gegen die Strömung ankämpfen. Lohmann fiel ein, dass Angela eine solche Elbefahrt bis nach Bad Schandau hinunter mit ihm hatte machen wollen.

Der Oberstaatsanwalt stützte die Ellenbogen auf den Tisch. »Ich habe läuten hören, Sie würden eventuell doch früher stiften gehen.«

»Sie wissen ja, die Depressionen seit Angela Spenglers Verschwinden und zuweilen der Kreislauf«, entgegnete Lohmann und nahm einen Schluck von seinem

Bier. »Im Prinzip könnte ich also bald Schluss machen, aber ich habe mich noch nicht entschieden.«

»Dann wird's langsam Zeit. Wobei ich Ihr Ausscheiden sehr bedauern würde.«

»Noch ist es ja nicht so weit. Außerdem hängt das auch davon ab, wie sich der neue Fall entwickelt und was uns in den nächsten Tagen sonst alles auf den Tisch flattert.«

Samuel begann zu essen und sagte mit einem Nicken in Lohmanns Richtung: »Guten Appetit!«

Lohmann nahm langsam Messer und Gabel auf und jeder der beiden Männer hing einen Augenblick seinen Gedanken nach. Im Kopf ging Lohmann wieder und wieder den Fall Vehrenkamp durch – was er auch getan hätte, wenn Samuel das Thema nicht angesprochen hätte. Lohmann war überzeugt, dass der Vehrenkamp aus der Haft heraus irgendetwas organisieren würde. Und seiner Meinung nach hatten sie mit ihm nicht die Nummer eins der Organisation erwischt, sondern da zog noch jemand über ihm die Fäden. Wer einen Mordanschlag auf einen tschechischen Kollegen in Auftrag gab und darüber hinaus die Eier hatte, eine deutsche Kriminalbeamtin entführen zu lassen, musste ganz oben in einer Organisation sitzen. Dafür sprach außerdem, dass Vehrenkamp trotz des Hinweises auf eine mögliche erhebliche Strafmilderung im Falle einer Kooperation keinen Ton gesagt hatte.

»Das Gesetz des Schweigens«, hatte Samuel es genannt. Und als hätte er Lohmanns Gedanken gelesen, sagte der Oberstaatsanwalt nach einem kräftigen Schluck Bier: »Ich bin inzwischen ebenfalls zu Ihrer Überzeugung gelangt, was Vehrenkamp angeht. Da sitzt irgendwo ein Mister X, aber auf der anderen Seite der Grenze – wo auch immer, vielleicht in Tschechien … Auch deswegen glaube ich Ihnen nicht ganz, dass Sie mit dem Aufhören liebäugeln.«

Lohmann tupfte sich mit der Serviette die Mundwinkel ab und lächelte schmal. »Ich muss einfach wissen, was mit Angela passiert ist. Um jeden Preis.«

Samuel blickte ihn betroffen an. Seiner Meinung nach würde der Hauptkommissar früher oder später über Angela Spenglers sterbliche Überreste stolpern.

»Wie gehen die Eltern mit diesem Trauma um?«, fragte er.

Lohmann legte seine Gabel mit einem Stück Wurst auf den Teller zurück. »Ihre Eltern leben nicht mehr. Sie waren an Bord der Concorde, die bei Paris abgestürzt ist. Angela hat nur noch einen jüngeren Bruder, und der ist in der Psychiatrie.«

»Jesus!«, entfuhr es Samuel.

»Nein, Crystal Meth«, sagte Lohmann und verzog das Gesicht zu einer Grimasse. »Der Junge hat sich das Gehirn buchstäblich weggeraucht.«

»Und wer kümmert sich jetzt um ihn? Sie?«

»Nein«, sagte Lohmann, »Angela hatte selbst keinen Kontakt zu ihrem Bruder und hat nie über ihn gesprochen. Ich weiß nicht einmal, wo sich der Junge befindet.«

Er griff nach der Gabel, steckte den inzwischen kalt gewordenen Bissen in den Mund, kaute bewusst langsam und schluckte ihn schließlich hinunter. Bliebe er im aktiven Polizeidienst, könnte er sich nicht 100-prozentig hinter die Ermittlungen um Angelas Verschwinden klemmen. Andererseits verfügte er als Hauptkommissar über weitaus mehr Ressourcen als ein privater Ermittler und befände sich in einem geschützten Bereich. Er schreckte auf, als Samuels Stimme plötzlich wieder zu ihm durchdrang.

»... hat Sie der Vorsitzende in der Urteilsbegründung heute wegen Ihrer effizienten Ermittlungsarbeit explizit erwähnt.«

»Nett von ihm, aber das hätte er besser lassen sollen«, sagte Lohmann. »Die Indizien, die wir gesammelt hatten, haben letztlich nicht ausgereicht, um Vehrenkamp lebenslänglich wegzuschließen.«

»So wie ich das sehe«, fuhr Samuel fort, »werden die Medien die ganze Geschichte noch einmal aufgreifen. Dann könnte Vehrenkamp seine Morddrohung gegen Sie nicht nur aus Rache wahrmachen, sondern auch, um seinen Ruf im Milieu wiederherzustellen – um nach seiner Haftentlassung nicht als König ohne Reich dazustehen. Das macht die Sache eventuell gefährlich.«

Lohmann schüttelte den Kopf. »Meine Wohnung ist inzwischen durch eine Alarmanlage gesichert, und seit Angelas Entführung trage ich sogar meine Waffe ständig bei mir. Die absolute Sicherheit gibt es ohnehin nicht.«

»Ich hab's ja nicht glauben wollen – Sie haben früher nie eine Pistole dabeigehabt?«, fragte Samuel verwundert.

»Nein, und geschossen habe ich im Dienst auch noch nie. Nur einmal im Jahr auf dem Schießstand, weil es sich nicht vermeiden lässt.« Lohmann blickte auf seine Armbanduhr. »Meine Trefferquote ist übrigens gar nicht schlecht.«

Sekunden später vibrierte sein Mobiltelefon. Schubert war dran. »Was gibt's denn, Werner?«, fragte Lohmann.

»Ein Leichenfund in der Bühlauer Heide. Kam gerade erst rein«, erwiderte Schubert, der über die Freisprechanlage seines Dienstwagens telefonierte. Lohmann merkte, dass es seinem Stellvertreter schwerfiel, weiterzusprechen.

»Nun rück raus damit!«

»Weiblich, zwischen 30 und 40. Etwa 1,70 Meter groß. Keine Personalien. Sie muss schon eine ganze Weile dort gelegen haben.«

Lohmann fühlte, wie ihm das Blut zu Kopf stieg. Schuberts Kurzbeschreibung passte auf seine Lebensgefährtin Angela, die 1,72 Meter groß, schlank und 38 Jahre alt war.

»Wo genau muss ich hin?«, schnauzte er ins Telefon.

»Am besten bis zum Ende der Kurparkstraße, dann zu Fuß in den Wald, Richtung Kleingartenverein«, sagte Schubert, »etwa 250 Meter Luftlinie nach Osten. Oder über den Heidemühlweg, aber der Wald sei kaum befahrbar, sagt Brenner, total aufgeweicht.« Schuberts Stimme stockte. »Du musst wirklich nicht …«

»Bin gleich in der Kurparkstraße«, sagte Lohmann bestimmt und beendete das Gespräch. Samuel sah ihn fragend an. »Ein Leichenfund, weiblich, unbekannt, in der Bühlauer Heide.« Die Stimme des Hauptkommissars war jetzt ein Flüstern, nicht nur wegen der Gäste am Nebentisch.

Samuel deutete auf die Thüringer Bratwurst, die der Hauptkommissar nicht aufgegessen hatte. »Hauen Sie schon ab, Lohmann!«, sagte er. »Nehmen Sie die Wurst in die Hand.«

»Entschuldigen Sie meine Unhöflichkeit«, sagte Lohmann, »aber Dienst ist Dienst.« Er steckte sein Mobiltelefon ein, klopfte zum Abschied auf den Tisch und eilte aus dem Biergarten.

Samuel schaute ihm hinterher, bis er aus seinem Blickfeld verschwunden war. Der Oberstaatsanwalt war überzeugt davon, dass Lohmanns letzter Fall wohl doch noch einige Zeit auf sich warten lassen würde.

2

Der Weiße Hirsch, die vornehme Villengegend im Dresdner Nordosten am Rande der Heide, gehört zu den bevorzugten Wohnlagen der Stadt. Doch Lohmann, auf der Rückbank eines Taxis, hatte keinen Blick für die prächtigen Gebäude aus den Anfängen des vergangenen Jahrhunderts. Stattdessen hatte er Angst – Angst, in wenigen Minuten die Gewissheit zu haben, dass Angela nicht mehr lebte. Dass ihre Entführer sie umgebracht hatten, mit hoher Wahrscheinlichkeit Mitglieder derselben Organisation, die ihren tschechischen Kollegen Hupka liquidiert hatte. Zwei Schüsse in die Brust, einen in den Kopf, um absolut sicherzugehen. So morden nur Profis. Auftragskiller.

In den vergangenen Wochen hatte Lohmann sich ein paarmal dabei erwischt, dass er sich Angelas Tod herbeisehnte. Nur um endlich nicht mehr mit der quälenden Ungewissheit leben zu müssen.

Mit der Fertigstellung der Autobahn A17 hatte sich die Situation an der deutsch-tschechischen Grenze verändert. Der längste Straßenstrich der Welt entlang der Europastraße 55 zwischen Teplice und Dubí auf tschechischer Seite war inzwischen Geschichte. Von den ehemals rund 50 Bordellen entlang der kurvigen Fernstraße waren nur noch drei in Betrieb. Aber der Menschenschmuggel florierte nach wie vor; er hatte – nicht zuletzt wegen des Flüchtlingsstroms aus dem Nahen Osten – sogar zugenommen. Darüber hinaus hatte Tschechien sich längst zum größten europäischen Produzenten von Designerdrogen, vor allem von Crystal Meth, entwickelt. Dieses Methamphetamin ist erheblich stärker als ein normales Amphetamin wie etwa Speed. Es wirkt anhaltender und intensiver, es lässt sich rauchen, schniefen oder spritzen; es macht rasch süchtig und ruiniert Körper und Geist schneller als viele andere harten Drogen. Wenn der Trip vorüber ist, können schwere Depressionen auftreten. Mögliche Spätfolgen sind neben Zahnausfall auch epileptische Anfälle, Hirnblutungen und Herzversagen. Manchmal dauert der Verfall des Abhängigen gerade mal zwei oder drei Jahre. Angela Spengler hatte sich neben der Bekämpfung des Menschenschmuggels auch dem Kampf gegen diese Droge verschrieben, die sich mittlerweile von Sachsen aus unaufhaltsam in der gesamten Republik ausbreitete.

Seine Lebenspartnerin hatte einer Sonderkommission angehört, die von den Innenministern Sachsens und Tschechiens im Rahmen eines bilateralen Abkommens ins Leben gerufen worden war. Zwei Monate nach ihrem letzten gemeinsamen Urlaub in der Toskana geriet ein Niederländer namens Marinus Vehrenkamp ins Fadenkreuz der Ermittler, durch einen Zufall, wie so oft: Die tschechischen Kollegen stoppten kurz vor der Landesgrenze einen verdächtigen Kleinlaster mit gestohlenen niederländischen Nummernschildern, in dem sich sechs junge Frauen aus Bulgarien befanden, versteckt hinter einer blinden Wand. Außerdem stellten die Beamten 30 Kilogramm Crystal Meth sicher. Den Frauen, allesamt Roma, hatten die Schleuser Arbeit in der Gastronomie versprochen, aber in Wahrheit sollten sie in deutsche Bordelle gebracht werden.

Einem der Beamten war während der kurzen Verfolgungsjagd mit eingeschaltetem Blaulicht nicht entgangen, dass der Beifahrer des Kleinlasters etwas aus dem Seitenfenster geworfen hatte. Im Straßengraben fand er dann ein Mobiltelefon. Die Auswertung des Telefonspeichers durch die Kriminaltechnik förderte unter anderem die Rufnummer eines gewissen Marinus Vehrenkamp zutage, über den in den Niederlanden sowie bei Interpol bereits eine Ermittlungsakte existierte. Damit änderte sich die Lage der Dinge entscheidend: Denn die SoKo besaß nun einen ersten, griffigen Anhaltspunkt, und nur deshalb, weil einer der beiden Kurierfahrer aus Bequemlichkeit sein eigenes Mobiltelefon nutzte statt eines billigen Prepaid-Handys.

Bei den rumänischen Fahrern des Kleinlasters handelte es sich natürlich nur um Untergebene. Sie schwiegen, weil sie sowieso nichts zu sagen hatten, und nahmen die Verkündung ihrer milden Haftstrafen von einem Jahr und neun Monaten auf Bewährung mit einem Grinsen auf. Direkt nach der Urteilsverkündung wurden sie in ihr Heimatland abgeschoben.

Die verdeckt geführten Ermittlungen konzentrierten sich danach auf Marinus Vehrenkamp. Man fand heraus, dass der Niederländer seit einigen Jahren als vermeintlich seriöser Geschäftsmann regelmäßig zwischen Rotterdam, Aachen und Dresden hin und her pendelte, wo er mehrere einschlägige Etablissements besaß. In Dresden war er darüber hinaus angeblich an einer großen

Diskothek beteiligt, dem »Numbers«, in dem mehr oder weniger öffentlich gedealt wurde.

Der Laden gehörte offiziell jedoch einem unbescholtenen Deutschen namens Eberhard Preuss, der nicht einmal einen Punkt in der Flensburger Verkehrssünderkartei besaß und daher zu Recht wütend wurde, als man seine Privatwohnung sowie sein Büro im Abstand von wenigen Wochen gleich zweimal ergebnislos durchsuchte. Der SoKo gelangen in der Folgezeit zwar noch einige Festnahmen und Beschlagnahmungen, aber alle weiteren Versuche, Vehrenkamp als Strippenzieher im Hintergrund einer großen Schmugglerorganisation zu entlarven, verliefen im Sande.

Der Durchbruch gelang erst, als Angela Spengler zwei in Halle festgenommene Prostituierte aus Rumänien, die bei einer Razzia ohne gültige Aufenthaltspapiere angetroffen wurden, zu einer umfassenden Aussage überreden konnte. Marinus Vehrenkamp und zwei seiner Bordelliers wurden durch die Anschuldigungen der beiden verängstigten jungen Frauen, gerade mal 17 und 19 Jahre alt, schwer belastet. Sie berichteten glaubwürdig von Misshandlungen, Vergewaltigungen und Menschentransporten und wurden sofort in ein Zeugenschutzprogramm aufgenommen.

Von diesem Zeitpunkt an stürzten die Teile des Schmugglerimperiums nach und nach kontrolliert zusammen. Die SoKo fügte die zahlreichen Indizien wie Puzzleteile zusammen, was schließlich eine internationale Razzia und Festnahmen auf beiden Seiten der deutsch-tschechischen Grenze sowie in Belgien und in den Niederlanden rechtfertigte.

Doch genau am Tag des Zugriffs wurde der verdeckte Ermittler Stanislaus Hupka vor seinem Haus im tschechischen Ústí nad Labem von einem Mann, der sich als Angestellter des privaten Stromversorgers CEZ verkleidet hatte, mit einer Maschinenpistole erschossen. Und fast zeitgleich zerrten maskierte Unbekannte Lohmanns Lebenspartnerin Angela Spengler auf dem Rasthof Elbaue in Dresden vor den Objektiven der Überwachungskameras aus ihrem Dienstwagen, warfen sie in den gestohlenen Lieferwagen eines Leipziger Malereibetriebs. Seitdem fehlte von der Oberkommissarin trotz einer sofortigen Großfahndung jede Spur. Es gelang lediglich, den Lieferwagen, restlos ausgebrannt, drei Tage später in einem Waldstück bei Zwickau sicherzustellen.

Lohmann wiederum hatte an jenem schicksalhaften Tag auf dem Balkon seiner Wohnung eine Handgranate gefunden, bei der es sich allerdings nur um eine täuschend echte Attrappe handelte.

Die Razzia wurde trotz der Entführung der Oberkommissarin durchgezogen: In den Niederlanden, in Tschechien sowie in Dresden, Leipzig, Nürnberg und Berlin wurden insgesamt 36 verdächtige Objekte durchsucht. Es gab 17 vorläufige Festnahmen, und die Ermittler stellten genügend Beweismaterial sicher, um später gegen neun Männer Anklage wegen Menschenhandels, Zuhälterei und gewerbsmäßigen Handels mit Betäubungsmitteln zu erheben. Über 120 Prostituierte aus Osteuropa wurden in Abschiebehaft genommen.

Marinus Vehrenkamp selbst hatte sich augenscheinlich zu sicher gefühlt. Er war überrascht, als seine Wohnungstür in der Dresdner Altstadt aus den Angeln flog und er in den Lauf einer Heckler-&-Koch-Maschinenpistole des MEK blickte. Die Wohnung lief auf den Namen eines anderen Niederländers, der jedoch keine Ahnung davon hatte, was sein Mieter trieb.

Bei Vehrenkamp fand man 25 Kilogramm Crystal Meth, drei Kilogramm Kokain, eine brandneue Glock 40 mit zwei Magazinen, dazu rund 240.000 Euro Bargeld.

Der Niederländer schwieg an allen 26 Prozesstagen. Das Angebot der Staatsanwaltschaft, das zu erwartende hohe Strafmaß durch eine umfassende Aussage abzumildern, hatte er schon zu Beginn der Vernehmungen abgelehnt. Für Lohmann war dies ein Anhaltspunkt dafür, dass Marinus Vehrenkamp allerhöchstens die Rolle eines Statthalters spielte. Die eines treu ergebenen Vasallen.

Die Kurparkstraße endete an drei Findlingen. Davor parkte Schuberts Dienstwagen, dahinter ging es nur zu Fuß weiter. Ein verwittertes, dreieckiges Schild, das mit Draht an einem morschen Holzpfahl befestigt war, wies auf ein Naturschutzgebiet hin. Lohmann zahlte die Fahrt, ließ sich eine Quittung ausstellen, stieg aus und blickte sich um. Bis zum Waldrand waren es rund 200 Meter. Auf einmal fröstelte er, trotz der Wärme. Er knöpfte seinen Trenchcoat zu und lief los. Mit jedem Schritt wurde das mulmige Gefühl im Magen stärker.

Kurz bevor er den Waldrand erreichte, bemerkte er Schubert, der ihm im Laufschritt entgegenkam. Der Oberkommissar sah ihn an und schüttelte kaum merklich den Kopf. Dabei lächelte er. Lohmann war augenblicklich erleichtert, denn das hieß, dass es sich bei der weiblichen Toten nicht um Angela handelte.

»Wer ist es dann?«, fragte Lohmann.

»Wissen wir noch nicht. Keine Handtasche, kein Portemonnaie, aber Brenner hat ja gerade erst angefangen«, sagte Schubert.

Lohmann rechnete es seinem Stellvertreter hoch an, dass der ihm extra entgegengekommen war. Andererseits würde ihn jetzt weiterhin die Ungewissheit über Angelas Schicksal quälen.

»Danke, Werner«, sagte Lohmann leise. Schubert nickte stumm. Sie gingen schweigend nebeneinanderher in den Wald hinein und erreichten nach wenigen Minuten die Leiche. Der Fundort war mit einer weit gefassten Absperrung aus rot-weißem Flatterband gesichert und wurde von einem Streifenpolizisten bewacht. Lohmann hielt ihm den Dienstausweis vor die Nase. »Tag, Kollege. Sagen Sie mal, wie weit ist es von hier zur nächsten öffentlichen Straße?«

Der uniformierte Beamte überlegte einen Moment lang. »Etwa 400 Meter, würde ich sagen.«

Lohmann bedankte sich und wandte sich an Schubert. »Dann liegt es nahe, dass derjenige, der die Leiche hier abgelegt hat, sich in der Umgebung auskennt. Was meinst du?«

»Kann sein«, lautete Schuberts ausweichende Antwort. »Aber auffällige Reifenspuren können wir garantiert vergessen. In den vergangenen Tagen hat es zu viel geregnet.«

»Wer hat sie gefunden?«

»Ein Pilzsammler aus dem Kleingartenverein, Rüdiger Polacz. Absolut unverdächtig. Er hatte sein Handy dabei und hat sofort die Polizei angerufen. Er gibt an, nichts berührt zu haben. Die Kollegen nehmen gerade seine Personalien auf.«

»Die Klischees stimmen«, murmelte Lohmann, »es sind immer spielende Kinder, ein Jäger, Jogger oder eben Pilzsammler … Ist er das da drüben?« Lohmann deutete auf einen kleinen, untersetzten Mann, der in einigen Metern Entfernung an einem Streifenwagen lehnte und von einem Beamten in Uniform befragt wurde. Er trug ein viereckiges Bastkörbchen in der Hand.

Schubert nickte. »Herr Polacz meinte, dieses Jahr gäbe es Steinpilze wie noch nie. Ist ja auch ein schöner Mischwald mit altem Baumbestand.«

»Und sie liegt schon länger da?«

»Brenner kann bislang nichts Konkretes sagen«, antwortete Schubert, »soeben ist aber der Rechtsmediziner Dr. Martens eingetroffen, und so wie sie aussieht …«

»Weißt du was, Schubert?«, sagte Lohmann. »Das ist mal wieder eine richtige Scheiße, das alles.«

Sie glitten unter dem rot-weißen Flatterband hindurch und stapften über den schlammigen Waldboden zu einem rundherum geschlossenen Pavillon, den die Kriminaltechnik zum Schutz der Leiche, besser gesagt zur Konservierung von Spuren, hatte aufstellen lassen. Unter ihren Schuhsohlen knackte es. Die Tote lag etwa 30 Meter abseits des Weges, bedeckt von Ästen, Kiefernzweigen und feuchtem Laub. Brenner und seine Leute hatten ihr großes Besteck mitgebracht. Im Zelt standen zwei Scheinwerfer, die aus einem kleinen, benzinbetriebenen Generator mit Strom gespeist wurden und für gleißend helles Licht sorgten. Zwei Kriminaltechniker suchten mit Sondierstangen das Unterholz um den Fundort herum ab. Lohmann schlug den Eingang zur Seite und betrat den Pavillon.

»Hallo, Jürgen«, brummte Kurt Brenner, ohne sich umzuwenden. »Wenn du deine neue Kollegin mitgebracht hast, lass sie besser nicht rein, sonst versaut sie mir wieder alles.« Brenners Stimme klang durch den Mundschutz gedämpft. Er war damit beschäftigt, die Äste und Zweige, mit denen der Leichnam bedeckt war, einen nach dem anderen vorsichtig hochzunehmen und beiseitezulegen. Wie beim Mikado. Ihren Kopf und ihren Oberkörper hatte er bereits freigelegt.

Die Tote lag auf dem Rücken, die Beine leicht angewinkelt, beinahe wie aufgebahrt. Sie war schlank, fast zierlich und hatte kurze Haare, und sie bot alles andere als einen schönen Anblick. Ihre Augen waren weit aufgerissen. Lohmann bemerkte Asseln und Käfer, die auseinanderstoben, als Brenner weitere Kiefernzweige von ihren Beinen entfernte. Auf ihrer blassen, schmutzigen grüngelben Haut zeichnete sich schwach das dunkle Geflecht fein verästelter Venen ab. Hier und da war der Körper von Tieren angenagt worden. Lohmann musste die aufsteigende Übelkeit unterdrücken, als er sich vorstellte, wie ihr Rücken vermutlich aussah. »Was können Sie mir denn auf die Schnelle sagen?«, fragte er den Rechtsmediziner und atmete tief durch.

»Nicht viel«, entgegnete Martens. »Bei oberflächlicher Inaugenscheinnahme liegt sie hier seit etwa zehn Tagen, plus/minus drei bis vier Tage. Ich habe allerdings ein paar Maden unserer beliebten Blauen Schmeißfliege in ihren Nasenlöchern entdeckt, und deshalb bin ich mir sicher, den Zeitpunkt ihres Todes später ziemlich genau eingrenzen zu können.«

Später hieß: nach der Obduktion im Rechtsmedizinischen Institut.

»Todesursache?«

»Bisher habe ich keine äußerlichen Verletzungen entdeckt. Keine Stiche oder Schusswunden, überhaupt keine Wunden – aber am Hals zeigen sich Auffälligkeiten. Ich nehme an, dass sie stranguliert wurde. In ihren Augäpfeln finden sich jedenfalls die typischen Bluteinschüsse, wenn man die Lampe voll draufhält.« Er unterbrach das Mikadospiel und griff nach seiner Maglite.

»Ich glaube es auch so«, winkte Lohmann ab. »Und sie hat nichts bei sich gehabt?«

»Nichts. Weder Papiere noch eine Geldkarte oder sonst irgendwas. Sie trug auch keinen Schmuck«, sagte Brenner.

»Ihre Kleidung sieht ziemlich teuer aus«, bemerkte Schubert, der seinen Kopf durch den Eingang des Pavillons steckte.

»Nicht schlecht, Werner. Das ist ein Twinset aus Kaschmir.« Brenner lächelte. Er hatte inzwischen den letzten Zweig von der Leiche entfernt.

»Ein silberner Zehenring«, rief Lohmann, »also doch Schmuck.«

»Ihr fehlt nur der rechte Schuh«, sagte Schubert überflüssigerweise, denn das sahen schließlich alle.

»Der Pumps scheint ebenfalls ziemlich teuer gewesen zu sein«, sagte Lohmann.

»Und sein Absatz ist zu hoch, um damit freiwillig einen Waldspaziergang zu machen. Interessant ist außerdem, dass sie keine Strümpfe trägt.« Er wandte sich an seinen designierten Nachfolger. »Wir sollten den Erkennungsdienst durchs Gehölz schicken, vielleicht finden die was.«

»Ich kümmere mich darum«, sagte Schubert und zog den Kopf aus dem Eingang zurück. Einen Augenblick später hörte Lohmann ihn mit dem diensthabenden Staatsanwalt telefonieren.

»Falls es dich interessiert, sie trägt keinen Slip«, sagte Brenner und erhob sich. Er verzog schmerzvoll das Gesicht, als er sich streckte.

»Zwickt deine Bandscheibe wieder?«, fragte Lohmann mitfühlend.

Brenner griff sich mit beiden Händen in die Hüften. »Ich will euch ja nicht hetzen …«

Martens winkte ab. »Jaja. Morgen früh haben wir sicherlich schon was Brauchbares.«

»Weiß ich doch. Der Fundort ist vermutlich nicht der Tatort?«

»Mit ziemlicher Sicherheit nicht. Mir scheint aber, dass derjenige oder diejenigen, die sie hergebracht haben, ziemlich vorsichtig mit ihr umgegangen sind. Sie haben sie nicht einfach achtlos weggeworfen.«

»Wir haben Glück«, grätschte Schubert von draußen dazwischen. »Die Kollegen von der Bereitschaftspolizei werden in einer Stunde hier sein.«

»Sehr gut«, sagte Lohmann, »dann ist es ja noch hell.«

Brenner drängte sich an ihm vorbei aus dem Zelt hinaus, öffnete den Reißverschluss seines weißen Arbeitsanzuges und fummelte ein Päckchen »Karo«-Zigaretten aus der Brusttasche seines Hemdes sowie einen Taschenaschenbecher aus gebürstetem Stahl zum Aufklappen. Lohmann warf einen letzten Blick auf die unbekannte Tote und folgte ihm nach draußen. Drüben auf dem Waldweg fuhr gerade der schwarze Kombi eines Bestattungsinstituts vor. Brenner bot Lohmann eine Zigarette an, doch der winkte dankend ab.

»Dass du immer noch dieses stinkende Kraut rauchst«, sagte er, als Brenner sich die filterlose »Karo« anzündete.

»Dass ich Idiot überhaupt noch rauche, solltest du eher sagen«, erwiderte Brenner und unterstrich seine Selbstkritik mit einem kehligen Lachen, das augenblicklich in einen kräftigen Raucherhusten überging.

Werner Schubert telefonierte bereits wieder. Er bat Stephanie Walter, sich um die Vermisstenanzeigen aus den vergangenen vier Wochen zu kümmern. Deshalb arbeitete Lohmann so gern mit Schubert zusammen. Der Oberkommissar wusste einfach, was zu tun war.

»Ich mache noch ein paar Fotos«, sagte Brenner und drückte die halb gerauchte Zigarette in seinem Aschenbecher aus. »Es ist jedes Mal wieder ein Jammer.«

Lohmann verspürte in diesem Moment ebenfalls große Lust auf eine Zigarette. Aber er beherrschte sich. Mal wieder.

3

»Sag mal, was ist eigentlich los mit dir?« Bettina Lange verschränkte die Arme und sah auf den jungen, hochgewachsenen und muskulösen Mann hinunter, der wie ein Häuflein Elend vor einem Spielautomaten kauerte. »Du in einer Spielhalle? Das ist erbärmlich.«

»Woher weißt du überhaupt, dass ich hier bin?«, fragte Robert Schröter zurück.

Er blickte sie missmutig an und starrte dann sofort wieder auf den Bildschirm, denn der Automat spuckte in diesem Moment einen kleinen Gewinn aus.

»Nennen wir es weibliche Intuition«, sagte Bettina, und als Robert nicht reagierte, fügte sie an: »Du hast mir mal erzählt, dass du zocken gehst, wenn dir alles zu viel wird – und wohin.«

Robert erhöhte den Einsatz und stellte auf Automatik-Spiel um. Er vermied es, seine Vereinskameradin anzusehen.

»Ist es immer noch wegen deiner Tante? Wegen Elisabeth?« Bettina ließ nicht locker. »Oder geht es um die Weinert?«

Robert starrte schweigend auf den Bildschirm des Automaten, auf dem imaginäre Walzen rotierten.

Bettina blieb hartnäckig. »Rede doch bitte mit mir, Robert. Ich bin deine Freundin und verstehe dich wahrscheinlich besser als jeder andere auf dieser Welt. Du kannst mir vertrauen.«

»Gib dir keine Mühe, Betty«, murmelte er leise. »Lass den Psychokram einfach stecken. Ich komm schon klar.«

»O ja, das sehe ich. Du bist so richtig gut drauf!«

Der Automat beschenkte Robert erneut mit einem Gewinn. Sie hockte sich neben ihn und legte ihre Hand auf seinen Unterarm. »Robert, die Mannschaft braucht dich. Till hat eine Achillessehnenreizung und fällt für den internationalen Clubwettkampf in Leverkusen aus. Und auch ohne Training bist du der beste Ersatzmann.« Bettina selbst war Speerwerferin, ihre Bestweite lag mit 60,70 Meter knapp zehn Meter unter dem deutschen Rekord.

»Vergiss es, Bettina«, sagte Robert und klimperte mit seinen Fingern auf den blinkenden Tasten des Spielautomaten herum. »Die 800 Meter bin ich vor vier Wochen zum letzten Mal gelaufen.«

»Und hast aus dem Stand 1:55 Minuten hingelegt. Ist doch eine Bombenzeit! Und für die Staffel reicht's allemal.«

Bettina lächelte ihn an, er erwiderte ihr Lächeln nicht. Sie erhob sich. »Ich möchte dir wirklich bloß helfen.«

»Glaub mir bitte, das kannst du nicht«, sagte Robert matt.

»Aber ich weiß doch Bescheid. Damals bist du auch zu mir gekommen, als du nicht mehr weiterwusstest. Also, triffst du sie wieder, deine Tante? Und deine durchgeknallte Nachhilfelehrerin? Stalkt sie dich immer noch?«

Zumindest wich er ihrem Blick nicht mehr aus. Der Spielautomat hatte das Guthaben verspielt. Robert fummelte einen zerknitterten Zehneuroschein aus der

Hosentasche, strich ihn glatt und steckte die Banknote in den Schlitz am Automaten.

»Herrgott, Robert, du musst dich von diesen beiden Frauen fernhalten. Elisabeth manipuliert dich – so wie deinen Vater und viele andere. Das, was du mir über sie erzählt hast, ist pathologisch.«

Bettina, die an der TU Dresden Psychologie studierte, kurz vor ihrem Masterabschluss stand und bereits als Therapeutin arbeitete, wusste sehr genau, wovon sie sprach. »Dasselbe gilt für deine Nachhilfelehrerin, wenn auch in anderer Weise.«

»Hat dich irgendjemand geschickt, um mir das zu sagen? Maria vielleicht? Oder meine Mutter?«

»Mich schickt niemand, weil außer mir niemand von deinen Problemen weiß.«

»Du bist eine Psychotante, die kolossal nervt!«, sagte Robert und lachte meckernd auf.

»Meinetwegen«, erwiderte Bettina ruhig. »Ich sehe da bei dir jedenfalls einen gewissen Bedarf. Warum hast du mein Angebot nicht angenommen und bist in unsere Praxis gekommen? Ich hätte dich da schon irgendwie reingeschoben. Robert, du bist traumatisiert!«

Er blickte sie scheel von der Seite an. Sein Gesichtsausdruck schwankte zwischen Selbsterkenntnis, Scham und Trotz.

»Du brauchst Hilfe, Robert, und zwar schnell. Sonst kannst du dein Abitur vergessen. Und Maria gleich mit.«

Robert sank noch ein Stückchen mehr in sich zusammen und presste die rechte Faust gegen die Lippen. Natürlich lag Bettina vollkommen richtig mit ihrer Einschätzung. Er war schließlich nicht blöd.

Robert war ein eher mittelmäßiger Schüler. Er war sogar schon einmal sitzen geblieben, aber er war ein As im Sport und hatte sich voll und ganz der Leichtathletik verschrieben. Er trainierte wie ein Besessener, um es seinem ehrgeizigen Vater gleichzutun, der es zu DDR-Zeiten als 800-Meter-Läufer bis in die Weltspitze geschafft hatte.

Dass Roberts Schulleistungen kontinuierlich nachließen und sich seine gleichaltrigen Freunde immer mehr von ihm zurückzogen, weil sie ihre Freizeit lieber auf Partys verbrachten, war der Preis für seine Schinderei. Dafür war er in Topform, ein attraktiver Modellathlet, dem nicht nur die Mädchen bewundernd hinterhersahen, sondern Frauen aller Altersklassen. Doch Robert hatte offenbar keine Augen fürs andere Geschlecht, weshalb ihm seine Mitschüler in der Oberstufe des Robert-Koch-Gymnasiums den Spitznamen »Mönch« verpasst hatten.

Die unheilvolle Geschichte mit seiner Tante Elisabeth hatte damit angefangen, dass er seine Mutter das erste Mal kurz nach seinem 19. Geburtstag zu ihrem dämlichen Opernstammtisch begleiten musste. Sie wollte die Karte seines Vaters für die Oper nicht verfallen lassen, der zu einer Tagung des Deutschen Apothekerverbandes nach Berlin reisen musste. Es hatte auch keine ihrer Freundinnen Zeit.

Dieser Stammtisch setzte sich aus Opernfreunden zusammen, alle mehr oder weniger in mittleren Jahren, die ein Abonnement für die Semperoper besaßen und zur besseren Gesellschaft der Stadt gehörten.

Roberts Eltern Brigitte und Hans-Joachim sowie

die beiden Schwestern seiner Mutter, Monika Douglas und Elisabeth Miederson nebst deren Ehemännern William und Wolfgang, bildeten den harten Kern des Stammtischs. Der Importkaufmann und Großspediteur Sebastian Bergner, der politische Ambitionen besaß und mit dem Gedanken spielte, als Parteiloser fürs Amt des Dresdner Oberbürgermeisters zu kandidieren, die beiden Ärzte Günther und Kurt Siegert, die einer privaten Augenklinik vorstanden; Dr. Hans-Peter-Müller, Richter am Dresdner Landgericht, und seine Frau Charlotte sowie der Immobilieninvestor und Diskothekenbesitzer Eberhard Preuss, der sich stets ein wenig großspurig als »Privatier« bezeichnete, gehörten zum engeren Kreis dieser Opernfreunde, die sich nach den Vorstellungen regelmäßig im Museumsrestaurant »1900« versammelten, um dort die Inszenierung des Abends in weinseliger Runde Revue passieren zu lassen.

Seit ein paar Monaten war auch die neue Englisch- und Französischlehrerin des Robert-Koch-Gymnasiums dabei, Nicole Weinert, die in einer der Mietwohnungen lebte, die Roberts Eltern gehörten. Seine Mutter Brigitte stand in einem beinahe schon freundschaftlichen Verhältnis zu ihr, wobei Robert den Verdacht hatte, dies diente nur dem Zweck, sie über ihn und seine schulischen Leistungen ausfragen zu können. Und tatsächlich hätte Nicole Weinert so einiges über Robert erzählen können – allerdings nichts, was für die Ohren einer Mutter bestimmt gewesen wäre.

Die übrigen Mitglieder des Stammtischs, die Andersens, die Günthers und die Kleinichens – drei Ehepaare in den 50ern –, beschränkten sich dagegen lediglich auf den Musikgenuss und ein gemeinsames Glas Sekt in der Pause. Aber sie hatten bisher an allen Opernreisen des Stammtischs teilgenommen, die von Zeit zu Zeit stattfanden.

Bettinas Stimme riss ihn aus seinen Gedanken. »Weißt du eigentlich, wie kaputt das alles ist? Kapierst du das nicht, Robert? Du musst aus dem Dunstkreis deiner Eltern raus!« Bettina verschränkte wieder die Arme.

»Bloß weil sich für dich ein typischer Jungmännertraum gleich doppelt erfüllt hat, kannst du die Welt nicht einzig und allein mit deinem Schwanz betrachten. Also hör endlich auf, deine Tante *und* deine Nachhilfelehrerin zu vögeln! Überlass das den anderen Idioten.«

»Wow, das hört sich ja fast so an, als wärst du eifersüchtig«, sagte Robert.

Auf Bettinas Gesicht erschien ein dünnes Lächeln. »Würde ich nicht Frauen den Vorzug geben, könnte ich mich tatsächlich in dich verlieben, Robert. Aber wahrscheinlich nicht für sehr lange. Und ich glaube, Maria wird sich dein Verhalten über kurz oder lang auch nicht mehr gefallen lassen.«

»Was hast du bloß immer mit Maria? Du hast ihr doch nichts gesagt, oder?« In seiner Stimme schwang ein Hauch von Furcht mit.

»Natürlich nicht. Aber es ist einfach nicht in Ordnung, wie du dich benimmst.«

Robert lehnte sich im bequemen Kippsessel zurück und schloss einen Moment lang die Augen. Die Geräusche des Spielautomaten wurden leiser, als einmal mehr die Erinnerungen an jenen Abend hochkamen: Er war nach der Oper im »1900« unter dem Gewieher der Stammtischmitglieder beinahe am Tisch eingeschlafen, da ihm das Zirkeltraining und die Steigerungsläufe am Nachmittag mächtig zugesetzt hatten. Seine Tante hatte sich angeboten, ihn nach Hause zu fahren. Sie war wie ihre Schwester ebenfalls ohne ihren Mann erschienen, denn Wolfgang Miederson befand sich wieder einmal auf Geschäftsreise in Brasilien, wo der Pumpeningenieur eine Anlage in Betrieb nehmen sollte. Am nächsten Morgen musste Elisabeth wie Robert früh raus, wegen eines Prozesses am Landgericht, bei dem sie dolmetschen sollte.

Seine Mutter warf ihrer Schwester einen warnenden Blick zu, bevor Elisabeth sich von ihrem Platz erhob und Robert spielerisch beim Aufstehen half, so, als wäre sie eine Krankenschwester und er hilfsbedürftig.

Robert hatte den Blick seiner Mutter gesehen und seine Erregung wuchs, wenn er an die gemeinsame Autofahrt mit Elisabeth dachte, die ihm bevorstand.

Anders als ihre jüngste Schwester war Roberts Mutter Brigitte eine unauffällige Erscheinung; nur 1,60 Meter groß, mager, mit flachen Brüsten und dünnem blondem Haar. Ihre schmalen Lippen unterstrichen den Eindruck von Strenge und Askese, dazu kam eine nicht unwesentliche Bitterkeit. Sie arbeitete als Radiologin am Dresdner Universitätsklinikum und ging völlig in ihrem Beruf auf. Sie legte keinen Wert auf Mode und schminkte sich so gut wie gar nicht.

Robert, ihr einziges Kind, wusste seit Längerem, dass die Ehe seiner Eltern nur noch auf dem Papier bestand. Sie war ein Arrangement, das durch das nicht unbeträchtliche Familienvermögen zusammengehalten wurde. Schließlich besaß sein Vater drei Apotheken. Hans-Joachim Schröter war außerdem stellvertretender Vorsitzender des Deutschen Apothekerverbandes. Er erhielt für dieses Amt eine beträchtliche Aufwandsentschädigung, und Roberts Mutter verdiente als Oberärztin ebenfalls gut.

Dem Ehepaar gehörten außer ihrer eigenen Villa noch zwei weitere Häuser im Weißen Hirsch, in denen sich jeweils drei vermietete Wohnungen befanden. Hinzu kam noch ein Acht-Parteien-Mietshaus in Meißen. Eine vierte Villa hatte Hans-Joachim Schröter vor ein paar Jahren seinem Schwager Wolfgang Miederson verkauft.

Monika Douglas, die mittlere des Schwesternterzetts, war ihrer älteren Schwester Brigitte recht ähnlich, eine verblühte Schönheit, die im Gegensatz zu den anderen beiden Frauen in den vergangenen Jahren an Gewicht zugelegt hatte. Ihre Ehe war ebenfalls ziemlich unglücklich. Ihr Mann William, der wie ihr Schwager Wolfgang Miederson Ingenieur war, stammte ursprünglich aus Houston in Texas. Sie hatten sich auf einer Messe in Hannover getroffen, wo Monika damals als Vorstandsassistentin eines deutschen Solarenergiekonzerns gearbeitet hatte.

William dagegen hatte es ausschließlich mit fossilen Energien zu tun. Er hatte zunächst in der Erdölbranche gearbeitet und war inzwischen Entwicklungschef eines kanadischen Konsortiums, das sich auf Fracking spezialisiert hatte, einem technisch ebenso komplizierten wie umstrittenen Verfahren zur Förderung von Gas- und Ölvorkommen, die in Gesteinsschichten eingebettet lagen.

Monika führte daher die Ehe einer Seemannsbraut, denn ihr Mann arbeitete – mit kurzen Unterbrechungen – rund zehn Monate des Jahres auf dem nordamerikanischen Kontinent, in der kanadischen Provinz Saskatchewan. Doch lieber nahm Monika ein solches Eheleben in Kauf, als ihre Heimatstadt – und ihre Schwester Brigitte – zu verlassen und vielleicht nach Kanada auszuwandern. Außerdem gab William einen fürsorglichen Vater für ihre 15-jährigen Zwillinge ab – wenn er denn mal in Dresden weilte, sie die Ferien bei ihm in Kanada verbrachten oder gemeinsam verreisten.

Geld war für sie kein Problem, Monika ging im Gegensatz zu ihrer älteren Schwester nicht arbeiten, sondern war Hausfrau und Mutter, spielte leidenschaftlich gern Tennis, naschte ansonsten viel Schokolade und trank etwas zu viel.

Und dann war da noch Elisabeth, das 36 Jahre alte Nesthäkchen der Familie Ulrich. Das krasse Gegenteil ihrer Schwestern. Schon früher, daheim in Halle, war sie von Anfang an die kleine, verwöhnte Prinzessin gewesen. Sie war auffallend hübsch, eine Erscheinung, die früh gelernt hatte, ihre Attraktivität zu ihrem Vorteil einzusetzen. Was ihre älteren Schwestern mit Fleiß und Disziplin geschafft hatten, hatte Elisabeth zunächst mit bitterlichem Weinen, später mit geschickter Koketterie und einem atemberaubenden Augenaufschlag mühelos erreicht.

Das hatte zwar nicht fürs Abitur, aber für einen Realschulabschluss gereicht. Danach hatte Elisabeth eine Fremdsprachenschule besucht, wo sich zum Erstaunen der gesamten Familie plötzlich ihr großes Talent für Sprachen herausgestellt hatte. Abseits vom Unterricht hatte sie außerdem ziemlich erfolgreich gemodelt. Inzwischen beherrschte sie sechs Fremdsprachen fließend und besaß für Russisch sogar ein Dolmetscherdiplom.

Ihren Mann Wolfgang hatte sie ganz unspektakulär während eines Italienurlaubs kennengelernt, in einem Straßencafé in Imperia in Ligurien. Er war jedoch ein Mann, der so überhaupt nicht zu ihr passen wollte, denn er wirkte wie der verkniffene Technokrat, der er auch war.

Robert erinnerte sich noch gut daran, wie seine Mutter auf der Hochzeitsfeier von Elisabeth und Wolfgang im Garten seiner Eltern zu seinem Vater gesagt hatte: »Ich gebe meinem Schwager höchstens zwei Jahre. Dann bringt er sie entweder um oder er hängt sich auf.«

Die drei ungleichen Schwestern lebten schon seit Jahren im selben Viertel, im Weißen Hirsch, jeweils nur ein paar Hundert Meter voneinander entfernt, in großzügigen Villen, die von parkähnlich angelegten Gärten umgeben waren. In der Nacht zum 09. November 1989, als die Mauer gefallen war, hatte Roberts Vater eine Flasche Rotkäppchen geöffnet und zu seiner Frau und seinem Sohn gesagt: »Wie schon unser Dauerstänkerer Wolf Biermann wusste, Fett schwimmt oben!«

Und mit dieser Prognose für ihr weiteres Leben sollte Hans-Joachim Schröter, ehemalige Mittelstreckenlegende der DDR und jetziger Doktor der Pharmazie, recht behalten. Die traditionellen Seilschaften sollten selbst das turbokapitalistische Treuhand-Jahrzehnt unbeschadet überstehen. Statt Rotkäppchen wurde ab

Mitte der 1990er-Jahren daher mindestens ein ordentlicher französischer Crémant im Hause Schröter aufgemacht, wenn es einen Anlass zum Feiern gab. Und zu Weihnachten, Silvester und an Geburtstagen selbstverständlich Champagner.

Robert hatte seine Tante Elisabeth schon immer anziehend gefunden, und als er ihr an jenem Abend wie ein Lämmchen hinaus auf die Straße und zu ihrem dunkelblauen Mini Cabrio gefolgt war, hatte sein bisheriges Leben geendet.

Elisabeth Miederson roch gut. Robert mochte auch, wie sie Auto fuhr. Schnell und sicher, während aus den Lautsprechern »The Chemical Brothers« dröhnten. Seine Tante war ja so cool, ganz anders als seine ewig besorgte Mutter, die immer noch am liebsten die »Puhdys« oder »Silly« hörte, und wenn er sich ab und zu unter der Dusche einen runterholte, dachte er dabei vor allem an Elisabeth. Darüber hinaus hatte er keine Erfahrungen mit Sex, denn das würde ihn nur davon ablenken, Deutschlands nächster Olympiasieger im 800-Meter-Lauf zu werden.

Als sie die Elbe überquerten, fragte sie plötzlich: »Hast du eigentlich keine Freundin?«

Robert sah sie verdutzt an. Elisabeth lachte auf und ihre rechte Hand glitt vom Schalthebel sachte auf seinen Oberschenkel. Sie ließ sie dort liegen. Es fühlte sich verdammt gut an, und auf einmal war seine Kehle wie zugeschnürt.

»Was ist mit deiner Maria? Sie soll Brasilianerin sein.« Elisabeth sprach in sein Schweigen hinein.

Robert spürte, wie er rot wurde. »Maria ist 22. Sie studiert Wirtschaftsinformatik«, brachte er schließlich heraus. »Um fit zu bleiben, trainiert sie bei uns im Verein.«

Er warf einen Blick nach links auf ihre Beine unter dem kurzen Rock.

»Wolfgang ist übrigens mal wieder in Brasilien.«

»Ich weiß«, sagte Robert.

Sie nahm ihre Hand von seinem Oberschenkel, schaltete einen Gang runter und bog in die Straße ab, an der die Villa der Miedersons lag.

Sie musste seinen fragenden Blick bemerkt haben, denn sie sagte: »Ich habe deiner Mutter versprochen, dir die DVD von »Madame Butterfly« für sie mitzugeben.«

Schwungvoll fuhr sie die Einfahrt hinauf und bremste knapp vor dem Tor der Doppelgarage. Das Haus der Miedersons war etwas kleiner als Roberts Elternhaus, aber immer noch imposant genug. Elisabeth stieg aus.

»Na los, komm mit rein! Ich habe keine Ahnung, wo die verdammte DVD ist.« Sie zwinkerte, knallte die Fahrertür zu und ging auf hochhackigen Schuhen zum Hauseingang. Robert gab sich einen Ruck, stieg aus und folgte ihr.

Im Haus versank er in einem ausladenden Zweisitzer, der vor dem offenen Kamin platziert war. Er wandte sich um und beobachtete seine Tante, die das wandbreite Bücherregal nach der DVD durchsuchte.

»Ich habe noch einen Schluck Rotwein«, sagte sie unvermittelt, richtete sich auf und drehte sich um. »Bloß ein kleiner Schluck. Das wird dir deine neue Bestzeit schon nicht versauen.«

Sie drückte ihm im Vorbeigehen die DVD in die Hand, verschwand in der Küche und kehrte mit einer Flasche *und zwei Weingläsern ins Wohnzimmer zurück. Elisabeth setzte sich neben ihn aufs Sofa. Sie entkorkte die Flasche und schenkte beide Gläser halb voll, drückte ihm eines davon in die Hand und sah ihn erwartungsvoll an.*

Robert legte die DVD auf den Glastisch und stieß vorsichtig mit ihr an.

»Auf die Liebe!«, sagte seine Tante.

»Cheers«, antwortete Robert. Er sah ihre tiefbraunen Augen mit den langen Wimpern, ihre vollen Lippen und die kurzen schwarzen Haare dicht vor sich. Und er roch wieder ihr Parfum. Sie tranken beide gleichzeitig. Nach dem ersten Schluck verspürte er sofort eine wohltuende Wärme. Kurz entschlossen stürzte er das Glas hinunter, und da war schon wieder ihre Hand auf seinem Oberschenkel. Die Wirkung ließ nicht lange auf sich warten. Elisabeth rückte dichter an ihn heran. Robert keuchte leise. Er spürte eine Gelöstheit und Leichtigkeit, die er zu genießen begann.

Ihre rechte Hand lag jetzt in seinem Schritt und drückte sanft auf die unübersehbare Schwellung. Dann löste sie seinen Gürtel, öffnete Reißverschluss und Hosenknopf. Immer näher kam ihr Gesicht, bis ihre Lippen über seinen Mund strichen und ihre Zunge ganz leicht über seine Unterlippe fuhr. Robert war wie gelähmt. Das ging doch nicht! Die Frau vor ihm war seine Tante, die Schwester seiner Mutter – und außerdem war Elisabeth Miederson verheiratet.

Doch seine Erregung steigerte sich unaufhaltsam, als Elisabeths Zunge seine Lippen öffnete und in seinen Mund eindrang. Robert warf alle Bedenken über Bord und verbot seinem Gewissen, sich noch länger einzu-

mischen. Er ließ sich bereitwillig Jeans und Unterhose ausziehen und gab sich ihren erfahrenen Händen hin.

»Das fühlt sich gut an«, flüsterte sie.

Robert stöhnte leise und Elisabeth löste sich von ihm. Als sie seinen Penis in den Mund nahm, wurde ihm schwindlig vor Erregung, und es dauerte nur Sekunden, bis er kam. Da stand seine Tante abrupt auf und verschwand wortlos im Badezimmer in der ersten Etage.

Robert blieb erschöpft liegen. Sein schlechtes Gewissen kehrte in rasender Geschwindigkeit zurück. Er stand auf, zog seine Hosen an und zupfte seine Kleidung zurecht. Einen Moment dachte er daran, einfach zu verschwinden. Er wollte raus hier, er wollte nach Hause, um möglichst vor seiner Mutter dort einzutreffen.

Er schnappte sich die DVD und wollte gerade gehen, als seine Tante in einem weißen Bademantel vor ihm auftauchte. Robert fuhr erschrocken zusammen.

»Tu nichts Unüberlegtes, wir wollen doch das gute Verhältnis zwischen unseren Familien nicht belasten.« Während sie sprach, bugsierte sie ihn durch das Wohnzimmer in den Hausflur bis zur Eingangstür. »Versuch auf keinen Fall, mich anzurufen. Versprichst du mir das, Robert?«

»Ja«, sagte er tonlos, »natürlich.«

»So ist es gut«, sagte Elisabeth und öffnete die Haustür. »Denk immer daran, man liebt nur den Verrat, aber niemals den Verräter …«

Mit diesen Worten öffnete Elisabeth Miederson die Haustür. Sie gab ihm einen flüchtigen Kuss auf die Wange und schob ihn hinaus in die Nacht.

Als er die Augen aufschlug, kehrten die Geräusche der Spielhalle zu ihm zurück, und er sah direkt in Bettina Langes besorgtes Gesicht.

»Was war das denn gerade?«, fragte sie fassungslos.

Robert blickte sie schweigend an.

»Robert, deine Tante *ist* eine Soziopathin. Sie ist gefährlich, auch wenn du das nicht wahrhaben willst.«

Robert zuckte mit den Schultern. »Glaub mir, Elisabeth ist nicht gefährlich«, sagte er, »und mit der Weinert ist Schluss. Die hat nur noch genervt.«

Er versuchte, lässig und abgeklärt zu wirken, denn er brachte es einfach nicht fertig, Bettina die volle Wahrheit anzuvertrauen. Diesen ungeheuerlichen Schlamassel, in dem er jetzt viel tiefer drinsteckte als noch vor zwei Wochen. Bettina wusste einiges von diesem Sumpf aus Lügen und Intrigen, aber sie durfte niemals erfahren, was in den letzten 14 Tagen passiert war. Nein, kein Mensch durfte das jemals erfahren.

Robert erhob sich unvermittelt aus dem Kunstledersessel. »Ich mache dir einen Vorschlag, Bettina …«

»Dann lass mal hören.«

»Also gut, ich werde wieder ins Training einsteigen. Und meinetwegen laufe ich die 800 Meter *und* die Staffel in Leverkusen, auch wenn ich wahrscheinlich den letzten Platz belegen werde. Aber …«

»Aber was?«

»Schwör mir bei deinem Leben und allem, was dir heilig ist, dass du niemandem erzählst, was bei mir los ist.«

»Das habe ich bisher nicht getan und werde es auch in Zukunft nicht tun«, entgegnete Bettina.

»Es ist lebenswichtig«, insistiere er, »und zwar nicht nur für mich.«

»Na klar ist das lebenswichtig. Für eure durchgeknallte Familie und genauso für diese Nicole Weinert. Ich bin doch nicht blöd. Die würde nirgendwo mehr eine Anstellung kriegen, diese verrückte Kuh. Ihre Beamtenlaufbahn könnte sie sich sonst wohin stecken. Du bist mein Freund, Robert, und einen Freund hintergeht man nicht.«

Robert Schröter nickte und streckte ihr die Hand hin. »Deal?«, fragte er. »Ich gehe wieder zum Training und du hältst die Klappe?«

Bettina Lange zögerte einen winzigen Moment, bevor sie einschlug. »Deal«, sagte sie, obwohl sie dem Braten nach wie vor nicht traute. »Dann bis nachher im Training, um 16 Uhr.«

»Ich werde da sein«, versprach Robert.

Er war zwar nicht besonders überzeugt von dem, was er da gerade feierlich versprochen hatte, doch das war vermutlich der einzige Weg, um in Ruhe gelassen zu werden. Von seinen Eltern, von Bettina und nicht zuletzt von seinem Gewissen.

4

Der Anblick eines toten Menschen machte Lohmann für gewöhnlich nicht mehr allzu viel aus – sah man einmal von Leichen ab, die Wochen oder Monate im Wasser gelegen hatten. Aber auch nach so vielen Jahren als Mordermittler hatte er Mühe, den latent süßlichen, fettigen Geruch auszuhalten, der wie eine Wolke durch den Sektionsraum der Rechtsmedizin schwebte. Besonders vor dem Frühstück.

Der Rechtsmediziner hatte die ganze Nacht gearbeitet, und Lohmann hatte ihm am frühen Morgen telefonisch versprochen, den vorläufigen Obduktionsbericht von der unbekannten Toten aus der Bühlauer Heide persönlich im Rechtsmedizinischen Institut entgegenzunehmen.

Nun standen Brenner und er vor der Leiche, und das kalte Neonlicht zeigte ihnen sämtliche Einzelheiten des Verwesungsprozesses überdeutlich. Eine breite, mit groben Stichen genähte Naht führte vom Hals abwärts bis hinunter zu ihrer Scham, die lediglich einen leichten Flaum aufwies.

»Heidis Rücken anzuschauen würde ich nicht empfehlen«, sagte Martens statt einer Begrüßung. Der Rechtsmediziner gab allen unbekannten Toten, die er zu obduzieren hatte, einen Namen. Aus Respekt.

»Ich verzichte gern«, erwiderte Lohmann.

»Ein paar Dinge kann ich bereits mit Sicherheit sagen.« Martens deutete mit dem Obduktionsbericht auf mehrere Nierenschalen im Hintergrund, in denen sich vermutlich die Organe der Toten befanden. »Sie war kerngesund und gepflegt, sie war nicht schwanger, hat wahrscheinlich mal abgetrieben. Sie hatte sexuellen Verkehr und ganz kurz vor ihrem Tod hat sie sich völlig entleert. Ihre Blase enthielt keinen Tropfen Urin.« Er drückte Lohmann den schmalen Aktenordner in die Hand. »Was ebenfalls für einen Erstickungstod spricht. Aber es gibt keine Anzeichen eines gewaltsamen Eindringens, also keine Vergewaltigung. Ich habe die DNA-Spuren dennoch sichergestellt. Unter ihren Fingernägeln habe ich nichts Brauchbares gefunden.«

»Und woran ist sie also gestorben?«, fragte Lohmann geduldig.

Der Rechtsmediziner trat an den Obduktionstisch und deutete auf ihre Kehle, wo sich auf der Haut deutlich Würgemale abzeichneten.

Lohmann sah ebenfalls genauer hin.

»Wie ich gestern schon vermutet habe«, sagte er. »Heidis Kehlkopf und Zungenbein sind jedoch intakt, sodass sie mit ziemlicher Sicherheit nicht erwürgt, sondern stranguliert wurde. Wissen Sie inzwischen, wer sie ist?«

»Nein«, sagte Lohmann, »aber wir kriegen im Lauf des Vormittags die Vermisstenanzeigen der vergangenen vier Wochen. Vielleicht haben wir ja Glück. Stranguliert sagen Sie?«

Martens nickte. »Höchstwahrscheinlich mit einem Schal.«

»Machen Sie es bitte nicht so spannend«, maulte Lohmann, der wusste, dass der Rechtsmediziner gelegentlich zur Theatralik neigte.

Martens zog ein Reagenzglas aus seinem Kittel, das er gegen das Licht hielt. »Ich konnte an ihrem Körper, in den Haaren und an ihrer Kleidung insgesamt 24 Faserspuren eines grünen Gewebes sicherstellen, das mit keiner der Fasern ihrer Kleidung übereinstimmt. Die Analyse läuft zwar noch, aber ich tippe schon mal ganz verwegen auf Seide.«

Lohmann beugte sich interessiert vor. Die Farbe der Fasern war teilweise mit bloßem Auge erkennbar. »Könnte ihr eigener Schal gewesen sein.«

»Dann müsst ihr ihn ja nur noch finden«, sagte Brenner nicht ohne einen Hauch Genugtuung in der Stimme. »Und bevor ich es vergesse: Gestern Abend kam dank der Suchstaffel noch der fehlende rechte Pumps rein. Er lag auf der anderen Seite des Waldweges, rund 20 Meter im Unterholz. Nichts Auffälliges, außer einem verschmierten Fingerabdruck, der vermutlich nicht brauchbar ist. Und sie hat an der Ferse einen ziemlichen Kratzer.«

»Das könnte wichtig sein. Und der Todeszeitpunkt?«

»Die Maden haben mir verraten: irgendwann zwischen 22 Uhr am Samstag und 4 Uhr früh am Sonntag vor zwei Wochen.«

»Donnerwetter«, sagte Lohmann, »so genau?«

Martens nickte. »Jep. An dem Wochenende war das Rock-Konzert.«

Lohmann erinnerte sich. Er war an jenem Samstagabend in der Oper gewesen und hatte sich gleich danach in seiner Wohnung verkrochen, wo er seinen Schmerz mit einer halben Flasche Wodka betäubt hatte, während Tausende von Menschen trotz kühlen Wetters und Nieselregens auf den Beinen gewesen waren, um sich selbst zu feiern. Es war zum Kotzen: Je fröhlicher sich die Menschen um ihn herum aufführten, desto stärker machten ihm seine Depressionen zu schaffen.

Lohmann warf einen Blick auf den vorläufigen Obduktionsbericht. »Also vergnügt sie sich vielleicht auf dem Konzert, lernt dort jemanden kennen, vielleicht will sie mit ihm Sex haben, wird stranguliert und dann – vermutlich im Kofferraum eines Autos – in den Wald gefahren. Der vermeintliche Täter, vielleicht waren es ja auch zwei Personen, trägt die Leiche ein paar Meter ins Unterholz. Anschließend kehren der oder die Täter zum Wagen zurück, wo auf dem Weg ihr Schuh liegt, der ihr wahrscheinlich vom Fuß abgestreift wurde, als man sie über die Kante des Kofferraums gezogen hat. Der Täter hebt den Schuh auf, überlegt, was er damit machen soll, und wirft ihn in den Wald.«

»Klingt plausibel und passt zur Abschürfung an der Ferse«, sagte Brenner. »Aber ich geh jetzt erst mal eine rauchen.«

»Es ist eine Theorie«, sagte Lohmann lächelnd. Er spürte das Jagdfieber in sich aufsteigen, und plötzlich war er sich sicher, dass er doch noch ein paar Jahre dranhängen würde. Lohmann liebte seine Arbeit. Und nur sie würde ihm helfen, sein Leben wieder auf die Reihe zu kriegen.

*

Hinter Wolfgang Miederson lag eine Odyssee. Vor 36 Stunden war er in Cuiabá bei knapp 40 Grad und tropischer Schwüle in eine zweimotorige Beechcraft gestiegen. Einen Tag früher als geplant. Nach mehreren Zwischenstopps in Brasilien hatte er den Atlantik in der Businessclass eines Airbus A340 überquert und war über Frankfurt am Main zurück nach Dresden geflogen. Mit nunmehr 52 Jahren empfand er diese oft wochenlangen Reisen zu großen Bauprojekten in aller Welt als ziemlich strapaziös. Doch sie waren enorm lukrativ.

Miederson, dessen Urgroßvater aus Schweden stammte und der in Hamburg in bescheidenen Verhältnissen aufgewachsen war, war einer von kaum zwei Dutzend Ingenieuren weltweit, die als Experten für komplexe Pumpenanlagen zu Rate gezogen wurden. Sein Know-how hatte er sich zunächst durch ein Maschinenbau-Studium an der Technischen Universität Hamburg erworben, danach war es bei einem großen Pumpenhersteller in Dortmund rasant aufwärtsgegangen, wo er Chefkonstrukteur und später zum Leiter der Entwicklungsabteilung aufstieg. Dort hätte er bis ins Rentenalter einen sicheren Arbeitsplatz gehabt, aber dann verdrehte ihm während eines Italienurlaubs acht Jahre zuvor eine junge Frau den Kopf. Ihr Name war Elisabeth Ulrich. Sie sprach ihn in einem Straßencafé in der ligurischen Hafenstadt Imperia an. Damals war sie gerade von der Mailänder Modewoche gekommen.

Wolfgang Miederson war Realist. Hager, mittelgroß und mit schütter werdendem Haar empfand er sich selbst nicht als attraktiven Mann. Die wenigen Beziehungen zu Frauen waren oft nach kurzer Zeit im Sande verlaufen. Seine letzte Freundin, eine Bankkauffrau, hatte es immerhin knapp zwei Jahre mit ihm ausgehalten.

Es waren stets die gleichen Beschwerden, die er von den Frauen zu hören

bekam: Er würde sich zu wenig für sie und ihre Belange und Wünsche interessieren; er wäre nicht spontan und schon gar nicht emphatisch, dafür habe er jedoch eine zwanghafte Ordnungsliebe und sei nicht umsonst mit seinem Beruf verheiratet – mit den Pumpen, den endlosen Zahlenkolonnen, dem Laptop – und natürlich mit dem verdammten Jazz.

Tatsächlich war er wegen des alljährlichen Jazz-Festivals in San Remo zu jener Zeit in Italien. Denn wie nicht wenige Menschen mit außergewöhnlicher mathematischer Begabung, die ein geradliniges, strukturiertes Leben bevorzugten, besaß Wolfgang Miederson eine gut durchblutete musikalische Ader, die er mit Klavierspiel auf hohem Niveau und einer umfangreichen Plattensammlung am Pulsieren hielt.

Und dann, nach gut drei Jahren als Single, in denen er höchstens mal ein Bordell besuchte, setzte sich plötzlich diese atemberaubende Frau an seinen Tisch, bestellte sich ganz selbstverständlich einen Cappuccino und zündete sich eine schlanke Zigarette an. Das Jazz-Festival in San Remo war ihr ein Begriff, die Namen von Miles Davis, Lionel Hampton, Count Basie und Charlie Parker musste er ihr nicht buchstabieren und einen Cappuccino später versicherte sie ihm glaubhaft, sie würde deren Musik lieben. Darüber hinaus entpuppte sie sich als eine kluge und zugewandte Gesprächspartnerin.

Sie verbrachten daraufhin sechs wundervolle Tage an der italienischen Riviera und bereits in der dritten Nacht durfte Wolfgang Miederson vieles von dem nachholen, was er bis dahin eigentlich nicht vermisst hatte. Dass sie trotz ihres Engagements in Mailand ziemlich abgebrannt war, störte ihn nicht, im Gegenteil, denn er empfand eine unbändige Freude dabei, dieses anschmiegsame Gottesgeschöpf über alle Maßen zu verwöhnen. Es war wohl der Glücksfall seines Lebens.

Als sie sich schließlich trennten, war es nicht für lang. Bereits am übernächsten Wochenende wollte sie ihn in Dortmund besuchen. Und Elisabeth Ulrich hielt ihr Versprechen. Er empfing sie mit 28 roten Rosen am Bahnsteig; eine Rose für jedes ihrer Lebensjahre. Er war damals 44.

Die nächsten sechs Monate pendelten sie an den Wochenenden zwischen Dortmund und Dresden hin und her. Er lernte ihre beiden älteren Schwestern Brigitte und Monika kennen, verstand sich mit deren Ehemännern Hans-Joachim und William auf Anhieb hervorragend – wie auch mit ihren Eltern, die in Halle lebten.

Elisabeth überzeugte ihn rasch davon, sich selbstständig zu machen, anstatt seine Qualitäten zu einem Dumpingpreis an ein Unternehmen zu verschachern. Sie rannte damit offene Türen ein, schon lange sehnte er sich nach mehr Freiheit. Also nahm Wolfgang Miederson eines Tages das Angebot eines internationalen Headhunters an.

Zufällig stand zur gleichen Zeit in Dresden ein Haus zum Verkauf; ein Haus, das ebenso zufällig Elisabeths Schwager Hans-Joachim gehörte. Miedersons Ersparnisse würden gerade ausreichen, um es mit einer soliden Finanzierung zu kaufen und zu renovieren. Er kündigte, zog nach Dresden und heiratete Elisabeth Ulrich.

Merkwürdigerweise hatte nur Wolfgang Miedersons Mutter – sein Vater war fünf Jahre zuvor verstorben – ihren Sohn vor diesem Schritt gewarnt. Der Konflikt wurde nicht offen ausgetragen, aber zwischen Irmgard Miederson und Elisabeth hatte die Luft immer gebrannt.

»Sie ist nicht nur zu jung für dich, sondern sie ist vor allem falsch«, sagte seine Mutter immer wieder. »Glaub einer alten Frau, auch wenn du erwachsen und ein kluger Mann bist. Ich kann nur hoffen, dass ich mich diesmal irre.«

Soweit Wolfgang Miedersohn es beurteilen konnte, irrte sich seine Mutter gewaltig. Sein bis dahin vertrauensvolles Verhältnis zu ihr kühlte sich merklich ab, der Kontakt nach Hamburg beschränkte sich bald auf kurze Telefonate zu Weihnachten und zum Muttertag.

Elisabeth war immer für ihn da. Kehrte er von seinen Reisen zurück, bereitete sie ihm einen warmherzigen Empfang und erwies sich allgemein als perfekte Ehefrau. Einmal im Jahr flogen sie für drei Wochen auf die Malediven. Elisabeth war besorgt, sie war liebevoll, sie konnte ziemlich gut kochen; außerdem war sie witzig und bisweilen sogar frech; sie lauschte seinem Klavierspiel hingebungsvoll und begleitete ihn gern in die Semperoper. Denn natürlich war Wolfgang Miederson als neues Mitglied ihrer Familie eine feste Größe am Stammtisch. Vom Jazz zur Oper war es schließlich nur ein verhältnismäßig kleiner Schritt, zumindest was die Qualität der Musik betraf. Und auch jetzt, im berüchtigten verflixten siebten Jahr ihrer Ehe, herrschte nach wie vor Harmonie zwischen ihnen, trotz der 16 Jahre Altersunterschied.

Darüber hinaus war er seiner Frau äußerst dankbar und bezeichnete Elisabeth häufig als seine Managerin. Schon bei einem seiner ersten Besuche in Dresden hatte sie ihm am Opernstammtisch Sebastian Bergner vorgestellt; einen Importkaufmann und Großspediteur, der über exzellente Verbindungen in den ehemaligen Ostblock verfügte und für den Elisabeth regelmäßig als Dolmetscherin und Übersetzerin arbeitete.

Überraschenderweise hatte ihm Bergner, den er als etwas zu großspurig, als zu laut und jovial empfand, binnen weniger Wochen zwei lukrative Aufträge in Moskau sowie in Jekaterinburg verschafft, ohne dafür eine Gegenleistung zu verlangen.

Wolfgang Miederson schenkte ihm zwei Jahre später, als seine Geschäfte wie geschmiert liefen, nach langem Überlegen ein kleines Aquarell von Karl Schmidt-Rottluff, das er in der Berliner Galerie »Villa Grisebach« ersteigert hatte. Er wollte in seinem Leben niemandem etwas schuldig sein. Miederson mochte klare Verhältnisse und genaue Ansagen, was sowohl seine Auftraggeber aus aller Welt als auch seine Frau zu schätzen wussten.

Miederson schmunzelte, als er an Elisabeths letzte SMS dachte: »Ich freue mich so auf dich. Und ich möchte eine Familie mit dir gründen. Ich will ein Baby. Flieg vorsichtig – nicht zu hoch und nicht zu schnell! Sisi.«

Elisabeths Mini Cabrio stand in der Einfahrt, als er verschwitzt und müde aus dem Taxi stieg, das ihn vom

Flughafen in Klotzsche nach Hause gebracht hatte. Als er sich Elisabeths überraschtes Gesicht vorstellte, erfasste ihn prickelnde Vorfreude. Er sehnte sich nach einer Dusche, um ihr danach ausgiebig und ganz ohne Zeitdruck zu demonstrieren, wie sehr er sie vermisst hatte. Noch vor dem Mittagessen. Wenn sie von ihm ein Kind haben wollte, nur zu.

Er war bereits für zwei weitere Projekte fest gebucht, in Riga, in Shenzhen in der chinesischen Sonderwirtschaftszone, und es gab weitere Anfragen. Die ganze Welt schien Pumpenanlagen zu brauchen. Wenn es in diesem Tempo weiterging, dann würde er sich schon mit 60 aus dem Berufsleben verabschieden können.

O ja, Wolfgang Miederson war ein glücklicher Mann. Er schloss die Haustür auf, trat in den Flur und rief: »Ich bin wieder da, mein Schatz!«

*

Die Nacht in Dresden war aus polizeilicher Sicht ruhig gewesen. Die Montagsdemonstration der Pegida-Bewegung war ohne nennenswerte Zwischenfälle verlaufen, eine Spielhalle in der Nähe des Hauptbahnhofs war überfallen worden, hinzukamen zwei Autodiebstähle, zwei Wohnungseinbrüche, eine Schlägerei in einer Bar. Aber es hatte kein Tötungsdelikt gegeben. Es war einer der kürzesten Polizeiberichte des laufenden Jahres, und so konnten die Ermittler des Kommissariats 11 sich auf ihre beiden aktuellen Fälle konzentrieren. Im Fall Helmut Wohberg ging es nur noch ums Motiv und um die Frage, ob der Musiklehrer seine

Ehefrau im Affekt oder doch heimtückisch getötet hatte.

»Wir konnten bis gestern Abend alle Zeugen befragen, die der Tatverdächtige Wohberg bei seiner Vernehmung genannt hatte«, sagte Stephanie Walter. Lohmann hatte ihr nach seinem »Guten Morgen« in die Runde mit einem aufmunternden Kopfnicken das Wort erteilt. Insgesamt neun Männer und vier Frauen, die Ermittler für Kapitalverbrechen des Kommissariats 11, hatten sich um 8.30 Uhr im kleinen Konferenzraum des Präsidiums versammelt.

Stephanie Walter war aufgeregt. Lohmann lächelte ihr kurz zu. Sie räusperte sich, bevor sie fortfuhr: »Die Zeugen Oltmann und Schneyder wurden durch die Kollegen Breitscheid und Zischler, das Ehepaar Raduscheit wurde durch die Kollegin Riekhof und mich befragt. Wir können davon ausgehen, dass der Tatverdächtige Helmut Wohberg in Bezug auf seine Ehe wahrheitsgemäß ausgesagt hat.« Sie blickte auf. Die Kommissare Breitscheid und Zischler nickten. Lohmann nickte auch.

»Alle Zeugenaussagen stimmen dahingehend überein, dass es sich bei der Ehe von Sibylle Wohberg, dem Opfer, und Helmut Wohberg, dem Tatverdächtigen, um eine äußerst komplizierte Beziehung gehandelt haben muss, in der es fortlaufend zu Streitigkeiten gekommen war, die – hier herrscht bei den Zeugen ebenfalls Übereinstimmung – wohl von der Ehefrau ausgingen. Bei den vier genannten Zeugen handelt es sich um Günther Oltmann, den ältesten Freund und Trauzeugen des Tatverdächtigen, sowie um zwei Kollegen des Robert-

Koch-Gymnasiums, an dem der Tatverdächtige als Musiklehrer und Chorleiter beschäftigt ist.«

Beschäftigt war, dachte Lohmann.

»Die Zeugin Inge Raduscheit hat zu Protokoll gegeben, von Sibylle Wohberg einmal aus Eifersucht tätlich angegriffen worden zu sein.«

»Wann war das? Und hat sie damals Anzeige erstattet?«, wollte Lohmann wissen.

Walter überflog rasch ihre Unterlagen. »Der Vorfall ereignete sich vor acht Jahren während des Sommerfests am Gymnasium«, sagte sie dann. »Die Zeugin unterrichtet wie gesagt ebenfalls dort. Man war übereingekommen, Stillschweigen zu wahren. Herr Wohberg konnte danach die Kontakte zu seinen Freunden und Kollegen nur noch konspirativ aufrechterhalten.«

»Also ich weiß, warum ich mir den Gang zum Traualtar bisher erspart habe«, platzte es aus Schubert heraus. Die Anwesenden grinsten. Als er rasch hinzufügte: »Aber welche Frau würde mich schon nehmen?«, war reihum freundliches Gelächter zu hören.

»Sehr gut, Kollegin Walter ... Stephanie«, sagte Lohmann und rieb sich zufrieden die Hände. »Schick den Bericht bitte an die Staatsanwaltschaft. Der Täter läuft uns ja nicht mehr weg, und wenn die Kollegen Breitscheid und Zischler noch ein wenig tiefer in seinem Umfeld herumstöbern, dürften sie erneut zu ähnlichen Ergebnissen gelangen.« Er sah in die Runde und bemerkte einige verblüffte Gesichter. »Wir ermittelten gerade zugunsten eines Tatverdächtigen. Bei all den zu erwartenden entlastenden Hinweisen bitte ich euch, nicht den Blick für die andere Seite zu verlieren.«

Lohmann schwieg einen Moment, und als es keine Einwände gab, wandte er sich dem zweiten Mordfall zu. »Die unbekannte Tote in der Bühlauer Heide. Gibt es schon einen Hinweis auf die Identität der Frau?«

»Die Vermisstenanzeigen sind noch auf dem Weg«, sagte Doreen Riekhof, die zwei Jahre zuvor aus dem Kommissariat 13 zur Mordkommission gewechselt war.

»Schade«, sagte Lohmann und fasste dann lediglich den vorläufigen Obduktionsbericht zusammen, ohne seine vage Theorie aus dem Sektionssaal vor der Mannschaft auszubreiten.

»Gibt's sonst etwas Wichtiges?«, fragte er anschließend in die Runde.

Schubert räusperte sich. »Wir würden alle gern wissen, ob du wirklich bald in den Sack hauen willst?« Er nuschelte ein wenig, da er von einem vereiterten Backenzahn gequält wurde.

Im Konferenzraum wurde es augenblicklich still. Sämtliche Augen waren auf Lohmann gerichtet, der ein wenig verträumt aus dem Fenster geschaut hatte. Jetzt hob er die Schultern und stieß einen tiefen Seufzer aus. Er war nicht verärgert über Schuberts Vorstoß, denn seine Kollegen hatten ein Recht darauf zu erfahren, was Sache war, was er, der Vorturner und die graue Eminenz der Dresdner Mordermittler, plante. Und Schubert besaß ein untrügliches Gespür für die negativen Schwingungen, die ein solch zusammengewürfelter Haufen Individualisten entwickeln konnte. Die Leute brauchten eine Orientierung.

»Gut, Kollegen«, sagte Lohmann und schlug mit der flachen Hand auf die Tischplatte, »hiermit verkünde ich offiziell, dass ich mit der Toten im Wald nicht meine Abschiedsvorstellung geben werde. Ihr müsst mich wohl noch einige Zeit ertragen.«

Er war mehr als nur angenehm überrascht, als die gesamte Runde sein Bekenntnis mit Beifall und Tischklopfen zur Kenntnis nahm. Eine Kurzgeschichte von Jack London fiel ihm ein. Londons Bücher hatte er als Jugendlicher verschlungen; seine Cousine aus dem Westen hatte sie ihm zukommen lassen. Dem Bruder seines Vaters war es gelungen, im letzten Moment in die Bundesrepublik abzuhauen, zwei Tage, bevor mit dem Bau der Mauer begonnen worden war.

In einer dieser Kurzgeschichten wurde einem gewissen Kapitän Glaß in einer Hafenspelunke von seinen Freunden vorhergesagt, dass er wohl dazu bestimmt wäre, »in den Sielen zu sterben«. Ein wahrer Kapitän könne niemals aufhören, übers Meer zu segeln.

Vielleicht kann ich ja auch nicht aufhören, dachte Lohmann. Fast hätte er eine Träne verdrückt. Einmal schnäuzen und tief durchatmen. Wo sind die verdammten Taschentücher?

*

Es gab mehrere Dinge, die Nicole Weinert aus tiefstem Herzen verabscheute. Spinnen, Raucher und Fleischesser gehörten dazu, aber das Schlimmste war der Besuch beim Gynäkologen. Sie fand es entsetzlich entwürdigend, breitbeinig mit nacktem Unterkörper vor einem fremden Menschen zu liegen, der mit den Fingern oder irgendwelchen kalten, metallischen Geräten in ihre Vagina eindrang. Aber nun hatte sie nach längerem Zögern ihren freien Dienstagvormittag geopfert – der Stundenplan am Gymnasium machte das möglich –, um auf dem verhassten Stuhl Platz zu nehmen.

Denn irgendetwas stimmte nicht mit ihr. Normalerweise war ihre Monatsblutung regelmäßig wie ein Uhrwerk, doch nun war sie ausgeblieben. Außerdem spürte sie ein merkwürdiges Ziehen im Unterleib; alles in allem ausreichend für einen ungeheuerlichen Verdacht.

Sie war vom Weißen Hirsch, wo sie im Dachgeschoss einer alten Villa aus der Jahrhundertwende zur Miete wohnte, direkt zu ihrer Frauenärztin gefahren, deren Kopf nun zwischen ihren Beinen auftauchte. Die Ärztin nahm den Mundschutz ab.

»Ihre Spirale kann entfernt werden, Frau Weinert, die brauchen Sie nicht mehr. Sie erwarten ein Kind!«

Nicole schloss die Augen und presste ihre Hand auf den Mund, um nicht laut loszuschreien. Hatte sie sich die Spirale etwa einsetzen lassen, um eine Familie zu gründen? Was war das für ein schlechter Witz?

»Sie sind etwa Ende des zweiten Monats, Anfang des dritten. Wir sollten uns das mit dem Ultraschall gleich mal genauer anschauen.« Kathrin Heder, ihre Gynäkologin, ging auf die 60 zu. Doch es brauchte keine langjährige Berufserfahrung, um Nicoles Verzweiflung zu spüren. Mutterglück sah anders aus. Als Nicole zu schluchzen begann, versuchte sie beruhigend auf sie einzureden. »Frau Weinert, ich weiß, dass Sie sicher nicht zum Spaß verhütet haben, und eine Spiralen-Schwangerschaft ist selten. Andererseits sind Sie jetzt Mitte 30, ein guter Zeitpunkt, um sich eine Mutterschaft noch einmal durch den Kopf gehen zu lassen. Sollte es gewichtige Gründe geben, die dagegensprechen, dann …«

»Machen Sie es weg! Bitte!«, brach es aus Nicole hervor.

»Beruhigen Sie sich doch, Frau Weinert«, sagte die Gynäkologin erschrocken.

Nicole kletterte hastig vom Behandlungsstuhl hinunter. »Ich will, dass Sie es wegmachen. Am besten gleich!« Jetzt schrie sie.

»Hören Sie, so geht das nicht«, sagte die Gynäkologin nun streng, während ihre Patientin sich in Windeseile Slip und Jeans anzog und barfuß in die schwarzen Ballerinas schlüpfte. Ein neuerlicher Weinkrampf schüttelte sie. Wie ein gehetztes Reh rannte sie aus dem Zimmer, durch die Praxis und zum Ausgang. Im nächsten Moment fiel auch schon die Tür zum Treppenhaus ins Schloss. Die Patientinnen im Wartezimmer, die bei diesem Auftritt Logenplätze gehabt hatten, sahen sich erschrocken an.

Die Praxis befand sich in der vierten Etage eines Ärztehauses in der Dresdner Innenstadt. Im ersten Stock blieb Nicole stehen, lehnte sich mit dem Rücken an die grob verputze Wand des Treppenhauses, versuchte durchzuatmen und sich zu beruhigen. Aber wie sollte das gehen, wenn in ihrem Kopf immer nur das gleiche Wort widerhallte: warum?

Warum war sie vor einem Dreivierteljahr nach Dresden gekommen?

Warum war sie ausgerechnet in diese Dachgeschosswohnung im Weißen Hirsch gezogen? Warum hatte sie sich von ihren Vermietern Brigitte und Hans-Joachim

Schröter dazu überreden lassen, zum Opernstammtisch mitzukommen? Und warum hatte sie eingewilligt, dem Sohn des Ehepaars Nachhilfe in Französisch zu geben? Warum hatte sie Robert nicht Einhalt geboten, als er sie angebaggert hatte?

Weil sie nun einmal auf junge Männer stand.

Sie war immer sehr vorsichtig gewesen. Sie kannte den Paragrafen 174 des Strafgesetzbuches genau, und so hatte sie in der Vergangenheit peinlich genau darauf geachtet, dass ihre jugendlichen Liebhaber zumindest volljährig waren und nicht zu ihren Schutzbefohlenen zählten. Mit einem Schüler, den sie unterrichtete und benoten musste, hätte sie sich niemals eingelassen.

Nicht, dass sie jemals die Initiative ergriffen hatte. Sie kleidete sich konservativ, in gedeckten Farben, und wie eine Klosterschülerin versteckte sie ihre weiblichen Reize unter weit geschnittenen Kleidern und Pullovern. Nicole trug außerdem niemals hohe Absätze. Ihre halblangen, dunkelbraunen Haare waren glatt und in der Mitte gescheitelt. Eine Brille – die sie nicht benötigte – mit einer dicken, schwarzen Fassung unterstrich ihr beinahe matronenhaftes Aussehen.

Sie reagierte daher stets ein wenig verschreckt und durchaus empört, wenn einer der jungen Männer während der Nachhilfestunden plötzlich glaubte, ihr Avancen machen zu müssen. Sie war süchtig danach, die Fantasien dieser ungestümen Jungen anzuheizen. Sie empfand weder Schuld noch fühlte sie sich verantwortlich für ihre Neigung. Dass beides tatsächlich so zutraf, war ihr von mehreren Psychologen bescheinigt worden. Im katholischen Vechta, wo sie als Tochter eines wohlhabenden Großbauern aufgewachsen war, hatte man bestimmt dafür gesorgt, dass sie kein normales Sexualleben entwickeln konnte.

Die kleine Nicole hatte häufig auf Großvaters Schoß gesessen. Niemanden hatte interessiert, wie unwohl sie sich dabei gefühlt hatte. Als sie ein paar Jahre später ihrer Mutter weinend anvertraut hatte, dass der Priester während des Kommunionsunterrichts von ihr verlangt hatte, in der Sakristei seinen Penis anzufassen, war ihr der Mund mit Seife ausgewaschen worden und sie hatte vom Vater Schläge auf den nackten Hintern kassiert. Und bereits am übernächsten Tag hatte er sie in einer Marienschule abgeliefert, einem strengen Mädcheninternat, wo sie bis zum Abitur geblieben war.

Letztlich hatte sie es einer jungen, unglücklichen Novizin zu verdanken, dass sie danach nicht in ein Kloster, sondern auf die Universität gegangen war, um Englisch und Französisch auf Lehramt zu studieren. Die Novizin hatte in ihrer Kindheit und Jugend ähnliche traumatische Erfahrungen gemacht, aber sie war längst nicht so widerstandsfähig wie Nicole gewesen und hatte sich wenige Tage vor ihrem Eintritt ins Kloster das Leben genommen.

Daraufhin hatte Nicole ihren Austritt aus der Kirche erklärt, mit ihrer gesamten Familie gebrochen und nachdem sie das erste Mal durchs Examen gerasselt war, sogar ihren Namen geändert: Aus Maria Katharina Nicole Weichert war Nicole Weinert geworden.

Sie hatte eine Referendarstelle an einer Kieler Gesamtschule erhalten, wo man während des Bewerbungsverfahrens nicht so sehr auf ihre Dokumente geachtet hatte.

Soweit es ihre fremdsprachliche Kompetenz im Englischen und Französischen betraf, musste sie sich vor niemandem verstecken. Überdies besaß Nicole Überzeugungskraft und ein sicheres Auftreten. Inzwischen lauteten alle ihre offiziellen Dokumente auf den neuen Namen. Darunter befand sich auch ein gefälschter Universitätsabschluss. Der war ihr Meisterstück.

Doch bei ihrer letzten Arbeitsstelle in Freiburg wäre sie beinahe aufgeflogen.

Nur mit viel Glück hatte sie ein Disziplinarverfahren abwenden können. Einer ihrer Nachhilfeschüler hatte vor seinen Freunden nicht hinterm Berg halten können, aber sie hatte den Spieß einfach umgedreht und seine Behauptungen als vollkommen unbegründetes Gerücht sowie jugendliche Angeberei zurückgewiesen. Unter Tränen hatte sie gegenüber der schockierten Schulleitung den Verdacht geäußert, dass es sich um eine üble Intrige ihrer Klasse handeln musste. Da sie hohe Leistungen forderte, war sie tatsächlich nicht sehr beliebt bei den Schülern gewesen. Mit dem Hinweis auf das zerbrochene Vertrauensverhältnis hatten die zuständigen Kultusbehörden ihrem Antrag auf Versetzung sofort stattgegeben.

So hatte Nicole ohne einen Eintrag in ihrer Personalakte in Dresden am renommierten Robert-Koch-Gymnasium begonnen. Sie hatte sich geschworen, sich nie wieder einer solchen Gefahr auszusetzen. Aber dann hatte Robert Schröter vor der Tür ihrer Dachgeschosswohnung gestanden; jung, sportlich, attraktiv, und die Melancholie, die ihn umgab, hatte ihn nur noch anziehender wirken lassen. Mit ihrer Hilfe war es ihm binnen kürzester Zeit gelungen, seine Noten zu verbessern.

Darüber hinaus hatte sich ein freundschaftliches Verhältnis zwischen ihr und Brigitte Schröter entwickelt, was jedoch keinen Einfluss auf die unheilvolle, wenn auch erregende Dramaturgie der nachmittäglichen Übungsstunden besaß.

»Das war nicht dein erstes Mal, nicht wahr, Robert?«, fragte Nicole Weinert und strich ihm zärtlich durch das verschwitzte Haar.

Roberts Miene verdüsterte sich schlagartig. »Nein«, sagte er leise, »da gibt es jemanden.«

»Und? Wer ist die Glückliche?«, fragte Nicole Weinert, doch da begann er bereits wieder, sie mit erfahrenen Händen zu liebkosen.

Robert hatte sich standhaft geweigert, einen Namen auszuplaudern, obwohl sie noch ein paarmal nachgehakt hatte. Stattdessen hatte er es ihr ein zweites Mal besorgt und Nicole hatte es genossen. Dass einer ihrer blutjungen Liebespartner den Mut hatte, die Initiative zu ergreifen, war eine vollkommen neue Erfahrung für sie gewesen.

Nur zwei Monate später hatten Roberts Leistungen in der Schule wieder nachgelassen. Dabei hatte Nicole sich große Mühe gegeben, denn inzwischen sah sie in Robert weitaus mehr als nur einen willigen Bettgefährten. Es war verrückt, vollkommen irre, aber sie hatte sich eingestehen müssen, dass sie sich in ihren Nachhilfeschüler verliebt hatte. Sie rang heftig mit sich, ob sie ihre Gefühle vor ihm verbergen sollte.

Doch auch ihr gegenüber verhielt Robert sich nun anders. Von Anfang an ein stürmischer Liebhaber, beschlich sie mittlerweile der Verdacht, dass jetzt er es war, der sie benutzte. Eines Nachmittags war er regelrecht über sie hergefallen, kaum dass er die Wohnung betreten hatte. Ganz deutlich war eine große Wut in ihm zu spüren gewesen, und sie hätte gern gewusst, warum er so zornig gewesen war. Doch als sie ihn vorsichtig darauf angesprochen hatte, war sie auf eine Mauer trotzigen Schweigens gestoßen.

Am Tag darauf hatte eine unglückliche Brigitte Schröter vor ihrer Tür gestanden, und Nicole war beinahe das Herz stehen geblieben, als sie ihr ziemlich merkwürdige Fragen gestellt hatte: über Roberts Verhalten, seinen Charakter und seine plötzliche Weigerung, am Training der Leichtathletikmannschaft teilzunehmen.

»Seine Antriebslosigkeit ist mir auch schon aufgefallen, Frau Schröter. Ich wollte Sie deswegen heute Abend anrufen. Robert hat mich in den vergangenen zwei Wochen einfach versetzt.«

»Davon wusste ich nichts. Warum haben Sie mir nichts gesagt?«

Nicole Weinert warf Brigitte Schröter einen entschuldigenden Blick zu. »Vielleicht war es falsch, aber ich wollte Robert zeigen, dass er mir vertrauen kann. Natürlich habe ich ihn angerufen, aber er wollte nicht mit mir reden. Ich dachte, spätestens nach der nächsten Fünf wird er bestimmt wieder auftauchen.«

»Was ist nur los mit ihm?«

»Ich weiß es nicht. Ich kann mir seinen Sinneswandel nicht erklären. Er war ja auf einem guten Weg«, sagte Nicole Weinert. »Und er ist ein so kluger, junger

Mann. So begabt.« Sie schwieg einen Moment. »Könnte er unglücklich verliebt sein? Das wäre zumindest naheliegend.«

Brigitte Schröter seufzte. »Verliebt? Da sagen Sie vielleicht was, Frau Weinert.«

»Wollen wir uns nicht setzen? Ich hole uns einen grünen Tee.«

Sie verschwand in der Küche. Brigitte Schröter nahm auf dem geblümten Sofa Platz, einem der wenigen Farbtupfer in der sparsam eingerichteten Wohnung mit viel Weiß und ohne ein Stäubchen. Nicole Weinert kehrte mit einer Thermoskanne und zwei englischen Teebechern zurück, schenkte ihnen ein und setzte sich neben ihre Vermieterin aufs Sofa. Sie strich ihre hochgeschlossene, graue Bluse glatt und wartete geduldig.

Roberts Mutter nahm vorsichtig einen Schluck Tee und sagte dann: »Mein Mann, also … Er hat so viel zu tun und ich habe niemanden zum Reden.« Sie brach ab. »Wollen wir nicht Du zueinander sagen?«

»Natürlich!« Ein Lächeln huschte über Nicole Weinerts Gesicht. Sie vermutete, dass sich Brigitte Schröter langsam an ein Problem herantasten wollte, an den wahren Grund ihres Überraschungsbesuchs, und sie beschloss, die Sache abzukürzen. »Brigitte, dich bedrückt doch etwas. Sag es einfach frei heraus.«

»Ach …« Brigitte Schröter schüttelte den Kopf.

»Na los, raus damit.« Nicole Weinert rückte ein Stück näher an ihre neue Freundin heran und nahm beruhigend ihre Hand.

»Ich glaube, du tust Robert gut. Ich schätze, wie zielgerichtet und geradlinig du bist.«

»Lieb von dir. Aber so, wie Robert sich gerade verhält, denke ich eher, dass das Gegenteil der Fall ist.«

»Robert kann einen unglaublichen Ehrgeiz entwickeln. Er hat uns nie größere Probleme bereitet – von seinen Schulleistungen mal abgesehen. Aber er ist sehr sensibel, und es ist schon vorgekommen, dass ihn seine Gefühle aus der Bahn geworfen haben.«

»Robert braucht Anerkennung, so wie jeder Mensch«, warf Nicole Weinert ein, »und vielleicht braucht er ein wenig mehr davon als andere.«

»Normalerweise erhält er die durch den Sport. Mein Mann und ich haben uns daran gewöhnt, dass er wie ein Besessener trainiert und deshalb zum Einzelgänger geworden ist. Vermutlich will er seinem Vater nacheifern. Aber plötzlich schwänzt er sein Training.«

Nicole Weinert war sich nicht sicher, ob Brigitte Schröter eventuell etwas wusste, ob sie ahnte, welches spezielle Verhältnis sie zu ihrem Sohn hatte, oder ob Robert sogar geplaudert hatte.

»Hat er dir vielleicht mal was Ungewöhnliches erzählt, irgendwas, womit er nicht zu uns Eltern gehen wollte?«

Nicole Weinert schüttelte den Kopf.

»Bettina, Maria … Elisabeth. Sagen dir diese Namen was?«

»Eine Bettina hat er mal erwähnt. Das muss jemand aus seinem Verein sein, eine Speerwerferin, glaube ich.«

Brigitte Schröter nickte. »Sprecherin ist sie auch, eine sehr engagierte Person. Sie studiert Psychologie und hat einen Narren an unserem Sohn gefressen.«

»Ah ja«, entgegnete Nicole Weinert einsilbig.

»Nein, nein, sie liebt Frauen. Aber Robert und sie verstehen sich gut.«

»Und wer sind Maria und Elisabeth?« Sie biss sich auf die Zunge. Ob Roberts Mutter bemerkt hatte, wie neugierig sie war?

»Maria ist eine brasilianische Austauschschülerin, ein wirklich süßes Mädchen. Als ich vor einer Weile mal beim Training zugesehen habe, schien sie sehr an Robert interessiert zu sein. Doch das beruhte wohl nicht auf Gegenseitigkeit.«

Nicole Weinert gestattete sich vorsichtige Erleichterung. Offenbar suchte Roberts Mutter wirklich nur jemanden, mit dem sie die Sorge um ihren Sohn teilen konnte. »Und Elisabeth?«, fragte sie mit möglichst neutraler Stimme.

Brigitte Schröter sah die Lehrerin verblüfft an. »Elisabeth Miederson, meine Schwester. Sie saß dir am Opernstammtisch gegenüber und hat versucht, die Runde allein zu unterhalten.« Ihre Stimme bekam einen schneidenden Klang. »Sie lebt im Grunde nur dafür, anderen Menschen den Kopf zu verdrehen. Genauer, Männern den Kopf zu verdrehen. Sagen wir es mal so, meine jüngste Schwester ist ein wenig kapriziös.«

»Das muss mir bei den vielen neuen Gesichtern an dem Abend entgangen sein.« Ganz leicht kam ihr diese Lüge über die Lippen.

»Robert hat dir also nichts über meine Schwester Elisabeth erzählt?«, hakte Brigitte Schröter nach.

»Nein. Was soll er mir denn erzählt haben?«

»Ach, wahrscheinlich bin ich einfach eine überbesorgte Mutter und sehe weiße Mäuse. Aber seit der

›Carmen‹ hat sich Robert vollkommen zurückgezogen. Da muss irgendwas vorgefallen sein und ich wüsste zu gern, was.«

»Stimmt, danach ist er ja auch nicht mehr zu den Nachhilfestunden gekommen«, sagte Nicole Weinert. Hinter ihrer Stirn überschlugen sich die Gedanken. Sie nippte an ihrem Tee, der kalt geworden war.

Brigitte Schröter erhob sich plötzlich. An der Wohnungstür blieb sie stehen. »Dieses Gespräch muss unbedingt unter uns bleiben.« Ihre Augen hatten einen beinahe flehenden Ausdruck.

»Selbstverständlich«, antwortete Nicole Weinert. Vertraulichkeit war ganz in ihrem Sinne. Sie lächelte optimistisch. »Das mit Robert renkt sich bestimmt wieder ein, bis zu den Halbjahreszeugnissen ist noch genügend Zeit. Am besten gehe ich in der Schule mal auf ihn zu, dort kann er wenigstens nicht weglaufen.«

»Danke!«, sagte Brigitte Schröter. »Vielen, vielen Dank fürs Zuhören und dein Verständnis.« Sie umarmte sie leicht und gab ihr zwei flüchtige Küsse auf beide Wangen.

Nicole Weinert stieß hörbar den Atem aus, als Brigitte Schröter die Wohnungstür hinter sich schloss und sie ihre Schritte auf der Treppe hörte.

Endlich hatte Nicole Weinert begriffen, wie der Hase lief. Die mühsam unterdrückte Verachtung, die Brigitte Schröter für ihre Schwester empfand, war unüberhörbar gewesen.

Sie hatte keine Ahnung gehabt, dass sie sich Robert mit dieser entsetzlich überdrehten Elisabeth Miederson teilte. Und das offenbar schon eine ganze Weile. So dreist musste man erst einmal sein, den Sohn der eigenen Schwester um den Verstand zu vögeln. Wobei Elisabeth Miederson bestimmt mehrere Eisen im Feuer hatte. Was für ein armes Würstchen ihr Mann war.

Dass Robert seit Wochen abgetaucht war und ihre Anrufe ignoriert hatte, hatte bestimmt mit Elisabeth zu tun. Zunächst hatte er sie nur weggedrückt, dann hatte er ihre Nummer blockiert und war nicht mehr erreichbar gewesen. Zorn stieg in ihr auf.

Sie strich sich über den Bauch. Dass ausgerechnet ihr das passieren musste! Sie war schließlich Lehrerin an einem staatlichen Gymnasium, an einer der anerkanntesten Bildungseinrichtungen Dresdens, einer Eliteschule Sachsens.

Zum Glück unterrichtete sie Robert nicht in einer ihrer Klassen, sondern hatte ihm bloß Nachhilfe erteilt. Außerdem war er volljährig. Aber wenn publik werden würde, dass sie ein Verhältnis mit einem Schüler hatte und auch noch schwanger von ihm war, würde ihr das mit Sicherheit ewig anhängen. Und vor allem könnte ihr mühevoll aufgebautes Lügengebilde einstürzen. In einem schwachen Moment hatte sie sich bei dem Gedanken ertappt, Robert einzuweihen, und sich seine Reaktion in Pastellfarben ausgemalt.

Doch sie würde schweigen und das Problem still und heimlich aus der Welt schaffen. Die Kirchentür hatte sie ja schon vor Jahren hinter sich zugeschlagen.

Herrgott, Robert!

*

Gerade als Lohmann sich am späteren Vormittag mit seiner privaten Kaffeemaschine den zweiten Espresso aufbrühen wollte, schob Stephanie Walter einen Rollwagen ins Büro, das sie sich mit ihrem Chef und dessen Stellvertreter Werner Schubert teilte. »Die Vermisstenanzeigen sind da«, sagte sie und legte Schubert einen dünnen Stapel Aktenmappen auf den Schreibtisch.

»Nur vier? Das sind erstaunlich wenige.«

Schubert, dessen linke Wange inzwischen unübersehbar angeschwollen war, sah verwundert auf. Zwei Ibuprofen 400 linderten zwar den Schmerz ein wenig, aber er freute sich tatsächlich zum ersten Mal in seinem Leben auf einen Besuch beim Zahnarzt.

Lohmann linste zum Rollwagen, auf dem mindestens 250 weitere Dossiers lagen. Stephanie Walter fing seinen Blick auf. »Die da auf dem Wagen sind alle aus dem vergangenen Vierteljahr. Letztes Jahr wurden rund 1.000 Personen aus Dresden und der näheren Umgebung als vermisst gemeldet, 97 Prozent von ihnen sind allerdings kurz nach dem Eingang der Anzeige wiederaufgetaucht. Ich habe mir erlaubt, die Anzeigen mit Doreen Riekhof vorzusortieren. Uns interessieren ja nur Frauen zwischen 28 und 45, die erst kürzlich verschwunden sind«, erklärte sie

»Wie viele kommen infrage?« Lohmann kam zu Schuberts Schreibtisch hinüber.

»Im Grunde nur eine«, entgegnete Walter knapp und schlug den Deckel der obersten Akte auf. Das Foto zeigte zweifellos die tote Frau aus dem Wald. Ein Selfie, mit dem Computer farbig ausgedruckt, und es war nicht die Frau gewesen, die den Auslöser gedrückt hatte. Das Gesicht daneben war jedoch abgeschnitten und nur die rechte

Hand eines Mannes um ihre Schultern war zu sehen, an deren kleinem Finger ein Siegelring prangte. Im Hintergrund erkannte Lohmann die Rundbögen eines alten Gemäuers – die Arena von Verona, schoss es ihm durch den Kopf.

»Treffer, versenkt«, kommentierte Lohmann. »Das ging ja schnell.«

»Das ist sie, nicht wahr?«, fragte die Kommissaranwärterin.

»Scheiße«, murmelte Schubert.

»Kann man so sagen«, meinte Lohmann. »Wer ist sie?«

Schubert las aus der Akte vor. »Sie heißt Elisabeth Miederson, geborene Ulrich, am 14. Februar 1980 …«

»Vom Alter her passt es«, bemerkte Lohmann und presste die Lippen zusammen.

»… wohnhaft in Dresden, Hermann-Hesse-Straße …«

»Weißer Hirsch. Da trägt man teure Kleidung und der Fundort ist ganz in der Nähe«, sagte Lohmann.

»… verheiratet mit einem Wolfgang Miederson, 52 Jahre alt, selbe Adresse. Die Vermisstenanzeige ist Mitte vorletzter Woche eingegangen, am Mittwoch, den 14. Sie wurde aber nicht vom Ehemann aufgegeben.«

»Sondern?«

»Ein Mann namens Bernd Mandel hat die Anzeige im Revier Mitte erstattet«, sagte Schubert, nach wie vor in die Akte vertieft. »Er wohnt nicht in Dresden, sondern in Stuttgart. Am Reichelenberg 14.« Schubert sah zu Lohmann auf. »Mach den Mund zu, Jürgen«, sagte er und verzog vor Schmerz das Gesicht.

Lohmann dachte nicht daran. »Mandel? Bernd Mandel aus Stuttgart?«

»So steht's hier. Was hast du denn plötzlich? Kennst du den etwa? Er hat angegeben, vorübergehend im Hyperion Hotel abgestiegen zu sein«, fuhr Schubert nach einem weiteren Blick auf die Anzeige fort.

»Jetzt wird es interessant«, murmelte Lohmann, dem es kalt den Rücken hinunterlief.

»Würdest du uns freundlicherweise aufklären?«, sagte Schubert und sog vorsichtig Luft durch den Mund ein, um den entzündeten Sechser im Unterkiefer nicht noch stärker zu reizen.

»Bernd Mandel ist ein Tenor der Extraklasse. Er hat zwei Echos und im vergangenen Jahr einen Grammy für seinen Part in ›Tosca‹ erhalten.«

Schubert lächelte.

»Jaja, ich weiß, du lachst immer über meinen Operntick. Ich habe Mandel vor gut zwei Wochen in der Semperoper gehört, an einem Sonnabend. Und das war am 10. ...«

»... und laut vorläufigem Obduktionsbericht vermutlich der Tattag«, warf Walter ein.

»Richtig. Und an jenem Sonnabend war auch dieses Open-Air-Konzert«, sagte Lohmann.

»Was hat das mit der toten Elisabeth Miederson zu tun?«, wollte Schubert wissen.

»Nur so eine vage Theorie«, antwortete Lohmann. Seine Stimme klang jetzt beinahe vergnügt.

Schubert befühlte mit der Fingerspitze seinen pochenden Backenzahn.

Walter meldete sich zu Wort. »Wenn ihr fertig seid, sollten wir mal den Ehemann besuchen.«

Lohmann nickte. »Du kommst mit mir«, sagte er zu seiner Kollegin. Dann deutete er auf den Oberkommissar: »Und du gehst stante pede zum Zahnarzt, Werner. Das kann man ja nicht mitansehen!«

»Ich habe den Termin erst in einer halben Stunde. Soll ich nicht schon mal prophylaktisch die Kollegen in Stuttgart um Amtshilfe bitten?«, fragte Schubert, immer im Dienst.

»Da fahr ich persönlich hin«, sagte Lohmann, »Aber ruf doch die Pressestelle und den Chef an. Sie sollten die Füße stillhalten. Und bevor ich es vergesse: Gute Besserung!«

Inzwischen hatte sich die Nachricht vom angeblichen Mord an Sibylle Wohberg in der ganzen Stadt herumgesprochen. Am Robert-Koch-Gymnasium wollte man zunächst nicht wahrhaben, dass der geschätzte Musiklehrer und Chorleiter, dieser unauffällige Mann, seine Frau mit einer solch abscheulichen Brutalität ermordet hatte. An regulären Unterricht war nicht zu denken. Vor dem Schulgelände lungerte ein Dutzend Reporter und Fotografen herum, außerdem hatten drei Fernsehsender Übertragungswagen geschickt, die jeden, der das Gymnasium betreten oder verlassen wollte, mit Fragen bestürmten. Daraufhin hatte die Schulleitung in einer kurzfristig anberaumten Vollversammlung in der Aula Schüler und Kollegen gebeten, vorerst keine Informationen nach draußen dringen zu lassen, und bis zum Ende des regulären Unterrichts einen Projekttag zur freien Verfügung anberaumt.

Der Schulleiter hatte den beiden Ermittlern der Dresdner Mordkommission, die seit dem Morgen in der Schule Zeugen vernahmen, eine vollumfängliche Zusammenarbeit zugesichert. Hans Breitscheid und Peter Zischler kamen bei der Befragung aus dem Staunen nicht heraus: Ausschließlich Gutes hatten die Zeugen über ihren Kollegen Helmut Wohberg zu berichten, und diejenigen, die seine Frau gekannt hatten, äußerten sogar ein gewisses Verständnis für ihren bedauernswerten Kollegen. »Gelitten« war das Wort, das die beiden Kommissare über Wohberg am häufigsten notierten.

Als man Nicole Weinert vor dem Haupteingang mit der Todesnachricht konfrontierte, ging sie wortlos an den Mikrofonen und Aufnahmegeräten der Journalisten vorbei und verzog keine Miene. Über Wohberg wusste sie nichts zu sagen und sie hatte, verdammt noch mal, selbst genügend Probleme.

Im Eingangsbereich hing ein handgeschriebenes Schild, das den Unterrichtsausfall verkündete. Das betraf natürlich auch ihre Doppelstunde Französisch in der 12. Klasse. Die Schüler waren längst auf und davon.

Nicole Weinert musste eine halbe Stunde im Lehrerzimmer warten, bis sie von einem der Ermittler befragt wurde, obwohl sie außer ihrem Namen nichts beisteuern konnte. Nach zwei Minuten entließ Peter Zischler sie wieder.

Sie beschloss, zum Trainingsgelände des Dresdner Sportclubs in die Magdeburger Straße zu fahren – in der Hoffnung, Robert dort anzutreffen.

5

Als sie vor dem Haus der Miedersons in der Hermann-Hesse-Straße parkten, entnahm Lohmann der noch beinahe jungfräulichen Ermittlungsakte ein Foto der Toten. Stephanie Walter bemerkte, dass er sich nicht für das Foto aus der Leichenhalle entschieden hatte, und wusste wieder, warum sie ihren Chef so sympathisch fand. Es würde schwer genug werden, wenn der Ehemann nicht tatverdächtig wäre.

Andererseits war es merkwürdig, dass die Vermisstenanzeige nicht von Wolfgang Miederson aufgegeben worden war. Schließlich wurde laut Statistik die Hälfte aller Frauen von ihren Partnern umgebracht, und so waren sie nun wohl oder übel auf dem Weg zu ihrem Hauptverdächtigen.

»Das Tor steht offen, und es parkt ein Auto vor der Garage. Es scheint jemand da zu sein«, sagte Lohmann mehr zu sich selbst.

Sie gingen die gepflasterte Auffahrt hoch zum Haus. Walter blieb kurz stehen, um den parkähnlichen Garten zu bewundern. Den dichten Rasen und die makellos getrimmte Thujahecke, die das Grundstück vor neugierigen Blicken abschirmte. In der Mitte des Vorderrasens ragte ein Kreis von sieben Douglasien empor.

»Also, wer hier wohnt, hat entweder ganz viele Schulden, oder er hat es geschafft«, sagte Walter.

»Oder beides«, sagte Lohmann und klingelte. Ein paar Sekunden lang geschah nichts, also drückte er ein zweites Mal auf den Klingelknopf. Sie hörten, wie eine männliche Stimme »Moment« rief. Dann wurde die Haustür aufgerissen, und ein Mann stand vor ihnen, etwa in Lohmanns Alter, jedoch einen guten Kopf kleiner als er. Er trug einen flauschigen Frotteebademantel und hatte nasse Haare, strahlte sie einen Moment lang mit ausgebreiteten Armen an, bevor das Lächeln auf seinem Gesicht erstarb. Offenbar hatte er jemand anderen erwartet.

»Herr Miederson?«, fragte Lohmann freundlich. »Entschuldigen Sie bitte, dass wir so unangekündigt bei Ihnen klingeln.«

»Ja, der bin ich«, sagte Wolfgang Miederson und ließ die Arme sinken. »Und wer sind Sie?«

Lohmann zog seinen Dienstausweis aus dem Sakko. »Das ist meine Kollegin Stephanie Walter, mein Name ist Jürgen Lohmann, wir sind von der Dresdner Kriminalpolizei.« Er hielt ihm den Ausweis entgegen.

»Ja, und?«, fragte Miederson. »Was haben wir mit Ihnen zu tun?« Er merkte, dass sich der Knoten seines Bademantels gelockert hatte, und zog ihn rasch wieder zu.

»Dürfen wir vielleicht reinkommen? Drinnen können wir uns sicher besser unterhalten.«

»Meine Frau ist nicht da.« Er trat zur Seite und bat Lohmann und Walter ins Haus. »Ich bin erst vor einer guten Stunde aus Brasilien zurückgekehrt.« Er schloss die Haustür. »Was ist denn überhaupt los?«

Lohmann sagte mit ernster Miene: »Ihre Frau Elisabeth Miederson, geborene Ulrich, wurde als vermisst gemeldet.«

»Bitte was?«

»Und zwar bereits vor 13 Tagen«, fügte Walter hinzu.

»Das ist ein schlechter Scherz! Elisabeth hat mir regelmäßig Nachrichten geschickt, die letzte SMS vor zwei Tagen. Und da draußen steht ihr Wagen. Das Mini Cabrio.«

»Das ist der Wagen Ihrer Frau?«

»Das sage ich doch. Ich habe ihn schließlich gekauft und bezahlt. Sie haben mir vielleicht einen Schrecken eingejagt – wie war noch gleich Ihr Name?«

»Lohmann«, entgegnete der Angesprochene ruhig.

»Richtig, also, Herr Lohmann, ich wollte meine Frau überraschen. Eigentlich wäre ich erst morgen zurückgekommen, aber dann waren wir eher fertig als geplant. Leider war sie gar nicht zu Hause. Wahrscheinlich ist sie beim Yoga, das ist gleich in der Nachbarschaft. Oder sie besucht eine ihrer Schwestern. Sehen Sie, das ist Elisabeths Handy.«

Er deutete auf ein Mobiltelefon, das auf einer Jugendstilanrichte im schwarz-weiß gefliesten Flur lag. Lohmann und Stephanie Walter tauschten einen kurzen Blick.

So unschuldig und unwissend wie Miederson konnte sich nicht einmal ein Oscar-Preisträger verhalten, der ein Menschenleben auf dem Gewissen hatte. Das war zwar reine Intuition, aber sowohl Lohmann als auch Stephanie Walter vertrauten auf ihr Bauchgefühl.

»Wie lange waren Sie in Brasilien, Herr Miederson?«, fragte Lohmann.

»Fast auf den Tag genau fünf Wochen. Warum?«

»Was haben Sie da gemacht?«

»Wir haben im Mato Grosso ein großes Bauprojekt abgeschlossen, ein Wasserkraftwerk. Ich bin externer Berater für Pumpenanlagen, so eine Art Troubleshooter.«

Lohmann nickte.

»Und das da ist das Handy Ihrer Frau?«, fragte Stephanie Walter.

Wolfgang Miederson nickte.

»Darf ich es mir mal ansehen?«, fragte die Kommissaranwärterin.

»Bitte sehr.« Miederson wollte nach dem Telefon greifen, aber Lohmann hielt ihn sanft an der Schulter zurück. Miederson schüttelte unwillig die Hand ab. Seine Geduld schien am Ende. »Würden Sie mir jetzt endlich sagen, was hier los ist?«

Stephanie Walter trat rasch vor, zog eine durchsichtige Plastiktüte aus der Hosentasche, stülpte sie über ihre Hand und verstaute so das Telefon im Beutel, ohne es mit den Fingern zu berühren.

Miederson wollte protestieren, doch Lohmann stoppte ihn. »Herr Miederson, es besteht leider der begründete Verdacht, dass Ihrer Frau etwas zugestoßen ist.«

»Unsinn«, sagte Miederson, »das ist vollkommen unmöglich. Ich sagte Ihnen doch, Elisabeth hat mir erst vor 48 Stunden eine SMS geschickt.«

Lohmann griff ein weiteres Mal in sein Sakko und zeigte Miederson das abgeschnittene Foto. »Das ist Ihre Frau, nicht wahr?«

Miederson warf einen Blick auf die Aufnahme und wirkte verblüfft. »Ja, aber ich kann mich an dieses Bild gar nicht erinnern. Was ist das für ein Gebäude im Hintergrund?«

»Die Aufnahme wurde vermutlich in Verona gemacht, vor der Arena«, sagte Lohmann, für den das Ganze gerade entsetzlich schieflief. Es widerstrebte ihm, wie sie den frischgebackenen Witwer, der von seiner neuen Situation nichts zu ahnen schien, zappeln ließen. Und er fragte sich, wie er gleich die Kurve kriegen könnte, um vor Wolfgang Miedersohn und sich selbst nicht als herzloses Arschloch dazustehen.

»Elisabeth liebt Italien. Dort haben wir uns vor bald neun Jahren kennengelernt«, sagte Miederson träumerisch. Er sah noch einmal genauer hin. »Aber dieses Foto muss recht neu sein. Außerdem trage ich keinen Siegelring.« Er schaute abwesend auf seine rechte Hand, als wolle er ganz sichergehen.

Um Gottes willen, dachte Lohmann, für Miederson kommt es wirklich knüppeldick.

Walter hatte das Beweisstück in ihrer Lederjacke verstaut. »Lassen Sie uns doch ins Wohnzimmer gehen, Herr Miederson«, sagte sie und nickte ihrem Vorgesetzten zu.

Lohmann spürte, dass im Unterbewusstsein des Mannes alle Alarmsirenen heulten. Das arme Schwein hatte längst begriffen, warum er Besuch von zwei Kriminalbeamten hatte, wollte es jedoch nicht wahrhaben.

Als sie Platz genommen hatten, holte Lohmann tief Luft: »Ich wünschte, ich könnte es für Sie leichter machen, Herr Miederson. Ihre Frau ist tot. Sie wurde vor fünf Tagen hier in der Nähe aufgefunden – drüben in der Heide.«

»Aber Elisabeth ist nie gern spazieren gegangen«, sagte Miederson tonlos.

Lohmann atmete tief durch. »Ihre Frau starb keines natürlichen Todes.«

»Nein, nein, nein! Da muss eine Verwechslung vorliegen. Ganz sicher. Wer soll mir denn sonst die Textnachrichten geschickt haben?« Miedersons Gesicht verlor jegliche Farbe. Er begann am ganzen Körper zu zittern.

»Genau das müssen wir jetzt herausfinden, Herr Miederson«, sagte Walter mit warmer Stimme.

»Wo ist Elisabeth? Wo ist meine Frau?« Miederson wurde laut. »Sagen Sie es mir!«

Lohmann griff in seine rechte Innentasche. »Ich werde Ihnen jetzt ein weiteres Foto von Ihrer Frau zeigen, es wurde vergangenen Freitag aufgenommen. Es ist allerdings kein schöner Anblick. Sind Sie einverstanden?«

Miederson sah ihn erschrocken an. »Noch ein Foto?«, flüsterte er.

Lohmann legte Kurt Brenners Aufnahme der toten Elisabeth Miederson vor deren Mann auf den niedrigen Couchtisch.

Miederson erbebte bis ins Mark, diese Wahrheit konnte er nicht mehr verdrängen. Zärtlich strich er mit dem Zeigefinger über die Wange seiner toten Frau und schlug dann die Hände vors Gesicht. Minutenlang sagte keiner ein Wort, bis Miederson die Hände herunternahm und fragte: »Was hat man ihr angetan?«

Dann fing er an zu weinen.

*

Bettina Lange verzog auch ihren vierten Trainingswurf. Der Speer blieb gut zwei Meter außerhalb der Markierung im Rasen stecken, die Weite wäre auch so indiskutabel gewesen.

»Was ist los mit dir, Tina?«, fragte Thomas Lindner gereizt, der im Verein das Training für die Wurfdisziplinen leitete. »Du bist unkonzentriert! Deine Bogenspannung lässt zu wünschen übrig, und dein linkes Bein dreht um mindestens 15 Grad zu sehr nach links.«

»'tschuldigung, Coach!«, sagte Bettina, »ich versuche es gleich noch mal.«

Auf der Tartanbahn trabte Robert mit den übrigen drei Mitgliedern der 4-x-400-Meter-Staffel an ihr vorbei. Sein Gesicht war rot, und Bettina hörte, wie er keuchend nach Luft rang. Und das jetzt schon, beim Warmmachen. Aber Roberts mangelnde Kondition war nicht, was sie beunruhigte, sondern eine Frau, die zehn Minuten zuvor am Scheitelpunkt des 400-Meter-Ovals aufgetaucht war. Sie trug einen beigen Sommermantel, dazu Kopftuch und Sonnenbrille, und wirkte, als wäre sie den 60er-Jahren entsprungen. Das muss Nicole Weinert sein, schoss es ihr durch den Kopf.

»Hallo, Bettina, aufwachen!«, rief der Trainer.

Sie hob entschuldigend die Hände. »Tut mir leid, aber ich fühle mich nicht gut.«

In diesem Moment scherte Robert aus der Laufgruppe aus und ging auf die Unbekannte zu. Nachdem er fünfmal an ihr vorbeigelaufen war. Bettina hatte mitgezählt. Seine Vereinskameraden drehten verwundert die Köpfe.

»Mensch, Coach, ich glaube, ich muss gleich kotzen!«, rief sie und rannte los. Doch statt zu den Umkleideräumen sprintete sie über den Rasen, auf die Frau zu, die es offenbar geschafft hatte, Robert zu einem Gespräch zu bewegen. Im Vorbeirennen riss sie einen Speer heraus. Sie sah, dass Robert sich mit verschränkten Armen vor der Frau aufgebaut hatte, während sie auf ihn einredete. Beide trennte ein Geländer. Gleich würde Bettina dieser Verrückten mal ganz in Ruhe die Welt sortieren.

*

Wolfgang Miederson hatte die katastrophale Nachricht schlecht verkraftet. Er war zusammengebrochen und vollkommen hysterisch geworden. Der von Stephanie Walter herbeigerufene Notarzt hatte ihn nach kurzem Überlegen mit Diazepam sediert.

Jetzt schlief Miederson in seinem Bett. Bevor der Ingenieur von dem Tranquilizer gefällt worden war wie ein Baum, hatten sie immerhin noch den Namen von einer von Elisabeths Schwestern aus ihm herauskitzeln können. Brigitte Schröter.

Die Villa der Miedersons glich inzwischen einem Taubenschlag. Brenner hatte gleich drei Leute geschickt, die sorgfältig jeden Raum nach Indizien für ein Verbrechen absuchten. Vor allem suchten sie nach einem grünen Seidenschal. Elisabeth Miedersons Mobiltelefon war da schon längst auf dem Weg in die Kriminaltechnik. Auch Schubert war, um einen Backenzahn erleichtert, eingetroffen und begann, gemeinsam mit Walter einige der Nachbarn zu befragen, die sich vor dem Gartentor versammelt hatten. Betroffen sahen sie hinüber zur Villa, die von zwei Streifenbeamten bewacht wurde.

Die Anwohner hatten sich bisher lediglich Sorgen wegen dreister Einbrecherbanden gemacht, aber hier schien es um weitaus mehr zu gehen. Das legten auch die Fragen der beiden Kriminalbeamten nach eventuellen Auffälligkeiten in der Nacht vom 10. auf den 11. September nahe. Einige von ihnen hatten es immer gewusst, und sie machten keinen Hehl aus ihrem Verdacht: Die Sache mit den Flüchtlingen konnte ja irgendwann nicht mehr gut gehen!

Für Lohmann dagegen sah zu diesem Zeitpunkt alles nach einem Tötungsdelikt in den besseren Kreisen aus; alles roch nach einem Mord, den ein Angehöriger, ein Freund oder ein Bekannter der Toten begangen haben könnte. Bisher ließ sich nur sagen, dass Elisabeth Miederson offenbar in ihrem eigenen Haus stranguliert worden war. Das bedeutete, dass sie ihren Mörder anscheinend selbst hereingelassen hatte, denn Einbruchsspuren gab es keine.

Und dann war da noch die rätselhafte Sache mit dem Mobiltelefon: Tote schicken ja für gewöhnlich keine SMS-Nachrichten, und zwischen dem Mord und den Nachrichten an Elisabeth Miedersons Mann, der in Brasilien geweilt hatte, lagen mindestens zehn bis elf Tage. Für Lohmann stand fest, dass für diese SMS in den brasilianischen Regenwald nur der Täter oder die Täterin infrage kommen konnte. Aber warum? Es ergab wirklich keinen tieferen Sinn; vielleicht war es nur der Versuch gewesen, Verwirrung zu stiften, oder derjenige hatte damit eine besondere Gemeinheit begehen wollen, oder womöglich war sein Ziel gewesen, jemanden mit der Nachricht zu schützen? Das wiederum könnte bedeuten, dass mehrere

Menschen in den Mordfall verwickelt waren. Dass es sich um eine gemeinschaftlich begangene Tat handelte. Nein, dachte Lohmann, da sind noch viel zu viele lose Enden.

Eine vielversprechende Spur war das Foto mit dem rechten Arm eines Mannes um Elisabeth Miedersons Schulter. Lohmann, der nur bedingt an Zufälle glaubte, fragte sich, ob dieser Arm und die Hand mit dem auffälligen Siegelring seinem Tenor-Gott Bernd Mandel gehörten, der erstaunlicherweise eine Vermisstenanzeige aufgegeben hatte. Welche Verbindung hatte zwischen ihm und Elisabeth Miedersohn bestanden? Sollte sich Mandel als verdächtig erweisen, würde Lohmann nur zu gern seine ursprüngliche Theorie fallen lassen, dass Elisabeth Miederson ihren Mörder vielleicht auf dem Deutschrock-Konzert getroffen hatte. Trotz des miserablen Wetters hatten sich währenddessen rund 8.000 Menschen in der Innenstadt getummelt, wie Lohmann inzwischen wusste. Er hatte Wolfgang Miederson instinktiv als Tatverdächtigen ausgeschlossen, was nun eine Mappe bestätigte, die Lohmann in dessen Aktentasche gefunden hatte. Darin waren fein säuberlich Bewirtungs- und Übernachtungsbelege des fünfwöchigen Aufenthalts in Brasilien abgeheftet; Bordkarten sowie die Stempel in seinem Pass korrespondierten damit. Ein wasserdichteres Alibi war Lohmann bisher selten präsentiert worden.

Er stand vor der hervorragend bestückten Plattensammlung und neidete dem Hausherrn seine zahlreichen Vinylraritäten. Miederson war ein Liebhaber von Jazz und Swing, aber auch seine klassischen Platten gaben etwas her. Noch mehr bewunderte Lohmann den ›Clearaudio‹-Plattenspieler, der mit einer T+A-High-

End-Anlage verbunden war, deren Anschaffungswert er zusammen mit den mannshohen Lautsprechertürmen auf rund 40.000 Euro schätzte. Das war mal wieder so eine Situation, in der er einen Moment lang mit seiner Gehaltsstufe haderte.

»Die Musik, sie war Wolfgangs Leben«, hörte er eine weibliche Stimme hinter sich sagen.

Lohmann fuhr herum und sah sich einer unscheinbaren Frau gegenüber. »Frau Schröter?«

Die Frau nickte. Sie trug einen weißen Kittel. Auf dem Namensschild, das an die linke Brusttasche geklippt war, stand ihr voller Name nebst der Abteilung, in der sie arbeitete: Brigitte Schröter – Radiologie.

»Wieso *war*?«, fragte Lohmann und stellte sich vor.

»Ich komme direkt aus dem OP. Die diensthabende Schwester hat mich informiert, ich möge so rasch wie möglich ins Haus meines Schwagers kommen, und wenn ich sehe, was hier los ist …« Brigitte Schröter blickte Lohmann gefasst an.

»Ich fürchte, es handelt sich um ein bedauerliches Missverständnis«, sagte Lohmann. »Ihr Schwager ist in seinem Schlafzimmer, aber er ist nicht ansprechbar.«

»Wolfgang? Er wollte doch erst morgen zurückkommen.« Ihr Mienenspiel drückte Misstrauen aus. »Und warum schläft er mitten am Tag?«

»Weil er ein sehr starkes Beruhigungsmittel bekommen hat. Es geht um Ihre Schwester.«

»Was ist mit Elisabeth?«, fragte Brigitte Schröter, eine Spur zu forsch, wie Lohmann fand.

»Sie wurde vor fünf Tagen tot aufgefunden und eben von Ihrem Schwager eindeutig identifiziert. Er konnte uns gerade noch Ihren Namen nennen, bevor er zusammengeklappt ist. Mein aufrichtiges Beileid, Frau Schröter.«

Brigitte Schröter fasste sich an die Brust. »Elisabeth? Sie ist tot, sagen Sie?«

Lohmann holte einmal mehr das Foto der Leiche hervor und zeigte es ihr. Brigitte Schröter griff in ihre Kitteltasche und setzte eine schmale Brille auf. »O nein! Meine Kleine!«, sagte sie, und dann, leise: »Was ist passiert?« Sie rang sichtlich um Fassung.

»Ihre Schwester ist stranguliert worden, und zwar schon vor einer ganzen Weile. Der Mörder hat sie in der Heide abgelegt.«

»Vor einer Weile?«

»Wir wissen nur mit Sicherheit, dass die Tat in der Nacht vom 10. auf den 11. September verübt wurde. Den Tatort kennen wir nicht. Ein Kleingärtner, der Pilze sammeln wollte, hat sie gefunden.«

»Ich würde mich gern setzen, Herr Lohmann«, sagte Brigitte Schröter matt.

Sie nahmen am Esstisch Platz, der eine wuchtige Barriere aus Walnussholz zwischen dem Wohnzimmer und der offenen Luxusküche bildete. Lohmann schob ihr höflich den Stuhl unter, setzte sich ebenfalls und wartete geduldig, bis sie Zigaretten aus ihrem Kittel gefischt und sich eine angezündet hatte.

»Eigentlich verrückt: Ich rauche, obwohl ich beinahe täglich eine karzinogene Lunge vor mir habe«, sagte sie und inhalierte dabei, so tief sie konnte. »Elisabeth war diesbezüglich viel vernünftiger als ich. Da kam sie eher nach Monika.«

»Ich vermute, bei Monika handelt es sich um Ihre andere Schwester?«, sagte Lohmann, der nicht damit gerechnet hatte, dass Brigitte Schröter die Todesnachricht vergleichsweise emotionslos hinnehmen würde. Vielleicht ist ihr der Tod in ihrem Beruf einfach schon zu oft begegnet, dachte er.

»Monika Douglas, ja. Sie wohnt zwei Straßen weiter, aber sie und ihr Mann sind bis übermorgen in Urlaub.«

»Wann haben Sie Ihre Schwester Elisabeth denn zuletzt gesehen, Frau Schröter?«

Die Ärztin sog heftig an ihrer Zigarette. »Da muss ich nicht lange überlegen. Am 10. September. Wir waren am Abend gemeinsam in der Oper. Und wollten danach noch einen Wein trinken.«

»›Carmen‹«, warf Lohmann ein. »Ich habe die Aufführung auch gesehen.«

Über Brigitte Schröters Gesicht huschte der Anflug eines Lächelns. »Sie gehen in die Oper?«, fragte sie mit spöttischem Unterton.

»Ja«, sagte Lohmann, »sogar regelmäßig.« Er zwang sich, zurückzulächeln.

»So wie wir«, sagte Brigitte Schröter. Sie griff nach einem Porzellanaschenbecher und drückte ihre Zigarette aus.

»Wer ist wir?«, fragte Lohmann.

»Ach, eine lockere Gruppe Freunde, Musikfreunde – so eine Art Stammtisch.«

»Ihre Schwester gehörte auch dazu?«

»Ja, aber erst, nachdem sie Wolfgang kennengelernt hatte. Sie war wesentlich jünger als ich.«

»Und wesentlich jünger als ihr Mann.«

»Das auch«, seufzte Brigitte Schröter und nickte gedankenschwer. »Zwischen den beiden besteht ein Altersunterschied von 16 Jahren.« Sie kniff die Lippen zusammen.

Lohmann registrierte den Seufzer und machte sich eine gedankliche Notiz. Er spürte, dass er drauf und dran war, in ein Wespennest zu stechen.

»Können Sie mir sagen, wie das Treffen mit Ihrer Schwester am 10. September ablief?«, bat er.

Brigitte Schröter atmete tief durch und legte ihre Hände auf die Tischplatte. Dann sah sie Lohmann aus traurigen Augen an und sagte: »Sie müssen wissen, dass Elisabeth kein einfacher Mensch gewesen ist.«

Für Lohmann klang das beinahe nach einer Rechtfertigung, als hätte Brigitte Schröter immer schon geahnt, dass so etwas einmal passieren würde.

»Können Sie mir erklären, wie Sie das meinen?« Er zweifelte nicht daran, dass Brigitte Schröter emotional in der Lage war, mit ihm über ihre tote Schwester zu reden, im Gegenteil. Sie machte einen beherrschten Eindruck und besaß zweifellos einen klaren, analytischen Verstand. Er wartete, bis sie sich ihre zweite Zigarette angezündet hatte. Langsam blies sie den Rauch aus.

»Ich glaube, Elisabeth wollte Wolfgang verlassen. Zumindest machte sie mir gegenüber eine vage Andeutung.«

»Am Tag der Oper?« Lohmann zückte seinen schmalen Notizblock und einen Kugelschreiber.

»Am Abend, als wir gemeinsam zur Oper fuhren. Sie sagte, sie würde früh am nächsten Morgen verreisen, in Begleitung, aber sie hat mir nicht erzählt, mit wem und wohin. Nur dass sie alle notwendigen Vorkehrungen getroffen habe und mindestens drei Wochen fortbleiben würde.«

»Vorkehrungen?«

»Wahrscheinlich hatte sie bereits ihre Koffer gepackt. Oder Wolfgang einen Brief geschrieben.«

»Wir haben hier im Haus weder das eine noch das andere gefunden: keine gepackten Koffer, keinen Brief«, entgegnete Lohmann.

»Dann weiß ich auch nicht«, entgegnete Brigitte Schröter plötzlich kraftlos. »Ich habe Elisabeth seit jenem Abend jedenfalls nicht mehr gesehen. Kaum dass der Vorhang gefallen war, hat sie ein Taxi genommen. Ich blieb noch einen Moment sitzen und dachte, dass sie dieses Mal wohl wirklich ernst macht.« Brigitte Schröter sah sich im Esszimmer um, bevor sie weitersprach. »Es war nicht das erste Mal, dass Elisabeth versucht hat auszubrechen. Sie kennen doch sicher die Redensart, dass es hinter einer Fassade bröckelt.«

Lohmann deutete auf ein Aquarell, das er einem der deutschen Expressionisten der 1920er-Jahre zuordnen konnte, aber er hatte den Namen des Malers nicht parat. »Sie meinen die Ehe mit einem älteren Mann, der ihr einen goldenen Käfig gebaut hat. Und irgendwann wollte Ihre Schwester diesen Käfig verlassen.«

»So ungefähr. Elisabeth war ein lebenshungriger Mensch«, sagte Brigitte Schröter ruhig. Sie schien zu ahnen, was er dachte, und fuhr fort: »Wolfgang ist immer zuvorkommend, stets großzügig, sehr spendabel. Aber er passte nicht zu ihr. Das hatte weniger etwas mit dem Alter zu tun, sondern eher mit seinem durch und durch anständigen Charakter.« Sie sog an ihrer Zigarette. »Nein, Elisabeth war nie einfach. Und sie war anders. Ich habe schon auf ihrer Hochzeit prophezeit, dass diese Ehe keine zwei Jahre halten wird. Dass es Wolfgang dann so lange mit ihr ausgehalten hat, spricht wohl für seine Engelsgeduld. Und für eine gewisse Naivität.«

Lohmann hatte genau zugehört. »Was Sie sagen wollen, ist also, dass Ihre Schwester Elisabeth das eine oder andere außereheliche Verhältnis eingegangen ist.«

»Ich habe in meinem Leben keine andere Frau kennengelernt, die einen Mann so geschickt und charmant um den Finger wickeln konnte. Sie hat sich genommen, wen sie wollte. Doch sicherlich nicht wahllos.«

»Aber Ihr Schwager ...«, warf Lohmann ein.

»Wissen Sie, was mein Mann über meine Schwester gesagt hat? Er hat Elisabeth hinter vorgehaltener Hand als Zoodirektorin bezeichnet.«

»Wie bitte?«

»Weil sie seiner Meinung nach zu ihrem Glück nur drei Dinge benötigte: einen Tiger im Bett, einen Jaguar in der Garage und einen Esel, der das alles bezahlt.«

Lohmann presste die Zunge gegen den Gaumen, um nicht grinsen zu müssen. »Konnten Sie über diesen Witz Ihres Mannes lachen?«

Brigitte Schröter zögerte einen Augenblick. »Elisabeth hatte ihre Eigenarten, das will ich gar nicht leugnen. Und ich habe das auch bestimmt nicht gutgeheißen. Aber sie war nun mal meine Schwester.« Sie seufzte erneut. »Hören Sie, Herr Lohmann, Wolfgang war gut 30 Wochen im Jahr überall auf der Welt auf irgendwelchen Großbaustellen unterwegs. Ich glaube, er hat nie einen Verdacht geschöpft. Er verliebte sich immer wieder aufs Neue in Elisabeth, denn wenn er nach Hause kam, wartete die perfekte Ehefrau auf ihn.«

»Und wie fanden *Sie* das?«, fragte Lohmann. »Hat er Ihnen in all den Jahren nicht mal sein Herz ausgeschüttet?«

»Ich glaube, Wolfgang war wirklich ahnungslos. Für mich käme so ein Leben nicht infrage, weswegen ich aber noch lange nicht den Moralisten spiele und ein funktionierendes Arrangement zwischen erwachsenen Menschen gefährde.«

»Ein ziemlich einseitiges Arrangement«, bemerkte Lohmann spitz.

»Mein Gott, Wolfgang war vielleicht blind vor Liebe, trotzdem war er doch glücklich!«, rief Brigitte Schröter. »Und meine Schwester über einen langen Zeitraum auch. Aber jetzt wollte sie vielleicht mehr.«

»Und Ihren Schwager endgültig verlassen – für einen anderen Mann?« Lohmann ließ nicht locker.

Brigitte Schröter sank ein wenig in sich zusammen. »Natürlich habe ich ein paarmal nachgefragt. Im Auto, auf dem Weg in die Oper. Und schließlich gestand sie mir, dieses Mal sei es wirklich etwas Ernstes. Und dass ich mich daher nicht wundern solle, wenn sie nach der Vorstellung gleich gehen würde.«

Lohmann schrieb eifrig mit. Es waren Stichworte, die er nach einem ausgeklügelten System mit Pfeilen und Kringeln versah. Brigitte Schröter beobachtete ihn interessiert.

»Wissen Sie vielleicht, ob das hier der Grund sein könnte, warum Elisabeth Ihren Schwager verlassen wollte?« Er legte das zweite Foto vor sie hin.

Brigitte Schröter besah es sich aufmerksam.

»Das könnte in Spanien aufgenommen worden sein oder in Italien«, sagte sie schließlich.

»In Italien, Verona«, bestätigte Lohmann. »Erst vor Kurzem übrigens.«

Sie tippte sich an die Stirn. »Deswegen ist Elisabeth also vor einem Monat so spontan nach Pisa geflogen. Aber ich weiß wirklich nicht, mit wem. Ich kenne niemanden, der solch einen protzigen Siegelring trägt.«

Lohmann hatte nichts anderes erwartet. Doch eine innere Eingebung warnte ihn davor, denjenigen beim Namen zu nennen, der vermutlich Elisabeth Miedersons Begleiter gewesen war. Brigitte Schröter als regelmäßige Opernbesucherin hätte ihn natürlich gekannt.

»Und das war vor etwa vier Wochen, sagen Sie?«

Brigitte Schröter nickte. »Sie ist schon nach wenigen Tagen wieder da gewesen.

Vermutlich hat sie diesen Unbekannten auf dem Foto getroffen und ist dann noch einmal zurückgekommen, um ihre Ehe zu beenden. Aber vielleicht reime ich mir da auch etwas zusammen.«

»Das würde von einer bemerkenswerten Konsequenz zeugen«, sagte Lohmann.

»Was hat Ihre Schwester eigentlich beruflich gemacht?«

»Sie war Dolmetscherin, beherrschte sechs Sprachen fließend, am besten sprach sie Russisch. Sie hat ab und zu bei Gerichtsverhandlungen übersetzt, außerdem hat sie Sebastian Bergner seit Jahren auf Geschäftsreisen nach Russland und in die Ukraine begleitet.«

»Den Spediteur, der sich so gerne zum Dresdner Oberbürgermeister wählen lassen will?«, fragte er verblüfft.

Brigitte Schröter lächelte verzagt. »Aber diese Reisen hat Elisabeth niemals heimlich unternommen.«

»Ihr Schwager wusste also Bescheid.«

»Ja, die Reisen mit Bergner waren alle offiziell.«

»Und Sebastian Bergner – gehörte er vielleicht auch …?«

Brigitte Schröter hob die Hand. »Nein, bestimmt nicht. Bergner nahm jedes Mal seine Assistentin mit. Und diese Anne Leitner assistiert ihm wohl mehr als nur geschäftlich.« Sie blies verächtlich Rauch aus. »Das hat mir Elisabeth jedenfalls erzählt.«

Lohmann notierte die Namen, legte anschließend den Kugelschreiber auf den Tisch und verschränkte die Arme vor der Brust. »Wenn ich richtig informiert bin, dann ist Sebastian Bergner immer in Begleitung seiner Frau bei den vielen offiziellen Anlässen, auf denen er sich bekanntlich gern in der ersten Reihe zeigt.«

»Anne Leitner war ein- oder zweimal mit uns in der Oper, wenn Sebastian Bergners Frau verhindert war. Aber da gab's nicht mal ein heimliches Händchenhalten. Er will schließlich zum Bürgermeister gewählt werden«, sagte Brigitte Schröter. »Falls er kandidieren sollte.«

Brigitte Schröters Augen fingen plötzlich an zu glänzen, und Lohmann beschloss, es fürs Erste gut sein zu lassen. Er hatte Munition genug für eine ganze Völkerschlacht gesammelt. »Frau Schröter, Sie haben mir wirklich sehr geholfen. Sie waren ausgesprochen tapfer.«

Sie nickte und griff unvermittelt nach seiner Hand. Lohmann ließ es geschehen, erwiderte ihren festen Händedruck und sagte nichts. So saßen sie ein paar Minuten, bis Brigitte Schröter ihre Hand zurückzog.

»Entschuldigen Sie, jetzt brechen wohl doch alle Dämme.« Sie tupfte sich mit den Fingern eine Träne aus dem Augenwinkel und schniefte.

Lohmann reichte ihr seine Visitenkarte. »Rufen Sie mich bitte an, wenn Ihnen noch etwas einfällt. Ansonsten werde ich sowieso in den nächsten Tagen noch einmal auf Sie zukommen. Wahrscheinlich werden Sie auch eine offizielle Aussage machen müssen.«

Brigitte Schröter nickte erneut.

»Sie kümmern sich doch sicher um Ihren Schwager?«, fragte Lohmann.

»Natürlich, mein Mann und ich werden Wolfgang bestimmt nicht allein lassen in dieser Situation. Das ist alles so furchtbar.«

Sie erhob sich, Lohmann ebenfalls.

»Ich muss kurz nach Hause. Mein Mann und mein Sohn wissen noch gar nicht, was passiert ist. Und Monika auch nicht. Aber ich komme gleich wieder.«

»Sie wohnen alle im Weißen Hirsch?«

Brigitte Schröter lächelte. »Das hat sich irgendwann so ergeben, Herr Lohmann. Vielleicht lag es daran, dass wir Schwestern sind.«

»Ich begleite Sie hinaus«, sagte Lohmann, ganz Kavalier.

»Danke. Sie sind wirklich sehr zuvorkommend.

Als sie die Haustür erreichten, blieb Lohmann plötzlich stehen. »Frau Schröter, eine Frage hätte ich doch noch.«

»Bitte, fragen Sie.«

»Ihr Schwager gab an, bis vor zwei Tagen regelmäßig Nachrichten von Ihrer Schwester erhalten zu haben.«

»Was? Das ist doch gar nicht möglich! Wer soll die ihm denn geschickt haben?«

»Wenn wir das wüssten, wären wir ein ganz schönes Stück weiter«, sagte Lohmann.

Brigitte Schröters Augen funkelten. »Finden Sie dieses Schwein«, sagte sie, drehte sich abrupt um und ging hinaus.

Lohmann nickte und schaute ihr hinterher. Immer schön den Kopf oben halten, auch wenn der Hals dreckig ist, dachte er. Die Frage nach dem grünen Schal hatte er sich absichtlich für die nächste Runde aufgehoben. Er schreckte auf, als er Stephanie Walter aus der oberen Etage seinen Namen rufen hörte.

»Kannst du bitte mal kommen?«

Lohmann wandte sich um.

»Wir haben da was im Bad gefunden, das dich bestimmt interessieren dürfte.«

*

»Was soll denn diese lächerliche Maskerade?«, fragte Robert. Er musterte sie verächtlich. Nicole lächelte hilflos. »Wieso stalkst du mich? Kannst du mich nicht einfach in Ruhe lassen?«

Sie schob sich das Tuch vom Kopf, nahm ihre Sonnenbrille ab und trat an das Geländer um die Tartanbahn heran. »Besser so?« Er wich einen Schritt zurück. »Ich stalke dich nicht. Ich möchte nur wissen, was mit dir los ist«, sagte sie. Robert verdrehte die Augen. »Deine Mutter war heute bei mir …«

»Na und?«

»Sie macht sich Sorgen um dich, und in der Schule bist du leider auch wieder Thema.«

»Ach ja?«

»Ich muss mit dir reden. Dringend.«

»Wir reden doch gerade, Nicole. Obwohl ich eigentlich für einen Wettkampf trainieren muss. Das kommt bei der Mannschaft verdammt schlecht an.«

»Nicht hier!«, sagte sie. »Dazu ist es wirklich zu wichtig.«

Robert wollte gerade antworten, als er Erschrecken in ihrem Gesicht bemerkte.

Sie sah über seine Schulter und er folgte ihrem Blick, bis er Bettina ausmachte, die in vollem Tempo mit einem Speer in der Hand über den Rasen sprintete. Genau auf ihn zu.

»Wer ist das denn?«, fragte Nicole in scharfem Ton.

Noch bevor er etwas erwidern konnte, hatte Bettina sie erreicht, senkte den Speer und starrte Nicole Weinert feindselig an. An Robert gewandt fragte sie: »Was will die hier?« Sie war kein bisschen außer Atem.

Nicole deutete auf den Speer: »Sind Sie auf der Jagd?« Ihr Lächeln war kalt. »Mein Name ist Nicole Weinert, ich bin Nachhilfelehrerin und auf der Suche nach meinem verschollenen Schüler. Und Sie sind?«

»Bettina Lange«, kam die verblüffte Antwort. Sie hatte nicht mit einer solch abgeklärten Reaktion gerechnet und außerdem angenommen, dass es sich bei der Frau um Roberts Tante handeln würde.

»Wenn Sie uns dann bitte für einen Moment entschuldigen würden? Hör zu, Robert, ich weiß, du bist volljährig und kannst machen, was du willst, aber das heißt ja nicht, dass du alles über Bord werfen musst, was du dir in den letzten Monaten erarbeitet hast.«

Robert wollte vor Scham im Boden versinken.

Bettina wusste instinktiv, dass sie verloren hatte. Würde sie auch nur eine weitere Bemerkung machen, lief sie Gefahr, Roberts Vertrauen zu verlieren.

»Wir sind mitten im Training«, sagte sie ruhig, »und ich hatte das Gefühl, Robert brauche Hilfe. Ich habe es nur gut gemeint.«

Nicole lächelte süßlich. »Unsere Sorge um Robert eint uns, Frau Lange. Vielleicht sollten wir noch mal von vorn anfangen. Nicole Weinert«, sagte sie und streckte Bettina die Hand hin.

Robert stand hilflos herum.

Bettina winkte ab. »Ich hab dreckige Hände vom Magnesium.« Damit drehte sie sich um und schritt aufrecht über die Laufbahn zurück zum Speerwurf.

Nicole wartete, bis Bettina sich außer Hörweite befand. »Großartig, Robert«, sagte sie, »was hast du dir bloß dabei gedacht, ihr von uns zu erzählen?«

»Hab ich gar nicht«, sagte Robert, »ich bin doch nicht blöd. Bettina studiert Psychologie, und sie mischt sich einfach gern ein.«

»Wie auch immer. Aber es wäre wichtig, dass wir uns so schnell wie möglich treffen würden.« Bevor Robert protestieren konnte, sprach sie schnell weiter. »Es geht uns beide an.«

Er wich aus. »Meine Mutter war bei dir? Weiß sie irgendwas?«

»Nein, sie und dein Vater machen sich Sorgen um ihr Kind – so wie alle Eltern.«

»Du hast es eben selbst gesagt, ich bin volljährig. Ich bin kein Kind mehr.«

»Zum Mannsein gehört etwas mehr, als seine Nachhilfelehrerin zu ficken, um sie dann im Regen stehen zu lassen«, fauchte Nicole.

Er sah sie überrascht an.

»Verzeih mir, ich wollte dich nicht kränken«, sagte sie sanft. »Hast du schon mal darüber nachgedacht, dass ich einfach Angst habe?«

Robert rieb sich verlegen das Kinn. Schließlich gab er sich geschlagen. »Morgen hätten wir doch sowieso Nachhilfe. Um 17 Uhr«, sagte er.

Nicole atmete erleichtert auf. »Ich verlasse mich auf dich.«

»Das kannst du auch.«

Robert drehte sich um, fiel in einen lockeren Schritt und gab nach einigen Metern Vollgas, um seine Staffel-Mannschaft einzuholen. Er fühlte sich besser, ein wenig befreit von dem Gewicht, das in den vergangenen Tagen auf ihm gelastet hatte. Er wusste zwar nicht genau, warum, aber plötzlich kribbelte es in ihm. Vielleicht war sein Entschluss, auf die Nachhilfestunden zu verzichten und Nicole fallen zu lassen, doch etwas voreilig gewesen.

6

Eberhard Preuss hatte die »Dresdner Morgenpost« vor sich auf dem Tisch liegen. Normalerweise las er keine Boulevardzeitungen, aber die Schlagzeile auf der ersten Seite hatte nicht nur seine Neugier geweckt, sondern auch Betroffenheit in ihm ausgelöst. »Mord im Weißen Hirsch«, hieß es da, und obwohl die Augen der toten Elisabeth Miederson mit einem Balken versehen worden waren und man nur das Initial ihres Nachnamens gedruckt hatte, wusste Preuss natürlich sofort, um wen es sich handelte.

Plötzlich schmeckte ihm das Frühstück nicht mehr, das er täglich um 9 Uhr morgens in seinem Stammcafé einzunehmen pflegte, dem »L'Art de Vie« an der Dreikönigskirche, und auch sein Latte macchiato war inzwischen lauwarm geworden. Nicht dass ihm Elisabeth Miederson besonders nahegestanden hatte. Sie war eine attraktive Erscheinung gewesen, aber er konnte es nicht leiden, wenn eine Frau ihm so unverhohlen Avancen machte und sich dabei anscheinend einen feuchten Kehricht darum scherte, dass die ganze Welt ihr dabei zusah.

Elisabeth Miederson hatte schnell gemerkt, dass sie bei ihm auf Granit biss, und sich umgehend auf ihr nächstes Opfer gestürzt. Seitdem hatten sie sich auf ein freundliches Lächeln und den Austausch von Höflichkeiten beim Opernstammtisch beschränkt. Eberhard Preuss musste schließlich den Schein wahren, wollte er weiterhin als der ehrbare, erfolgreiche Immobilieninvestor und Gastronom gelten, ein anerkanntes Mitglied der Dresdner Hautevolee.

Preuss hatte einst das Glück – andere würden wahrscheinlich sagen, das Pech –, als unehelicher Sohn eines blaublütigen Privatbankiers aus Schleswig-Holstein auf die Welt zu kommen, der ausgerechnet die minderjährige Erbin einer Hannoverschen Beton-Dynastie während eines Reitturniers geschwängert hatte. Diesem Skandal, der sich nur mühsam vertuschen ließ, verdankte Eberhard Preuss ein Leben in einer Hamburger Pflegefamilie und später in den besten Internaten des Landes. Ein halbes Jahr nach seinem 18. Geburtstag adoptierte ihn seine Pflegefamilie, sodass aus Eberhard von Haldern ein Bürgerlicher namens Preuss wurde. An jenem Tag, als die Adoption rechtsgültig wurde, kauften seine Pflegeeltern überraschend eine Villa im Stadtteil Winterhude, an einem Seitenkanal der Alster. Sein frischgebackener Vater erklärte ihm den Erwerb des schmucken Anwesens mit einem Lottogewinn, aber Preuss glaubte ihm nicht. Doch das Haus war prima.

Zu seinen leiblichen Eltern hatte Preuss bis dahin keinen Kontakt gehabt. Einen Tag nach seinem 18. Geburtstag war an seinem Ausbildungsplatz in einer Hamburger Maklerfirma ein Rechtsanwalt erschienen, der ihm einen Vertrag vorlegte. Das Schriftstück entpuppte sich als ein kompliziert formuliertes Schweigegelübde, mit seiner Unterschrift würde Preuss außerdem auf sämtliche finanzielle Ansprüche verzichten, sollte eines seiner leiblichen Elternteile sterben. Er unterzeichnete den Vertrag, ohne zu zögern, da ihm der Anwalt zusätzlich ein beglaubigtes

Schreiben einer Schweizer Bank mitgebracht hatte, das ihn als erbberechtigte Bezugsperson eines Trustfonds auswies. Damit hatte er Zugriff auf ein sauber versteuertes Kapitalvermögen in Höhe von 25 Millionen Schweizer Franken.

Leider hatte Preuss kein besonders glückliches Händchen, was sein finanzielles Engagement betraf – obwohl er seine Ausbildung zum Immobilienmakler mit einer guten Note abgeschlossen hatte. Er war einfach zu jung, zu naiv und zu gutgläubig, um das ganz große Rad zu drehen. Jetzt, 20 Jahre später, waren von seinem Vermögen lediglich eine Dresdner Großraumdiskothek – wenn auch in bester Innenstadtlage – sowie ein halbes Dutzend Immobilien in einem Gewerbepark bei Chemnitz übrig geblieben, die allerdings keine nennenswerten Renditen abwarfen.

Immerhin gab es noch seine bescheidene, aber hübsche Finca auf Mallorca; seine »Fluchtburg« in den Hügeln von Cala Rajada im Nordosten der Baleareninsel, die ihm niemand wegnehmen konnte, weil sie offiziell seinen Pflegeeltern gehörte. Darüber hinaus lagen in einem Schließfach bei der Barclays Bank im Herzen der Inselhauptstadt Palma 1,5 Millionen Euro in bar. Das war seine eiserne Reserve, die er trotz der finanziellen Schieflagen, in denen er sich immer wieder befunden hatte, niemals angerührt hatte. Bis Marinus Vehrenkamp festgenommen worden war und ihn mit schmerzhaftem Druck gezwungen hatte, seine Anteile an der Diskothek »Numbers« zurückzukaufen.

Preuss starrte auf den Artikel und musste zugeben, dass es einen Unterschied machte, wenn man das Mordopfer kannte.

Nun würde über kurz oder lang die Polizei bei ihm auf der Matte stehen. Wieder einmal. Und das konnte er in seiner Situation so wenig brauchen wie eine Hämorrhoide am Hintern. Was genauso für die beiden Männer galt, die sich ein paar Sekunden zuvor ungefragt an seinen Tisch gesetzt hatten.

»Was ist? Kennst du die?«, fragte der kleinere von ihnen zur Begrüßung, ein etwa 30-jähriger Glatzkopf, der Ivo Bukasz hieß. Seine schwarze Lederjacke knarzte, als er sich über den Tisch lehnte, um eine Scheibe Wurst von Eberhard Preuss' Teller zu stibitzen.

»Leider ja«, antwortete Preuss.

»Freundin von dir?« Ivo Bukasz, der etwa so breit wie hoch war und beim Gehen federte, als platze er gleich vor Adrenalin, sprach Deutsch mit unüberhörbarem tschechischem Akzent. Sein Begleiter, ein knapp zwei Meter großer vollbärtiger Schrank, hörte auf den Namen Miro und trug ebenfalls eine schwarze Lederjacke. Er sprach eigentlich nie. Schweigend hatte er Preuss im Auftrag von Marinus Vehrenkamp drei Rippen und die Nase gebrochen.

»Nein, keine Freundin. Aber ich kenne sie, auch wenn ich kaum mit ihr gesprochen habe«, sagte Preuss wahrheitsgemäß. Sein Magen krampfte sich vor Nervosität zusammen.

»Wird sich nicht mehr ändern«, sagte Bukasz kauend und entschied sich nach der Salami für eine Scheibe Parmaschinken. »Sehr traurig, Hardi. Ist hübsch, sogar jetzt, wenn tot. Hat eine schöne Mund.«

»Warum bestellst du dir nicht einfach was, Ivo?«, schlug Preuss vor.

»Keine Zeit. Wir jetzt reden«, entgegnete der Tscheche.

»Seit wann denn reden?«, fragte Preuss, der versuchte, cool zu bleiben. »Wollt ihr mir nicht gleich in die Fresse hauen?«

Eine Kellnerin erschien am Tisch, aber Bukasz schickte sie mit einem freundlichen Lächeln weg. »Nein, danke. Keinen Kaffee für uns. Wir gehen gleich wieder.« Als die Kellnerin verschwunden war, wandte er sich an Preuss. »Woher kennst du die Hübsche aus der Zeitung?«

Preuss hob die Schultern. »Ich war ein paarmal mit ihr in der Oper.« Wozu lügen, dachte er.

Bukasz lachte auf. »Und du sagst, dann keine Freundin von dir?«

Preuss breitete die Arme aus. »Was wollt ihr von mir? Ich dachte, jeder geht wieder seiner eigenen Wege.«

»Nur Grüße bestellen. Vom Boss.« Bukasz besaß stechend blaue Augen.

Preuss nickte. »Tut mir leid, dass sie ihm so viel eingeschenkt haben.«

»Kein Problem«, sagte Bukasz, »so lange wird für Marinus bestimmt nicht dauern. Aber bis dahin … brauchen wir deinen Laden.« Er kniff sein rechtes Auge zusammen und schnalzte mit der Zunge.

»Was soll das?«, fragte Preuss. »Das ›Numbers‹ ist sauber. Ich habe bezahlt.«

»Planänderung«, sagte Bukasz ungerührt.

»Wie, Planänderung?«

»Ab sofort regelst du Geschäft. Sagt Boss.«

»Ich habe mit eurer Sch…, mit euren Geschäften nie was zu tun gehabt. Das ist nicht meine Welt.« Jetzt war er es, der sich über den Tisch beugte. »Ich habe immer den Mund gehalten. Dabei hat die Polizei zweimal meine

Wohnung und mein Büro auf den Kopf gestellt, nur weil ich so blöd gewesen bin, an Marinus Anteile meines Ladens zu verkaufen.«

»Nicht laut werden, Hardi«, sagte Bukasz warnend. Sein muskulöser Begleiter rückte an den Tisch heran und stieß ein Grunzen aus. Preuss ließ sich zurück in seinen Stuhl fallen.

»Aber Partner sehr zuverlässig, findest du nicht?«, fuhr der Tscheche fort. »Du hast verdient gut. Bei dir alles okay, bei Marinus nicht okay, und deshalb Boss auch nicht okay.«

»Weil ich beide Augen zugedrückt habe, als ich Idiot gemerkt habe, was läuft!«

»Nikoli. Nein. Du hast gemerkt, weil du merken *wolltest,* und hast dann kassiert eine Anteil. Hast nicht mal gefragt, hast du einfach so bekommen. Also steckst du drin, und wenn Marinus geredet hätte, würdest du jetzt *sitzen* drin.«

Preuss seufzte. »Ich habe ihn ausbezahlt, so wie er es wollte. 600.000 in bar«, flüsterte er. »Ich habe euch das Geld sogar persönlich nach Österreich gebracht. Marinus hat seine Kapitalanlage wieder, mit Zinsen, und deshalb gehört das ›Numbers‹ wieder mir.«

»Okay«, sagte Bukasz und bedachte seinen Begleiter mit einem Seitenblick, »was meinst du, Miro? Ist ›Numbers‹ sein Laden?«

»Ist sein Laden, aber Laden brauchen Schutz«, sagte der Schrank mit einer Stimme, die nach Weltuntergang klang. Er konnte also doch sprechen.

»Was wird das? Erpressung?«, fragte Preuss. »Nicht mit mir.«

Ivo Bukasz zuckte lächelnd die Schultern. Preuss sah zu, wie der Tscheche sich mit dem Daumennagel Wurstreste aus den Zähnen pulte.

»Ihr könnt mir gar nichts. Was wäre zum Beispiel, wenn die Polizei sich plötzlich noch einmal mit mir unterhalten will? Wenn sie meinen Laden zum dritten Mal auseinandernimmt?« Preuss wechselte in eine bequeme Sitzhaltung, schlug die Beine übereinander und verschränkte die Arme vor der Brust. Seine Rippen riefen sich schmerzhaft in Erinnerung.

»Ist eher *du*, der will mit Polizei unterhalten«, korrigierte Bukasz. Er sah ihn verächtlich an. »Wäre nicht gut, Hardi. Gar nicht gut. Du nicht verstehst, du hängst drin, und wir brauchen Bierkeller! Ist perfekt! Sagt nicht Marinus, sondern Boss. Morgen geht wieder los. Sei nicht blöd!« Ivo Bukasz tippte sich an die Stirn, bevor er weitersprach. »Wir immer ehrlich zu dir. Haben dich aus alles rausgehalten. Und deswegen du bist jetzt sauber – Polizei hat kein Verdacht. Also, wo ist Problem?«

Preuss hatte dem nur wenig entgegenzusetzen. Im Grunde gar nichts. Wie oft hatte er sich schon dafür verflucht, dass er sich vor zweieinhalb Jahren auf ein Geschäft eingelassen hatte, das mehrere Nummern zu groß für ihn gewesen war. Wegen eines geplatzten Bauherrenmodells hatte seine finanzielle Lage damals einem Orkan geglichen und die Banken hatten ihm keinen Cent mehr geben wollen. Die Einnahmen aus dem »Numbers« hatten längst nicht mehr gereicht, um wieder liquide zu werden. Als er dann einen Millimeter vor der Insolvenz stand und sich schon als Frührentner auf Mallorca gesehen hatte, war wie durch ein Wunder Marinus Vehrenkamp aufgetaucht und hatte ihm eine halbe Million für eine stille Teilhaberschaft geboten. Damit war sein Arsch gerettet, aber Preuss musste hilflos dabei zusehen, wie sein neuer Kompagnon die Diskothek zum Umschlagplatz für seine Drogengeschäfte machte.

Die Ware, von der Preuss nicht einmal wusste, um was genau es sich handelte, wurde einmal pro Woche von einem Bierverleger in den Originalfässern einer tschechischen Biermarke angeliefert, im Bierkeller des »Numbers« umgepackt und wenige Stunden später nach ganz Europa verschickt.

Eines Tages hatte ihm Marinus Vehrenkamp wortlos 20.000 Euro in die Hand gedrückt. Wieder einmal bekam er Schweigegeld und das pünktlich und regelmäßig einmal pro Woche. Warum er so dumm gewesen war und die Hand aufgehalten hatte, war nicht schwer zu beantworten: weil er sich nur so hatte sanieren können. Und weil er gierig war.

Ivo Bukasz gab seinem Begleiter unauffällig ein Zeichen. Sie erhoben sich und der Tscheche tätschelte Preuss zum Abschied die Wange.

»So ist richtig. Bist kluge Mann, der weiß, wann besser schweigen. Und wirst sehen, lohnt sich immer.«

Damit verließen die beiden Männer in den schwarzen Lederjacken das Café.

Preuss starrte regungslos auf seinen Latte macchiato, der kalt geworden war.

*

Wenn Lohmann zornig war und besser nicht angesprochen werden wollte, merkten das seine Kollegen an der tiefen Falte, die sich wie ein Canyon von seinem Haaransatz aus in Richtung Nasenwurzel verlängerte. An diesem Morgen war sie besonders ausgeprägt, denn er hatte die Dresdner Zeitungen mitgebracht, die alle den Mord an der »schönen Elisabeth M.« auf Seite eins brachten.

»Hatten wir nicht eine Informationssperre vereinbart?«, blaffte er in die Runde, anstatt »Guten Morgen« zu wünschen. »Irgendjemand hat der Journaille wieder mal etwas gesteckt. Allmählich geht mir das auf den Sack.«

»Aber wie sollen wir denn verhindern, dass die Nachbarn mit den Medien reden?«, warf Breitscheid ein. »Das war doch keiner hier aus dieser Runde!« Die Beamten des Kommissariats 11 schwiegen betreten.

Lohmann hob beschwichtigend die Hände, er war übers Ziel hinausgeschossen.

Vermutlich, weil er nur knapp drei Stunden geschlafen und dabei wieder geschwitzt hatte wie ein Schwein. Verdammte Medikamente.

»Ich fang noch mal von vorn an: Guten Morgen, Kollegen!«

Sein Gruß wurde murmelnd erwidert. Es war ein freundliches Murmeln, und Lohmann wusste, dass die Truppe ihm seine Gefühlsschwankungen verzieh. Er selbst ärgerte sich schließlich am meisten darüber, wenn er die Beherrschung verlor, was zum Glück selten geschah.

»Der Ermittlungsstand im Fall Miederson«, begann er und sah zufrieden, wie sich die Kollegen im selben Moment konzentrierten. »Das Opfer wurde zwischen

22 Uhr abends am 10. September und 4 Uhr morgens am darauffolgenden Sonntag stranguliert. Die Tat geschah mit hoher Wahrscheinlichkeit im Badezimmer der Toten. Bei der Tatwaffe handelt es sich – ebenfalls sehr wahrscheinlich – um einen grünen Seidenschal. Die genauen Ergebnisse der Analysen stehen noch aus. Der Ehemann kommt als Täter nicht infrage, er ist von Beruf Anlageningenieur und war zur Tatzeit nachweislich in Brasilien bei einem Großprojekt. Auch ein Raubmord ist auszuschließen, keine Einbruchsspuren, keine vermissten Wertgegenstände. Wir müssen daher von einer Beziehungstat ausgehen. Ungewöhnlich ist, dass der Ehemann in Brasilien noch zwei Wochen lang regelmäßig Textnachrichten vom Handy seiner Frau erhielt. Hier warten wir derzeit auf Ergebnisse von der Technik.«

Einige der Kollegen schmunzelten. Lohmann räusperte sich kurz. Sofort kehrte wieder angespannte Ruhe im Konferenzraum ein.

»Der Ehemann ist zur Beobachtung ins Krankenhaus eingeliefert worden. Die Nachricht vom gewaltsamen Tod seiner Frau hat ihm ziemlich zugesetzt und wohl nicht minder, dass sie offenbar einen kapriziösen Lebenswandel mit zahlreichen Männerbekanntschaften pflegte, was ihm bis jetzt unbekannt war. Das Opfer wurde drei respektive vier Tage nach seinem Tod als vermisst gemeldet – allerdings nicht von einem Angehörigen, sondern von jemandem, von dem wir bislang nicht wissen, in welcher Verbindung er zum Opfer gestanden hat. Es handelt sich dabei um einen prominenten Namen, zumindest in der klassischen Musikszene, weshalb wir äußerst diskret in diese Richtung ermitteln.«

»Wer ist es denn?«, wollte Zischler wissen. »Ich verrate es auch niemandem!«

Einige der Anwesenden fingen an zu lachen, sogar Lohmann musste schmunzeln. »Blödmann!«, entgegnete er. »Um den Opernsänger Bernd Mandel. Ein Tenor der Extraklasse.«

»Sagt mir nichts«, meinte Zischler.

»Kannst ja mal googeln«, schlug Lohmann vor, »Mandel, wie taube Nuss.«

Nachdem sich das neuerliche Gelächter gelegt hatte, fuhr er fort. »Kollege Zischler hat die bisher wichtigste Zeugenbeobachtung beibringen können: Einer der Nachbarn, der am 10. September gegen 23.30 Uhr den Hund ausführte, hat um diese Zeit jemanden in ein Taxi steigen sehen, das mindestens zehn Minuten lang vor der Villa des Opfers gewartet hatte. Vermutlich war der Fahrgast ein Mann, aber die Entfernung war zu groß, als dass der Zeuge eine genauere Beschreibung liefern könnte. Kollegin Walter hat bereits bei den Taxiunternehmen nachgefragt, die Antwort steht bislang aus. Das war's von meiner Seite. Gibt's von euch noch was?«

»Wir hatten vergangene Nacht eine Messerstecherei im Übergangswohnheim Großenhainer Straße«, meldete sich Riekhof zu Wort. »Das Opfer liegt auf der Intensivstation in der Uniklinik, Zustand kritisch, der Tatverdächtige wurde dem Haftrichter vorgeführt.« Sie machte eine kurze Pause. »Im Fall Wohberg gibt es keine neuen Erkenntnisse. Dann sind hier noch ein paar Kleinigkeiten – alles in allem war es also wieder ruhig. Hört sich für mich nach Innendienst und mal in Ruhe Altlasten abarbeiten an.«

»Gute Idee, Doreen!«, entgegnete Lohmann, »aber das gilt weder für dich noch für die Kollegen Breitscheid, Zischler, Schubert und Walter. In zehn Minuten in meinem Büro!«

»Oha, eine SoKo?«, fragte Breitscheid.

»Könnte durchaus sein«, erwiderte Lohmann, dessen Stirnfalte sich zum zweiten Mal an diesem Morgen vertiefte. »Eins sage ich dir, da liegt noch eine Menge Dreck im Weißen Hirsch herum.«

Wenigstens ein Gutes hatten seine Schlafstörungen: Lohmann konnte besonders intensiv grübeln. In der vergangenen Nacht war er um 3 Uhr aufgestanden, hatte heißhungrig alle Käsereste in sich hineingestopft, die sein Kühlschrank hergegeben hatte, und dabei die Notizen aus dem Gespräch mit Brigitte Schröter in Augenschein genommen. Dabei war ihm immer wieder der Opernstammtisch aufgestoßen. Also warf er ihn jetzt seiner privaten Sonderkommission vor, die sich in seinem Büro versammelt hatte.

»Ein Opernstammtisch?«, fragte Riekhof. »Wie darf ich mir das denn vorstellen?«

»Vermutlich wie einen Fanclub beim Fußball, bloß ohne Pyro!«, bemerkte Zischler, der an diesem Morgen anscheinend einen Clown gefrühstückt hatte.

»Gemach, gemach, beruhigt euch mal, Leute«, grätschte Lohmann dazwischen. »Gehen wir mal davon aus, dass sich da Liebhaber der klassischen Oper auf einen Absacker treffen, die ihre Leidenschaft fürs große Drama miteinander teilen. Vorzugsweise wohnen sie oben auf dem Hirsch oder sind prominente, stadtbekannte Persönlichkeiten wie der Möchtegern-Bürgermeisterkandidat Sebastian Bergner. Mittendrin eine attraktive, begehrenswerte Frau, die keine Hemmungen hat, ihrem Mann in aller Öffentlichkeit wieder und wieder Hörner aufzusetzen. Ich gehe davon aus, dass wir den Täter mit hoher Wahrscheinlichkeit in diesem Wespennest finden werden.«

»Wie kommst du darauf?«, fragte Walter verblüfft.

Für Lohmann hatte sich diese abenteuerliche Theorie schon bei seinem Gespräch mit Brigitte Schröter herauskristallisiert, die ihre Abneigung gegen ihre ermordete Schwester nur mühsam hatte verbergen können.

»Da sitzt man einer Frau gegenüber«, sagte er, »deren Schwester wenige Tage zuvor ermordet im Wald aufgefunden wurde, und der Schröter fällt nichts Besseres ein, als Bettgeschichten vor mir auszubreiten. Kaum eine Spur von Trauer oder Mitgefühl, auch nicht für ihren Schwager, die arme Sau. Die Frau ist sehr rational, aber abgebrüht ist sie nicht. Und dennoch strahlt sie meinem Empfinden nach fast so was wie Verzweiflung aus, da muss man allerdings schon ganz genau hinsehen. Kann sein, dass ihre Tränen am Ende echt waren. Aber irgendwas stimmt nicht mit ihr.«

»Du hältst sie für tatverdächtig, nicht wahr?«, fragte Schubert.

»Zurzeit können wir niemand ausschließen«, sagte Lohmann nickend, »ihr kennt ja meinen Wahlspruch: Du kriegst niemals eine zweite Chance …«

»… um dein erstes Geständnis zu verbessern«, vollendeten die Ermittler den Satz im Chor. Bis auf Stephanie Walter, die noch nicht alle Marotten Lohmanns kannte und folgerichtig sofort fragte: »Wieso hast du Brigitte Schröter nicht auf den grünen Seidenschal angesprochen? Und dir nicht die Namen der Stammtischmitglieder geben lassen?«

»Salamitaktik«, sagte Schubert.

»Jürgen Columbo«, rief Breitscheid dazwischen.

Walter sah ihre Kollegen verständnislos an, weshalb Lohmann eine Erklärung nachschob. »Ich wollte Brigitte Schröter das Gefühl geben, ich sei etwas trottelig. Sie sollte den Eindruck gewinnen, dass sie mir altem, müdem Sack überlegen ist«, sagte er. »Nachher fährst du mit Werner zu ihr raus und lässt dir die Namen geben. Dann arbeiten wir die schön nacheinander ab. Der Fokus liegt erst mal auf der Tatnacht. Den Rest dann nach eigenem Ermessen, aber ich will alle Verbindungen zwischen Elisabeth Miederson und den männlichen Mitgliedern des Opernstammtischs wissen.«

In diesem Moment klingelten zwei Telefone gleichzeitig. Lohmann und Walter gingen ran. Das Gespräch der Kommissaranwärterin dauerte nur wenige Sekunden: »Bingo. Der Taxifahrer aus der Tatnacht wartet unten an der Pforte. Jetzt bin ich gespannt.«

»Das ging ja ruckzuck«, meinte Werner Schubert.

»Wunderbar, dass Sie so schnell zurückrufen«, sagte Lohmann ins Telefon. »Ja, bitte stellen Sie mich durch. Ich warte …« Er bedeckte das Mikrofon mit der Hand und sagte zu Walter: »Moment, zeig dem guten Mann dieses Foto, bitte!« Er griff in die oberste Schublade seines Schreibtischs und zog ein Farbfoto hervor, das er in der vergangenen Nacht aus dem Netz heruntergeladen und ausgedruckt hatte.

»Gute Idee«, sagte Walter und verließ Lohmanns Büro. Sein Jagdfieber war ansteckend.

»Herr Liebeskind«, sagte Lohmann und gab Schubert ein Zeichen. Der scheuchte die Kollegen aus Lohmanns Büro und ging selbst einen Kaffee holen. Im Weggehen hörte er seinen Chef sagen: »Ja, richtig, die Dresdner Kriminalpolizei ist am Apparat, Lohmann mein Name. Es geht um einen Ihrer Schützlinge, um Herrn Mandel. Nein, er hat nichts verbrochen.« Als Lohmann ein wenig gekünstelt in den Hörer lachte, schloss Schubert die Tür hinter sich.

Als er aus der Teeküche zurückkehrte, telefonierte Lohmann immer noch, bedeutete ihm jedoch zu warten. Schubert trank den Kaffee im Stehen an einem der Fenster zum Innenhof und stellte zum tausendsten Mal fest, dass die Plörre ungenießbar war. Aber Espresso mochte er auch nicht.

Dann endlich legte Lohmann auf und winkte ihn heran. Er strahlte übers ganze Gesicht.

»Was ist los?«, fragte Schubert. »Kriegst du ein Autogramm?«

»Besser«, entgegnete Lohmann, »viel besser. Ich habe soeben dafür gesorgt, dass du dich kulturell ein bisschen weiterentwickeln kannst. Übermorgen gehen wir in die Oper – nein, wir hören uns eine konzertante Opernaufführung an. Und zwar in der Elbphilharmonie in Hamburg. Und danach treffen wir Bernd Mandel und unterhalten uns ein wenig mit ihm.«

»Wieso erst übermorgen?«

»Weil Mandel sich gerade auf dem Rückflug aus Tokio befindet«, antwortete Lohmann. Er stieß hörbar den

Atem aus. »Mensch, Werner«, sagte er, »ich habe eben ungefähr gegen alle Vorschriften verstoßen, die es gibt. Hoffentlich tut Mandels Manager, was ich ihm gesagt habe. Wir brauchen Mandel unvorbereitet.«

»Wenn er sie geliebt hat, dann wird ihn das umhauen, und wenn er sie stranguliert hat, wahrscheinlich auch«, sagte Schubert.

»Und ich möchte natürlich vermeiden, dass ein sensibler Künstler seinen Auftritt in der Elbphilharmonie wegen ein paar Ermittlerbanausen wie uns vermasselt.«

»Weshalb du dir gerade dreist einen Konzertbesuch erschlichen hast.«

»Für uns beide! Du steckst voll mit drin, Werner!«, sagte Lohmann vergnügt.

»Was macht dich eigentlich so sicher, dass Mandel als Tatverdächtiger ausscheidet?«

Lohmann reichte seinem designierten Nachfolger ein paar weitere Farbausdrucke über den Schreibtisch.

»Das Internet«, sagte er schlicht. »Auf den ersten drei Fotos sieht man deutlich, dass Mandel einen Siegelring trägt, der genauso aussieht wie der Ring auf dem Foto, das der Vermisstenanzeige beilag. Aber das ist nicht weiter überraschend. Weitaus interessanter sind diese beiden Aufnahmen«, Lohmann tippte mit dem Zeigefinger darauf, »die unseren Sänger auf einer Aftershow-Party nach einem Auftritt in Moskau zeigen. Schau mal, wer da direkt hinter ihm steht und ihn anschmachtet. Erstaunlich, die Bildqualität heutzutage.«

Schubert beugte sich über den Ausdruck. »Das gibt's ja nicht!«, sagte er atemlos, »die Miederson und der Bergner. Sie hat nur Augen für Bernd Mandel, und das scheint unserem aufstrebenden Lokalpolitiker nicht zu schmecken. Von wann ist das Bild?«

Lohmann schlug sein Notizbuch auf. »Vermutlich aus dem Oktober des vergangenen Jahres«, sagte er. »Kennst du zufällig die Frau neben Bergner?«

»Nee. Aber so wie die geschminkt ist, ist sie eine Professionelle.« Schubert zögerte einen Augenblick. »Du hast wieder die ganze Nacht nicht schlafen können, nicht wahr?«

»Nicht besonders gut, nein«, gab Lohmann zu.

»Nimmst du deine Tabletten?« Lohmann nickte, und verlegenes Schweigen machte sich zwischen ihnen breit. »Was werden wir denn überhaupt hören?«

»›La Bohème‹!«, erwiderte Lohmann.

»Puccini«, entgegnete Schubert wie aus der Pistole geschossen.

Lohmann starrte ihn entgeistert an und Schubert lachte laut los. »Gestern, beim Zahnarzt, habe ich im Wartezimmer in einer Zeitschrift zufällig einen Artikel entdeckt – ›Die zehn berühmtesten Opern der Welt‹ – tja …«

Die Tür zu seinem Büro flog auf, Lohmann hob noch immer grinsend den Kopf.

Herein kam Walter, die den linken Daumen in die Höhe reckte. In der rechten Hand hielt sie das Foto, das den Tenor Bernd Mandel zeigte. Sie war ein wenig außer Atem.

»Der Taxifahrer hat ihn wiedererkannt?«, fragte Lohmann.

Die Kommissaranwärterin nickte. »Eindeutig. Die Tour mit Bernd Mandel ging am Sonnabendabend vom

Künstlereingang der Semperoper zum Haus der Miedersons. Dort hat der Fahrer etwa zehn Minuten gewartet, bevor er Mandel zurück in die Stadt gefahren und vor seinem Hotel abgesetzt hat.«

»Kein Zweifel?«, fragte Schubert.

Walter schüttelte den Kopf. »Der Fahrer hat außerdem gesagt, sein Fahrgast hätte auf der Rückfahrt versucht zu telefonieren und dabei sehr angespannt gewirkt. Und Mandel hatte zwei Koffer dabeigehabt, als er wieder ins Taxi stieg. Einen großen und einen kleineren.«

Lohmann pfiff leise. »Damit ist Bernd Mandel jedenfalls verdächtig, auch wenn ich es mir einfach nicht vorstellen mag.«

»Prominente sind auch nur Menschen!« Walter wirkte konsterniert.

»Intuition«, entgegnete Lohmann, »doch wenn mein Gefühl sich ändern sollte, wirst du die Erste sein, die es erfährt. Letztlich ist es eine Frage des Motivs.« Ein Motiv, das dazu geführt hatte, dass eine junge Frau jetzt in einem Kühlfach der Dresdner Rechtsmedizin lag.

»Ich sag euch was, Kollegen.« Lohmann beugte sich vor. »Wir müssen mehr über diese Elisabeth Miederson wissen. Überprüft ihre Konten, ihr Handy, ihren Freundes- und Bekanntenkreis. Grabt in ihrer Vergangenheit. Dreht jeden Stein um. Und wir müssen mit ihren Eltern sprechen. Eine Familie Ulrich in Halle.«

7

Sie brachen zu viert vom Parkplatz Schweizermühle zu ihrer Wanderung auf die Kaiser-Wilhelm-Feste im Bielatal auf: Brigitte und Hans-Joachim Schröter, Elisabeth und ihr neuer Geliebter Johannes. Um sie herum ragten die bizarren Felstürme des Klettergebietes Sächsische Schweiz auf. Die Schröters waren zwar keine ausgewiesenen Alpinisten, aber sie liebten die Berge und hatten in den vergangenen Jahren schon häufig recht anspruchsvolle Touren unternommen, auch in den Alpen.

An jenem Sonntagmorgen im Spätsommer, vier Jahre zuvor, war die Luft selbst im Wald schwül gewesen, und der Wetterbericht hatte für den Nachmittag Gewitter vorhergesagt. Seitdem war kein einziger Tag vergangen, an dem Hans-Joachim Schröter nicht an diesen kurzen Ausflug zurückdachte. Schließlich war danach nichts mehr wie zuvor gewesen. Während Wolfgang Miederson wieder einmal beruflich im Ausland unterwegs war, hatte sich seine Schwägerin Elisabeth drei Tage vorher zu dem Ausflug eingeladen, und Brigitte hatte nach anfänglichem Zögern zugesagt. Sie hatte die Hoffnung, dass Elisabeths aktueller Geliebter Johannes, ein angehender Diplom-Journalist, der gerade an seiner Abschlussarbeit schrieb, einen positiven Einfluss auf den »unsteten Lebenswandel« ihrer jüngeren Schwester haben könnte.

Johannes Kohler war ein introvertierter junger Mann, acht Jahre jünger als Elisabeth und für einen Schreibtischtäter recht sportlich. Eigentlich passt er so gar nicht zu ihr, dachte Hans-Joachim Schröter, während sie nach eineinhalb Stunden verschwitzt die letzten Stufen der Eisenleiter erklommen, die auf den Sachsenstein führte. Von dort oben hatten sie einen herrlichen Blick über das Bielatal hinüber zu ihrem eigentlichen Ziel, der Aussichtsplattform Kaiser-Wilhelm-Feste, ein mit Zinnen geschmücktes Bastionstürmchen. Schröter zeigte besorgt nach Westen, wo sich mächtige graue Wolken auftürmten. Er schüttelte skeptisch den Kopf. »Das wird wohl nichts mehr. Wir sollten uns schleunigst auf den Rückweg machen. Es dauert keine Stunde mehr, dann gewittert es hier.«

»Das war doch erst für den Nachmittag angesagt«, warf Brigitte ein.

Ihr Mann winkte ab. »Darauf kann man doch nichts geben.«

»Herrlich!«, jauchzte Elisabeth. »Bei der Hitze wäre mir eine Himmelsdusche gerade recht.«

Johannes sah sie überrascht an. »Ich weiß nicht …«

Brigitte holte aus ihrem kleinen Rucksack vier Äpfel heraus und zwei Halbliterflaschen stilles Wasser. »Ihr braucht tatsächlich Flüssigkeit«, sagte sie, ganz die besorgte Ärztin. »Und zwar von innen!«

Ihr Mann drängte zum Aufbruch.

Als sie die letzte der Eisenleitern Richtung Wander-

weg hinuntergeklettert waren, hielt Kohler den Älteren zurück. »Kann ich Sie etwas fragen?«

»Natürlich«, antwortete Schröter verblüfft, »um was geht es denn?«

Kohler sah den beiden Frauen hinterher, die mit schnellen Schritten vorausmarschierten. Die Route war mit gelben Punkten markiert, sie würden sich kaum verlaufen. Dann blickte er den Apotheker selbstbewusst an: »Sagt Ihnen IM Lunge was, Herr Schröter?«

Nichts hatte der Apotheker seit dem Fall der Mauer mehr gefürchtet als seine Enttarnung als inoffizieller Mitarbeiter der Staatssicherheit. Kohlers Frage war ein überraschender Treffer aus dem Nichts, von dem Kohler sich erst einmal erholen musste.

»Nein, sagt mir nichts«, antwortete er betont nachdenklich. »Gefragt haben mich die Schlapphüte immer wieder. Aber man musste ja nicht mitmachen.« Er zwang sich zu einem Lächeln, doch die Miene des jungen Journalisten blieb unbewegt.

»Ich habe Ihre Akte eingesehen«, entgegnete Kohler ruhig. »Sie waren bis zur Wende inoffizieller Mitarbeiter der Stasi.«

»Das entspricht nicht der Wahrheit. Sie irren sich, junger Mann. Kommen Sie, sonst holt uns das Gewitter noch ein!«

Doch Kohler bewegte sich nicht. »Wenn Sie der ehemalige 800-Meter-Läufer und verdiente Sportler der Deutschen Demokratischen Republik sind und Ihr Name Hans-Joachim Schröter lautet, dann waren Sie IM Lunge. Soll ich Ihnen die Kopie Ihrer Akte vielleicht einmal zeigen?«

»Es gibt keine Akte!«, rief Schröter aufgebracht. Was war da nur schiefgelaufen? Wer von den Idioten in seiner ehemaligen Seilschaft hatte das verpennt?

Die beiden Schwestern waren stehen geblieben und sahen sich verwundert nach den Männern um.

»Was müssen die denn ausgerechnet jetzt bereden?«, fragte Brigitte.

Elisabeth zuckte die Schultern. »Johannes wird deinen Mann für seine Diplomarbeit ausquetschen.«

»Bitte?«, fragte Brigitte Schröter konsterniert.

Elisabeth lächelte. »Johannes schreibt seine Diplomarbeit über die Recherchemöglichkeiten für Journalisten, wenn es darum geht, ehemalige Stasispitzel zu enttarnen. Ob sie dabei in ihrer Arbeit behindert werden – so was in der Art. Hatte ich dir das nicht erzählt?«

»Und was hat Hajo damit zu tun?« Brigitte musste gegen die plötzlich aufsteigende Übelkeit ankämpfen.

»Ach, Schwesterherz, nun tu nicht so! Die Rolle der unwissenden Ehefrau steht dir gar nicht.«

»Spinnst du, Elisabeth?«, rief Brigitte empört. »Hajo ein IM? Das wüsste ich aber!«

Ihre Schwester lachte. »Keine Sorge, Johannes musste mir versprechen, den Namen deines Mannes zu anonymisieren.«

»Und deshalb hast du plötzlich den Wandervogel in dir entdeckt?«, fragte Brigitte. »Pfui, schäm dich!« Sie wandte sich zu ihrem Mann um und rief: »Na, was ist? Sollen wir hier etwa Wurzeln schlagen, bis das Gewitter da ist?«

»Wir kommen gleich«, rief ihr Mann zurück, »geht ruhig schon mal vor!«

Brigitte hörte an seiner Stimme, wie zornig er war.

Am Fuße des Sachsensteins trat Schröter einen Schritt auf Kohler zu und tippte ihm mit dem Zeigefinger auf die Brust. »Zum letzten Mal, Herr Kohler: Das kann nicht sein. Wenn die Stasi mich als IM geführt hat, dann ist das nichts als ein riesengroßer Irrtum. Haben Sie mich verstanden?« Wieder versuchte er zu lächeln. »Mann, Kohler, seien Sie bloß vorsichtig mit solchen Behauptungen – damit können Sie jemanden ruinieren. Lernt man so was bei Ihnen auf der Presseschule in Leipzig?«

Er machte auf dem Absatz kehrt und folgte seiner Frau und ihrer Schwester. In der Ferne war erstes Donnergrollen zu hören. Schröter beschleunigte seinen Schritt, doch Kohler hatte keine Mühe, sich an seine Fersen zu heften.

»Wissen Sie, Herr Schröter«, sagte er, »Sie sind ja nicht der Einzige, der im Zuge der Wende erfolgreich belastendes Material hat verschwinden lassen. Meiner Recherche nach geben die Unterlagen aus der Zentralstelle in Berlin jedoch genügend Aufschluss über Ihre Nebentätigkeit. Aber wie auch immer Sie das angestellt haben, hier in Dresden sind Sie sauber. Im Gegensatz zu Ihrer Frau. IM Iris, nicht wahr?«

»Meine Frau?« Schröter blieb abrupt stehen und wandte sich um. Er wankte wie ein angeschlagener Boxer, der Mühe hat, sich auf den Beinen zu halten. »Brigitte soll eine IM gewesen sein?«

»Ach, das wussten Sie nicht? Na ja, das war ja auch irgendwie Sinn der Sache.« Kohler lächelte ihn spöttisch an.

»Wie sind Sie überhaupt auf mich gekommen?«, fragte Schröter matt.

»Reiner Zufall«, sagte Kohler. »Ich habe mir für meine Masterarbeit einige der bekanntesten Sportler der DDR vorgenommen und bin bei Ihnen fündig geworden.«

»Wir stehen in keinem verwandtschaftlichen Verhältnis. Wie hätten Sie denn an unsere angeblichen Akten herankommen wollen?« Natürlich war das so gut wie ein Schuldeingeständnis, doch das war nun egal.

»Ihre Schwägerin – Elisabeth. Sie hat einen personenbezogenen Antrag gestellt. Sie war meine Eintrittskarte«, sagte Kohler. »Aber das ist natürlich nicht der Grund, weshalb wir zusammen sind«, fügte er rasch hinzu. »Es war bloß ein Zufall.«

»Natürlich. Ein Zufall. Aber es stimmt nicht. Es stimmt nicht!« Jetzt brüllte er fast. »Weder meine Frau noch ich haben jemals für diesen Verein gearbeitet. Ich habe zu keiner Zeit irgendwen bespitzelt, und dass ausgerechnet meine Frau … Das ist einfach unmöglich.«

Schröter lief weiter. Er musste sich beherrschen. Nicht auszudenken, wenn diese Sache publik wurde. Schon regte sich Widerstand in ihm. Schließlich hatte er den Schergen nie etwas Weltbewegendes über seine Sportkameraden erzählt. Nein, »verraten« hatte er niemanden. Es war Mumpitz, aufgeblasenes Gewäsch, was sein Führungsoffizier von ihm zu hören bekommen hatte. Aber dass dieser Schmierfink ihn jetzt, nach so langer Zeit, auffliegen lassen könnte, ließ blinde Wut in ihm hochschießen. Er hatte hart für seinen tadellosen Ruf in der Stadt gearbeitet. Er hatte Ambitionen! Und dann war da noch die Sache mit Elisabeth.

Das Donnern kam näher. Schon fegte die erste scharfe Windböe durch die Baumwipfel.

»Ich weiß, was Sie denken, Herr Schröter«, sagte Kohler, während er nun doch langsam außer Puste geriet, »aber ich kann Ihnen versichern …«

»Sie! Sie wissen überhaupt nichts!«, blaffte der Apotheker ihn an. Dann erreichten sie die Frauen.

»Streitet ihr euch etwa?«, fragte Elisabeth.

Schröter würde in die Offensive gehen. »Da hast du uns ja einen schönen Wandervogel mitgebracht«, sagte er. »Stell dir vor, Brigitte, dieser junge Mann behauptet rotzfrech, ich sei ein IM der Stasi gewesen!« Er wandte sich an Kohler. »Wie war doch gleich mein Deckname?«

»Lunge!«, sagte Johannes Kohler.

Brigitte lachte meckernd auf.

Eine weitere Böe fegte durch den Wald. Äste knackten. Die ersten Tropfen fielen.

Schröter packte seine Frau am Arm. »Wir müssen hier weg. Ganz in der Nähe ist eine Schutzhütte. Hier geht gleich die Welt unter.«

»Ach ja?« Elisabeth schien ihrem Schwager nicht zu glauben.

»Wenn ich es euch doch sage. Los jetzt, verdammte Scheiße, sonst werden wir gleich weggespült!«, rief Schröter und stieg vom gelb markierten Wanderweg, der in weiten Serpentinen den Berg hinabführte, in den Steilhang hinein. »Da sind Stufen in den Felsen gehauen!«

Elisabeth trat an die Wegkante heran und beugte sich vor. »Das ist mir viel zu gefährlich!«

»Ich weiß, was ich tue!«, rief Schröter zurück. »Auf dem Weg da droht uns Steinschlag!« Er kletterte vier Stufen hinunter. »Worauf wartet ihr?«

Der Regen wurde stärker. Ein pfeifender Knall zer-

schnitt die Luft, als dicht bei ihnen der Blitz in eine Kiefer einschlug. Elisabeth erschrak und verlor den Halt. Ihre Schwester schrie auf.

»Elisabeth!«, rief Kohler und machte einen Satz nach vorn, aber er kam zu spät.

Schröter sah einen Schatten auf sich zurasen und griff zu. Es gelang ihm, seine Schwägerin zu packen und festzuhalten. Fast hätte es ihn dabei selbst aus dem Steilhang gerissen. Unter den mittlerweile strömenden Regen mischten sich Hagelkörner. Strampelnd versuchte Elisabeth, Halt auf dem glitschigen Untergrund zu finden. Sie schrie in Todesangst. Schröter würde sie nicht mehr lange halten können.

Plötzlich griff eine Hand beherzt zu; Kohler rief: »Ich hab dich! Bleib ganz ruhig!«

Schröter gelang es, sich mit der linken Hand an einer freiliegenden Baumwurzel festzuhalten. Er blickte nach oben. Die Kante des Steilhangs befand sich gut zwei Meter über ihnen. Kohler kam eine weitere Stufe hinunter.

»Wir ziehen dich jetzt hoch«, sagte er, während er versuchte, auf dem nassen

Felsen einen einigermaßen sicheren Stand zu finden. »Keine Angst, wir haben dich!« Mit der rechten Hand hielt er Elisabeth am Kragen gepackt und versuchte mit der linken, ebenfalls eine Wurzel zu fassen.

Schröter trat einen Schritt nach rechts. »Zugleich!«, sagte er und zog Elisabeth mit aller verbliebenen Kraft auf den schmalen Stein zwischen sich und Kohler. Als seine Schwägerin festen Boden unter ihren Füßen spürte, begann sie zu zittern.

»Nur vier Stufen, dann hast du es geschafft!«, rief Schröter ihr zu. »Du musst versuchen, dich irgendwo festzuhalten!«

Seine Frau hatte sich bäuchlings auf den Weg gelegt und streckte ihrer Schwester die Hände entgegen. So zogen, stießen und zerrten sie Elisabeth Zentimeter um Zentimeter in Richtung der rettenden Kante.

Da schob Kohler beide Hände wenig galant unter Elisabeths Gesäß und drückte sie mit einer gewaltigen Kraftanstrengung nach oben. Sie rutschte mit dem Oberkörper über die Kante, Brigitte packte ihr rechtes Bein, und dann war Elisabeth in Sicherheit.

»Wir kommen jetzt auch hoch!«, rief Schröter und tippte Kohler auf die Schulter.

»Los, Sie zuerst!« Vergessen war die Wut auf den dreisten jungen Mann.

Die nächsten Sekunden erlebte er wie in Zeitlupe: Zuerst Kohlers Ausfallschritt. Wie er auf dem nassen Felsen wegrutschte. Sein verzweifelter Griff nach der Baumwurzel, die nachgab. Wie Kohler auf dem kleinen Felsvorsprung das Gleichgewicht verlor. Sein Schwanken wie betrunken. Wie er schließlich nach hinten kippte.

Elisabeth schrie auf.

Schröter versuchte, den Fallenden am Arm zu packen, doch der nasse Ärmel rutschte ihm weg. Dann berührten sich ihre Hände, Schröter griff noch einmal fest zu, erwischte das Handgelenk und tatsächlich schwang Kohler jetzt wie ein Uhrenpendel hin und her – einmal, zweimal, dreimal –, während er mit den Beinen durch die Luft ruderte. Kohler wog mehr als Elisabeth und Schröter wurde schlagartig klar, dass er ihn nicht alleine hoch-

ziehen konnte. Würde es ihm gelingen, ihn festzuhalten, bis Kohler einen Fuß auf den Felsen setzen könnte?

Er hörte, wie Elisabeth erneut aufschrie.

Und da erkannte er plötzlich die einmalige Gelegenheit. Kohler würde einen Sturz aus knapp 50 Metern Höhe nicht überleben. Er, Schröter, musste sich nur dazu entschließen, das Undenkbare zu tun. Er musste eine Entscheidung treffen. So wie damals, als er sich im 800-Meter-Finale nach den ersten 200 verbummelten Metern dazu entschlossen hatte, dieses entscheidende Rennen entgegen der Weisung seines Trainers nicht taktisch zu laufen, sondern sich mutig an die Spitze des Feldes zu setzen. Dabei war er nie ein sonderlich guter Tempoläufer gewesen. Im Ziel hatte er dennoch einen Vorsprung von gut fünf Metern gehabt und sich erst einmal hinter der Zeitanzeige vor Erschöpfung übergeben müssen.

»Halten Sie mich!«, schrie Kohler. Es klang flehentlich. Der Student streckte sein rechtes Bein aus. Es fehlten nur wenige Zentimeter zum rettenden Felsvorsprung.

»Ich halte Sie!«, brüllte Schröter zurück. Dann lockerte er seinen Griff um das Handgelenk des jungen Mannes, der ihn entsetzt anstarrte, bevor er fiel. Schröter beugte sich vor und tat, als versuchte er verzweifelt nachzufassen. Er stand mit dem Rücken zum Steilhang, es würde die beiden Augenzeugen täuschen.

Schröter sah gebannt dem stillen Fallen zu, beobachtete, wie der Kopf des jungen Mannes auf den Steilhang prallte, wie Kohler sich im Weiterfallen um die eigene Achse drehte, dabei mit den Armen ruderte, erneut mit dem Körper gegen den Steilhang schlug und die letzten paar Meter über Felsen, Moos und Äste auf den Wanderweg hinunterrutschte, wo er mit grotesk verdrehten Gliedmaßen liegen blieb.

Schröter kletterte vorsichtig nach oben, mit versteinerter Miene.

Elisabeth schrie und schrie. Sie wollte gar nicht mehr aufhören zu schreien, sosehr ihre Schwester sich auch bemühte, sie zu beruhigen. Der Regen prasselte ihnen ins Gesicht, aber das eigentliche Gewitter war vorbei. Elisabeth riss sich los und machte Anstalten, ihren Schwager den Steilhang hinunterzustoßen. Aber dazu fehlte ihr die Kraft. Schröter umklammerte sie, so fest er nur konnte.

»Herrgott, Elisabeth, es war ein Unfall«, sagte er mit sanfter Stimme, »du hast es doch gesehen!«

Sie schluchzte ein paarmal heftig, das Gesicht an seiner Brust vergraben.

Dann trat sie einen Schritt zurück und starrte ihn hasserfüllt an. »Du Mörder!«, sagte sie mit eisiger Stimme.

»Was redest du da!«, sagte Brigitte empört. »Du solltest dankbar sein, dass du nicht dort unten liegst.« Sie tauschte einen vielsagenden Blick mit ihrem Mann. Jetzt wusste Schröter, dass auch seine Frau nicht an einen Unglücksfall glaubte. Er zog sein Mobiltelefon aus der Tasche und wählte den Notruf. Die Verbindung war schlecht, aber es gelang ihm, den Unglücksort genau zu beschreiben.

Knapp zehn Minuten später erreichten sie im Laufschritt die Stelle, an der Kohler lag. Später würde Elisabeth ihn damit konfrontieren, dass die unverantwortliche Kletterei vermutlich genauso lange gedauert hätte wie der Marsch auf dem Wanderweg, was ihrem Verdacht nur noch mehr Nahrung gab.

Schröters Herz begann schneller zu schlagen, als er drei Wanderer sah, von denen einer dem unglücklichen Johannes Kohler professionell Erste Hilfe leistete.

»Das gibt es ja nicht! Dr. Mangold!«, rief Brigitte atemlos, als sie ihren Kollegen aus der Universitätsklinik erkannte. »Ausgerechnet!« Noch mehr überraschte es sie jedoch, dass Kohlers Brustkorb sich ganz leicht hob und senkte. »Gott sei Dank – er atmet!«, sagte sie und kniete sich neben den Unfallchirurgen, der gerade Kohlers Reaktionen prüfte, indem er sein Augenlid öffnete und ihn mit einer kleinen Taschenlampe blendete. Das Auge zeigte jedoch keine Reflexe. Unter Kohlers Hinterkopf quoll Blut hervor, das sich mit dem Regenwasser auf dem Wanderweg vermischte.

Schröter hielt die Arme vor der Brust verschränkt und biss sich auf die Unterlippe.

Es gelang ihm meisterhaft, sein Erschrecken in Betroffenheit umzuwandeln.

»Er ist komatös«, sagte Brigitte Schröter dumpf, »Stadium 4, würde ich sagen. Wir sollten die Blutung am Hinterkopf stillen. Ich habe Verbandszeug dabei.«

»Ich möchte ihn auf keinen Fall bewegen«, entgegnete Peter Mangold, »er könnte sich Hals- und Rückenwirbel gebrochen haben.«

Brigitte nickte stumm.

»Ich habe schon versucht, die Wundränder zu ertasten. Die Schädeldecke könnte zwar gebrochen sein, aber ich glaube, es handelt sich nicht um eine offene Fraktur. Ein Schädel-Hirn-Trauma steht allerdings außer Frage.«

»Wir haben bereits einen Notruf abgesetzt«, sagte Schröter und warf Elisabeth einen aufmunternden Blick

zu, auf den sie jedoch nicht reagierte. Sie spürte wohl nicht einmal, dass es regnete.

»Wir auch. Er fiel uns ja praktisch vor die Füße. Das sind übrigens Dr. Brandt und Dr. Ludwig – Kollegen aus Leipzig«, sagte Mangold, »meine Kollegin Dr. Schröter, Radiologin.«

Brigitte begrüßte die beiden Ärzte mit einem Nicken.

Mangold betrachtete den Steilhang skeptisch. »Wie ist denn das passiert?«, fragte er.

»Er ist ausgerutscht. Hans-Joachim ... also mein Mann ... hat noch versucht, ihn festzuhalten. Wir wollten den Weg abkürzen – wegen des Gewitters!«

Von Ferne konnten sie das Geräusch eines Hubschraubers vernehmen, das rasch lauter wurde. »Das ist die Bergwacht aus Bad Schandau«, sagte Mangold und warf einen Blick auf den Schwerverletzten. »Vielleicht kommt er ja durch.« Es klang beinahe fröhlich. Wenig später stand der Hubschrauber auch schon über ihnen und sie sahen, wie sich die Seitentür öffnete und einer der Luftretter die Rettungswinde klarmachte.

Verdammte Scheiße, hatte er damals gedacht und er dachte es auch jetzt, als er seine Kontoauszüge betrachtete und an dem Buchungsposten »wg. Unterstützung« hängen blieb, der ihn Monat für Monat um 1.500 Euro ärmer machte. Seit vier Jahren überwies er das Geld auf das Konto seiner Schwägerin. Zuerst waren es 500 Euro gewesen, dann 750 für den bedauernswerten Johannes Kohler, der seit dem Kletterunfall im Bielatal im Wachkoma lag und nie mehr ein normales Leben führen würde. Vor zwei Jahren hatte Elisabeth ihm schließlich eröffnet, dass sie gemeinsam mit seinen Eltern entschieden hatte, ihren Ex-Geliebten in ein besseres Pflegeheim zu verlegen. Woraufhin Schröter zähneknirschend den Dauerauftrag um das Doppelte erhöht hatte.

Aber damit war es endgültig vorbei. Elisabeth konnte ihn nicht mehr erpressen. Und es war nicht anzunehmen, dass sich noch einmal jemand für seine Stasiakte interessieren würde. Die Zahlungen hätten erst mit dem Tod von Kohler aufgehört. Oder nun endeten sie eben mit ihrem Ableben. So gesehen war es eine vergleichsweise günstige Investition gewesen. Er hatte nie nachgefragt, ob Elisabeth diese monatliche Apanage wirklich an die Eltern von Kohler weitergereicht hatte.

Allerdings vermisste er jetzt schon die Treffen mit ihr, immer dann, wenn sein Schwager sich auf einer seiner Auslandsreisen befunden hatte. Schröter sah in Wolfgang Miederson einen bedauernswerten Tölpel, der nie gemerkt hatte, was für ein durchtriebenes Luder er geheiratet hatte. Oder der verdrängt hatte, dass Elisabeth nichts anderes als eine Unterhaltsprostituierte gewesen war. Sie hätte selbst für sich sorgen können, aber Miedersons beruflicher Erfolg hatte ihr ein Leben ermöglicht, das an Annehmlichkeiten kaum zu überbieten gewesen war.

Genau an dieser Stelle hatte Schröter vor drei Jahren den Hebel angesetzt und heimlich Nachforschungen anstellen lassen. Mit dem außerordentlich befriedigenden Ergebnis, dass Elisabeth nicht nur einen Geliebten hatte. Also hatte er eines Abends den Spieß umgedreht. Während einer Geburtstagsfeier in der Villa seines Schwagers hatte Miederson die Gesellschaft einmal mehr mit seinen ausschweifenden Reiseberichten traktiert. Elisabeth, ganz brave Ehefrau, war in den Keller gegangen, um Wein zu holen. Schröter war ihr gefolgt. Das Verblüffende jedoch war, dass er kein Wort hatte sagen müssen, als er im Weinkeller unvermutet hinter ihr aufgetaucht war. Elisabeth hatte die Weinflaschen schweigend zurück ins Regal gelegt, sich zu ihm umgedreht, hatte ihn an die Wand gedrückt, ihn dabei lasziv angelächelt, und dann war sie vor ihm in die Hocke gegangen, um ihm einen zu blasen. Einfach so.

Das war zwar nicht Schröters ursprüngliche Absicht gewesen, aber danach hatte er gar nicht mehr an die monatliche Überweisung gedacht. Sondern daran, dass er von nun an nicht mehr so häufig das plüschige »Blue Heaven« aufsuchen würde. Jetzt bekam er endlich eine Gegenleistung für die monatliche Transaktion.

»Hajo, die Kriminalpolizei ist unten«, hörte er die Stimme seiner Frau wie durch Watte. Er sah auf. Brigitte stand im Türrahmen seines Arbeitszimmers.

»Was wollen die hier?«, raunte er.

»Mit uns reden vielleicht? Elisabeth ist schließlich ermordet worden.« Das konnte seine Frau am besten. Vorwurfsvoll klingen.

Schröter erhob sich achselzuckend von seinem Chefsessel. »Ich wüsste zwar nicht, was ich zur Aufklärung beitragen könnte«, sagte er kühl, »aber das lässt sich wahrscheinlich nicht vermeiden.«

»Reiß dich zusammen«, flüsterte seine Frau, »es wäre gut, wenn du ein wenig Mitgefühl an den Tag legen könntest. Es geht schließlich um deine *geliebte* Schwägerin.«

Schröter seufzte. »Was hast du der Polizei erzählt?«

»Nicht viel. Ich habe lediglich angegeben, wo wir am Abend des 10. gewesen sind.«

»Und wo waren wir?«

»In der Oper, falls du dich noch erinnern kannst. Wo du danach gewesen bist, weiß ich natürlich nicht.«

Schröter stutzte. »Wir waren nach der Oper auf jeden Fall zusammen, Brigitte«, flüsterte er und sah sie dabei eindringlich an.

»Waren wir das?« Sie lächelte spöttisch. »Ich habe dich ziemlich rasch aus den Augen verloren.«

Schröter presste die Lippen zusammen und wollte gerade antworten, als er von unten die Stimme einer Frau hörte, die nach ihnen rief. Rasch verschwand er durch die Seitentür im Badezimmer.

*

»Frau Schröter? Herr Schröter?« Walter stand im Treppenhaus und wisperte Schubert zu: »Sprechen die sich da oben ab oder was?«

Schubert nahm zwei Treppenstufen auf einmal. Als er den Flur erreichte, trat Brigitte Schröter aus dem Arbeitszimmer.

»Tut mir leid«, sagte sie und lächelte verlegen, »mein Mann ist auf der Toilette. Aber er weiß schon Bescheid.«

Der Oberkommissar hob resigniert die Hände. Er ärgerte sich maßlos über sich selbst, weil er eben einen Augenblick zu lang davon geträumt hatte, selbst in so einem großzügigen Haus zu leben. Die Toilettenspülung rauschte. Sekunden später wurde ein Wasserhahn aufgedreht.

»Wissen Sie, wir sind alle völlig fertig«, sagte Brigitte Schröter unvermittelt. »Für unsere Familie ist das sehr schwer. Vor allem natürlich für Wolfgang. Er hat Elisabeth unendlich geliebt.«

Schubert nickte. Die Badezimmertür öffnete sich und Schröter trat heraus. Er sah mitgenommen aus. Übernächtigt. Seine Augen waren gerötet, die Haare zerzaust.

»Herr Kommissar ...?«, sagte er und streckte Schubert die Hand hin.

»Oberkommissar Schubert, Kommissariat 11«, erwiderte Schubert und schüttelte die ihm dargebotene Hand. Sie war noch feucht vom Händewaschen.

»Schröter. Ist mir aber aufgrund der entsetzlichen Umstände gerade nicht besonders angenehm.« Er räusperte sich betreten.

»Das kann ich gut verstehen. Mein aufrichtiges Beileid«, erwiderte Schubert.

»Wie kann ich Ihnen also helfen?«, fragte Schröter.

»Meine Kollegin Walter und ich würden uns gerne ein wenig mit Ihnen über Ihre Schwägerin unterhalten. Und dann hätten wir natürlich auch die üblichen Fragen.«

»Die üblichen Fragen?« Brigitte Schröter klang überrascht.

»Statistisch gesehen ereignet sich die überwiegende Zahl solcher Tötungsdelikte im engeren persönlichen Umfeld des Opfers. Jeder noch so kleine Hinweis kann da hilfreich sein«, sagte Schubert.

»Aber ich habe bereits gestern Ihrem Kollegen ...«

»Hauptkommissar Lohmann, ich weiß«, sagte Schubert.

»… und mehr kann ich dazu nicht sagen. Elisabeth ist direkt nach der Vorstellung in ein Taxi gestiegen und wir sind mit unserem Stammtisch ins Restaurant.«

»Was gab es in der Oper?«

»›Carmen‹«, sagte Brigitte Schröter.

»Und danach sind wir ins ›1900‹, so wie immer«, fügte Hans-Joachim Schröter hinzu. »Das ist unser Stammlokal – an dem Abend hatten sie draußen eine Cocktailbar aufgebaut.«

Schubert registrierte den beflissenen Einwurf. »Warum hat sich Ihre Schwester denn so schnell von Ihnen abgesetzt?«, fragte er Brigitte Schröter.

»Keine Ahnung«, sagte Hans-Joachim Schröter, »ich hatte mich auch gewundert – dabei fand da doch auch das Rock-Konzert statt. Kannst du dir das vielleicht erklären, Brigitte?«

Mann, dachte Schubert, du bist vielleicht ein Schmierenkomödiant.

»Wollen wir uns nicht lieber setzen, anstatt hier auf dem Treppenabsatz herumzustehen?«, fragte Brigitte Schröter.

»Lassen Sie uns hinunter ins Wohnzimmer gehen«, schlug Schröter vor und lächelte jovial.

Schubert wollte einen Besen fressen, wenn Hans-Joachim Schröter nicht ganz genau über das ausschweifende Liebesleben seiner Schwägerin im Bilde war.

*

Elisabeth Miedersons Eltern wohnten in der 14. Etage einer sanierten Platte in Halle-Neustadt. Anfang der

70er-Jahre war dieser Stadtteil aus der Retorte der architektonische Stolz des ehemaligen Arbeiter- und Bauernstaates gewesen. Inzwischen waren einige der Hochhäuser bereits seit Jahren unbewohnt und rotteten vor sich hin. Doreen Riekhof und Hans Breitscheid hatten ihren Besuch telefonisch angekündigt. Es dauerte, bis der Türsummer betätigt wurde. Nach einer schweigenden Fahrt im Fahrstuhl standen sie Elisabeth Miedersons Mutter gegenüber. Sie trug eine geblümte Kittelschürze; ihre Augen waren verweint.

»Helga Ulrich?«

Die alte Dame nickte. Beide Kommissare zückten ihre Dienstausweise, stellten sich vor und sprachen ihr Beileid aus.

»Meine Tochter Brigitte hat uns gestern angerufen. Es ist alles so furchtbar«, sagte Helga Ulrich. »Aber kommen Sie doch herein! Wenn Sie bitte die Schuhe …«

»Ausziehen?«, fragte Hans Breitscheid.

Helga Ulrich nickte. »Es bereitet Ihnen doch keine Umstände? Und bitte nehmen Sie Rücksicht auf meinen Mann – es geht ihm gesundheitlich sehr schlecht.«

Breitscheid und Riekhof tauschten einen Blick, zogen dann brav ihre Schuhe aus und folgten Helga Ulrich ins Wohnzimmer, das eher einem Privatmuseum aus DDR-Zeiten glich. Riekhof erkannte sofort das Schlafsofa Modell Dagmar und die Anbauwand aus den Hellerauer Werkstätten in Dresden.

Rolf Ulrich saß in einem schwarzen Kunstledersessel. Daneben stand ein mobiles Sauerstoffgerät, aus dem ein dünner, durchsichtiger Plastikschlauch in seine Nase führte.

»Biete doch den Herrschaften was zum Trinken an, Helga!«, sagte er mit dünner Greisenstimme.

»Machen Sie sich bitte keine Mühe«, sagte Breitscheid.

»Doch, doch, doch! Mineralwasser?« Die beiden Kommissare nickten. Helga Ulrich verschwand in der Küche.

In der Wohnung war kein Stäubchen zu sehen. Im Bücherregal stand eine ganze Sammlung von Familienfotos. Eins davon, das mit einem schwarzen Schleifenband über der rechten oberen Rahmenecke verziert war, zeigte eine etwa 18-jährige Elisabeth Miederson. Daneben posierten die Ulrich-Schwestern zu dritt – Brigitte und Monika im Teenageralter, Elisabeth, das Nesthäkchen, hatten sie in ihre Mitte genommen.

»Darf ich?«, fragte Riekhof. Rolf Ulrich machte eine Handbewegung, aus der die Kommissarin sein Einverständnis schloss. Sie nahm die beiden Bilderrahmen, setzte sich auf das Sofa neben Elisabeths Vater und stellte sie auf den gekachelten Wohnzimmertisch. Breitscheid blieb stehen.

»Es tut mir sehr leid«, sagte Riekhof. »Ihre Tochter – sie war außergewöhnlich.«

Rolf Ulrich nahm einen tiefen Atemzug und räusperte sich. »Meine Lunge«, sagte er mühsam, »die macht nicht mehr so richtig mit. Hab wohl zu viel Chemie eingeatmet, damals in Schkopau.«

»Sie waren in den Buna-Werken beschäftigt?«, fragte Breitscheid interessiert.

»Zum Schluss als Betriebsleiter für die Kautschukproduktion. Aber nach der Wende wurden wir ja alle einer nach dem anderen abgewickelt.« Rolf Ulrich klang verbittert.

Seine Frau kam mit einem Tablett in den Händen wieder herein. Etwas umständlich stellte sie eine halb gefüllte Flasche Mineralwasser und zwei Gläser auf den Wohnzimmertisch, in denen früher einmal Senf gewesen war. Breitscheid trat hinzu, setzte sich neben seine Kollegin und sagte: »Ich kümmere mich darum. Vielen Dank!«

Helga Ulrich ließ sich erleichtert in den zweiten Sessel sinken. Sie schien sehr aufgeregt zu sein. Als Breitscheid einschenkte, merkte er, dass kaum noch Kohlensäure im Mineralwasser sprudelte.

»Wir müssen so viel wie möglich über Ihre Tochter wissen«, sagte Riekhof, »ich hoffe, Sie verstehen das.«

»Es ist nicht gerecht, wenn ein Kind vor den Eltern geht!«, stieß Helga Ulrich hervor und fing an zu schluchzen.

Riekhof schwieg und trank einen Schluck Wasser. Es war lauwarm und schmeckte abgestanden. Neben ihr im Sessel richtete sich Rolf Ulrich mühsam auf und legte beruhigend die Hand auf den Unterarm seiner Frau.

»Elisabeth war anders. Einfach anders«, sagte er.

»Als ihre Schwestern?«

»Das sehen Sie doch!«, sagte er mürrisch.

Bereits als Kind hatte sich Elisabeth von Brigitte und Monika abgehoben. Sie hatte keinen Hehl daraus gemacht, dass sie gern vor der Kamera posierte.

Helga Ulrich schnäuzte sich in ein Stofftaschentuch. »Reg dich bitte nicht auf, Rolf!«, ermahnte sie ihren Mann. Sie atmete durch und schien sich wieder etwas zu fangen. »Elisabeth war sicherlich die hübscheste unserer Töchter, aber sie hat uns auch häufig Schwierigkeiten bereitet.«

»Bitte, Frau Ulrich«, sagte Riekhof ermunternd.

»Sie übte schon als Mädchen eine große Faszination auf die Jungen aus«, platzte Helga Ulrich heraus. »Die Herzen flogen ihr nur so zu, verstehen Sie?«

»Ich denke schon.«

»Sie wickelte sogar ihren eigenen Vater um den Finger«, fuhr Helga Ulrich mit einem Seitenblick auf ihren Mann fort. Dann breitete sie vor Breitscheid und Riekhof das Leben einer Prinzessin aus, die sich im Gegensatz zu ihren älteren Schwestern offenbar niemals hatte sonderlich anstrengen müssen, um ihre Ziele zu erreichen.

»Gab es denn Eifersüchteleien zwischen Elisabeth, Brigitte und Monika?«, fragte Riekhof.

»Das Verhältnis zwischen den dreien war jedenfalls nicht besonders gut.« Helga Ulrich schniefte. Die beiden Kommissare warteten geduldig ab.

»Herrje, Helga, nun sag doch, wie es war!«, rief Rolf Ulrich plötzlich und schlug mit der flachen Hand auf die Lehne seines Sessels. Er wurde von einem kurzen Hustenanfall geschüttelt. Als er wieder Luft bekam, sagte er: »Elisabeth war manchmal ein Biest. Diese Sache mit Monika und ihrem Mann …«

Helga Ulrich warf ihm einen warnenden Blick zu.

»Ist doch wahr!«, protestierte der.

Breitscheid wollte gerade nachfragen, da fuhr Helga Ulrich fort: »Elisabeth mag schwierig gewesen sein, aber sie hat uns nie belogen. Den Vergewaltigungsvorwurf stritt unser amerikanischer Schwiegersohn jedoch überzeugend ab. Und wie er Elisabeths Verhalten beschrieb, nun, darin erkannten wir sie schon wieder.«

»Darauf hätte ich Sie noch angesprochen«, log die Kommissarin der Mutter ins Gesicht. »Das muss Ihre Familie enorm belastet haben.«

Breitscheid sah sie für einen Augenblick irritiert an und stieg dann ein: »Wann war das noch mal?«

»Vor gut drei Jahren«, krächzte Rolf Ulrich.

»Aber eine Anzeige hat es meines Wissens nicht gegeben«, sagte Riekhof, die mit traumwandlerischer Sicherheit im Nebel herumstocherte.

»Natürlich nicht«, antwortete Helga Ulrich. »Wir waren alle der Ansicht, dass man wegen so einer dummen Sache weder Monikas Ehe noch unseren Familienzusammenhalt gefährden sollte. Eine Anzeige hätte nur Zwietracht gesät.«

»Selbstverständlich«, sagte Riekhof.

»Sie sollten mit unserer Tochter Brigitte reden«, sagte Helga Ulrich, »was wir über diese Sache wissen, haben wir von ihr erfahren.«

»Was ist mit Monika?«

»Die wird ihnen nichts sagen. Sie hat versucht, das alles zu verdrängen«, sagte Helga Ulrich. Nach kurzem Überlegen sprach sie weiter. »Wissen Sie, Frau Riekhof, mein Mann und ich waren in den vergangenen Jahren mit Elisabeths Entscheidungen häufig nicht einverstanden. Auch ihre Ehe mit Wolfgang – ich meine, er war ja so viel älter als sie.«

»Aber die Ehe schien intakt zu sein«, warf Breitscheid ein. »Ihrem Schwiegersohn geht es übrigens den Umständen entsprechend, er befindet sich zur Beobachtung im Krankenhaus.«

Rolf Ulrich lächelte spöttisch.

»Herr Ulrich, haben Sie vielleicht einen konkreten Verdacht, wer für den gewaltsamen Tod Ihrer Tochter verantwortlich sein könnte?«, fragte Breitscheid.

Helga Ulrich schluckte und beeilte sich, anstelle ihres Mannes zu antworten. »Nein«, sagte sie mit leiser Stimme, »aber Sie wissen ja sicherlich von den Männerbekanntschaften, die sie pflegte. Neben ihrer Ehe.« Ihre Augen füllten sich mit Tränen. »Trotzdem war sie ja unsere Tochter!«

Riekhof gab ihrem Kollegen ein unauffälliges Zeichen, dann erhob sie sich, hier würden sie nichts mehr erfahren. »Vielen Dank, dass Sie unter diesen Umständen unsere Fragen beantwortet haben«, sagte sie und verabschiedete sich mit knappem Händedruck von Rolf Ulrich. Seine Frau begleitete sie zur Wohnungstür. Im Flur wandte sich Riekhof noch einmal an Elisabeth Miedersons Mutter. »Sagt Ihnen der Name Bernd Mandel etwas?«

»Bernd Mandel? Nein, habe ich noch nie gehört«, sagte Helga Ulrich. »Wer ist das?«

»Er hat Mitte September Ihre Tochter in Dresden als vermisst gemeldet. Ein Opernsänger«, antwortete die Kommissarin. »Dann haben Sie vermutlich auch noch nie etwas vom Opernstammtisch Ihrer Tochter gehört?«

Helga Ulrich schüttelte den Kopf.

»Na gut«, sagte Riekhof. »Bleiben Sie stark, Frau Ulrich.«

Kaum, dass die Wohnungstür sich hinter ihnen geschlossen hatte, fasste sich Breitscheid mit beiden Händen an den Kopf. »Was war das denn? Das war ja sensationell.«

»Scheint sich um eine schrecklich nette Familie zu

handeln. Jürgen wird begeistert sein«, entgegnete Riekhof. Kaum waren sie unten aus dem Aufzug getreten, wählte sie Lohmanns Mobilfunknummer.

*

In Dresden brachten beinahe zum selben Zeitpunkt die Schröters Stephanie Walter und Werner Schubert zur Haustür. Die beiden Ermittler waren jetzt im Besitz einer handgeschriebenen Liste mit den Namen der Mitglieder des Opernstammtischs – lauter Menschen, deren Alibis für die Tatnacht überprüft werden mussten. Typische Kärrnerarbeit. Soweit es die Schröters betraf, waren die Angaben nicht besonders glaubhaft: Beide hatten angegeben, nach der »Carmen« gemeinsam mit den Stammtischmitgliedern noch im »1900« gewesen zu sein, wo sie sich jedoch schnell aus den Augen verloren hätten.

»Sie wissen doch, wie das ist, Herr Schubert«, hatte Schröter gesagt, sich zurückgelehnt und die Beine übereinandergeschlagen, »da trifft man einen ganzen Schwung Leute, die man eine Weile nicht gesehen hat, die einen gehen voraus – und schwups hat man sich aus den Augen verloren. Möchten Sie vielleicht noch einen Kaffee?«

»Danke, nein«, hatte Walter erwidert, »ich würde lieber die Liste mit Ihnen durchgehen, wer von den Genannten an jenem Abend überhaupt dabei war. Und dann würden wir gern mit Ihrem Sohn Robert sprechen.«

»Robert? Können wir unseren Sohn nicht aus dieser Tragödie raushalten?« Brigitte Schröter hatte besorgt geklungen, doch für Schubert hatte ihre Körpersprache eindeutig Unruhe und Nervosität ausgedrückt.

»Er ist 19«, hatte Schubert gesagt, »und hat vielleicht eine eigene Sicht auf die Dinge, hat Beobachtungen gemacht, die ...«

»Er war an dem Abend gar nicht immer mit uns zusammen«, hatte Brigitte Schröter ihn unterbrochen. Ihre Stimme war erstaunlich scharf gewesen. »Während des Rock-Konzerts ist er mit seiner Freundin und Leuten vom Sportverein vermutlich um die Häuser gezogen.«

»Dreh dich nicht um«, sagte Schubert, als sie die Auffahrt zu ihrem Wagen hinunterschlenderten, »die stehen in der Tür und beobachten uns.«

»Ich traue den beiden nicht über den Weg. Das klingt alles mächtig konstruiert«, sagte Walter. »Scheint außerdem keine besonders glückliche Ehe zu sein.«

»Schröter war übrigens mal Meister des Sports, 1982 Europameister über 800 Meter und später eine richtige Blockflöte. Wenn sie lügen, um sich gegenseitig zu decken, dann immer dicht an der Wahrheit entlang.«

»Dass sie was verbergen, ist klar.« Walter blieb an der Beifahrertür stehen und wartete, bis Schubert den Wagen öffnete. Die Schröters hatten zwar anstandslos Speichelproben abgegeben, doch von Trauer keine Spur. »Ich glaube, sie decken jemanden, irgendein Familiengeheimnis, das nicht ans Licht kommen soll.«

»Du siehst zu viele Serien.«

Sie stiegen ein. Schubert startete den Motor und fuhr los.

*

»Warum hast du nicht die Wahrheit gesagt, Brigitte? Robert war doch mit uns in der Oper.« Hans-Joachim Schröter fuhr sich nervös durch die Haare.

»Danach haben die beiden aber gar nicht gefragt«, erwiderte Brigitte Schröter ruhig. »Es geht denen einzig und allein um die Stunden danach, und ich bin mir leider nicht sicher, ob Robert tatsächlich mit seinen Freunden unterwegs gewesen ist.«

»Was willst du damit andeuten?« Schröter winkte genervt ab.

»Wo warst du eigentlich in der Nacht, als Elisabeth …? Oder sollte ich fragen: Wo warst du wirklich? Bei einer deiner Huren?«

»Hör endlich mal mit diesem Quatsch auf, Brigitte!« Schröter merkte, wie Zorn in ihm hochstieg. »Das bildest du dir alles ein!«

»So wie deine Einbildung, ich wäre damals von der Stasi auf dich angesetzt worden? Schrei mich nicht an, und vor allem, lüg mir dabei nicht noch ins Gesicht. Lass uns endlich mit offenen Karten spielen!«

Brigitte Schröter wusste schon länger, dass ihr Mann sie betrog. Sie war immer misstrauisch gewesen, doch als sie zufällig eine entsprechende Kreditkartenabrechnung gefunden hatte, hatte es keinen Zweifel mehr gegeben. Den Mut, einen Schlussstrich zu ziehen und ihren Mann zu verlassen, hatte sie bisher nicht gehabt. Stattdessen hatte sie sich an den hoffnungsvollen Beginn ihrer Beziehung geklammert, während des Studiums, als Hans-Joachim der erste Mann gewesen war, mit dem sie geschlafen hatte. Dabei war es auch geblieben. Die Hochzeit und Roberts Geburt hatten ihre Beziehung kurzzeitig vertieft, doch als sie wieder zu arbeiten begonnen hatte und damit erfolgreich war, hatten sich die Auseinandersetzungen gehäuft. Und sie waren immer heftiger und auch verletzender geworden. Eine endgültige Trennung wollten sie jedoch beide vermeiden: Keiner hätte den anderen auszahlen können, und trotz aller Differenzen hatte Brigitte Schröter weiterhin an eine gewisse Zuneigung geglaubt, möglicherweise war es aber auch nur die Macht der Gewohnheit. Ausgerechnet im Bett hatte es zwischen ihnen bis vor einiger Zeit gut funktioniert; inzwischen hatte sie begreifen müssen, dass sie vom sexuellen Appetit ihres Mannes abhängig gewesen war.

Das alles war jetzt vorbei, denn Hajo hatte eine Grenze überschritten, als er mit seiner Schwägerin geschlafen hatte. Mit *ihrer* Schwester, und das regelmäßig, seit geraumer Zeit. Der Privatdetektiv hatte nicht einmal vier Tage gebraucht, um Brigitte mit eindeutigen Fotos zu konfrontieren. Hajo hatte gar nicht versucht, die Ungeheuerlichkeit zu vertuschen. Oder waren die deutlichen Spuren dieser Fehltritte etwa Berechnung, damit sie sich von ihm trennte? Fehlte ihm ebenfalls der Mut für diesen Schritt?

Natürlich hätte sie Elisabeth zur Rede stellen können, aber sie wollte von ihrer Schwester nicht mehr belogen und ausgelacht, ja, vorgeführt werden. Lieber hatte sie den Schein aufrechterhalten, hatte versucht, eine Lösung zu finden, während Elisabeth sie ununterbrochen gedemütigt hatte.

Mit dem Tod ihrer Schwester hatte sich alles verändert. Und zwar schlagartig. Brigitte Schröter schaute ihren Mann lange an. Dann sagte sie: »Meinst du nicht, es wäre besser, wenn du für eine Weile in die Wohnung über der Apotheke ziehen würdest, bis sich die Lage beruhigt hat?«

»Was soll denn das ändern, Brigitte?«, fragte Schröter kampflustig.

»Ich brauche Abstand. Von dir und von der ganzen vertrackten Situation. Und Robert erst recht.«

»Du und dein Herzblatt.« Er lachte gekünstelt auf, stampfte die Treppe zu seinem Arbeitszimmer hoch und knallte die Tür hinter sich zu.

8

Lohmann ließ es sich gut gehen. Es war Angela gewesen, die ihm die Augen für fremde Kochtöpfe und Schüsseln geöffnet hatte, vor allem für die der italienischen Küche. Inzwischen begriff er gar nicht mehr, warum er nicht schon viel früher auf den Geschmack gekommen war. Imbissfraß und Tiefkühlkost standen nun auf Lohmanns Indexliste. Dafür besaß er mittlerweile eine beinahe professionelle Küchenausrüstung und ging mindestens zweimal pro Woche in einem der besseren Restaurants der Stadt essen.

Trotz seiner depressiven Schübe hatte er sich fest vorgenommen, nicht zu verlottern, und eine vernünftige Ernährung passte seiner Meinung nach genauso zu diesem Vorhaben wie konsequentes Rasieren, Körperpflege überhaupt, anständige Kleidung und die regelmäßige Reinigung seiner Wohnung. Er war sich ganz sicher: Angela wäre stolz auf ihn.

An diesem Abend hatte er mit großem Vergnügen im »Ristorante Farinelli« am Schillerplatz gespeist, seinem derzeitigen Lieblingsitaliener. Es gab frittierte Calamaretti als Vorspeise, danach ein Bistecca alla fiorentina, aufs Schönste abgerundet von zwei Gläsern Primitivo. Doch während er jetzt mit Verzückung das Schüsselchen Amaretto-Sabayon mit kandierten Früchten löffelte, dachte Lohmann über weit weniger Erbauliches nach. Die Annahme, dass die Ermittlungen im Fall der strangulierten Elisabeth Miederson einem Stich ins Wespennest gleichen würden, hatte sich bestätigt. Er war überzeugt, dass sie noch in einige menschliche Abgründe blicken würden.

Ein Schatten legte sich auf sein Dessert. Lohmann sah auf. »Hast du schon was gegessen, Werner?«, fragte er seinen Kollegen zur Begrüßung.

Der Oberkommissar sah sich etwas unsicher um.

»Ich lade dich ein!«, sagte Lohmann rasch und winkte den Kellner an seinen Tisch. Obwohl die Küche bereits seit ein paar Minuten geschlossen hatte, versprach der seinem Stammkunden noch eine Portion Bistecca.

»Du bekommst erst einmal ein vernünftiges Stück Fleisch«, befand Lohmann, »Anordnung vom Chef.«

»Und ein großes Bier bitte!«, wandte Schubert sich an den Kellner.

Nachdem Schuberts Platz eingedeckt war, führte Lohmann seine Gedanken einfach weiter. »Eifersucht ist wie ein rot glühender, alles verzehrender, alles zerstörender Nebel im Inneren des Menschen, der jede Vernunft, jeden klaren Gedanken vernichtet und ihn als einen nahezu willenlos Getriebenen erscheinen lässt.«

»Eifersucht ist eine große Scheiße«, entgegnete Schubert. »Und ich wette, dass Elisabeth Miederson es darauf angelegt hat.«

»In Verdis ›Otello‹ wird diese Eifersucht, die den Helden am Ende vernichtet, in geradezu erschütternder Weise gezeigt«, fuhr Lohmann ungerührt fort. »Du meinst also auch, dass sie in unserem Fall das Motiv ist?«

»Mensch, Jürgen, dazu brauche ich doch keine Opern

zu hören! Die Frau hat sich offenbar alles gegriffen, was nicht rechtzeitig auf den Bäumen war. Ich bin bloß gespannt, mit wem sie noch alles im Bett war. Nach der Namensliste, die uns Brigitte Schröter heute Vormittag in die Hand gedrückt hat, kommt dafür allein vom Opernstammtisch ein gutes Dutzend Männer infrage. Alles potenzielle Verdächtige.«

»... und dann auch noch diese angebliche Vergewaltigung durch den Schwager – diesen Amerikaner«, warf Lohmann ein.

»William Douglas«, sagte Schubert grimmig. »Erinnerst du dich noch an die linke Nummer mit dem Meteorologen vor ein paar Jahren? An Douglas' Stelle wäre ich jedenfalls ganz schön sauer.«

»Und als seine Frau vermutlich auch«, sagte Lohmann. Er spießte einen kandierten Zitronenschnitz mit einem Zahnstocher auf und betrachtete ihn. »Und wie beurteilst du die Aussage des Taxifahrers zu Bernd Mandel? Wieso hat Mandel, falls er es überhaupt war, Elisabeth Miedersons Koffer mitgenommen?«

»Sie wollte angeblich verreisen, sagt ihre Schwester.«

»Und zwar mit Bernd Mandel. Vielleicht wollte Elisabeth Miederson später nachkommen – in sein Hotel. So eine Nacht- und Nebelaktion mit Vertuschungsfaktor. ›Die Entführung aus dem Serail 2.0‹.«

»Was macht dich da so sicher?«

»Abwarten«, sagte Lohmann grinsend. Er steckte sich den kandierten Zitronenschnitz in den Mund. Er schmeckte köstlich.

Der Kellner servierte das Bier. Schubert sah die 0,3-Liter-Tulpe mitleidig an und bestellte sich gleich ein zweites. Dann trank er das Glas in einem Zug aus. »Wir müssen auch noch den Sohn der Schröters befragen«, sagte er anschließend und tupfte sich Bierschaum aus den Mundwinkeln.

»Merkwürdig, oder? Dass mir die Schröter ihren Sohn verschwiegen hat.« Lohmann runzelte die Stirn, entspannte sich aber sofort wieder. »Apropos Koffer: Hast du schon für Hamburg gepackt?«, fragte er Schubert.

»Das wollte ich dich sowieso noch fragen … Etwa mit Anzug?« Schubert blickte Lohmann skeptisch an.

»Ein Jackett wäre schön«, sagte Lohmann, »macht sich auch besser bei der Festnahme. Schau mal, wer da kommt!«

Schubert wandte sich um. Stephanie Walter hatte das Restaurant betreten und steuerte auf ihren Tisch zu. Sie trug eine Leinentasche in der Hand, war etwas außer Atem, aber sie strahlte Lohmann an.

»Volltreffer, Chef«, sagte sie. »Elisabeth Miedersons Gepäck befand sich tatsächlich seit jener Nacht im Hotel, in dem Mandel übernachtet hat.« Sie zog zwei Klarsichtbeutel aus der Tasche. »Und das war drin!« Walter hatte einen grünen Seidenschal und einen Slip aus zarter Spitze eingetütet. »›Hermès‹ und ›La Perla‹«, sagte sie mit Kennermiene, »unser Opfer hatte einen teuren Geschmack. Alle anderen Kleidungsstücke waren ordentlich gefaltet und ungetragen. Ich hab's natürlich fotografiert.«

Lohmann hob den rechten Daumen.

Schubert wandte sich fassungslos an seinen Chef. »Woher hast du das gewusst?«

»Ehrlich? Ich habe geraten … Möchtest du auch was essen?«

Die junge Frau schüttelte den Kopf. »Nein, danke, ich will noch zur KTU und dann ins Bett.«

In diesem Augenblick servierte der Kellner Schuberts Bistecca alla fiorentina.

Walter warf einen Blick auf den Teller, schnupperte in die Luft und bereute ihre Entscheidung sofort.

»Lass dich von mir nicht aufhalten«, sagte Lohmann, »grüß Kurt von mir und: danke!«

»Ich helfe, wo ich kann«, sagte Walter und eilte mit den Asservaten aus dem Restaurant.

»Frech ist sie also auch noch«, murmelte Lohmann.

Schubert machte sich über sein Nachtmahl her. »Wenn es sich um die Tatwaffe und die Unterwäsche der Toten handelt, woran ich keinen Zweifel hege«, sagte er kauend, »dann hat sich Herr Mandel gerade auf Platz eins unserer Liste der Verdächtigen katapultiert. Andererseits: So blöd kann er doch nicht sein.«

»Morgen Abend, Werner«, sagte Lohmann, »morgen Abend wissen wir beide mehr! Jetzt iss mal in Ruhe.«

*

Eberhard Preuss saß im Bierkeller des »Numbers« auf einer leeren Mineralwasserkiste und beobachtete mit ausdruckslosem Gesicht, wie die Bierfahrer gemeinsam mit Ivo Bukasz Crystal Meth aus zwei präparierten 50-Liter-Kegs entluden und auf ein halbes Dutzend 30-Liter-Aluminiumfässer verteilten. Miro, Bukasz' Mann fürs Grobe, hatte sich draußen im Gang vor der Kellertür postiert, für den Fall, dass ein Gast die Toilettentür verfehlte.

Das grünlich schimmernde Methamphetamin war in Plastiktüten eingeschweißt.

Jeder dieser Beutel enthielt exakt zwei Kilogramm, 25 davon passten in ein Fass. Preuss hatte noch nie von der Droge probiert. Im Gegensatz zu Kokain, von dem er sich ab und an eine Line genehmigte, hatte er zu großen Respekt davor. Den hatte er, obwohl er es niemals zugeben würde, auch vor der Professionalität, mit der die tschechischen Drogenhändler den Transport der verbotenen Ware organisiert hatten. Die manipulierten Kegs waren von den Originalfässern praktisch nicht zu unterscheiden, selbst das Gewicht stimmte. Der Metallbauer, der sie konstruiert hatte, verstand sein Handwerk.

Und natürlich gehörte der Bierverleger ebenfalls zum harten Kern des Schmugglerrings. Er war sogar die zentrale Figur, denn in ein paar Minuten würden die beiden Fahrer die präparierten Fässer zusammen mit dem normalen Leergut auf ihren Lastwagen laden, der hinter dem »Numbers« parkte und dort keinerlei Aufsehen erregte. Von dort würden die kleineren 30-Liter-Einheiten ihre Reise nach Deutschland und Europa antreten. Preuss wollte es gar nicht genauer wissen. Von der Musik oben auf der Tanzfläche hörte man hier unten nur die Bässe, gedämpft wie durch Watte.

»So, fertig!«, sagte Ivo Bukasz zu den Bierfahrern, während er den Deckel des letzten Fasses sorgfältig verschraubte. »Ihr ladet dann auf, jetzt!« Er schlenderte zu Preuss rüber, der sich langsam von der Kiste erhob.

Bukasz lächelte. »Siehst du«, sagte er, »so wie immer. Ist kein Problem, Hardi! Nächste Woche kommen wir Mittag.« Er griff in die Innentasche seiner Lederjacke und holte einen Briefumschlag heraus, den er Preuss in die Hand drückte. »Ist auch wie immer!«, sagte er.

Eberhard Preuss verzichtete darauf, das Geld nachzuzählen. Er faltete den Umschlag einmal und steckte ihn so tief wie möglich in die rechte vordere Hosentasche seiner Jeans.

Bukasz tätschelte seine Wange. »So ist richtig!« Er ging zur Kellertür, klopfte dreimal, woraufhin Miro eintrat.

»Sag mal, Ivo«, der Tscheche sah Preuss an, »ich dachte immer, Marinus sei der Boss …«

»Hast du falsch gedacht«, entgegnete Bukasz, »Marinus ist sozusagen rechte Hand. Aber gerade vorübergehend amputiert.«

»Wer sitzt über ihm?«

»Boss.«

»Wer ist das?«

Bukasz lächelte. »Willst du nicht wissen – oder, Hardi?«

Preuss strich sich seufzend eine Haarsträhne aus der Stirn.

»Wichtig ist nur, dass Boss mit dir zufrieden. Dass wir alle mit dir kommen klar.« Sein warnender Unterton war nicht zu überhören.

»Schon gut, Ivo«, sagte Preuss und nickte resigniert.

»Wenn du dich weiterhin verhältst unauffällig, ist alles kein Problem!« Der Tscheche zwinkerte Miro zu.

»Natürlich«, sagte Preuss gepresst. Doch es war lediglich eine Frage der Zeit, bis die Polizei bei ihm auftauchen würde.

*

Die Bilder. Die schrecklichen Bilder. Immer wieder tauchten sie vor Roberts geistigem Auge auf. Das, was geschehen war, ließ sich nicht einfach ausblenden, sosehr er sich auch darum bemühte. Robert fühlte sich wie ein Seiltänzer, der gerade ein wenig mehr als die Hälfte des Weges über einen Abgrund zurückgelegt hatte und nun feststellen musste, dass der Wind immer stärker wurde. Seine Balancierstange war ihm längst aus den Händen geglitten, eigentlich war ihm sein ganzes Leben aus den Händen geglitten, aber umkehren konnte er nicht mehr.

»Robert! Was machst du denn hier?«, fragte Elisabeth.

Ihm fiel sofort auf, dass sie sich umgezogen hatte. Vorhin, in der Oper, hatte Elisabeth ein dunkelblaues schlichtes Kleid getragen. Jetzt hatte sie ein graues Twinset an und um den Hals einen grünen Seidenschal. Sie sah wunderschön aus. Aber auch ehrlich überrascht.

»Ich bin dir mit dem Taxi hinterhergefahren. Du hast dich seit drei Wochen nicht mehr bei mir gemeldet«, sagte er leise, »und vorhin, nach der Oper, da bist du wieder einfach abgehauen. Warum gehst du mir aus dem Weg? Was habe ich dir denn getan?«

»Du hast mir nichts getan, Robert.« Elisabeth Miederson beschloss spontan, nicht lange um den heißen Brei herumzureden, und holte tief Luft. »Aber es ist besser so, für uns alle.« Sie machte eine kurze Pause. »Deine Mutter weiß übrigens Bescheid.«

Robert erschrak. Elisabeth lächelte ihn amüsiert an.

»Nein, davon weiß sie nichts. Nur, dass ich von hier fortgehe. Weg aus Dresden. Ich werde Wolfgang verlassen. Und zwar noch heute Nacht. Du bist erst der

Zweite, dem ich es erzähle, und ich vertraue auf deine Diskretion.«

»Du gehst weg? Wohin?« Roberts Stimme war belegt. Ihm fielen zwei Koffer auf, die im Flur standen. »Warum?«, fragte er.

»Weil ich mein Leben ändern möchte. Ganz einfach.«

Robert trat vor und umklammerte sie. Sie spürte seine Kraft – und seine Verzweiflung.

»Ich will nicht, dass du gehst!«, sagte er ihr ins Ohr. »Ich liebe dich!«

»Robert, hör auf … Ich bekomme ja gar keine Luft mehr!«

Er umklammerte sie nur noch fester. »Aber mit meinem Vater treibst du es – mit diesem Schwein«, flüsterte er. »Weiß deine Schwester das vielleicht auch?«

Elisabeth Miederson bekam es mit der Angst zu tun. »Beruhige dich doch«, sagte sie mühsam, zog ihn mit aller Kraft in den Flur und warf die Haustür zu. Er hing an ihr wie eine Klette. »Du tust mir weh!«

Robert ließ locker, und Elisabeth Miederson befreite sich erleichtert aus seinen Armen. Dann ergriff sie seine Hand und führte ihn ins dunkle Wohnzimmer zum Sofa vor dem Kamin.

»Geh einen Schritt zurück«, sagte sie. Es klang wie ein Befehl. Er gehorchte und sah sie sehnsüchtig an. Sie wusste, dass er sie mit einer Heftigkeit begehrte, die alle anderen Gefühle verdrängte. Genau davor fürchtete sie sich. Deshalb erwiderte sie seinen Blick, während sie den Schal auf die Sofalehne gleiten ließ und sich, ohne ein Wort zu sagen, vor ihm entkleidete. Sie behielt nur ihren Büstenhalter an.

Robert nestelte nervös am Gürtel seiner Hose herum.

»Lass mich das machen«, sagte Elisabeth Miederson, trat auf ihn zu, öffnete seine Jeans und streifte sie zusammen mit den Boxershorts hinunter. Sein Penis stand bereits. Dann drehte sie sich um, stützte beide Arme auf der Rückenlehne des Sofas ab und reckte ihm ihr Gesäß entgegen.

Sie stöhnte, als Robert in sie eindrang. Keuchend bewegte er sich vor und zurück, immer schneller und heftiger, während sie inständig hoffte, dass es dieses Mal schnell gehen würde. Denn sie empfand nichts. Gar nichts, noch nicht einmal Verachtung für ihn. Bereits im nächsten Moment spürte sie, wie Robert sich aufbäumte und sich mit drei letzten, verzweifelten Stößen in sie entlud.

Plötzlich flammten draußen die Gartenscheinwerfer auf. Ihr fiel siedend heiß ein, dass sie die Alarmanlage bereits angeschaltet hatte. Sie nahm eine Bewegung auf der Terrasse wahr.

»Robert!«, flüsterte sie, »ich glaube, uns hat jemand beobachtet.«

»Was?«

»Da ist jemand, Robert! Du musst dich anziehen und verschwinden!«, wisperte sie, während sie bereits ihre eigene Kleidung zusammensuchte.

Die Türglocke schellte.

»Verdammt«, sagte Elisabeth. »Los jetzt!«

»Wer ist das?«, fragte Robert erschrocken, zog seine Jeans zusammen mit den Boxershorts hoch und machte sie zu.

Elisabeth antwortete nicht. »Ich schalte die Alarmanlage aus und du verschwindest über die Terrasse und dann hinten über den Zaun.«

Sie schloss den Reißverschluss ihres Rocks, streifte sich den Kaschmirtwinset über, huschte zur Terrassentür und winkte Robert heran. »Beeil dich!«, flüsterte sie.

»Es war dunkel. Es kann uns niemand gesehen haben«, sagte er und blieb im Wohnzimmer stehen. Die Türklingel schellte erneut. »Ist das mein Vater?«

»Nein, Robert, das mit deinem Vater ist vorbei. Das war dumm von mir und ich werde dir meine Gründe dafür später einmal erzählen. Ich bin sicher, dann wirst du mich verstehen. Aber nicht jetzt!« Sie wirkte gehetzt. »Nimm dich in Acht vor ihm, auch wenn er dein Vater ist. Er ist unberechenbar.«

Sie schaltete die Alarmanlage über das Display neben der Terrassentür aus und öffnete sie einen Spalt.

Robert sah sie mit Tränen in den Augen an. Die Klingel schellte zum dritten Mal.

»Ich werde dich nicht wiedersehen, oder?«

»Natürlich werden wir uns wiedersehen, Robert. Und jetzt geh bitte!« Sie gab ihm einen Kuss auf die Wange, schob ihn in die verregnete Nacht hinaus und schloss sachte die Terrassentür.

Robert überzeugte sich rasch, dass niemand zu sehen war. Hinter ihm senkten sich die elektrisch betriebenen Jalousien. Er eilte geduckt über den Rasen zum Gartenhäuschen am Ende des Grundstücks. Dort hatte Wolfgang Miederson Rhododendren pflanzen lassen, die inzwischen zu einer grünen Wand herangewachsen waren. Dahinter, gut verborgen vor neugierigen Blicken, gab es ein Loch im Gartenzaun, durch das man zur Auffahrt eines Nachbargrundstücks kam, die über das Grundstück seiner Tante führte. Diesen Weg hatte er schon ein paarmal genommen. Immer dann, wenn er von Elisabeth in den vergangenen Monaten unter irgendeinem Vorwand angerufen worden war.

Eine Welle der Eifersucht stieg in ihm hoch, gefolgt von ohnmächtiger Wut. Wer nur hatte um diese Uhrzeit bei ihr geklingelt? Einmal mehr sah er vor sich, wie er Elisabeth mit seinem Vater erwischt hatte. Gut zwei Monate war das nun her, es war im Arbeitszimmer ihres Mannes gewesen. Seine Mutter Brigitte hatte ihn an jenem Tag aus dem Krankenhaus angerufen und ihn gebeten, ihre Kamera abzuholen, die sie ihrer Schwester für eine Reise nach Russland geliehen hatte. Sie selbst würde es wegen der vielen Patienten nicht schaffen. Robert hatte sich gewundert, dass seine Mutter Elisabeth nicht einfach selbst Bescheid gesagt hatte, doch andererseits hatte er so einen Vorwand gehabt, die Frau seines Lebens zu sehen. Er hatte gewusst, dass sein Onkel zu einer Baustelle irgendwo in Russland unterwegs war.

Er hatte den Wagen seines Vaters gleich erkannt. Eine merkwürdige Ahnung hatte ihn beschlichen. Anstatt zu klingeln, war er vorsichtig ums Haus gegangen. Die Jalousien waren überall heruntergelassen gewesen, und aus dem Arbeitszimmer hatte er Elisabeths Lachen gehört. Sie hatte offenbar vergessen, das Fenster zu schließen. Auf allen vieren war er unter das Fenster gekrabbelt und hatte nun hören können, was er niemals hatte hören wollen. Und obwohl er längst gespürt hatte, dass es um die Ehe seiner Eltern nicht gut bestellt war, hatten ihn die eindeutigen Geräusche schockiert.

Robert kroch durch das Loch im Gartenzaun, richtete sich auf der anderen Seite auf, sah sich um und lief die

Auffahrt des Nachbargrundstücks zur Straße hinunter. Er war allein. Er ging auf die andere Straßenseite und wandte sich nach links, bis er die zwei mächtigen Linden erreichte, die gegenüber vom Grundstück der Miedersons in den schwarzen Nachthimmel ragten. Zwischen den Bäumen parkten zwei Autos. Doch vor der Garage der Miedersons stand nur Elisabeths Cabrio.

Robert wusste nicht, ob der Unbekannte von Elisabeth hineingebeten worden oder vielleicht schon wieder verschwunden war. Deshalb beschloss er zu warten. Er blickte auf seine Armbanduhr. Es war kurz nach 23 Uhr, der Nieselregen wurde stärker, aber das war ihm egal. Er wollte Gewissheit, auch wenn es ihm das Herz zerreißen würde.

Er griff in seine Hosentasche, tastete nach einer zerknautschten Kaugummipackung – und geriet augenblicklich in Panik. Sein Hausschlüssel war verschwunden. Hektisch durchsuchte er alle Taschen nach dem Schlüsselanhänger, der mit dem Emblem seines Leichtathletikvereins verziert war. Er musste ihm aus der Tasche gefallen sein.

Auf einmal hatte Robert furchtbare Angst.

Nicole Weinert musterte Robert von oben bis unten. »Ich glaube, wir waren für heute Nachmittag verabredet. 17 Uhr? Hast du den Bus verpasst?« Sie wandte sich um und ging zurück in die Wohnung, ließ die Tür jedoch offen.

Robert überlegte nicht lange, trat ein und schloss die Tür leise hinter sich. Er zog seine Schuhe aus, stellte sie ordentlich neben einen Schirmständer und folgte Nicole ins Wohnzimmer. Sie saß auf der Couch mit einem Buch in der Hand und las. Ein kurzer Blick genügte, um zu erkennen, dass sie unter ihrem seidenen Morgenmantel nackt war. Auf dem Couchtisch standen eine leere Flasche Crémant sowie zwei Sektflöten, von denen eine unbenutzt war. Robert rückte einen Stuhl vom Esstisch heran, nahm ihr gegenüber Platz und schwieg. Nicole tat so, als wäre er gar nicht da.

Nach ein paar Minuten bat sie ihn beiläufig, aus dem Kühlschrank eine Flasche Crémant zu holen. Robert gehorchte.

»Möchtest du auch ein Glas?«, fragte sie, als er die Flasche entkorkte. Sie sah ihn immer noch nicht an.

»Ja, gerne«, entgegnete er kleinlaut und schenkte in beide Gläser ein, wobei er sich umständlich bemühte, den Crémant ja nicht überschäumen zu lassen.

»Du zitterst!«, sagte sie.

Robert blickte betreten zu Boden. Nicole klappte ruckartig ihr Buch zu, richtete sich auf, wobei sie ihm einen tiefen Blick in ihren Ausschnitt gewährte, griff nach ihrer Sektflöte und trank mehrere Schlucke.

»Cheers!«, sagte Robert leise und tat es ihr nach.

Ein zartes Lächeln umspielte ihren Mund. Sie stellte das Glas betont vorsichtig auf den Couchtisch zurück, dann sah sie ihn zum ersten Mal an diesem Tag an. »Ich würde dir gerne helfen, Robert. Aber dazu muss ich wissen, was passiert ist.«

Er presste die Lippen zusammen.

Robert tauchte hinter einem der beiden parkenden Autos ab, als ein Taxi vor der Auffahrt der Miederson'schen

Villa hielt. Vorsichtig hob er den Kopf und sah, wie ein Mann ausstieg und schnellen Schrittes zum Haus lief. Das Taxi wendete und blieb mit laufendem Motor stehen. Robert behielt seine Deckung. Wer war dieser Mann? War es derselbe, der vor gut einer Stunde Sturm geklingelt hatte? Inzwischen war Robert nass bis auf die Haut. Er hörte, wie der Mann mit der Faust gegen die Haustür hämmerte. Danach herrschte Stille, abgesehen vom Nageln des Dieselmotors. Bei den Miedersons rührte sich nichts, alles blieb dunkel. Gut zehn Minuten lang passierte gar nichts. Dann kam der Fremde zurück. Er keuchte. Robert hörte, wie der Taxifahrer die Kofferraumklappe entriegelte und dem Unbekannten half, zwei Gepäckstücke im Taxi zu verstauen.

»Wir fahren zu meinem Hotel«, sagte der Fahrgast, »das Missverständnis wird sich sicherlich aufklären.«

»Sie sind der Chef!«, entgegnete der Fahrer.

Beide Männer stiegen ein, das Taxi fuhr weg und ließ Robert ratlos zurück.

»Um dein Glück bei den Frauen würden dich viele Männer beneiden«, sagte Nicole Weinert und strich Robert das Haar aus der schweißnassen Stirn.

»Du bist nicht sauer?«, fragte er.

»Warum sollte ich sauer sein?«, entgegnete sie und zog die Bettdecke höher, damit er sich nicht erkältete.

»Eifersüchtig, meine ich.«

»Auf wen denn? Auf deine Tante?«, fragte Nicole lachend. »Im Gegenteil, aber jetzt wird mir natürlich einiges klar …«

Robert rollte sich auf den Rücken und starrte an die

Decke. »Ich glaube, dir ist ausnahmsweise überhaupt nichts klar.« Seine Stimme klang dumpf.

Nicole stützte sich auf einen Ellenbogen und betrachtete ihn, während er ihren Blick mied. »Was meinst du, Robert?«, fragte sie verwundert.

»Liest du Zeitung?«

»Nicht regelmäßig.«

»Die tote Frau in der Heide?« Er atmete tief ein.

»Die erwürgt worden ist? O Gott – Ist das etwa deine ...?«

Robert nickte.

»Das ist ja furchtbar.« Nicole wollte ihm über den Kopf streichen, aber er schob ihre Hand sanft weg. »Und deine Eltern?«

»Die sind mir so was von scheißegal!«, sagte Robert.

Nicole stutzte. »Seit wann weißt du es?«

Robert wandte sich zu ihr um. »Es muss kurz nach der Oper passiert sein, in der Nacht von Samstag auf Sonntag.«

»Das ist jetzt knapp drei Wochen her. Davon stand aber nichts in der Zeitung.«

»Genau das ist das Problem.«

»Moment mal, was willst du damit sagen?«

Es fiel ihm sichtlich schwer zu sprechen. »Ich war bei ihr. In der Nacht, also bis irgendjemand geklingelt hat. Da hat mich Elisabeth hinten über die Terrasse rausgeschmissen.«

Nicole setzte sich kerzengerade hin und musterte ihn plötzlich skeptisch.

Robert hob abwehrend die Hände. »Ich war es nicht. Aber ich habe vor ihrem Haus gewartet ...«

»… weil du wissen wolltest, wer deine Tante um die Zeit besucht«, ergänzte Nicole. Sie sah besorgt aus. »Hast du schon mit der Polizei gesprochen?«

Robert schüttelte den Kopf. »Kann ich doch nicht!«

»Sie würden dich verdächtigen.«

»Dabei war ich wahrscheinlich nicht mal der Letzte, der sie lebend gesehen hat. Aber ich kann nicht als Zeuge zur Polizei gehen, das geht einfach nicht – wegen meiner Eltern und wegen Onkel Wolfgang. Wegen meines Vaters.«

»Der dir doch eigentlich scheißegal ist?«

Robert wich ein weiteres Mal ihrem Blick aus. Einige Sekunden lang sagte keiner von beiden ein Wort, und er schielte zum Nachttisch, auf dem der Wecker im Dunkeln leuchtete. Es war kurz vor eins.

»Du hast in dieser Nacht völlig durchnässt und aufgewühlt vor meiner Tür gestanden, weil du deinen Hausschlüssel verloren hattest. Aber für die Zeit bei deiner Tante und bis du hier aufgetaucht bist, fehlt dir ein Alibi.«

»Bitte, Nicole, ich kann darüber nicht sprechen. Ich war eben die ganze Zeit bei dir. Und ich war breit.«

Nicole musterte Robert mit kritischer Miene.

»Ich schwöre dir, ich habe mit ihrem Tod nichts zu tun.«

»Du könntest es mir sagen, wenn es so wäre.« Sie lächelte ihn an. »Wen hast du eigentlich vor dem Haus deiner Tante gesehen?«

Robert erstarrte.

»Jemanden, den du kennst, nicht wahr?«

Er musste schlucken.

Sie strich ihm zärtlich über die Wange. »Schlaf jetzt, mein Liebling«, sagte sie.

Und Robert schloss die Augen.

Robert hatte keine Ahnung, wie lange er inzwischen vor dem Haus seiner Tante zugebracht hatte. Zwei Stunden? Oder doch schon drei? Er war klitschnass und zitterte vor Kälte.

Nachdem der Fremde im Taxi weggefahren war, traute er sich irgendwann aus seiner Deckung und lief zurück aufs Grundstück. Er schlich ums Haus herum, doch das Einzige, was er hörte, war die klangvolle Stille der verregneten Sommernacht und ein weit entferntes Martinshorn. Wieder und wieder spielte er in Gedanken durch, was passiert war. Jemand hatte geklingelt, woraufhin ihn Elisabeth hinausgeworfen hatte. Kurze Zeit danach war der unbekannte Mann im Taxi aufgetaucht, der nur ein paar Minuten später mit zwei Koffern wieder weggefahren war, die Elisabeth ihm wohl ausgehändigt hatte. Robert hatte die beiden Koffer im Flur gesehen. Waren der nächtliche Besucher und der Fremde im Taxi ein und dieselbe Person?

Er stand jetzt vor der Haustür, doch er traute sich nicht zu klingeln. Aber was, wenn Elisabeth Hilfe brauchte? Während er mit sich haderte, hörte er ein Auto die Straße entlangkommen. Erneut versteckte er sich, hinter einem Nadelgehölz neben der Doppelgarage. Und tatsächlich bog das Auto in die Einfahrt und parkte neben Elisabeths Mini.

Robert hielt den Atem an.

Er kannte diesen Wagen. Er kannte auch den hochgewachsenen Mann, der nun ausstieg, sich kurz umschaute, wie selbstverständlich mit einem Schlüssel die Eingangstür öffnete und im Haus verschwand.

Was, verdammt noch mal, hatte sein Vater hier zu suchen?

»Scheiße, Mann, wenn du auf Schmerzen stehst, wieso gehst du nicht zu Anne? Dann hättest du wenigstens ein bisschen Spaß.«

»Anne ist noch teurer als du, Wanja. Aber du musst mir ja nicht gleich die Nase brechen«, sagte Schröter zu dem bulligen Weißrussen, der im »Blue Heaven« dafür sorgte, dass sich die Freier den Damen gegenüber höflich benahmen. »Es reicht, wenn man ein bisschen was sieht – und dann wirfst du mich meinetwegen noch in den Dreck und putzt dir die Schuhe an meinem Mantel ab.«

Sie standen sich im ummauerten Hinterhof des Bordells gegenüber. Aus den Milchglasfenstern der Liebeszimmer fiel rötliches Licht.

»Ich soll dich schlagen?«

Schröter lächelte schief, sagte jedoch nichts.

»Ich frage lieber nicht, warum«, sagte Wanja und seufzte.

»Ich würde es dir auch nicht sagen.« Er griff in die Hosentasche, holte drei violette Banknoten heraus und streckte sie dem Russen entgegen. »Also, was ist?«

Wanja zuckte die Schultern und steckte die 1.500 Euro ein. »Du musst es ja wissen.«

Schröter wollte gerade etwas erwidern, da traf der Angriff des ehemaligen Profiboxers ihn wie eine Urgewalt. Es war eine blitzschnelle Links-Rechts-Kombination, gefolgt von einem Schlag auf den Solarplexus. Schröter sackte stöhnend zusammen. Wanja stieß ihn auf den lehmigen Boden, und Schröter kassierte zwei halbherzige Tritte in die Rippen.

»Das reicht!«, stieß er mit schmerzverzerrtem Gesicht hervor und schnappte nach Luft.

Wanja half ihm besorgt auf die Beine und sah ihn prüfend an. Schröter schmeckte sein eigenes Blut und betastete sein Jochbein.

»Ist nix gebrochen«, versicherte Wanja, »aber es sieht gut aus. Sehr überzeugend. Wie viele waren es denn?«

»Zwei. Einer hat zugeschlagen, der andere hat meine Taschen gefilzt«, sagte Schröter benommen.

»Dann leg dich noch mal hin, damit ich dich durchsuchen kann. Ist auch umsonst«, sagte Wanja und lachte.

Zehn Minuten später fuhr Schröter in seinem Audi A6 auf die Autobahn Richtung Tschechien. Sein Trenchcoat war schmutzig, eine Manteltasche abgerissen, die Hose hatte ein Loch über dem Knie, und er hatte Schmerzen. Normalerweise fuhr er schneller, aber er konnte es sich jetzt auf keinen Fall leisten, aufzufallen. Außerdem durfte er den roten Fiat 500 hinter ihm nicht abhängen.

9

Lohmann war zwei Stunden früher als gewöhnlich ins Präsidium gekommen, um die tägliche Morgenlage des Kommissariats vorzubereiten. Als die Mannschaft sich pünktlich um neun im Konferenzraum versammelte, hatte er mithilfe der Namensliste bereits eine Übersicht der Mitglieder des Opernstammtischs auf das ausladende Whiteboard gemalt. Da es sich um eine illustre Runde handelte, konnte er sogar zu jedem Namen Fotos ans Board heften. Inzwischen wagte es Lohmann auch, sich gleich zu Beginn der Besprechung ganz offen auf eine Beziehungstat festzulegen.

»Wir sollten uns – zumindest vorübergehend – von der Annahme verabschieden, dass Elisabeth Miederson von einer Zufallsbekanntschaft getötet wurde«, sagte er. »Der oder die Täter kannten sich in der Umgebung des Weißen Hirschs aus, es gab keine Einbruchsspuren in der Villa des Opfers, das einen ausschweifenden Lebensstil gepflegt hat, mit dem die Tote sich garantiert nicht nur Freunde gemacht hatte.«

Danach erläuterte Schubert die Bedeutung der verschiedenfarbigen Linien, die von den jeweiligen Stammtischmitgliedern zum Opfer führten. Rot hieß »tatverdächtig«, die gelben Striche gehörten zu denjenigen Personen, die noch nicht befragt worden waren.

»Ihr seht es ja selbst, Kollegen, unser Hauptaugenmerk liegt zurzeit auf dem Sänger Bernd Mandel und dem Ehepaar Schröter. Es gibt also weiterhin reichlich zu tun.«

»Die zweite Schwester des Opfers und ihr Mann kommen heute aus dem Urlaub zurück«, warf Riekhof ein.

»Und was ist mit dem Sohn der Schröters, diesem Robert?«, wollte Lohmann wissen.

»Er war nicht in der Schule. Seine Mutter konnte auf meine telefonische Nachfrage hin nicht sagen, wo er ist. Das war gestern, am späteren Nachmittag.«

Lohmann wurde ungeduldig. Er deutete auf das Whiteboard und bat Riekhof, die Zeugenbefragungen so zu koordinieren, dass sie möglichst zeitgleich stattfanden. Darüber hinaus sollte allen Befragten eine DNA-Probe abgenommen werden – auch den Frauen.

»Wenn die Familienmitglieder sich gegenseitig decken, laufen wir vielleicht noch wochenlang gegen eine Wand«, sagte Lohmann und schielte zur Bahnhofsuhr über dem Türrahmen. Bis zur Abfahrt des ICE nach Hamburg war noch genügend Zeit.

»Werner und ich werden heute Abend in Hamburg einen der Hauptverdächtigen befragen. Auch wenn ich Bernd Mandel trotz des belastenden Materials nach wie vor nicht für den Täter halte.«

Einige der Beamten fingen an zu grinsen, aber Lohmann fuhr ungerührt fort: »Du, Stephanie, nimmst bitte noch einmal Kontakt zu Wolfgang Miederson auf, natürlich ganz behutsam.« Dann fragte er in die Runde: »War sonst noch was?«

»Keine besonderen Vorfälle«, sagte Breitscheid, der den Lagebericht der Bereitschaft aus der vergangenen

Nacht ausgewertet hatte, »höchstens das hier: ein Raubüberfall auf einen Dresdner Geschäftsmann. Zwei Männer haben ihn vor der Apotheke in der Hauptstraße zusammengeschlagen und sind mit seinem Auto geflüchtet. Die Anzeige ging um kurz nach zwei ein.«

»Kannst du dich darum kümmern?«, fragte Lohmann.

»Die Kollegen vom Raub sind doch schon dran«, entgegnete Breitscheid verwundert. »Es läuft eine Fahndung nach zwei ›südländisch aussehenden Männern‹ in einem Audi A6.«

»Vor einer Apotheke? Ein A6? Interessant«, sagte Lohmann.

»Heißt der Geschäftsmann zufällig Hans-Joachim Schröter?«, fragte Stephanie Walter und tauschte einen wissenden Blick mit Lohmann.

»Ich werde mich gleich mal erkundigen«, sagte Hans Breitscheid.

»Tu das«, sagte Lohmann und erhob sich. »Ich glaube, langsam kommt Schwung in die Sache.«

*

In der Einfahrt seines Elternhauses, das Robert schon lange nicht mehr als sein Zuhause ansah, parkte lediglich das Auto seiner Mutter. Auch wenn er wenig Lust verspürte, mit ihr zu reden, war er erleichtert, dass sein Vater offenbar unterwegs war. Was könnte sie ihm denn schon erzählen, was er nicht längst wusste?

Er überquerte die Straße und betrat das Grundstück. Seine Mutter trat aus der Haustür, das Telefon in der Hand. Offenbar hatte sie ihn erwartet.

»Er kommt gerade!«, sagte Brigitte Schröter und an Robert gewandt: »Es ist Bettina!«

Zufälle gibt's, dachte Robert. »Sag ihr bitte, dass ich sie nachher anrufe«, erwiderte er. »Und dass ich pünktlich am Bus sein werde.«

»Sag ihr das selbst!« Brigitte Schröter hielt ihm das Telefon entgegen und Robert nahm es ihr aus der Hand.

»Hallo, Bettina? – Na klar laufe ich die Staffel mit. – Ich stehe doch immer zu meinem Wort! – Nee, kein Problem. Ich pack bloß rasch meine Sachen zusammen und bin dann um 13 Uhr am Vereinshaus. – Ja, bis nachher!« Er legte auf.

Seine Mutter stand mit verschränkten Armen da und blickte ihn streng an. »Wieso willst du deine Sachen packen?«

»Meine Sportsachen, Mama. Morgen sind die Wettkämpfe in Leverkusen. Ich soll die 800 Meter und die Staffel laufen, weil sich unser Mann verletzt hat.«

»Und woher soll ich das wissen?«

»Jetzt weißt du es doch«, sagte Robert kühl, reichte ihr das Telefon und schob sich an seiner Mutter vorbei in den Flur. Er wollte nach oben in sein Zimmer gehen.

Brigitte Schröter schloss die Haustür und folgte ihm bis an den ersten Treppenabsatz. »Wo kommst du eigentlich her?«, fragte sie.

»Von Jonas«, antwortete Robert. Er blieb auf der Treppe stehen und wandte sich um. »Seit wann interessiert dich das?«

»Ich habe Jonas heute Morgen angerufen, um mich nach dem Verbleib meines Sohnes zu erkundigen. Du bist seit Tagen nicht zu Hause gewesen, Robert. Wo hast du gesteckt? Weißt du denn gar nicht, was passiert ist?«

»Natürlich weiß ich das.« Robert fühlte sich auf einmal ganz verloren. »Und es macht mich total fertig, Mama.«

Brigitte Schröter atmete tief durch. Dann trat sie auf ihn zu und umarmte ihn. »Hast du überhaupt schon gefrühstückt?«

Robert schüttelte den Kopf. »Wo ist Papa?«

Brigitte Schröter seufzte. »Ich habe deinem Vater gestern nahegelegt, auszuziehen.« Sie entließ Robert aus ihrer Umarmung. »Er wohnt jetzt in seiner Bürowohnung über der Apotheke.« Sie hielt kurz inne. »Aber auch er macht sich Sorgen um dich.«

Brigitte Schröter ging in die Küche.

»Sorgen – um mich? Er ist … Er ist ein Arschloch!« Robert kam langsam die Treppe wieder hinunter und folgte seiner Mutter in die Küche. Dort lümmelte er sich auf einen der Barhocker am Tresen, der die Kochinsel mit dem großen Ceranfeld umgab. »Er ist ein Riesenarschloch!«

Brigitte Schröter nahm drei Eier und Frühstücksspeck aus dem Kühlschrank. »Möchtest du Toast?«

»Lieber kein Brot. Und die Spiegeleier gedeckt.«

»Selbstverständlich, mein kleiner Prinz. Tee oder Kaffee?«

»Tee. Bitte.«

Schweigend sah Robert dabei zu, wie seine Mutter Speck in der Pfanne briet, bis er hellbraun war. Sie breitete zwei Blatt Küchenpapier aus, holte den Speck heraus und legte ihn zum Abtropfen aufs Papier.

Dann schlug sie drei Eier in die Pfanne und legte einen Deckel auf. Inzwischen kochte auch das Teewasser. Nach nicht einmal zehn Minuten hatte sie ihm ein Frühstück bereitet, aber ihm kam es vor, als hätte er bereits eine Stunde kein Wort gesagt. Während er die Spiegeleier aß, wusch Brigitte Schröter ab. Danach holte sie aus einer Schublade eine Schachtel Zigaretten und steckte sich eine an.

»Seit wann rauchst du wieder?«, fragte Robert verblüfft.

»Seit meine Schwester tot ist«, antwortete sie knapp. »Sie hieß übrigens Elisabeth, für den Fall, dass du das vergessen hast.«

Robert ließ das Besteck klappernd auf den Teller fallen und starrte sie erschrocken an.

»Für mich ist das eine Tragödie. Aber dich scheint das alles ja nicht zu interessieren. Da kommst du tatsächlich ganz nach deinem Vater. Du kreist nur um dich selbst. Was andere Menschen denken und fühlen, ist dir egal.« Sie sprach leise und akzentuiert. Eigentlich war es nur ein Flüstern.

Robert blickte beschämt auf die verschmierten Reste des Eidotters auf seinem Teller.

»Woher willst du das wissen?«, brach es aus ihm heraus. Seine Stimme klang brüchig.

»Ich schaue seit einem halben Jahr hilflos dabei zu, wie du immer mehr den Boden unter deinen Füßen verlierst!«

»Du verstehst gar nichts!«, rief Robert verzweifelt.

»Na gut, Robert«, Brigitte Schröter nahm einen tiefen Lungenzug. »Ich glaube, du bist dir überhaupt nicht im

Klaren, in was für einer prekären Lage du dich befindest. Die Polizei möchte mit dir reden.«

»In einer prekären Lage? Wieso? Und was soll ich denn den Bullen erzählen?«

»Ich glaube, eine ganze Menge. Dein Vater und ich möchten verhindern, dass du dein Leben ruinierst. Darin sind wir uns ausnahmsweise einig.«

»Was redest du da, Mama? Glaubst du vielleicht, ich hätte etwas mit dem Mord an Elisabeth zu tun?«

»Hör mir auf mit ›Mama‹!«, schrie Brigitte Schröter unvermittelt los. »Es wird langsam Zeit, dass du erwachsen wirst. Wo warst du in der Nacht, als sie starb? Los, raus damit!«

Robert zuckte zusammen.

»Und komm mir ja nicht mit irgendwelchen Lügen! Ich will die Wahrheit wissen. Nur dann können wir dir helfen.«

Robert war verblüfft. »Wieso helfen?«

»Wo warst du, Robert?«, insistierte Brigitte Schröter.

»Das weißt du doch. Es war viel los in der Stadt! Wir haben gefeiert. Und ich habe bei Maria übernachtet.«

»Bist du dir sicher?« Brigitte Schröter musterte ihn zweifelnd. Ihr Sohn war ein guter Läufer, aber seine Schwindeleien hatten schon als Kind extrem kurze Beine gehabt. »Also gut, noch einmal: Wo warst du, Robert?«

»Okay. Ich war bei Nicole Weinert.«

»Bei deiner Nachhilfelehrerin?« Brigitte Schröter lachte auf. »Über Nacht?«

»Wir sind gemeinsam nach Hause gefahren. Das Wetter war doch so scheiße. Sie hat mich im Taxi mitgenommen und dann haben wir bei ihr noch was getrunken und uns verquatscht. Über die Schule und so.«

»Und wieso kommst du nicht nach Hause?«

»Ich hatte meinen Schlüssel verloren, Mama. Tut mir leid. Ich wollte euch nicht wecken. Außerdem war ich total breit.« Robert merkte sofort, dass sie ihm seine Erklärung nicht abnahm.

»Hatte ich dich nicht gerade gebeten, die Wahrheit zu sagen? Für wie blöd hältst du mich eigentlich?« Brigitte Schröter schüttelte entgeistert den Kopf. »Von Nicole Weinert zu uns hättest du es auf allen vieren geschafft. Warum lügst du?«

Sie öffnete wieder die Schublade, in der sie ihre Zigaretten aufbewahrte, und nahm etwas heraus. Sie sah ihren Sohn durchdringend an, bevor sie seinen Hausschlüssel auf den Tresen legte.

»Du hast dir unseren Ersatzschlüssel genommen. Weißt du vielleicht noch, wo du deinen verloren hast?«

Robert starrte betroffen auf sein Schlüsselbund mit dem auffälligen Emblem des Vereins.

»Ich will es von dir hören. Ich will all diese ungeheuerlichen Dinge aus deinem Munde erfahren«, sagte Brigitte Schröter in scharfem Ton. »Und wenn du jetzt nicht endlich damit aufhörst, um den heißen Brei herumzureden, ist es mit meiner Unterstützung vorbei.«

Robert hatte seine Mutter noch nie so aufgebracht erlebt. So wütend und gleichzeitig so beherrscht. Er kapitulierte. »Also gut. Ich war nach der Oper nicht bei Nicole ... Weinert. Nicht gleich. Ich habe zuerst Elisabeth besucht.«

»Und warum, wenn ich fragen darf?« Brigitte Schröter ließ nicht locker.

Robert lief rot an. »Ich wollte mich von ihr verabschieden. Sie wollte Wolfgang verlassen, aber ich wollte nicht, dass sie fortgeht«, sagte er leise.

»Das kann ich mir gut vorstellen. Sie hat ... Sie hatte eine unwiderstehliche Wirkung auf Männer, nicht wahr?«

Robert schwieg. Er hielt den Blick gesenkt.

»Seit wann lief das mit euch beiden?«

Robert musste schlucken.

Brigitte Schröters Stimme war scharf wie ein Skalpell. »Du bist also von Elisabeth direkt zu deiner Nachhilfelehrerin gegangen? Mitten in der Nacht?«

»Na ja – ich hatte ja meinen Schlüssel ...«, sagte Robert.

»... verloren, ich weiß. Und seit wann vögelst du mit Nicole Weinert herum?«

Er zuckte hilflos mit den Schultern.

»Hast du völlig den Verstand verloren? Du gehst mit deiner Tante und gleichzeitig mit deiner Nachhilfelehrerin ins Bett? Mir fehlen die Worte, Robert. Was ist eigentlich aus Maria geworden?«

Robert sank auf dem Barhocker in sich zusammen. »Ich bin von Elisabeth einfach nicht mehr losgekommen«, murmelte er schließlich und wurde wieder rot.

»Meine Schwester war eine Zerstörerin. Eine Meisterin der Manipulation. So sieht es aus. Elisabeth konnte es nie ertragen, wenn andere Menschen glücklich waren«, rief Brigitte Schröter. Ihre Augen glitzerten verdächtig.

»Aber du und Papa, ihr seid doch auch schon lange nicht mehr glücklich«, sagte Robert. Er sah, dass seine Mutter sich eine Träne aus dem Augenwinkel wischte.

Brigitte Schröter räusperte sich. »Das stimmt«, entgegnete sie, als sie ihre Fassung wiedergefunden hatte. »Aber unsere Situation ist nun mal kompliziert.«

»Ihr mit eurem Scheißgeld!«, rief er. Voller Wut packte er seine Mutter am Unterarm.

»Von dem du profitierst!«, schrie sie zurück und riss sich los. Brigitte Schröter stützte sich mit beiden Armen auf der Herdinsel ab und atmete tief durch. »Dir steht die ganze Welt offen! Und deshalb hör mir jetzt gut zu, Robert«, sagte sie, schon wieder ruhiger, »wir müssen einen kühlen Kopf bewahren, und zwar vor allem deinetwegen. Deshalb musst du mir ganz genau erzählen, was in jener Nacht zwischen dir und Elisabeth vorgefallen ist.«

»Wieso meinetwegen? Er hat doch Elisabeth umgebracht!«, rief Robert.

»Wer?«

»Mein Vater. Ich habe gesehen, wie er in ihr Haus gegangen ist.«

»Ja und?«

Robert presste die Lippen zusammen. »Er war bestimmt eine Stunde lang drin«, sagte er.

»Und wo warst du?«

»Ich hatte mich neben der Garage versteckt. Und dann kam er wieder raus und sie war tot.«

»Woher willst du das wissen?«

»Weil er sie in den Kofferraum gelegt hat und sie sich nicht mehr bewegt hat.« Robert begann zu schluchzen. »Ich habe es genau beobachtet. Als er weggefahren ist, bin ich in Panik zu Nicole gerannt. Ich wusste einfach nicht, was ich tun sollte.« Tränen liefen ihm übers Gesicht.

Brigitte Schröter zündete sich eine weitere Zigarette an. »Hattest du Sex mit ihr?«

»Verdammte Scheiße, ja! Das habe ich doch gerade …«

»Ich meine, in jener Nacht, nach der Oper.«

»Ja!«

»Hast du sie umgebracht?«

»Nein!«, schrie er.

»Weil du eifersüchtig warst? Weil sie weggehen wollte? Manchmal blendet die Psyche so etwas vollkommen aus.«

»Ich war es nicht, Mama!«, brüllte er.

»Und warum hat dein Vater dann deinen Hausschlüssel neben Elisabeths Leiche gefunden?« Robert sah seine Mutter erschrocken an. »Wir haben schon lange keine Geheimnisse mehr voreinander. Und wir sind immer noch eine Familie. Deshalb werden wir jetzt zusammenhalten.«

»Ich habe nichts mit ihrem Tod zu tun«, sagte Robert verzweifelt.

»Die Polizei kann die Tatzeit inzwischen sehr genau eingrenzen. Dein Vater bekommt garantiert ein unschlagbares Alibi – von seinen Huren im Puff.« Brigitte Schröter ging um den Tresen herum und legte ihren Arm um Roberts Schultern. »Das Problem ist, dass du vor ihrem Tod mit Elisabeth geschlafen hast. Die Polizei muss bloß eine Hautschuppe von dir gefunden haben, und schon bist du verdächtig.«

»Das könnte genauso für meinen Vater gelten. Und als ich bei Elisabeth war, hat jemand geklingelt. Eine Stunde später kam dann noch irgendein Typ mit dem Taxi und hat ihre Koffer abgeholt.«

»Weißt du vielleicht, wer das war – der Mann im Taxi?«

Robert schüttelte den Kopf.

»Und wer könnte geklingelt haben?«

»Keine Ahnung«, sagte Robert, »Elisabeth hat mich sofort rausgeschmissen. Ich glaube, sie hat jemanden erwartet. Vielleicht ja meinen Vater.«

»Dein Vater musste noch nie bei Elisabeth klingeln.« Brigitte Schröter stöhnte und schlug die Hände vors Gesicht. »Das ist alles so kaputt.«

»Glaubst du mir etwa nicht?«, fragte Robert.

»Was spielt das für eine Rolle, ob ich dir glaube?«, antwortete sie. »Du bist mein Sohn – mein Ein und Alles –, aber ich befürchte, dass dir die Polizei deine Geschichte nicht abnehmen wird.«

»Wo hat Papa Elisabeth hingebracht? Hat *er* sie etwa in die Heide gefahren?«, fragte Robert. »Und warum hat er dir meinen Schlüssel gegeben?«

»Vermutlich, weil er dich schützen wollte.« Sie nahm seine Hand. »Hast du mit irgendjemandem darüber geredet?«

»Nein, Mama.«

»Auch nicht mit Nicole Weinert?«

Robert senkte den Kopf.

10

Der ICE nach Hamburg hatte den Dresdner Hauptbahnhof fahrplanmäßig verlassen. Lohmann und Schubert hatten zwei Sitzplätze in einem 2.-Klasse-Abteil reserviert und waren angenehm überrascht, dass der Zug nicht besonders voll war und sie das Abteil für sich allein hatten. Während Werner Schubert in einem Katalog für Motorradzubehör blätterte, versuchte Lohmann, ein wenig zu schlafen. Weder seine Vorfreude auf die konzertante Aufführung in der Hamburger Elbphilharmonie noch die Aussicht auf eine doch recht außergewöhnliche Vernehmung konnten verhindern, dass er von einer bleiernen Müdigkeit übermannt wurde. In wenigen Stunden würden sie einem Weltstar der internationalen klassischen Musikszene gegenübersitzen, um ihn nach seiner Verbindung zu einem Mordopfer zu befragen.

Für Lohmann hatte es noch nie einen Unterschied gemacht, ob ein Tatverdächtiger eine große Nummer oder bloß ein kleines Licht war. Er hatte in seinen vielen Dienstjahren manchmal bitter gelernt, dass eine intensive und saubere Polizeiarbeit von entscheidender Bedeutung war, um zu verhindern, dass schwere Straftaten ungesühnt blieben. Das hieß auch, während laufender Ermittlungen die Rechte der Straftäter in ausreichendem Maße zu berücksichtigen. Es galt die Unschuldsvermutung. So hatte es Lohmann bereits vor dem Mauerfall konsequent gehandhabt. Bis heute fragte er sich manchmal, wie er das Obrigkeitssystem der untergegangenen DDR politisch hatte überleben können.

Eine verzerrte Stimme drang an sein Ohr: »In wenigen Minuten erreichen wir Berlin Hauptbahnhof.«

Lohmann schlug die Augen auf. »Wie lange habe ich geschlafen?«, murmelte er.

Schubert ignorierte seine Frage. »Es gibt interessante Neuigkeiten. Die Walter hat vor einer halben Stunde angerufen. Der brutale Raubüberfall auf den Dresdner Geschäftsmann heute Nacht …«

»… dem man den Wagen gestohlen hat?«

»Es handelt sich tatsächlich um Hans-Joachim Schröter und seinen A6«, sagte Schubert. »Hat wohl ziemlich was auf die Fresse gekriegt. Die Fahndung nach dem Wagen läuft.«

Auf Lohmanns Gesicht breitete sich ein zufriedenes Grinsen aus. Er räkelte sich genüsslich in seinem Sitz. »Wieso nur habe ich das geahnt?«

*

Seitdem er seiner Mutter gegenüber reinen Tisch gemacht hatte, ging es Robert erstaunlicherweise besser. Auch dass sie ihn über den wahren Zustand ihrer Ehe nicht im Unklaren gelassen hatte, beruhigte ihn. Die Sache mit dem verlorenen Hausschlüssel würde niemand erfahren, und wenn er sich an seine Version der tragischen Nacht hielt – natürlich ohne seinen Vater zu erwähnen –, dann würde man ihm nichts nachweisen können. Insofern hatte Robert, wie seine Mutter abschließend festgestellt hatte, richtig gehandelt, als er nicht zu Hause, sondern bei seiner Nachhilfelehrerin übernachtet hatte. Und selbst wenn die Polizei durch einen eventuellen DNA-Nachweis herausbekommen würde, dass er mit seiner Tante geschlafen hatte: So was kam schließlich in den besten Familien vor. Robert hatte seine Unschuld so vehement beteuert, dass die Polizei ihm letztlich glauben würde.

Wonach Robert sich jetzt sehnte, war Normalität. Er wollte am liebsten alles abstreifen und die vergangenen sechs Monate ungeschehen machen. Bettina hatte recht gehabt: Es war ein Fehler gewesen, die Welt durch den Hosenschlitz zu betrachten.

Seine Mutter hatte ihm geholfen, seine Sportsachen zu packen, und ihm 200 Euro zugesteckt. Anschließend hatte sie ihn zum Treffpunkt der Leichtathleten in die Magdeburger Straße gefahren, wo bereits ein Bus gewartet hatte. Zum Abschied hatte sie ihn zärtlich umarmt und ihm viel Glück für den Wettkampf gewünscht.

Bettina hatte bis zuletzt gezittert, ob Robert sein Versprechen halten würde. »Schön, dich zu sehen. Alles klar bei dir?«, fragte sie, als er seine Sporttasche im Gepäckfach des Busses verstaute. »Und, bist du fit?«

»Geht so«, sagte Robert. Er entdeckte Maria, die sich mit einigen Sportlern unterhielt. Unter ihnen war ein attraktiver, braun gebrannter Mann, den Robert noch nie gesehen hatte. Er trug einen Vollbart und hatte seine schwarzen Haare zu einem Bun zusammengebunden. Ein Hipster-Knödel, dachte Bettina amüsiert.

Sie legte ihre Hand auf Roberts Schulter. »Das ist

Carlos Ribera, ein Kommilitone von Maria. Er kommt auch aus São Paulo. Macht bei uns ein Auslandssemester.«

Bettina entging nicht, dass sich Roberts Miene verfinsterte.

Als sich der junge Brasilianer von Maria verabschiedete, fiel die Umarmung für Roberts Geschmack mehr als nur freundschaftlich aus, und als Maria sich umdrehte und sich ihre Blicke trafen, schlug sie verlegen die Augenlider nieder.

Er ging wortlos an Maria vorbei und stieg in den Bus.

Bettina biss sich auf die Unterlippe. Was für ein beschissenes Timing, dachte sie, aber wer zu spät kommt, den bestraft nun mal das Leben.

*

Die »SoKo Elisabeth« versammelte sich kurz nach 18 Uhr im Konferenzraum. Doreen Riekhof stand am Whiteboard und trug die neuesten Ermittlungsergebnisse in Lohmanns Schema ein. Die Ehepaare Günther, Andersen und Kleinichen sowie die beiden Siegerts schieden inzwischen als Tatverdächtige aus, ebenso Elisabeth Miedersons Ehemann Wolfgang, der nach wie vor mit Verdacht auf ein Broken-Heart-Syndrom in der Dresdner Universitätsklinik lag. William Douglas und seine Frau Monika hatten sich zur Tatzeit nachweislich im Urlaub befunden.

»Auf die beiden können wir wohl verzichten«, sagte Riekhof, »dann kümmere ich mich um diese Lehrerin, Nicole Weinert.«

»Peter und ich übernehmen das Ehepaar Müller, Sebastian Bergner und die Leitner, seine Assistentin«, sagte Breitscheid und Zischler nickte.

Riekhof wandte sich an Walter. »Und was liegt bei dir an?«

»Eberhard Preuss war den ganzen Tag nicht erreichbar und Robert, der Sohn der Schröters, befindet sich auf dem Weg nach Leverkusen zu einem Leichtathletik-Meeting. Seine Mutter sagt, vor Sonntagnachmittag sei er nicht zurück. Was den Überfall auf seinen Vater Hans-Joachim Schröter betrifft, stehe ich mit den Kollegen vom Raub in Austausch. Die Fahndung konzentriert sich auf den gestohlenen Audi A6. Jürgen und Werner wissen übrigens Bescheid.«

»Der Wagen ist doch längst irgendwo im Osten«, sagte Zischler. »Aber die Sache stinkt gewaltig.«

Das dachten in diesem Moment alle.

»Stephanie, vielleicht ist Preuss ja heute Abend in seiner Diskothek«, sagte Doreen Riekhof.

»Du meinst, ich soll dienstlich feiern gehen?«

»Koscher ist das ›Numbers‹ jedenfalls nicht. Hast du noch was, Stephanie?«, fragte Riekhof, die sah, dass die Kommissaranwärterin ihr Notizbuch noch offen behalten hatte.

»Ich komme immer wieder auf Hans-Joachim Schröter zurück. Heute Mittag habe ich Einsicht in die Kontodaten der Miedersons erhalten. Das Ehepaar besitzt ein gemeinsames Konto, da gibt es keine Auffälligkeiten. Dann ist da noch das Firmenkonto des Ehemanns, aber wirklich interessant ist, dass Elisabeth Miederson vor gut vier Jahren ein weiteres Konto eröffnet hat, auf dem jeden Monat nur ein einziger Geldeingang sowie ein Geldausgang verzeichnet sind. Und jetzt, Achtung: An jedem Monatsersten bekam sie zunächst 500 Euro, dann 750 Euro und seit zwei Jahren 1.500 Euro von ihrem Schwager Hans-Joachim Schröter und hat noch am selben Tag 750 Euro auf das Konto eines Hamburger Pflegeheims überwiesen, Verwendungszweck ›Johannes Kohler‹. Ich habe daraufhin mit der Heimleitung telefoniert.«

»Noch ein Name!«, sagte Zischler und verdrehte die Augen. »Allmählich wird es verwirrend.«

»Dieser Johannes Kohler ist – oder besser, er war – vermutlich kein Opernfreund. Der arme Kerl liegt seit vier Jahren im Wachkoma, als Folge eines Unglücks beim Wandern im Bielatal«, sagte Walter.

»Wunderschön da«, warf Breitscheid ein. »Aber was hat das mit unserem Fall zu tun?«

»Vielleicht mehr, als wir denken«, sagte Walter und holte einen ausgedruckten Zeitungsartikel aus ihrem Ordner hervor. »Nach dem Gespräch mit der Heimleitung bin ich ins Netz gegangen und fündig geworden.«

Die Beamten reckten die Hälse, um die Schlagzeile der »Sächsischen Zeitung« zu lesen: »Absturz im Bielatal – Bergwanderer gelähmt«.

»Die Namen in dem Bericht sind zwar gekürzt, aber eine Elisabeth M. sowie das Dresdner Ehepaar Brigitte und Hans-Joachim Sch. waren damals in den Unfall involviert«, fuhr Stephanie Walter fort. »Das ist also alles während ihrer Ehe mit Wolfgang Miederson passiert.«

»Und die Familie zahlt seit Jahren einen Pflegezuschuss für einen Fremden? Verstehe ich nicht«, wunderte sich Riekhof.

»Nicht die Familie. Hans-Joachim Schröter via Elisabeth Miederson. Genau deswegen sollten wir uns auf den Schwager konzentrieren«, sagte Walter.

*

»Und für diese ›Tube‹ haben die Hamburger 850 Millionen ausgegeben?«, spottete Schubert, als er und Lohmann auf der über 80 Meter langen, konvex gebogenen Rolltreppe – der längsten in Westeuropa – vorbei an den mit Glaspailletten verzierten hellen Wänden zur sogenannten Plaza in der Elbphilharmonie hinaufglitten. Über zwei Minuten dauerte die Fahrt, und je näher Lohmann dem Großen Konzertsaal kam, desto mehr kribbelte es in seinem Bauch. Er freute sich auf »La Bohème«, denn er hatte die Berichte über das neue Wahrzeichen Hamburgs in den Medien verfolgt und wusste, dass dieser Besuch ein Privileg darstellte – man brauchte großes Glück, um Eintrittskarten für den neuen Konzertsaal der Superlative zu ergattern.

Während Lohmann die zurückgelegten Tickets beim Concierge des Westin-Hotels abholte, das ebenfalls in dem Prachtbau untergebracht war, genoss Schubert aus knapp 40 Metern Höhe den Ausblick auf den Hafen. Mandels Manager Thomas Liebeskind hatte den Eintrittskarten die Notiz beigefügt, dass er und sein Schützling die Herren Kommissare etwa 30 Minuten nach der Aufführung in der Panoramasuite in der 19. Etage zum Gespräch erwarten würden.

Lohmann und Schubert tranken noch ein schnelles Bier und nahmen dann zehn Minuten vor acht in der ersten Reihe von Block C ihre Plätze ein. Sie staunten über die terrassenförmig aufgefächerte Anordnung von Parkett und Rängen.

»Dort oben hätte ich Höhenangst. Und die Luft könnte auch besser sein«, sagte Schubert. »Riecht wie neues Auto.«

Das Sinfonieorchester betrat das halbkreisförmige Podium, danach kamen die Opernstimmen und zum Schluss erschien der Dirigent.

Lohmann konzentrierte sich auf Bernd Mandel, der den Part des Rodolfo singen würde. Als er ihn das letzte Mal in der Semperoper gehört hatte, hatte der Tenor allerdings nicht so blass ausgesehen. Gleich im ersten Akt nach der Arie »Che gelida manina« feierte das begeisterte Publikum den Sänger mit lauten Bravo-Rufen und rhythmischem Klatschen. Sollte Bernd Mandel wissen, was ihn nachher in seiner Suite erwartete, konnte er es vollkommen ausblenden.

Lohmann warf ab und zu einen unauffälligen Seitenblick auf Schubert und amüsierte sich, wie der vermeintliche Musikbanause sich immer mehr auf das akustische Abenteuer Oper einließ. Und als sich im vierten Akt mit der sterbenden Mimi das unausweichliche Ende der jungen Liebe zu Rodolfo ankündigte, hielt es nicht einmal mehr Schubert in seinem Sitz. Nachdem der letzte Ton dieses wunderbaren Werkes verklungen war, verharrte das Publikum einen Moment lang schweigend auf den Plätzen, bevor es in Jubel ausbrach.

»Der hat ja gesungen, als ob er wirklich seine

Geliebte beweint hätte«, raunte der Oberkommissar. So angefasst hatte Lohmann seinen Kollegen noch nicht erlebt.

Die nächste Überraschung ließ nicht lange auf sich warten, denn in der Suite des Sängers trafen die beiden Kommissare eine halbe Stunde später auf einen sichtlich gebrochenen Mann, der nichts, aber auch gar nichts mit dem gefeierten Tenor von eben gemein hatte.

Thomas Liebeskind öffnete ihnen die Tür. Bernd Mandel kauerte im Hintergrund auf einem weißen Ledersofa und trank Mineralwasser. Als er das Glas absetzte, zitterte seine Hand unübersehbar.

Sie legten ihre Mäntel ab. Schubert behielt seine Aktentasche bei sich.

»Herr Mandel stellt sich gern Ihren Fragen, meine Herren«, sagte der Manager. »Hätten Sie was dagegen, wenn ich dabei bin? Möchten Sie etwas trinken?«

»Danke, gern«, sagte Lohmann. »Wir nehmen das Gleiche wie Herr Mandel.«

Liebeskind lächelte und begab sich zu der kleinen Hausbar. Jetzt erhob sich Bernd Mandel. »Setzen Sie sich doch bitte, meine Herren!«, sagte er.

Die drei Männer begrüßten sich mit Handschlag, dann nahmen sie Platz.

»Tja«, sagte der Tenor, »nun sitzen wir hier und nicht in Dresden. Und zu feiern gibt es leider nichts.«

»Aber es war doch eine ganz brillante Aufführung«, entgegnete Lohmann sofort.

»Es war mir schon immer unbegreiflich, dass ›La Bohème‹ nach der Uraufführung von der Kritik zerrissen wurde, während die Oper heute überall auf der Welt die Menschen begeistert. Damals gab es sogar Kritiker, die von einem Fehltritt Puccinis sprachen.«

Mandel blickte Lohmann verblüfft an. »So kann man sich irren«, sagte er und nach einer kurzen Pause: »Sie kennen sich offensichtlich aus.«

»Nur ein bisschen«, sagte Lohmann bescheiden.

»Glauben Sie ihm kein Wort, Herr Mandel«, sagte Schubert, »mein Kollege ist in Wahrheit geradezu opernverrückt. Er versucht seit Jahren, mich in die Semperoper mitzuschleifen.«

Mandel lächelte zaghaft. »Erfolglos, nehme ich an.«

»Aber jetzt könnte es klappen! Ich bin sehr beeindruckt«, sagte Schubert.

Lohmann registrierte zufrieden, dass eine entspannte Atmosphäre entstanden war.

»Es ist nie zu spät für neue Erfahrungen«, sagte Mandel und kippte den Rest seines Mineralwassers hinunter. »Und seine Neugier sollte man sich immer bewahren.«

Liebeskind servierte Lohmann und Schubert die Getränke.

»Für mich bitte noch etwas Wasser, Thomas«, sagte Mandel und an die beiden Kommissare gewandt: »Bei Ihnen ist die Neugier natürlich ein wesentlicher Bestandteil Ihres Berufs.«

»Womit wir beim Thema wären, Herr Mandel«, sagte Lohmann.

»Ich möchte nicht verhehlen, dass ich mich lieber mit Ihnen über die Musik unterhalten würde.«

»Herr Mandel liest Zeitung«, ließ sich Liebeskind vernehmen, als er mit dem aufgefüllten Glas zur Couch zurückkam und neben Mandel Platz nahm. »Ich war gezwungen, ihm von unserem Telefonat zu erzählen«, fügte der Manager hinzu. »Das werden Sie sicherlich verstehen, Herr Lohmann.«

Lohmann nickte.

»Stehe ich unter Verdacht?«, fragte Mandel ruhig

»Ehrlich gesagt, ja«, entgegnete Lohmann, »jedenfalls soweit es die bisher vorliegenden Indizien und Zeugenaussagen betrifft. Sie würden wohl für eine Festnahme ausreichen.«

»Ich hatte es vermutet. Aber wie Sie sehen, habe ich darauf verzichtet, meinen Rechtsanwalt zu diesem Treffen hinzuziehen.«

»Wieso haben Sie das vermutet?«, fragte Lohmann.

»Sie haben doch wahrscheinlich längst Elisabeths Gepäck gefunden, das ich mit dem Taxi abgeholt und im Hotel deponiert hatte.«

»Haben Sie die Koffer geöffnet, Herr Mandel?«, fragte Schubert.

»Nein. Ich wühle ja auch nicht in der Handtasche meiner Frau, nicht einmal nach 14 Jahren Ehe«, sagte Bernd Mandel.

»Offensichtlich wollten Sie mit Elisabeth Miederson wegfahren«, sagte Lohmann. »Ich muss Sie übrigens darauf hinweisen, dass alles, was Sie jetzt sagen, gegen Sie verwendet werden kann. Natürlich brauchen Sie überhaupt keine Angaben zu machen.«

»Das ist mir bewusst.«

»Und ich möchte darauf hinweisen, dass diese ganze schreckliche Geschichte bitte mit der größtmöglichen Diskretion behandelt wird«, sagte Liebeskind. »Wir wollen die Presse unbedingt raushalten.«

»Darauf hatten wir uns bereits am Telefon verständigt, Herr Liebeskind«, sagte Lohmann, »und wir werden unser Möglichstes tun. Aber es geht um die Aufklärung eines Mordes, und auch für uns ist das hier eine ungewöhnliche Situation.« Er wandte sich an Mandel. »In einem der beiden Koffer im Hotel haben wir die vermutliche Tatwaffe gefunden. Einen grünen Seidenschal.«

»In der Oper trug Elisabeth an jenem Abend ein dunkelblaues Kleid. Keinen Schal. Ich habe sie von der Bühne aus ganz deutlich gesehen«, sagte Mandel. »Es war übrigens das letzte Mal, dass ich sie gesehen habe«, fügte er leise hinzu.

»Aber Sie waren nach der Aufführung vor ihrem Haus im Weißen Hirsch«, warf Schubert ein. »Was wollten Sie da?«

»Wir waren verabredet, denn wir wollten am Sonntagmorgen nach München fliegen, in unsere neue Wohnung. Und ein paar Tage später dann in die USA.«

»Sie leben nicht mehr in Stuttgart?«, fragte Lohmann.

»Nein, nur meine Frau. Sie wohnt noch in unserem Haus am Reichelenberg. Ich habe mich inzwischen auch räumlich von ihr getrennt. Sie hatte zu keiner Zeit eine Ahnung von meiner außerehelichen Beziehung. Es wäre vermutlich zu kompliziert, Ihnen alle Hintergründe zu erläutern, die dieses idiotische Versteckspiel nötig gemacht haben.«

»Das betrifft gewisse finanzielle und vertragsrechtliche Absprachen zwischen Herrn Mandel und seiner Ehefrau«, warf Liebeskind ein. »Sie ist seine Musikverlegerin.«

»Natürlich«, sagte Lohmann.

»Zurück zu den Koffern, Herr Mandel«, sagte Schubert. »Sie wollten also mit Elisabeth Miederson verreisen?«

»Nein. Wir wollten ein neues Leben beginnen!«, sagte Bernd Mandel.

»Aber wenn sie Ihnen die Koffer ausgehändigt hat, warum ist sie nicht gleich mit Ihnen mitgekommen?«

»So war es ja nicht! Die Koffer standen vor der Haustür. Sie können sich meine Verblüffung sicherlich vorstellen. Ich habe geklingelt und noch mal geklingelt, bin ums Haus herumgelaufen, aber entweder hat sie mich nicht gehört oder sie war ...«

»Sonst ist Ihnen nichts aufgefallen? Könnte jemand im Haus gewesen sein?«, fragte Lohmann.

»Mir ist nichts aufgefallen.«

»Und dann nehmen Sie die Koffer Ihrer Geliebten einfach mit und deponieren sie in Ihrem Hotel?«, fragte Werner Schubert verwundert.

»Nachdem Elisabeth nicht öffnete, dachte ich, es müsse wohl einen Grund dafür geben und dass sie sich sicherlich etwas dabei gedacht hatte, die Koffer vor die Tür zu stellen. Sie hat ja gewusst, dass ich kommen würde.«

»Verstehe ... Ich denke, es wäre gut, wenn Sie uns jetzt einmal Ihre Version der ganzen Geschichte erzählen würden, Herr Mandel«, sagte Lohmann. Er holte aus seinem Jackett ein kleines digitales Aufnahmegerät heraus und legte es auf den Tisch. »Sie haben sicherlich nichts dagegen?«

Mandel schüttelte den Kopf. »Wo soll ich anfangen?«

»Sie haben Elisabeth Miederson in Moskau kennengelernt?«

»Sie sind wirklich gut informiert«, sagte der Sänger. Er wirkte jedoch nicht überrascht. »Ich habe Elisabeth zum ersten Mal auf einer Aftershow-Party im ›Sheraton Palace Hotel‹ getroffen – anlässlich einer privaten Aufführung für Roman Abramowitsch, besser gesagt, für Gazprom. Das Unternehmen feierte sein 25-jähriges Jubiläum im Säulensaal des grünen Gewerkschaftshauses. Im Internet gibt es einige Bilder davon, auch von der Party.«

Mandel verstummte, er rang sichtlich um Fassung, und es dauerte einen Augenblick, bis er weitersprechen konnte. »Ich werde mit dem Tod von Elisabeth einfach nicht fertig«, sagte er und senkte den Kopf.

»Wann haben Sie davon erfahren?«, fragte Lohmann behutsam.

»In Tokio, kurz vor meinem Rückflug nach Deutschland. Ich hatte dort inzwischen einen erkrankten Kollegen vertreten und bis dahin jeden Tag in Dresden bei der zuständigen Dienststelle angerufen, um mich nach dem Stand der Dinge zu erkundigen.«

»Warum haben Sie überhaupt Anzeige erstattet?«, fragte Schubert.

»Was hätte denn sonst tun sollen? Ich hatte schon am Sonntagmorgen so ein merkwürdiges Gefühl, weil sie nicht ins Hotel gekommen ist. Ich bin dann noch bis Mittwoch in Dresden geblieben und habe nach ihr gesucht. Es war nicht Elisabeths Art, einfach zu verschwinden. Das passte nicht zu ihr.«

»Und dann sind Sie zur Polizei gegangen«, sagte Lohmann.

»Am Mittwoch, ja.«

»Und Sie haben nicht ein einziges Mal daran gedacht, die Koffer zu öffnen?«

»Nein, habe ich nicht. Ein Schal, sagen Sie?«

Lohmann und Schubert nickten gleichzeitig.

»Ich habe mir in den vergangenen Wochen ununterbrochen die schrecklichsten Szenarien ausgemalt. Ich schwanke ständig zwischen tiefer Verzweiflung und Euphorie – gerade nach solchen Aufführungen wie heute Abend. Der Zuspruch des Publikums ist wichtig für mich. Nur wenn ich die Menschen begeistern kann, bekommt mein Leben einen Sinn. Aber seitdem Elisabeth so abrupt daraus verschwunden ist, rutsche ich jedes Mal nach einer Vorstellung in Depressionen.«

»Ich weiß sehr gut, was Sie meinen«, sagte Lohmann. »Diese Ungewissheit ist fürchterlich. Sie nagt an einem und macht alles kaputt.«

Der Sänger warf einen Blick über das Lichtermeer des Hamburger Hafens, der sich unter ihnen ausbreitete. »Ich kann gar nicht sagen, was schrecklicher ist – die Gewissheit, dass sie tot ist, oder die Ungewissheit, die ich mit mir herumgeschleppt habe. Ich konnte mich nicht einmal von ihr verabschieden.« Er trank sein Glas aus. »Glauben Sie an die Liebe auf den ersten Blick?«

»Ja, das tue ich«, sagte Lohmann und schaltete das Aufnahmegerät aus.

*

Hinter Stephanie Walter lagen zwei harte Wochen. Eigentlich hatte sie sich darauf eingestellt, eine Zeit lang als »Sandsack« von ihren neuen Kollegen durch die Gegend kutschiert zu werden, immer schön am Rand (und ja nicht im Weg) zu stehen, die Klappe zu halten und die eine oder andere niedere Arbeit zu erledigen, für die sich gestandene Ermittler nicht zuständig fühlten. Aber Lohmann und Schubert hatten sie von Anfang an in die Ermittlungen eingebunden, ihr verantwortungsvolle Aufgaben anvertraut und offensichtlich auch dafür gesorgt, dass ihre Kollegen sie als vollwertiges Mitglied des Kommissariats ansahen – obwohl sie sich beim Anblick ihres ersten Mordopfers am Tatort übergeben hatte.

Sie warf einen prüfenden Blick in den Spiegel. Ihr gefiel gut, was sie dort sah. An ihrer Figur hatte sie nichts auszusetzen, doch das großflächige, farbige Tattoo war noch nicht fertig, zwei Rosenbüsche, deren Blüten sich von ihren Oberarmen über die Schultern parallel bis zum Ansatz ihres Dekolletés rankten. Ihre glatten dunkelblonden Haare waren inzwischen wieder halblang, und obwohl eine Kurzhaarfrisur viel praktischer war, wollte sie nicht das Klischee einer Frau erfüllen, die Frauen begehrt.

An diesem Abend würde Stephanie nach 14 Tagen Dauereinsatz ihren ersten freien Abend genießen und ausgehen. Sie tanzte für ihr Leben gern, und irgendwann musste sie ja auch mal das Nachtleben in ihrer neuen Heimat erkunden. Rein zufällig würde sie dabei auf Eberhard Preuss stoßen, der ihre Anrufe den ganzen Tag lang ignoriert hatte.

Sie entschied sich für eine enge dunkelgraue Jeans, paillettenbesetzte Chucks und ein dunkelblaues Top mit Spaghettiträgern. Dann schlüpfte sie in einen leichten Parka und verließ ihre Wohnung, in der drei Dutzend Umzugskartons noch immer darauf warteten, ausgepackt zu werden.

Kurz vor Mitternacht an einem Freitagabend war der Parkplatz vor dem »Numbers« voll, und vor dem Eingang hofften gut 100 Leute mehr oder weniger geduldig auf Einlass. Stephanie hatte noch nie länger als fünf Minuten vor einer Diskothekentür warten müssen, denn dies war vielleicht der einzige Ort auf der Welt, an dem alleinstehende Frauen bevorzugt behandelt wurden. Sie ging an der Warteschlange vorbei auf die unterarmdicke rote Absperrkordel zu, suchte selbstbewusst den Blickkontakt zu einem der bulligen Türsteher, und wie zu erwarten trat der massige Kerl vor, hakte die Kordel aus, wünschte ihr lächelnd »Viel Spaß«, und sie war drin. Nachdem sie happige zwölf Euro Eintritt bezahlt hatte, ging sie an die größte der drei Bars, vor denen die Gäste in Zweierreihen darauf warteten, bedient zu werden. Die Tanzfläche war voll. Die Bässe kamen aus vier hohen Türmen, die Mittel- und Hochtöner waren direkt über der kreisrunden Tanzfläche montiert. Stephanie Walter versuchte an der Kopfseite des langen geschwungenen Tresens ihr Glück, wartete cool, fast schon gelangweilt. 30 Sekunden später wurde sie gefragt, was sie trinken wollte.

Der Barkeeper, ein Mann mit dunklem Teint und Rastas, lieh ihr sein linkes Ohr. »Einen Gin Tonic, bitte«, sagte Stephanie und beugte sich vor, um nicht gegen die infernalisch laute House-Musik anschreien zu müssen. Der DJ wechselte gerade von David Guetta auf Bruno Mars. »Und wenn es geht, mit Gurke.« Er zwinkerte ihr freundlich zu und hob einen Daumen.

Das »Numbers« schien ein Tanztempel der gehobenen Klasse zu sein. Der Boden klebte nicht, es gab ausreichend Personal, der Sound war exzellent und der Gin Tonic, den ihr der Barmann gerade servierte, sah perfekt aus. Viel Eis, außerdem ein hauchdünn geschnittener, länglicher Streifen Salatgurke. Stephanie gab großzügig Trinkgeld.

»Ist dein Chef da?«, fragte sie dann. »Eberhard?«

Der Barmann nickte. »Wieso?«

»Ist was Privates.«

»Wer bist du denn?«, fragte er.

»Stephi. Wir kennen uns«, sagte sie mit dem dazugehörigen, lasziven Augenaufschlag.

Der Barmann grinste und formte mit Daumen und Zeigefinger das Okay-Zeichen. Na bitte, dachte sie, klappt doch. Sie verzog sich aus dem Getümmel an der Bar und stellte sich neben einen der beiden Basstürme. Der erste Schluck bestätigte den optischen Eindruck: eine perfekte Mischung. Unwillkürlich begann sie, im Takt mitzuwippen. Es dauerte nicht lange, bis ein Mann auf sie zukam. Stephanie Walter war gespannt darauf, wie Eberhard Preuss sie ansprechen würde; vielleicht würde sie ihrer privaten Sammlung der dümmsten Anmachen einen neuen Spruch hinzufügen können. Aber er sagte nur: »Und, schmeckt der Gin Tonic, Stephi?«

»Perfekt, Herr Preuss«, sagte sie, »aber um sich zu unterhalten, ist es hier entschieden zu laut.«

Preuss lächelte. »Wollen Sie nicht lieber tanzen?«

Sie taxierte ihn von oben bis unten. Er war hochgewachsen, schlank, hatte volles schwarzes Haar, eine markante Nase und buschige Augenbrauen. Auf dem Foto am Whiteboard im Kommissariat hatte Preuss noch einen Vollbart getragen. »Klingt wie damals in der Tanzstunde.«

»Ich tanze allerdings nicht«, sagte er. »Das würde vermutlich keinen guten Eindruck machen. Wer ist überhaupt diese Stephi, die meine Angestellten nach mir fragt?«

»Das wissen Sie genau, Herr Preuss. Oder glauben Sie an Kommissar Zufall? Stephanie Walter von der Dresdner Kripo. Ich habe schon den ganzen Tag versucht, Sie zu erreichen!«

»Haben Sie das …«

»Sie wurden uns als Zeuge genannt. Stichwort Opernstammtisch.«

»Ich verstehe. Schlimme Sache.« Preuss deutete auf sein rechtes Ohr. »Lassen Sie uns doch woanders hingehen«, schlug er vor, »folgen Sie mir bitte!«

Im hinteren Teil des »Numbers« befand sich eine Lounge mit niedrigen Couchtischen, extrabreiten Sofas und Sesseln, die an einen Beachclub erinnerten. Nur der Sand fehlte. Auf den Tischen brannten Windlichter, an den Wände sorgten chromglänzende Punktstrahler für schummriges Licht. Die Musik war nach wie vor laut, aber man konnte sich unterhalten, ohne schreien zu müssen. Preuss entfernte ein Reserviert-Schild von einem der Tische und deutete auf die Couch.

»Setzen Sie sich bitte«, sagte er, nahm neben ihr Platz und lächelte.

Bevor er weitersprechen konnte, sagte Stephanie: »Es wäre ausgesprochen hilfreich, wenn Sie am Montag zu mir aufs Präsidium kommen könnten. Sagen wir, so um

10 Uhr? Würde Ihnen das passen? Sie bekommen auch einen prima Kaffee.«

»Ich kannte das Opfer kaum«, sagte Preuss plötzlich ernst. »Ich habe Elisabeth Miederson nur ein paarmal in der Oper und dann im ›1900‹ gesehen und bloß das Nötigste mit ihr gesprochen. Aber es tut mir natürlich sehr leid, vor allem für ihren Mann. Sie war eine schöne, begehrenswerte Frau.«

»Und Sie haben sich nie die Finger an ihr verbrannt?«

»Elisabeth Miederson war nicht mein Typ«, entgegnete Preuss und rückte ein Stück näher an Stephanie heran, »im Gegensatz zu Ihnen.«

»Deshalb wäre es vermutlich besser, wenn wir uns am Montag auf dem Präsidium unterhalten.«

Stephanie rutschte von ihm weg. »Ich kann Sie natürlich auch offiziell vorladen lassen, aber ich dachte, ich könnte heute Abend das Angenehme mit dem Nützlichen verbinden.«

»Sind Sie überhaupt Polizistin?«, fragte Preuss, deutlich weniger gut aufgelegt als eben noch.

»Wollen Sie meinen Dienstausweis sehen?«

»Ich bitte darum.«

Stephanie Walter zog den scheckkartengroßen Ausweis aus der Innentasche ihres Parkas. Er warf einen flüchtigen Blick darauf. »Reicht das?«, fragte sie und steckte den Ausweis zurück.

»Hey, Towarischtsch!«, sagte eine Stimme. »Du hast ja neue Freundin! Warum du stellst mir Dame nicht vor?«

Walter und Preuss sahen auf und blickten in das strahlende Gesicht eines etwa 30-jährigen Glatzkopfs. Hinter ihm hatte ein vollbärtiger Gorilla Position bezogen.

»Ivo, was für eine Überraschung!«, sagte Preuss. »Das ist Stephanie, Stephanie, das ist Ivo Bukasz.«

Ihr fiel sofort die Veränderung in Preuss' Stimme auf. Der Kerl, der da vor ihnen stand, war ein Schmierlappen erster Güte, von denen hatte sie bereits genug gesehen. Sie war sich sicher, dass sich hinter der bemühten Fassade viel Dreck verbarg.

»Stephanie Walter«, sagte sie, »Kripo Dresden.« Sie vermied es, ihm die Hand zu reichen.

Ivo Bukasz imitierte den Erschrockenen. »Bin ich jetzt verhaftet?«, fragte er. »Oder Hardi etwa?«

»Soweit ich weiß, liegt gegen Sie beide nichts vor«, entgegnete Stephanie, wobei sie ihn süßlich anlächelte. »Oder möchten Sie sich selbst anzeigen?« Sie merkte, wie Preuss neben ihr unruhig wurde.

»Ich glaube, viele Männer würden sich gern von Ihnen festnehmen lassen«, sagte Ivo Bukasz und setzte sich neben sie. Er griff nach ihrem Glas und schnupperte daran. »Gin Tonic!«, rief er. »Lady haben Geschmack!«

Bukasz wandte sich an den Gorilla. »Bring uns zwei Gin Tonic, Miro, aber spezial! Und ein Wasser für meinen Freund Hardi!«

Der Gorilla machte sich wortlos auf den Weg zur Bar.

Stephanie wollte sich erheben, wurde jedoch von Ivo Bukasz mit sanftem Druck auf ihre linke Schulter daran gehindert. »Bleiben Sie doch«, sagte der Tscheche lächelnd. »Feiern mit uns!«

»Herr Bukasz ist einer meiner Lieferanten«, sagte Preuss in dem Bemühen, die peinliche Situation zu entspannen.

»Von Anfang an ich verkaufe Eberhard gute tschechische Bier«, sagte Bukasz. Er beugte sich zu Preuss hinüber, um ihm freundschaftlich aufs Knie zu klopfen.

»Und da brauchen Sie einen Bodyguard?«

»Grenzgebiet zu Tschechei manchmal sehr gefährlich, vor allem wenn mit Geld unterwegs. Kunden zahlen bar.«

Eine junge Kellnerin kam mit einem Tablett an den Tisch und servierte die beiden Longdrinks und das Mineralwasser.

»Cheers!«, rief Bukasz.

»Das wäre wirklich nicht nötig gewesen«, sagte Stephanie, »zum Wohl!« Sie nippte am Gin Tonic. Er schmeckte fast wie der erste, nur dass diesmal eine Zitronenscheibe im Glas schwamm. Danach nahm sie ihr Glas und erhob sich. »Ich will Sie nicht länger stören, bestimmt haben Sie noch etwas zu besprechen. Und ich habe heute schließlich meinen freien Abend! Auf Wiedersehen, Herr Bukasz. Danke für den Gin Tonic! Herr Preuss, wir sehen uns am Montag.«

»Natürlich«, sagte Preuss, »es war nett, Sie kennenzulernen.«

Auf dem Weg in Richtung Tanzfläche wunderte sie sich, mit was für einem Gesocks Preuss verkehrte. Und der sollte regelmäßig in die Oper gehen? Die beiden Tschechen waren alles andere als seine Geschäftsfreunde. Sie hatte sein Unbehagen förmlich riechen können, und deshalb würde sie diesen Ivo Bukasz bei nächster Gelegenheit durch die Datenbanken des BKA jagen.

Stephanie Walter stellte sich wieder neben den Bassturm. Die Musik gefiel ihr, doch plötzlich fragte sie sich, ob ihr Verhalten eigentlich professionell gewesen war. Schnell trank sie ihr Glas aus und wollte gerade zum Ausgang, als sie unvermittelt mit aller Macht den Alkohol spürte. Dieser Gin Tonic hatte es wirklich in sich. Ihr fiel ein, dass Bukasz »spezial« bestellt hatte. Auf einmal wurde die Musik lauter, die tanzenden Menschen verschwammen zu einer wabernden Masse, und sie fühlte sich wie auf einem schwankenden Schiff. Das Glas fiel ihr aus der Hand, und sie musste sich anlehnen. Eine Stimme neben ihr sagte: »Die Alte ist ja total breit.«

Stephanie kicherte. Ihr wurde warm und in ihrem Kopf rauschte es merkwürdig. Als sie antworten wollte, kam nichts als ein Lallen heraus, dabei waren ihre Gedanken klar. Auch ihre Füße wollten ihr nicht gehorchen. Sie knickte weg, stolperte und wäre beinahe hingefallen. Aber da war zum Glück jemand, der sie auffing.

»Vielen Dank!«, sagte sie, schlang die Arme um den Hals des Unbekannten und schmiegte sich an seine Brust. »Sie sind mein Ritter!«, rief sie. Er trug eine Lederjacke. Ein paar Leute lachten, es drang dumpf zu ihr, wie aus weiter Ferne. Dann verschwand die Musik, und sie tauchte in Dunkelheit ein. Sie merkte, dass sie eine Treppe – oder mehrere? – hinuntergeschleift wurde. Es roch säuerlich und nach Hefe.

»Wo bringst du mich hin?« Ihre Stimme klang kleinmädchenhaft, ihre Zunge fühlte sich an wie ein Waschlappen, viel zu groß für ihren Mund. Hier läuft etwas ganz und gar schief, dachte sie, doch es gelang ihr nicht, sich zu wehren. Irgendwann öffnete sich eine Tür, und mit einem Mal wurde es hell. Sie lag jetzt auf einer harten Unterlage und starrte in gleißendes Neonlicht. Stephanie kniff die Augen zusammen, das Einzige, was sie noch wahrnahm, war die Kontur eines Mannes, der sich über sie beugte und ihren Oberkörper festhielt, während jemand anderer ihr die Schuhe abstreifte und die Jeans auszog. Sie war damit überhaupt nicht einverstanden, aber dann wiederum war es ihr auch egal.

»Was machst du denn da, Ivo?«, fragte Preuss entsetzt. »Die Frau ist Polizistin. Und hier unten schlafen meine beiden rumänischen Spüler.«

Sie hatten Stephanie Walter GBL verabreicht – die synthetisch hergestellte Flüssigkeit Gamma-Butyro-1,4-Lacton, die sich im Körper rasch zu Gamma-Hydroxybuttersäure umwandelt. Der körpereigene Botenstoff regelt im Gehirn unter anderem das Wachstum, was GHB schon seit den 90ern vor allem in der Bodybuilderszene beliebt gemacht hatte. In der Medizin wird es gegen Depressionen und in höherer Dosierung als Narkotikum eingesetzt, doch es lässt sich nur schwer dosieren und macht rasch süchtig. Drei Milliliter der in einschlägigen Kreisen auch als K.-o-Tropfen gehandelten Droge hatten genügt, um die Kommissaranwärterin Stephanie Walter willenlos zu machen. Sie spürte kaum, dass man ihr Arme und Beine mit Kabelbindern fesselte.

»Wieso du hast geredet mit ihr, Idiot«, entgegnete Ivo Bukasz und erhob sich. »Was ich habe dir gesagt? Keine Polizei!«

Preuss hob abwehrend die Hände. »Was sollte ich denn tun? Die Bullen haben mich wegen der Toten im Wald auf dem Schirm.«

Bukasz glotzte ihn verständnislos an.

»Neulich im Café, die in der Zeitung …«

Der Tscheche kapierte endlich. »Du gesagt, hast sie nur ein paarmal gesehen!«

»Ja, in der Oper. Aber du hast mir ja nicht zugehört. Ich wollte …«

Ivo hob die Hand, und Preuss verstummte augenblicklich.

»Lass mich nachdenken«, sagte der Tscheche. Dann wandte er sich an seinen Bodyguard und gab ihm Anweisungen. Er zog ein Butterfly aus der Hosentasche und schnitt die Kabelbinder durch. Stephanie Walter reagierte kaum.

»Was hast du vor, Ivo?«, fragte Preuss.

»Wir sie bringen zu dir. In deine Wohnung.«

11

Bevor Robert an die gebogene Startlinie herantrat, hüpfte er ein paarmal federnd auf der Tartanbahn auf und ab. Warum tue ich mir das eigentlich an? Warum habe ich mich nur zu diesem Schwachsinn überreden lassen? Vor ihm lagen 800 Meter gegen sehr starke Gegner aus vier Nationen, zwei brutale Runden ums Oval, die etwa 600 Meter lang möglichst gleichmäßig gelaufen werden mussten, bevor dann am Ende die Post abgehen würde.

Nach menschlichem Ermessen würde er als Letzter das Ziel erreichen. Er hatte miserabel geschlafen, denn in dem Doppelzimmer in dem billigen Hotel neben der Autobahn A3, das er sich mit einem seiner Mannschaftskameraden teilen musste, war es laut und sein Bett auch noch zu kurz gewesen. Immerhin herrschte »sein« Laufwetter, knapp 20 Grad und kein Wind. Und er hatte Wut im Bauch, wegen Maria, die ihn die lange Busfahrt über nicht ein einziges Mal angeschaut hatte. Auch beim gemeinsamen Abendessen und beim Frühstück hatte sie peinlich genau darauf geachtet, ja nicht in seine Nähe zu kommen.

Der Starter hob die Pistole.

Robert beugte sich nach vorn. Jetzt gab es kein Zurück mehr. Natürlich könnte er nach 100 Metern eine Verletzung vortäuschen, eine Zerrung im Oberschenkel oder in der Wade, doch es glomm doch noch so etwas wie ein Fünkchen Stolz in ihm, und das verbot ihm zu kneifen.

Er selbst war davon am meisten überrascht.

Der Schuss knallte. Er kam gut vom Start weg. Die ersten 100 Meter wurden in den eigenen Bahnen gelaufen, erst dann durften die Athleten auf die Innenbahn wechseln. Für ihn kam es jetzt darauf an, nicht eingekesselt zu werden. Im Pulk bestand immer die Gefahr, einen Spike in die Ferse zu kriegen oder einen Ellenbogencheck in die Rippen – irgendwie aus dem Tritt zu geraten. Deshalb versuchte er, ein Rennen von der Spitze aus zu kontrollieren. Aber er war sich nicht sicher, ob seine Form dafür ausreichen würde. Nach 250 Metern fand er sich wundersamerweise auf Platz vier wieder. Er lief auf der zweiten Innenbahn, total locker, und er nahm extra den etwas längeren Weg, um freier laufen zu können. Sein Atem ging gleichmäßig.

Als die zweite und letzte Runde eingeläutet wurde, hörte er die Anfeuerungsrufe seiner Mannschaft und der Begleiter von der Tribüne. Sie riefen seinen Namen. Das Feld war nach wie vor dicht zusammen, und auf einmal dachte Robert, dass er das »Wunder von Leverkusen« schaffen könnte. Am Ausgang der vorletzten Kurve zog er deshalb das Tempo an und setzte sich mutig an die Spitze des Feldes. Er brachte schnell drei, vier Meter zwischen sich und die Konkurrenz. Seine Oberschenkel fingen an zu brennen, aber Robert ließ sich von den Schmerzen nicht beirren und legte noch eine Schippe drauf. 200 Meter vor dem Ziel besaß er einen Vorsprung von zehn Metern, doch jetzt brannten auch seine Lungen. Es waren noch 100 Meter. Noch 90 Meter, noch 80. Er spürte, dass seine Konkurrenten von hinten heranflogen, während er kein Körnchen Kraft mehr hatte. Die Schmerzen in den Oberschenkeln waren kaum auszuhalten. Im nächsten Moment hatten sie ihn. Sie sprinteten an ihm vorbei, aber zu seiner großen Überraschung waren es nur zwei Läufer – und dann taumelte er auch schon als Dritter über die Ziellinie, eine Zehntelsekunde vor dem Viertplatzierten. Robert stolperte noch einige Schritte und ließ sich ins Gras unter der Tribüne fallen, wo er sich auf Knien übergab, danach auf den Rücken rollte und schließlich platt wie eine Flunder liegen blieb, alle viere von sich gestreckt.

»Wahnsinn, Robert, unter 1:50 Minuten!«, rief eine Stimme. Bettina kam aufgeregt hüpfend angelaufen.

Das kann nicht sein, dachte Robert. Niemand verbessert seine persönliche Bestleistung um mehr als zwei Sekunden, wenn er kaum trainiert hat. Er setzte sich auf und streckte Bettina die Hand entgegen. Sie zog ihn hoch, strahlte ihn an.

»1:49,78 Minuten! Das ist genial, Robert!«, sagte sie und tupfte ihm mit einem kleinen Handtuch ein paar Tropfen Kotze aus den Mundwinkeln. Sie benahm sich wie eine Mutter. Robert fiel ihr um den Hals. Er zitterte vor Erschöpfung am ganzen Körper und atmete schwer.

Sie strich ihm übers Haar. »Ich bin so stolz auf dich, Robert«, flüsterte sie.

»Ich kapier das nicht«, stammelte er, »wieso bin ich Dritter geworden?«

»Weil du deinen ganzen verdammten scheiß Frust in diesen Lauf reingelegt hast. Das ist Psycho-Doping.« Bettina lachte.

Robert fing an zu schluchzen. Er konnte nicht anders.

*

Kurz vor Berlin hatte Lohmann das Band mit der Zeugenaussage Bernd Mandels zu Ende gehört. Dabei hatte er sich stichwortartig Notizen gemacht. Schubert döste vor sich hin, denn es war gestern spät geworden. Nach der Befragung waren sie mit dem Taxi von der Elbphilharmonie zu ihrem Hotel in der Nähe des Hamburger Hauptbahnhofs gefahren – der Spesensatz ließ eine Übernachtung in einem Fünfsternehaus leider nicht zu – und waren noch ein Bier trinken gegangen in einer verrauchten Kneipe im Stadtteil St. Georg. Beide Ermittler waren der übereinstimmenden Meinung, dass Bernd Mandel als Täter wohl eher nicht infrage kam. Er hatte auf beide einen absolut glaubwürdigen Eindruck gemacht. Außerdem hatte er sich von Schubert bereitwillig einen Abstrich von der Mundschleimhaut nehmen lassen.

Als der ICE den Berliner Hauptbahnhof wieder verließ, betrat eine Familie mit zwei Kindern ihr Abteil, sodass es mit der Ruhe vorbei war. Lohmann und Schubert flüchteten in den Bistrowagen. Schubert gab einen Kaffee aus. Lohmann hatte sein Notizbuch mitgenommen.

»Und?«, fragte Schubert, als er mit zwei Pappbechern vom Ausschank zurückkehrte. »Was denkst du?«

»Ich denke, dass Elisabeth Miederson gelinde gesagt ein gerissenes Luder gewesen ist«, sagte Lohmann.

Schubert nickte nur.

»Ein Psychologe hätte keine Freude an ihr gehabt.« Lohmann blätterte in seinen Notizen. »Ihre Gefühle für Bernd Mandel schienen allerdings echt zu sein. Jedenfalls hat sie sich ihm gegenüber offen wie ein Buch präsentiert. Der Dauerstreit mit ihren beiden Schwestern, ihre unglückliche Ehe mit Wolfgang Miederson …«

»… nicht zu vergessen die unbewiesene Vergewaltigung durch ihren Schwager William Douglas«, warf Schubert ein. »Sie hat ihm wirklich alles erzählt.«

»Für mich hat es sich angehört, als habe Elisabeth Miederson reinen Tisch machen wollen. Als ob sie ihn vor sich selbst warnen wollte.«

»Interessante Theorie«, sagte Schubert. »Aber vielleicht auch eine durchtriebene Art, ihn als ihren Retter zu gewinnen.«

Lohmann nippte vorsichtig an seinem brühheißen Kaffee und verbrannte sich trotzdem den Mund. »Bernd Mandel, der edle Ritter. Wäre auch denkbar«, sagte er. »Aber wie geht es weiter, wenn er als Täter ausscheidet?«

»Dazu müssen wir wissen, was unsere Kollegen inzwischen zusammengetragen haben.«

»Dann freue ich mich auf ein ruhiges Wochenende«, entgegnete Lohmann. »Und was machst du?«

»Eine Motorradtour«, sagte Schubert.

»Fahr bloß vorsichtig«, sagte Lohmann ernst und sah aus dem Fenster. Wie immer musste er bei dem Wort »Motorrad« an seinen tödlich verunglückten Sohn denken.

*

Etwa um die gleiche Zeit entdeckte ein Förster im Mittleren Seidewitztal auf einem abgelegenen Parkplatz ein ausgebranntes Autowrack. Der Motorblock war noch lauwarm, die Nummernschilder fehlten. Die Hitzeentwicklung war so stark gewesen, dass der Waldboden in einem Umkreis von gut zehn Metern verkohlt war. Der Förster erkannte, dass es sich um eine Limousine des Typs Audi A6 handelte. Er informierte über den Notruf Polizei und Feuerwehr. Daraufhin rückte die Freiwillige Feuerwehr Liebstadt aus, die etwa zehn Minuten vor einem Streifenwagen der Polizei aus Pirna eintraf. Der Wehrleiter überzeugte sich davon, dass sich keine menschlichen Überreste im Wrack befanden. Dabei stellte er fest, dass die Fahrgestellnummer noch lesbar war. Die Streifenwagenbesatzung konnte daher sofort eine konkrete Anfrage stellen, die kurze Zeit später von der Großleitstelle Dresden positiv beantwortet wurde: Der Halter des Wagens, ein gewisser Hans-Joachim Schröter aus Dresden, hatte den Diebstahl selbst angezeigt. Eine halbe Stunde später kam ein Abschleppwagen und verfrachtete den ausgebrannten Audi auf die Ladefläche, um ihn ins Kriminaltechnische Institut in Dresden zu bringen.

Als die Feuerwehr und der Abschleppwagen weg waren, untersuchten die Streifenbeamten routinemäßig den Waldboden. Dabei fielen ihnen mehrere frische Reifenspuren auf. Drei davon konnten sie jeweils einem der Einsatzfahrzeuge zuordnen – der Feuerwehr, dem Abschleppwagen, ihrem eigenen Streifenwagen –, die vierte gehörte zu dem ausgebrannten Audi. Bei der fünften Reifenspur handelte es sich aufgrund der Reifenbreite wohl um einen Kleinwagen, der auf den Parkplatz gefahren war, dort gewendet und in sicherem Abstand zum Brandherd geparkt hatte. Die beiden Polizisten entdeckten auch zwei Zigarettenkippen. Es waren besonders schlanke, reinweiße Zigaretten, an deren Filtern die Reste von Lippenstift hafteten. Am Steuer des Kleinwagens hatte also vermutlich eine Frau gesessen. Sie hatte geraucht, während jemand den Audi in Brand gesteckt hatte. Dann war sie über die zweite Ausfahrt des Parkplatzes zurück auf den Waldweg gefahren, der nach etwa 600 Metern in die Staatsstraße S 176 mündete. Die Polizisten setzten sich daraufhin erneut mit der Großleitstelle in Dresden in Verbindung und forderten Unterstützung durch den Erkennungsdienst.

*

Brigitte Schröter schien nicht verwundert zu sein, als sie die Haustür öffnete und Nicole Weinert erblickte.

»Bist du allein?«, fragte ihre Freundin.

»Hajo ist in Berlin beim Apothekerverband. Und Robert hat einen Wettkampf in Leverkusen«, antwortete Brigitte Schröter. »Warum fragst du?«

»Weil wir reden müssen.«

»Du hast dich ziemlich rargemacht«, sagte Brigitte eine Spur zu kühl. »Was hast du denn auf dem Herzen?«

»Es geht um Robert«, sagte Nicole und trat ein.

Brigitte schloss die Haustür. »Komm mit in die Küche. Ich bin gerade vom Markt zurück. Kaffee?«

»Du weißt doch, dass ich nur Tee trinke«, entgegnete Nicole.

»Und Sekt. Am liebsten französischen Crémant im Bett, nicht wahr? Den kannst du auch haben.«

Der Punkt geht an dich, dachte Nicole, sagte jedoch: »Dafür ist es noch ein wenig zu früh«, und nahm ungefragt auf einem der Barhocker am Tresen Platz. Die Schröters schienen Gäste zu erwarten. Neben dem vollen Einkaufskorb standen drei große Leinenbeutel, außerdem vier Kisten Wein.

Brigitte öffnete den übermannshohen Kühlschrank. »Wollen wir gleich zur Sache kommen?«, fragte sie. Sie griff nach dem Einkaufskorb mit dem frischen Marktgemüse und begann mit dem Einräumen. »Robert hat mir alles erzählt.«

»Er ist vollkommen durcheinander«, sagte Nicole.

»Wundert dich das? Wie konntest du das tun? Deinen Nachhilfeschüler zu verführen, meinen Sohn?« Sie sprach ganz ruhig, jedoch ohne Nicole anzusehen. Stattdessen warf sie einen prüfenden Blick auf die Tomaten, bevor sie sie im Gemüsefach des Kühlschranks verstaute.

»Vielleicht war es ja auch andersherum. Robert wusste schon immer ganz genau, was er wollte.«

»Das ist unerheblich. Einen noch unfertigen Menschen in so eine Sache hineinzuziehen, ist in höchstem Maße egoistisch. Deine Zukunft als Lehrerin ist deine Sache, aber …«

»Robert und unfertig?«, sagte Nicole Weinert. »Deine Schwester …«

Jetzt wandte sich Brigitte um. »Lass Elisabeth aus dem Spiel, Nicole.«

»Drohst du mir etwa?«

Brigitte schüttelte den Kopf. Sie legte Zucchini, Auberginen und rote Paprika ins Gemüsefach und schloss den Kühlschrank. »Warum sollte ich?«

»Weil Robert deine Schwester umgebracht hat.«

Brigitte sah ihre Mieterin spöttisch an.

»Aus Eifersucht. Du weißt selbst am besten, wie impulsiv Robert sein kann«, fügte Nicole Weinert hinzu.

»Robert wäre dazu niemals imstande. Dafür ist er viel zu weich.«

»Vielleicht war es ja auch dein Mann! Robert hat mir erzählt, er habe Hajo in Elisabeths Haus hineingehen und auch wieder herauskommen sehen.«

Sie wartete Brigittes Reaktion auf ihre Lüge ab, die mit an Sicherheit grenzender Wahrscheinlichkeit keine war. Robert hatte zwar geschwiegen, als sie Genaueres wissen wollte, aber sein bemühtes Schweigen war wie ein Schuldeingeständnis gewesen. Doch seine Mutter schwieg ebenso.

»Es könnte sich natürlich genauso gut um eine Schutzbehauptung handeln, nicht wahr?«, sagte sie deshalb.

»Du hast eine blühende Fantasie, Nicole.« Brigitte holte ihre Zigaretten heraus und steckte sich eine an. »Also, was willst du?«

»Benehmen wir uns doch zur Abwechslung mal wie Erwachsene.« Sie holte tief Luft und lächelte. »Ich bin schwanger. Dein Sohn wird Vater.«

Brigitte versuchte, sich ihren Schrecken nicht anmerken zu lassen. »Du erwartest hoffentlich nicht, dass ich dir dazu gratuliere«, sagte sie mühsam beherrscht. Mit einer solchen Nachricht hatte sie wirklich nicht gerechnet.

»Ich möchte das Kind behalten«, entgegnete Nicole Weinert.

»Und Robert damit seine Zukunft verbauen?«

»Ich liebe ihn, auch wenn du das nicht verstehen wirst.«

»Du liebst meinen Sohn? Du bist ja irre!« Brigitte war nun doch laut geworden.

Sie löschte ihre Zigarette unter dem Wasserhahn und warf die Kippe in den Mülleimer. »Weiß Robert denn schon, dass du ihn heiraten willst?« Brigitte Schröter winkte ab. »Ein Anruf von mir in der Schulbehörde genügt, und du bist für immer diskreditiert. Du verlierst deinen Beamtenstatus und landest vielleicht sogar im Gefängnis.«

»Nicht so schnell, Brigitte, denn ein Anruf von *mir* bei der Polizei würde ebenfalls genügen, und ihr würdet alles verlieren«, entgegnete Nicole. »Ich müsste nur sagen, ich hätte mich geirrt. Dann würde alles auffliegen, und dein Mann oder Robert würde in den Knast wandern. Vielleicht beide. Und wo warst du eigentlich in der Nacht, in der deine Schwester umgebracht wurde?«

Brigitte presste die Lippen zusammen. Sie überging die Frage. »Wie meinst du das, du hättest dich geirrt?«

»Oh, wie dumm von mir, das habe ich ganz vergessen zu erwähnen. Ich bekam gestern Besuch von einer netten Kriminalbeamtin …« Sie machte eine Kunstpause. »Es war natürlich recht unangenehm, als man mich aus dem Lehrerzimmer ins Schulsekretariat zitierte.«

»Komm endlich zur Sache!«

»Ich habe für deinen Sohn gelogen, Brigitte. Ich habe dieser Riekhof genau das erzählt, was ich mit Robert abgesprochen hatte: dass er gegen 22.30 Uhr bei strömendem Regen vor meiner Tür stand, weil er seinen

Schlüssel in der Stadt verloren hatte, ihr nicht zu Hause wart, Elisabeth nicht geöffnet hat und Monika und William im Urlaub waren. Und da wir über den Opernstammtisch miteinander befreundet sind, hat er eben bei mir auf der Couch übernachtet. Ziemlich betrunken war er auch.«

»Und das hat sie dir abgenommen?«

»Es war ja fast die Wahrheit. Und doch nennt man so was Falschaussage. Im schlimmsten Fall könnte man mir das Verschleiern oder die Begünstigung einer Straftat vorwerfen – eines Kapitalverbrechens.«

Brigitte schloss die Augen.

»Sieh mich an, Brigitte«, fuhr Nicole mit sanfter Stimme fort. »Bei euch ist in letzter Zeit einiges schiefgelaufen, und Robert hat einfach nur eine Bezugsperson gesucht, der er sich anvertrauen konnte.«

»Nicole, ich bin Ärztin«, sagte Brigitte Schröter eindringlich. »Ich kann das für dich arrangieren – in unserem Krankenhaus. Niemand würde etwas davon erfahren.«

»So oder so soll niemand irgendwas erfahren. Das muss dir doch klar sein. Vor allem Robert darf niemals wissen, dass er mich geschwängert hat.«

»Und wie soll das funktionieren, wenn du das Kind behalten willst?«

Nicole ließ den Kopf sinken. »Ich werde ein Sabbatical nehmen, gehe in den Mutterschutz und werde meine Versetzung beantragen – aus familiären Gründen.«

»Einfach so? Ich denke, du liebst Robert?«

»Lieben heißt, loslassen zu können«, entgegnete Nicole Weinert, beinahe träumerisch.

»Ich glaube, dieser bescheuerte Satz steht in jeder Frauenzeitschrift.« Brigitte zündete sich eine weitere Zigarette an und stieß verächtlich den Rauch aus.

»Ich werde Dresden den Rücken kehren. Ich werde dich nie wieder belästigen. Allerdings ist das an gewisse Bedingungen geknüpft.« Nicoles Stimme war fest, und sie blickte ihr Gegenüber unerschrocken an.

»Jetzt verstehe ich«, sagte Brigitte. »Du hast das Ganze geplant. Kompliment.«

»Nein, da irrst du dich. Aber dennoch habe ich im Nachhinein alles minutiös aufgeschrieben und an meinen Rechtsanwalt geschickt. Sollte mir also was zustoßen, dann bricht euer Kartenhaus zusammen.«

Brigitte hatte längst erkannt, dass ihre Schwester Elisabeth im Vergleich zu Nicole Weinert ein Waisenkind gewesen war. »Sag schon, was es kostet, damit wir dein Gesicht nie wiedersehen müssen.«

*

Stephanie Walter schlug die Augen auf. Ihr Blick fiel auf eine Zimmerdecke, die in zartem Lindgrün gestrichen war. Sie kam ihr nicht bekannt vor. Ihre Nase juckte entsetzlich, aber sie konnte sich nicht kratzen, ihre Arme ließen sich nicht bewegen. Und ihre Beine auch nicht. Sie hob den Kopf und sah, dass sie an das Bett gefesselt war, auf dem sie lag. Im selben Moment setzten hämmernde Kopfschmerzen ein, und ihr wurde schlecht. Sie schaffte es gerade noch, sich zur Seite zu drehen, bevor sie sich in einem Schwall erbrach. Sie geriet in Panik, und der Würgereiz wollte einfach nicht aufhören.

Die Zimmertür ging auf, und ein groß gewachsener Mann trat ein. Er trug eine Sturmhaube über dem Kopf. Ein Blick aufs Bett, und er drehte sich um, rief etwas in einer Sprache, die sie nicht verstand. Dann kam er ans Kopfende des Bettes und durchschnitt den schwarzen Kabelbinder, mit dem Stephanie Walters linke Hand ans Bett gefesselt war. Der Gestank des Erbrochenen brannte scharf in ihrer Nase. Ein zweiter Mann, deutlich kleiner, betrat das Zimmer. Er hatte sich ebenfalls mit einer Sturmhaube vermummt und trug einen Wassereimer in der Hand sowie zwei Handtücher.

»Du dich waschen«, sagte er.

»Wie denn?«, fragte Walter.

»Geht schon«, sagte der Kleinere.

Der Größere der Männer entfernte mit ein paar Griffen die Decke, auf der Walter lag. Mit den beiden Handtüchern schaffte sie es, sich notdürftig zu säubern. Als sie fertig war, verließen die Männer wortlos den Raum.

Die Jalousien waren zugezogen, sodass Walter nicht hinaussehen konnte, aber sie hatte das unbestimmte Gefühl, dass sie sich in einem Hochhaus befand. Ihre Gedanken wurden trotz der elenden Kopfschmerzen rasch klarer. Die Männer hatten sie entführt. Aus dem »Numbers«, in der Nacht zuvor. Sicher waren K.-o.-Tropfen im Spiel gewesen. Um Hilfe zu schreien oder sich gegen ihre Fesseln aufzubäumen, würde ihr nichts nützen. Deshalb versuchte sie, cool zu bleiben.

»Ey!«, rief sie nach einer Weile. »Ich muss dringend aufs Klo.«

Wenige Augenblicke später kehrten die beiden Maskierten zurück. Während der Kleinere die drei verbliebenen Kabelbinder durchtrennte, zielte der andere mit einer Pistole auf sie. Sie erkannte eine 9-mm-Beretta mit Schalldämpfer.

»Wenn du fliehen, er legt dich um. Eine falsche Bewegung, er legt dich auch um. Verstanden?«

Walter nickte.

»Dann steh auf.«

Doch das Aufstehen war nicht so einfach. Sie zitterte, ihre Knie fühlten sich an wie aus Gummi, und sie kippte immer wieder zurück aufs Bett. Nach vier Versuchen hatte sie es geschafft. Der Größere zeigte ihr mit der Pistole die Richtung. Der Kleinere sagte: »Tür bleibt auf!«

Gegen den Türrahmen gestützt fragte sie: »Was soll das hier überhaupt? Sie machen einen Fehler. Wissen Sie nicht, dass ich Polizistin bin?«

»Spielt keine Rolle«, sagte der Kleinere. »Und jetzt geh pissen!«

Er gab ihr einen leichten Stoß, Stephanie Walter stolperte und fiel im Flur auf die Knie. Dennoch bemühte sie sich, so viele Einzelheiten ihres Gefängnisses wie möglich aufzunehmen. Die Wohnung war elegant, Parkett lag auf dem Boden, kein billiges Laminat, die Möbel hatten klare Linien. An den weiß getünchten Wänden hingen mehrere gerahmte Schwarz-Weiß-Fotografien; lauter nackte Körper, Männer und Frauen, leicht verfremdet. Die Wohnung hatte ein Schlafzimmer, gleich daneben befanden sich das Badezimmer und eine Gästetoilette. Der Flur ging am Ende offenbar in ein Wohnzimmer über. Der Kleinere griff ihr unter den rechten Arm, riss sie hoch, schob sie ins Gäste-WC und deutete auf den Toilettensitz.

Es gelang ihr, den Deckel hochzuklappen, ohne erneut umzufallen. Der Maskierte wandte ihr draußen den Rücken zu. Sie erleichterte sich und zog sich dann am Designer-Waschbecken hoch. Nachdem sie sich Gesicht und Hände mit kaltem Wasser gewaschen hatte, ging es ihr etwas besser. Das Toilettenfenster besaß eine Milchglasscheibe, es waren keine Konturen von Bäumen oder Gebäuden dahinter erkennbar. Der Mann warf ihre Kleidung auf die Fliesen.

»Anziehen!«, befahl er. Sie nickte dankbar, schlüpfte in ihre Jeans, zog sich das Top über den Kopf und streifte den dünnen Parka über, denn ihr war kalt. Die Taschen ihrer Jacke waren leer, Portemonnaie und ihr Mobiltelefon fehlten.

»Du sehr hübsch«, sagte der Mann beiläufig und musterte sie ungeniert von oben bis unten.

»Was?«, fragte Stephanie Walter entgeistert.

»Du was Besseres verdient als Polizei.«

»Was reden Sie da?«

Er lachte meckernd auf. »Jung, gute Figur, eine schöne Gesicht. Bringt viele Geld.«

»Machen Sie das immer so, die Frauen erst betäuben und dann verschleppen?«

Er sah sie mit ausdruckslosen Augen an. »Ja«, sagte er ruhig.

Walter unterdrückte die aufkeimende Angst und gab sich betont lässig, trotz ihres erbärmlichen Zustands. »Und das läuft, ja? Ist das übrigens die Wohnung von Herrn Preuss? Hat er Ihnen diesen Schwachsinn befohlen?«

Er zuckte mit den Schultern. »Hör auf mit Quatschen«, sagte er. »Mitkommen!«

»Sie müssen vollkommen verrückt sein. Die gesamte Dresdner Polizei sucht bereits nach mir.«

Sie dachte darüber nach, den Zwerg außer Gefecht zu setzen. Sie besaß schließlich den braunen Gürtel, war eine leidlich begabte Karateka und hatte darüber hinaus auf der Polizeischule alle Wing-Tsun-Kurse belegt. Ein blitzschneller Kick mit dem Fuß gegen seinen Kopf, ein Handkantenschlag gegen den Kehlkopf, ein Kniestoß in die Hoden. Aber realistisch betrachtet war sie für so eine Aktion zu wackelig auf den Beinen. Und dummerweise gab es da noch den zweiten maskierten Kerl, diesen massigen Fleischberg, der jetzt im Flur mit seiner Beretta herumfuchtelte. Stephanie Walter gab sich daher vorerst geschlagen.

Die beiden Männer brachten sie ins Wohnzimmer. Als sie an der offenen Badezimmertür vorbeistolperte, fiel ihr auf, dass der Raum bis zur Decke mit durchsichtiger Plastikfolie abgeklebt war. Das Wohnzimmer besaß großzügige Panoramascheiben, doch die hinuntergelassenen Außenjalousien ließen kein Licht hinein. Es herrschte diffuse Dunkelheit. Sie wurde grob zu Boden gestoßen und mit einer Handschelle an ein Heizungsrohr gefesselt. Sie wehrte sich nicht, weil sie fürchtete, geschlagen zu werden. Als sich ihre Augen an die spärlichen Lichtverhältnisse gewöhnt hatten, bemerkte sie, dass sich ein dritter Mann im Zimmer befand. Er saß ihr gegenüber auf einem weißen Ledersessel. Das Deckenlicht wurde angeknipst. Walter erstarrte. Sie kannte den Mann, der sie aus leeren Augen anstarrte. Er hatte ein Loch in der Stirn, knapp über der Nasenwurzel. Auf seinem Gesicht befand sich nur wenig getrocknetes Blut.

Sie brauchte ein paar Sekunden, um zu begreifen, dass der Tote Eberhard Preuss war.

Sie schloss entsetzt die Augen.

»Wir machen nicht Spaß«, sagte der Kleinere ungerührt.

Walter hielt die Augen geschlossen, um nicht hinsehen zu müssen.

Der Mann mit der Pistole stupste sie an und reichte ihr einen großen Becher mit Wasser.

»Trink das«, sagte der Kleinere.

Sie öffnete die Augen und nickte. Sie musste gehorchen, um diesen Albtraum zu überleben. Außerdem hatte sie stechenden Durst. Sie setzte den Becher an, der zu ihrer Erleichterung Mineralwasser enthielt. Dann klebte ihr der Kleinere ein Stück Gaffer Tape über den Mund.

Jetzt verlor sie doch die Nerven und fing an zu schluchzen. Mit gesenktem Kopf ließ sie es geschehen, dass man ihr den rechten Ärmel des Parkas hochschob. Sie sah nicht, wie der Kleine nach einer Spritze griff, die auf der Fensterbank lag. Er zog die Schutzkappe der Injektionsnadel mit den Zähnen ab, spuckte sie aus, packte ihre rechte Hand, streckte ihren Arm und stieß ihr die Nadel in eine der Venen. Dabei ging er äußerst routiniert vor. Walter zuckte zusammen, schrie kurz auf, dann war es auch schon wieder vorbei. Innerhalb weniger Minuten breitete sich eine wunderbare Wärme in ihrem Körper aus. Sie merkte, wie sie schläfrig wurde, und hatte keine Kraft, um gegen die Müdigkeit anzukämpfen. Nach etwa fünf Minuten war sie weggetreten und der Kleinere legte sie auf die Seite.

Die beiden Männer zogen zeitgleich die Masken hinunter. Der Kleinere kratzte sich am Kopf und deutete auf den toten Eberhard Preuss. »Lass uns diesen Idioten ins Bad bringen«, sagte er auf Tschechisch. »Wir müssen uns beeilen.«

*

Auf dem Weg vom Dresdner Hauptbahnhof zu seiner Wohnung kaufte Lohmann rasch ein paar Lebensmittel ein, wobei er am Spirituosenregal standhaft blieb. Er hielt sich zwar nicht für einen Alkoholabhängigen, aber er wusste, dass er das Potenzial dazu besaß. Zu Hause packte er die Lebensmittel aus, danach kam seine kleine Reisetasche dran. Er jagte eine Ladung Wäsche durch die Maschine, saugte lustlos Staub und putzte das Badezimmer, allerdings recht oberflächlich, wie er sich selbst gegenüber zugeben musste. In Augenblicken wie diesen dachte Lohmann jedes Mal daran, eine Putzfrau zu engagieren.

Seufzend machte er sich mit seiner Kolbenmaschine einen doppelten Espresso, genehmigte sich dann doch einen Grappa – aber nur einen ganz kleinen –, schob seine neue »La Bohème«-CD in den Player, die er vor der Reise nach Hamburg gekauft und sich von Bernd Mandel hatte signieren lassen. Doch als er in die Welt der Musik abtauchen wollte, kreisten zu viele Gedanken in seinem Kopf. Schon nach den ersten Tönen war Schluss. Lohmann schaltete die HiFi-Anlage aus, legte sich auf die Couch und nahm sich seine Notizen vor, die er während der Zugfahrt aufgeschrieben hatte:

B. M.: Glaubwürdige Einlassung. Echt betroffen. Liaison mit E. M. geheim gehalten wegen bevorstehender Scheidung von Ehefrau.
B. M. wörtlich: »Ihre Schwester wollte sich nach der Oper mit Elisabeth treffen. Warum, weiß ich nicht. Als Elisabeth am Abend wie vom Erdboden verschwunden war und ich sie auch die nächsten Tage nicht erreichen konnte, war ich völlig verzweifelt. Ich konnte mir das nicht erklären. Ich konnte mich auch an niemanden wenden, weil unsere Beziehung unbedingt noch geheim bleiben musste.«
FRAGE: Treffen BRIGITTE SCHRÖTER???
B. M. wörtlich zur versuchten (?) Vergewaltigung E. M.s durch ihren Schwager William Douglas: »Ja, sie hat mal so etwas erzählt, andeutungsweise. Sie wollte damit nicht mehr konfrontiert werden. Ihr wurde damals nicht geglaubt. Sie erwähnte einen Richter namens Müller, ein Mitglied des Opernstammtisches, der sich an einem Abend in unverschämter Weise geäußert haben soll: Erschreckend viele Vergewaltigungsanzeigen seien falsch, den angeblich betroffenen Frauen könne man so ohne Weiteres keinen Glauben schenken, worauf sich offenbar eine heftige Diskussion entwickelt hatte. Sie kannte ihn aus Prozessen, bei denen sie gedolmetscht hatte. Sie bezeichnete diesen Müller als unsympathisch, gefühlskalt und als karrieregeiles Arschloch.«
FRAGE: RICHTER MÜLLER – ALIBI – MOTIV?

(unwahrscheinlich)
FRAGE: SEBASTIAN BERGNER – ALIBI – MOTIV?
(wahrscheinlicher)
ACHTUNG: ANNE LEITNER (ASSISTENTIN VON BERGNER) BEFRAGEN ZU MOSKAU / BERGNER – E. M. EIFERSUCHT??? STAMMTISCH??? WAS WEISS SIE?
HANS-JOACHIM SCHRÖTER: AUTO GESTOHLEN! ZUFALL???
(Vermutlich nicht) Stephi Walter!
ROBERT SCHRÖTER (Sohn)???
BRIGITTE SCHRÖTER (Mutter/Schwester) – laut B. M. wenige Aussagen über sie von Elisabeth, keine sehr innige Beziehung (nicht sehr interessant)
NICOLE WEINERT??? (eher uninteressant???)

Ein unangenehmes Summen drang an Lohmanns Ohr, zusammen mit dem Auftakt zu Tschaikowskys »1. Klavierkonzert«. Schlaftrunken tastete er nach seinem Mobiltelefon und nahm das Gespräch entgegen.

Kurt Brenner von der KTU war dran. »Mensch, Jürgen, hab ich dich etwa geweckt? Du klingst total verpennt.«

Lohmann musste sich orientieren. Eben war es noch taghell gewesen. »Wie viel Uhr ist es?«, fragte er.

»Halb neun«, sagte Brenner.

»Meine Güte«, entgegnete Lohmann, »ich habe tatsächlich den gesamten Samstagnachmittag verschlafen. Was gibt's denn Dringendes, Kurt?«

»Ich kann deine Kollegin Walter nicht erreichen. Sie wollte sofort informiert werden, wenn der gestohlene Wagen auftauchen sollte. Deshalb rufe ich bei dir an.«

Lohmann brauchte einen Moment, bis er sich an Hans-Joachim Schröters geklauten Audi erinnerte. »Bist du im KTI? Dann komme ich gleich vorbei«, sagte er.

»Wenn du sonst nichts vorhast, ich warte«, entgegnete Brenner und legte auf.

Eine knappe halbe Stunde später standen Lohmann und Brenner gemeinsam mit dem Brandursachenermittler Matthias Gretzschel in der zugigen Garage des Kriminaltechnischen Instituts und begutachteten die Reste des ausgebrannten Audi A6.

Gretzschel war zeitgleich mit Lohmann auf der Offiziershochschule des Ministeriums des Innern der DDR im Dresdener Stadtteil Wilder Mann gewesen. Bereits 1990, kurz nach der Wende, hatte er sich für diesen speziellen Zweig der Kriminalistik entschieden. Um das Autowrack herum lagen alle verbrannten, verglühten und geschmolzenen Gegenstände aus dem Inneren des Audi auf Plastikfolien.

»Auf jeden Fall wussten die Täter genau, wie sie vorgehen mussten«, sagte Gretzschel, »der Wagen fing an mehreren Stellen gleichzeitig Feuer.«

»Also Brandbeschleuniger«, sagte Lohmann.

Gretzschel nickte. »Superkraftstoff, der vielleicht aus diesem Kanister stammte.« Er deutete auf einen zusammengeschmolzenen Haufen Kunststoff. »Der Wagen ist übrigens ein Diesel. Man erkennt noch die Umrisse der Marke, ein klassischer blauer Reservekanister von ARAL.«

»Und die Nummernschilder hat er natürlich vorher abmontiert«, sinnierte Lohmann halblaut vor sich hin.

»Sieht ganz danach aus. Aber wieso ›er‹? Ich dachte, zwei Männer haben den Wagen geklaut?«

»Ich will dir nicht die Laune versauen«, mischte sich Brenner ein, »aber möglicherweise war das alles fingiert, um Beweise zu vernichten. Wenn unsere Tote aus dem Wald im Kofferraum dieses Autos in die Bühlauer Heide transportiert wurde, kann ich das leider nicht mehr nachweisen. Das Feuer hat sämtliche Spuren zerstört, wenn es überhaupt welche gegeben hat.«

»Und ich hatte mich schon gefragt, warum jemand den Halter eines Autos zusammenschlägt, um die 90.000 Euro dann abzufackeln«, sagte Gretzschel. »Diese Modelle finden doch in Osteuropa reißenden Absatz.«

»Vermutlich wollte Schröter Beweise vernichten oder seine Versicherung betrügen oder beides«, sagte Lohmann, der seine Enttäuschung kaum verbergen konnte.

»Ich hab dir die Akte vom Raubdezernat schon besorgt«, sagte Brenner.

»Kann ich sie mitnehmen?«

Brenner nickte. »Die Kollegen aus Pirna haben am Fundort eine weitere Reifenspur sichergestellt. Dabei handelt es sich anscheinend um einen Kleinwagen.«

Draußen an der frischen Luft schaute Lohmann auf seine Armbanduhr. Es war erst kurz vor zehn, und er nahm an, dass Stephanie Walter nichts dagegen hatte, wenn er sie um diese Zeit noch anrief. Aber ihr Mobiltelefon war ausgeschaltet. Er überlegte, was er mit dem angebrochenen Abend anfangen könnte. Er hatte weder Lust, nach

Hause zu gehen, noch wollte er sich an irgendeinen Tresen setzen. Blieb eigentlich nur das Präsidium. Sein Büro. Sein Schreibtisch, sein Reservat. Warum eigentlich nicht, dachte er. Außerdem hatte er eine Idee.

Ein paar Minuten später machte er sich bereits einen Espresso und nahm dann hinter seinem Schreibtisch Platz. Er wählte die Nummer der Schröters, ließ es klingeln. Erst nach dem achten Mal nahm jemand ab. Es war Brigitte Schröter. Lohmann entschuldigte sich für den Anruf zu so später Stunde. »Ist Ihr Mann zu sprechen?«

»Mein Mann ist nicht hier.«

»Könnte ich ihn telefonisch erreichen?«

»Herr Lohmann … Mein Mann und ich …«

Lohmann registrierte ihr hilfloses Stammeln. »Es geht um seinen Wagen«, sagte er ungerührt, »ich habe gute Nachrichten – oder schlechte, wenn man so will.«

»Was ist mit dem Auto meines Mannes? Hatte er etwa einen Unfall?« Brigitte Schröter klang aufgeregt.

»Der Audi wurde 20 Kilometer südlich von Dresden sichergestellt. Allerdings haben ihn die Diebe angezündet. Da ist nichts mehr zu reparieren.« Als es am anderen Ende der Leitung still blieb, setzte er hinzu: »Wie geht es übrigens Ihrem Mann?«

Brigitte Schröters Stimme war leise, als sie antwortete: »Ich kann Ihnen diese Frage nicht beantworten. Mein Mann und ich – wir haben uns getrennt.«

»Das tut mir leid«, sagte Lohmann. »Es war viel, was da in den letzten Wochen auf Sie eingestürmt ist.«

Brigitte Schröter seufzte. Lohmann schwieg.

»Es ist nichts Endgültiges. Eine Auszeit, wenn Sie so wollen«, sagte sie schließlich.

Lohmann blätterte die Akte des Raubdezernats auf, aus der ihm ein ziemlich lädiertes Gesicht entgegenblickte. »Dann wissen Sie also noch nichts von dem Überfall auf Ihren Mann vor seiner Apotheke. Es besteht kein Grund zur Sorge, Frau Schröter. Ihr Mann hat nur oberflächliche Verletzungen davongetragen. Es hat sich offenbar um zwei Täter gehandelt, vermutlich Russen. Sie haben die Herausgabe seiner Autoschlüssel erpresst. Ihr Mann selbst hat Anzeige erstattet.«

»Hat er sich gewehrt?«, fragte Brigitte Schröter besorgt. »Er kann manchmal so aufbrausend sein.«

»Es sieht nicht so aus«, sagte Lohmann, »und manchmal ist es auch besser, einfach zurückzustecken. Der Wagen war ja versichert.«

Wieder blieb es einen Moment lang still in der Leitung.

»Also, wenn Sie meinem Mann Bescheid sagen möchten«, sagte Brigitte Schröter zögerlich, »er wohnt in seinem Appartement über der Apotheke hier in Dresden. Soll ich Ihnen seine Telefonnummern geben?«

»Und für alle Fälle auch die Adresse, bitte. Ich schreibe gleich mit«, entgegnete Lohmann. »Eine letzte Frage hätte ich noch«, sagte er dann beiläufig, nachdem er alles notiert hatte.

»Bitte, nur zu«, sagte Brigitte Schröter.

»Ein Zeuge hat ausgesagt, dass Sie Ihre Schwester in der Tatnacht noch treffen wollten.«

»Natürlich«, sagte sie, »am Stammtisch, wie immer nach der Oper.«

»Also nicht bei Ihrer Schwester zu Hause?«

»Das hatte ich Ihnen doch schon beim letzten Mal

erzählt. Elisabeth ist gleich nach der Aufführung in ein Taxi gestiegen.«

»Stimmt, das hatte ich vergessen. Entschuldigung!«, schwindelte Lohmann.

»Wer war dieser Zeuge überhaupt?«, kam es aus dem Hörer.

»Das darf ich Ihnen leider nicht sagen.«

»Kein Problem, Herr Lohmann!«, entgegnete Brigitte Schröter und legte auf.

*

»Warum gehst du mir aus dem Weg?«

Langsam drehte Robert sich um. Ohne eine Aufforderung abzuwarten, nahm Maria neben ihm Platz. In dem griechischen Lokal waren zwei lange Tische für die Leichtathletikmannschaft des Dresdner Sportclubs reserviert. Zu feiern gab es nicht viel, denn die Mannschaft hatte mit dem fünften Platz in der Gesamtwertung ein unerwartet schlechtes Ergebnis hingelegt. Aber wenigstens das Essen auf Vereinskosten war hervorragend gewesen: Erst hatte man ihnen köstliche Meze serviert, denen ein wunderbares Stifado gefolgt war.

»Ich gehe dir aus dem Weg?«, fragte Robert entgeistert. »Was soll das werden, verkehrte Welt, oder was? Du hast doch jetzt Carlos.«

Maria lächelte. »Ich dachte, wir wären gute Freunde« Sie nahm seine Hand. Er ließ es verwundert geschehen, dann zog er die Hand fort.

»Was soll das?« Er winkte nach der Kellnerin und bestellte sich einen Ouzo und ein weiteres Hefeweizen.

»Ein wirklicher Gentleman«, sagte Maria.

»Also gut, was willst du trinken?«

»Auch einen Ouzo!«, sagte sie fröhlich.

Als die Kellnerin verschwunden war, sagte Maria: »Wollen wir uns draußen einen Moment unterhalten?«

»Und dann?«, fragte Robert mürrisch. Er betrachtete sie prüfend. Natürlich mochte er ihr schönes, ebenmäßiges Gesicht, das immer freundlich wirkte, ihren hellbraunen Teint, ihre großen dunkelbraunen Augen, ihr dichtes, lockiges schwarzes Haar, das sie am liebsten offen trug. Aber er hatte es mit ihr versiebt, und eigentlich hatte seine ganze Misere damit erst richtig angefangen.

Die Kellnerin brachte die beiden Ouzos und Roberts Bier.

»Runter damit.« Maria lachte.

Robert sah verstohlen zu Bettina hinüber, die wissend in sich hineinlächelte.

Dann erhob sich Maria und nahm wieder seine Hand. Einige seiner Mannschaftskameraden grölten lautstark zustimmend.

»Vergiss es, Robert!«, rief eine Stimme. »Nach den 800 Metern und der Staffel heute hast du sowieso keine Power mehr!«

Robert beschloss, gute Miene zum bösen Spiel zu machen, trank sein Hefeweizen im Stehen aus und folgte Maria unter Gejohle hinaus auf die Terrasse des Restaurants, wo ein paar der unverbesserlichen Raucher zusammengluckten.

»Idioten!«, murmelte er.

»Lass sie doch quatschen«, sagte Maria und führte

ihn in die hinterste Ecke der Terrasse, wo kein Lichtstrahl mehr hinfiel.

»Maria, ich ... ich hab damals einen Fehler gemacht«, sagte er.

»Vielleicht hast du das tatsächlich«, antwortete Maria, zog ihn zu sich heran und küsste ihn auf den Mund. Er fühlte ihre Zungenspitze, die sich zwischen seine Lippen drängte, und erwiderte den Kuss, auch wenn er nicht verstand, was hier vor sich ging. Maria presste sich an ihn, nahm seine Hand und legte sie auf ihren Venushügel. Er spürte, dass sie unter ihren Khakishorts keinen Slip trug. Im nächsten Moment fühlte er ihre Hand in seinem Schritt. Unvermittelt unterbrach sie ihren drängenden Kuss und sah ihn ernst an. »Ich glaube, ich möchte dir verzeihen«, flüsterte sie. »Obwohl man kalten Kaffee eigentlich nicht aufwärmen soll.«

»Scheiß drauf!«, flüsterte er und küsste sie. Dabei strich er mit dem Mittelfinger zwischen ihren Schamlippen hin und her.

»Nicht hier«, sagte Maria leise und löste sich aus der Umarmung.

»In unsere Unterkunft können wir auch nicht«, sagte Robert.

»Hast du Geld dabei?«, fragte Maria. »Wir könnten in ein Hotel gehen.«

Robert dachte an die 200 Euro, die ihm seine Mutter zugesteckt hatte. Fürs Wochenende, hatte sie gesagt.

»Ja, hab ich«, entgegnete er. »Weißt du, wo hier ein Hotel ist?«

Sie deutete die Straße hinunter. »Dahinten sind gleich zwei, wir sind gestern daran vorbeigefahren.«

Fünf Minuten später checkten sie in einem Motel One ein. Sie füllten die Meldescheine aus, Robert legte einen Hunderter auf die Rezeption und erhielt 21 Euro Wechselgeld zurück. Der Rezeptionist stellte nicht einmal dumme Fragen, obwohl die Gäste gar kein Gepäck dabeihatten.

Dann fuhren Maria und Robert mit dem Lift in den zweiten Stock, betraten das Zimmer 234, rissen sich die Kleidung vom Körper, kaum dass er das »Bitte nicht stören«-Schild außen an den Türknauf gehängt hatte, und gingen unter die Dusche. Robert wusste zwar noch immer nicht, wie ihm geschah, aber er war längst der Meinung, dass es sich um enorm erfolgreiche Leichtathletikwettkämpfe handelte. Als Maria ihm unter der laufenden Dusche den Rücken zukehrte, hörte er auf zu denken und drang voller Genuss von hinten in sie ein.

*

Die Hauptstraße führt vom Reiterstandbild Goldener Reiter etwa 800 Meter lang zum Jorge-Gomondai-Platz und ist die Flaniermeile der Inneren Neustadt. Lohmann genoss den Spaziergang über den breiten, von Platanen gesäumten Boulevard, auf dem zu dieser späten Stunde nur wenige Passanten unterwegs waren. Es herrschten angenehme 18 Grad, die frische Luft tat ihm gut. Schröters Schwanen-Apotheke befand sich an der Ecke zum Obergraben. Er blieb vor den Schaufenstern stehen, wobei ihm siedend heiß einfiel, dass er seinen letzten Vorsorgetermin beim Hausarzt verpasst hatte. Am Hauseingang neben der Apotheke zückte er sein

Mobiltelefon und schaltete die Taschenlampe ein. Auf einem der Klingelschilder stand kein Name, und Lohmann vermutete, dass es sich dabei um Schröters Appartement handelte. Er blickte an der Hausfassade hoch, nirgendwo brannte Licht.

Lohmann verwarf seinen Plan, unangekündigt bei Schröter zu klingeln, und ging stattdessen neugierig um die Ecke in den Obergraben. Der Parkstreifen auf der rechten Straßenseite war voller Autos. Ein Schild wies einen Parkplatz als für die Apotheke reserviert aus, darauf parkte ein ferrariroter Fiat 500. Hatte Brenner nicht etwas von einem Kleinwagen gesagt? Es könnte natürlich ein Zufall sein, dachte Lohmann, aber es war keiner.

Er zog das Telefon aus der Jackentasche, rief die Bereitschaft an und bat den diensthabenden Beamten um eine Halterabfrage. Wenige Augenblicke später wusste Lohmann nicht nur, dass der Fiat auf Anne Leitner zugelassen war, er wusste auch, dass er heute Nacht ruhiger schlafen würde.

12

Am nächsten Morgen meldete sich Stephanie Walter immer noch nicht. Lohmann hatte es, Sonntag hin oder her, seit 7 Uhr alle 15 Minuten bei ihr klingeln lassen, aber stets nur die stoische Ansage zu hören bekommen, dass er eine Nachricht für den Teilnehmer hinterlassen sollte. Er kannte die junge Kommissaranwärterin noch nicht sehr lange, aber er spürte, dass sie für ihren Beruf brannte.

Inzwischen war es kurz vor zehn, und Lohmann hatte mithilfe des Internets die Standorte der etwa 20 ARAL-Tankstellen in Dresden ausfindig gemacht und ausgedruckt. Ein Schuss ins Blaue, Stochern im Nebel, ja, aber es waren meistens Kleinigkeiten und Nachlässigkeiten, gepaart mit Bequemlichkeit und fehlendem strategischen Denken, womit sich vor allem die Täter überführen ließen, die sich für besonders schlau hielten.

Für Lohmann stand es außer Frage, dass Schröter in den Mordfall Miederson verstrickt war. Er ging davon aus, dass der Apotheker die Leiche von Elisabeth Miederson in seinem Wagen abtransportiert hatte. Warum sonst hätte Schröter seinen Audi auf so brachiale Weise entsorgen sollen? Lohmann hielt ihn für schlau, aber auch für verschlagen. Folglich musste Schröter den Überfall auf sich selbst fingiert haben, um den Verlust seines Autos schlüssig erklären zu können. Ein paar halbherzig ausgeführte Faustschläge ließen sich allemal besser aushalten als 20 Jahre Gefängnis.

Schröter oder Anne Leitner hatten also an einer Tankstelle fünf Liter Benzin gekauft, waren mit zwei Autos ins Mittlere Seidewitztal gefahren; Schröter hatte seinen Audi angezündet. Danach hatte ihn Anne Leitner in ihrem Fiat 500 zurück nach Dresden mitgenommen, wo er Anzeige erstattet hatte. Doch wenn Schröter tatsächlich derjenige war, der seine Schwägerin im Unterholz entsorgt hatte, dann war er auch der Tatverdächtige Nummer eins.

Lohmann wählte erneut Walters Telefonnummer. Das Ergebnis war dasselbe. Er sollte eine Nachricht hinterlassen. Er begann, sich ernsthaft Sorgen um seine junge Kollegin zu machen. Das war nicht normal. Da stimmte etwas nicht. Und es weckte gar keine guten Erinnerungen in ihm.

Minuten später holte Lohmann seine Sig Sauer aus der Schublade in der Küche, steckte sie in den Hüftholster, zog sich seine Schimanski-Jacke über und verließ die Wohnung. Er würde einmal mehr Überstunden anhäufen und hatte sich bei einigen Kolleginnen und Kollegen vermutlich unbeliebt gemacht, weil er die SoKo Elisabeth zum Sonntagsdienst zusammengetrommelt hatte. Als leitender Mordermittler durfte er das. Überdies war er sich im Klaren, dass er die sprichwörtliche Nadel im Heuhaufen alleine nicht finden würde.

*

»Wann fährt unser Bus?«, fragte Robert, als er die Augen aufschlug.

»Um zehn«, murmelte Maria im Halbschlaf. Sie hatte den Kopf auf seine Brust gelegt. »Wie viel Uhr ist es?«

Robert griff nach seinem Telefon auf dem Nachtschrank und warf einen Blick aufs Display. »Wir haben noch zwei Stunden.«

»Wie schön«, sagte sie und tastete einmal mehr nach seinem Penis, den sie mit wenigen Streicheleinheiten rasch wieder zum Leben erweckte.

Robert streckte sich behaglich aus und beobachtete, wie Maria zärtlich an seinem Glied zu lutschen begann. Als er es kaum noch aushielt, fragte sie mit unschuldiger Miene: »Darf ich?«, und da er mit geschlossenen Augen nickte, setzte sie sich auf ihn und nahm sich, was sie wollte. Seine Hände wehrte sie jedoch ab.

»Lass es mich allein tun«, flüsterte sie, »ich will dich benutzen. Ich will es mir mit dir machen. Schließ die Augen!«

Robert gehorchte, es war wundervoll, auf diese Weise geweckt zu werden.

Maria bewegte sich langsam und gleichmäßig auf ihm; ganz anders war das, viel besser als das wilde Rammeln in der vergangenen Nacht. Er spürte, wie sie am ganzen Körper zu zittern begann. Sie ließ sich auf ihn fallen, krallte ihre Fingernägel in seine Schultern, warf den Kopf hin und her und unterdrückte mühsam einen Schrei.

»Und nun?«, fragte Robert, als sich Maria schweißnass von ihm hinunterrollte und sich auf die Bettkante setzte.

»Nun gehen wir duschen, ziehen uns an und fahren nach Hause«, entgegnete sie betont sachlich, gab ihm einen Stupser auf die Nase und erhob sich vom zerwühlten Doppelbett, um ins Badezimmer zu gehen.

»Das meine ich nicht«, rief Robert ihr hinterher.

Maria blieb an der Badezimmertür stehen. »Was dann?«, fragte sie.

»Ich meine uns. Was ist jetzt mit uns?«

Sie sah ihn ein wenig mitleidig an »Das haben wir doch gestern Abend geklärt. Wir sind gute Freunde!«

Wenig später hörte Robert die Toilettenspülung rauschen und danach den Wasserstrahl der Regendusche. Eine solche Antwort hatte er nicht erwartet. Ihm war kurz die Luft weggeblieben, und ein Verdacht machte sich breit. Hatte Maria ihn tatsächlich nur benutzt? War es ihr bloß um ein bisschen Sex und Spaß gegangen, weit weg von Dresden, wo sich Carlos vor Eifersucht vermutlich die Fingernägel blutig knabberte? Hatte sie mit ihm gespielt? Ihn heißgemacht, um ihn fallen zu lassen wie eine heiße Kartoffel? War das die Rache der verwöhnten brasilianischen Millionärstochter? Zugegeben, er hatte sich selbst nicht gerade wie ein Kavalier verhalten, als er sie sitzen gelassen hatte. Doch ihr Verhalten schmerzte ihn wirklich, und dabei hatte er nur versucht, sein kompliziertes Leben wieder in gerade Bahnen zu lenken und die vergangenen Monate zu vergessen.

Und jetzt das. Robert fühlte sich wie betäubt.

Sein Telefon klingelte. Nur eine Person würde ihn um diese Zeit anrufen.

»Morgen, Mama, was gibt's?«, fragte er.

*

Lohmann hatte Werner Schubert an einer Tankstelle in Dippoldiswalde erreicht, wo er gerade seine Harley betankte. Der begeisterte Motorradfahrer hatte keine Sekunde gezögert, seine Tour ins Erzgebirge abzubrechen. Nun saß er in seiner ledernen Motorradkluft zwischen Doreen Riekhof, Hans Breitscheid und Peter Zischler in Lohmanns Büro. Bis seine Ermittlertruppe eingetroffen war, hatte Lohmann ein weiteres Mal alle Protokolle gelesen, und so hatte er jetzt ein noch genaueres Bild, eine Theorie, die allerdings noch ein paar handfeste Indizien benötigte. Zum Beispiel die Videoaufnahme einer Überwachungskamera, die Anne Leitner oder Hans-Joachim Schröter beim Betanken eines blauen Reservekanisters zeigte. Lohmann hatte andere Kommissariate um Amtshilfe gebeten, und sechs Kollegen in drei Fahrzeugen klapperten nun die infrage kommenden ARAL-Tankstellen ab, um die Überwachungsvideos der letzten 48 Stunden sicherzustellen und sich darüber hinaus nach einem ferrariroten Fiat 500 zu erkundigen. Vielleicht würden sie bis in die tiefe Nacht hinein Videomaterial sichten, nur um festzustellen, dass seine Theorie ein kapitaler Schuss in den Ofen war.

»Also konzentrieren wir uns jetzt auf Schröter?«, fragte Riekhof.

»Vorerst schon«, sagte Lohmann, »aber wir müssen auch Sebastian Bergner endlich befragen und außerdem den Sohn der Schröters, Robert. Am besten, ihr ruft noch mal bei der Mutter an und …«

»Die beiden übernehmen wir«, unterbrach Breitscheid und tauschte einen Blick mit Riekhof.

»Und dann natürlich unseren Mr. Nightlife, diesen Eberhard Preuss«, fuhr Lohmann fort.

»Mit dem wollte Stephanie sprechen, am Freitagabend«, sagte Riekhof. »Wo ist sie überhaupt?«

»Das wollte ich euch fragen«, sagte Lohmann. »Ihr Mobiltelefon ist jedenfalls seit über 36 Stunden ausgeschaltet.«

»Sie wollte das Angenehme mit dem Nützlichen verbinden«, sagte Riekhof. »Wir haben deswegen alle gelacht.«

»Sie wollte ins ›Numbers‹, tanzen gehen«, sagte Schubert, »und dort Eberhard Preuss treffen.«

Lohmann überlegte kurz. »Normalerweise hätte sie doch sofort ihr Protokoll geschrieben. Noch in derselben Nacht.« Angela tauchte vor seinem geistigen Auge auf. »Wenn ich mich richtig erinnere, ist dieser Schuppen während der Ermittlungen gegen Marinus Vehrenkamp durchsucht worden – und die Wohnung von Preuss ebenfalls.«

»Und zwar gleich zweimal, kurz hintereinander. Aber Preuss konnte nichts nachgewiesen werden, obwohl Vehrenkamp angeblich am ›Numbers‹ beteiligt war«, sagte Riekhof aufgeregt, die damals noch im Kommissariat 13 gearbeitet hatte. An der Seite von Lohmanns Lebenspartnerin. »Scheiße, das hatte ich echt vergessen.«

Schubert erhob sich. »Wir sollten uns mal zum Sonntagskaffee bei dem Herrn einladen.«

»Wo wohnt dieser Preuss?« Lohmann stand ebenfalls auf. Sein Magen zog sich heftig zusammen.

Zwei Jahrzehnte lang war das sogenannte »Wiener Loch« eine gigantische Baugrube in der Dresdner Altstadt gewesen und ein echter Schandfleck, bis eine Projektentwicklungsgesellschaft aus der Partnerstadt Hamburg die Lücke mit dem »Prager Carrée« geschlossen hatte, einem Quadrat aus mehreren kombinierten Wohn- und Geschäftshäusern. Auch Angela und Lohmann hatten damit geliebäugelt, sich für eine der Vier-Zimmer-Dachgeschosswohnungen in der sechsten Etage zu bewerben; gemeinsam hätten sie die rund 1.700 Euro Warmmiete stemmen können.

Er versuchte nicht daran zu denken, als sie nun die Prager Straße nach dem richtigen Eingang absuchten.

Schubert und er waren zuerst zu Walters Adresse gefahren, doch ihre Wohnung war verwaist, wie Lohmann erwartet hatte. Im »Numbers« hatten sie ebenfalls kein Glück gehabt. Sie hatten alle Ein- und Ausgänge überprüft, aber es hatte ihnen niemand geöffnet.

Die Fußgängerzone, die das Areal durchschnitt, war nur wenig belebt. Die Sonne knallte vom Himmel, und Schubert schwitzte in seiner Lederkluft.

»Hier ist es«, sagte Lohmann und blieb stehen. Nach einem kurzen Blick auf das Café gegenüber fragte er: »Was hältst du von einem Eis?«

Ein paar Minuten später kam Schubert mit zwei Kugeln Eis in einem Pappbecher zurück, setzte sich auf einen Betonpoller und fing an, sein Eis zu löffeln. Lohmann drückte auf den obersten Klingelknopf neben dem Namensschild »Preuss«. Nichts rührte sich. Er betätigte den Klingelknopf ein zweites Mal, diesmal etwas länger, aber aus der Gegensprechanlage kam noch immer keine Reaktion. Er drückte ein drittes Mal auf den Knopf, lang und kurz, dann wieder lang, mit kleinen Pausen dazwischen. Lohmann hörte erst mit dem Klingelterror auf, als Schubert sich von seinem Poller erhob, zum nächsten Mülleimer schlenderte und seinen leeren Eisbecher hineinwarf. Dann ging er langsam zurück. Er nickte Lohmann zu; fünf Minuten später trafen sie sich um die Ecke vor einem der Nachbarhäuser.

»Ich habe den Mann kurz gesehen, als er sich übers Geländer beugte«, sagte Schubert, »aber ich würde meine Harley darauf verwetten, dass das nicht Preuss war. Sein Kopf war so glatt wie eine Billardkugel.«

»Und sein Gesicht?«

»Sah aus wie 20 Jahre Knast.«

»Na schön. Machen wir den Hausbesuch alleine oder sollen wir Unterstützung anfordern?«, fragte Lohmann.

»Keine Frage, Letzteres«, sagte Schubert.

»Sehe ich genauso«, erwiderte Lohmann knapp und wählte schon die Nummer der Einsatzzentrale. Ganz wohl war ihm dabei nicht, denn ein Sondereinsatzkommando zu alarmieren, bedeutete einen erheblichen Aufwand, und Lohmann hatte keine Lust, sich später für einen Einsatzbefehl rechtfertigen zu müssen, wenn Schubert und er die Lage falsch eingeschätzt hatten.

Was sie als Nächstes benötigten, war ein Gebäudeplan.

*

Brigitte Schröter konnte sich denken, warum ihr Mann sie nicht in seine Wohnung über der Apotheke hineinlassen wollte. In sein kleines Liebesnest. Aber jetzt gab es Wichtigeres als ihre zerrüttete Ehe.

Ein paar Minuten später trat er aus der Haustür, in T-Shirt, Jogginghose und Badelatschen. Sie bemerkte eine violette Schwellung unterhalb des linken Auges, die sich an den Rändern bereits grünlich verfärbte.

»Meine Güte! Wie ist denn das passiert?«, fragte sie.

»Geht dich nichts an, ein kleiner Zwischenfall.« Er verschränkte die Arme, sein Gesichtsausdruck war feindselig. »Was gibt es denn so Dringendes?«

»Was du als kleinen Zwischenfall bezeichnest, zieht seine Kreise bis zu uns. Robert wird vermutlich noch heute von der Polizei als Zeuge vernommen.« Zufrieden sah sie, wie er zusammenzuckte, und setzte nach: »Dein Auto wurde übrigens gefunden.«

»Was? Das ist ja großartig!«, sagte Schröter, aber echte Freude hörte sich anders an.

»Willst du wirklich hier auf der Straße reden?«, fragte sie und deutete unauffällig auf die Sonntagsspaziergänger, die auf dem Boulevard vorbeiflanierten.

»Wo hast du geparkt?«, fragte er.

»Hinter dem roten Fiat, der deinen Parkplatz blockiert. Anne Leitners also? Seit wann stehst du auf Dominas?« Sie lief los und rief ihm über die Schulter zu: »Und was sagt dein Freund Sebastian Bergner dazu?«

*

Robert wachte erst auf, als der Bus auf den Parkplatz des Dresdner SC in der Magdeburger Straße einbog und Maria ihn anstupste. Beim Einsteigen in den Bus gut sechs Stunden zuvor hatte es ein großes Hallo gegeben, als sie gemeinsam aufgetaucht waren, aber inzwischen hatten sich alle wieder beruhigt. Und Robert wusste es besser: kein Traumpaar, sondern tiefe Demütigung. Sie hatte ihn zurückgestoßen in das tiefe Loch, das er sich selbst gegraben hatte. Doch Robert war wild dazu entschlossen, Maria nicht aufzugeben – um seiner selbst willen.

Ein kleines Grüppchen hatte auf den Mannschaftsbus gewartet, darunter Carlos Ribera.

»Da ist ja Carlos«, sagte Maria überflüssigerweise.

»Wie nett, dass er dich abholt«, sagte Robert. Er beugte sich zu ihr hinüber und flüsterte: »Wirst du ihm von uns erzählen?«

Sie schüttelte den Kopf.

»Wie willst du das wieder in Ordnung bringen?«, fragte er, erhob sich von seinem Sitz, nahm seinen Rucksack von der Gepäckablage und stieg aus, ohne sich noch einmal nach ihr umzudrehen.

Als er draußen auf dem Parkplatz seine Sporttasche aus dem Gepäckfach des Busses holte, sprach ihn eine weibliche Stimme an. »Entschuldigen Sie, Robert Schröter?«

Er wandte sich um. Eine ihm unbekannte Frau hielt ihm ein Foto entgegen, das Robert während der Siegerehrung auf einem Sportfest zeigte.

»Mein Name ist Doreen Riekhof und das ist mein Kollege Peter Zischler. Wir sind von der Kripo Dresden.« Sie sprach leise.

»Meine Mutter hat mich vorgewarnt«, sagte Robert. Das Geschnatter der Umstehenden versiegte.

»Dann wissen Sie ja schon, dass wir uns gerne mit Ihnen unterhalten würden.« Doreen Riekhof blickte in die Runde. »Allerdings nicht hier, sondern auf dem Präsidium.«

»Bin ich verhaftet oder so was?« Robert grinste, eine kleine Showeinlage. Für die Mannschaft.

»Kommen Sie bitte?«, fragte Doreen Riekhof.

Robert zuckte die Achseln. »Sicher«, sagte er, warf sich seine Sporttasche über die Schulter und trottete zwischen den beiden Ermittlern, verfolgt von den Blicken seiner erstaunten Mannschaftskameraden, zu einem grauen VW Passat.

Bettina sprintete hinter ihm her. »Robert«, sagte sie aufgeregt, »du weißt, dass du denen nichts sagen musst. Du hast ein Zeugnisverweigerungsrecht und du hast auch das Recht, einen Anwalt anzurufen.«

»Schon gut, Bettina«, sagte Robert, »ich komme klar.«

Riekhof hatte bereits die hintere Tür des Einsatzwagens geöffnet. »Steigen Sie bitte ein, Herr Schröter?«

Robert warf Bettina ein aufmunterndes Lächeln zu und ließ sich auf die Rückbank des Autos fallen. Im nächsten Moment fuhr der Passat auch schon vom Parkplatz hinunter.

*

Hans-Joachim Schröters dominante Selbstherrlichkeit war verpufft. Nach allem, was seine Frau ihm gerade auf den Kopf zugesagt hatte, würde bald nichts mehr so sein wie zuvor. Es war nur noch eine Frage der Zeit, wann die Polizei ihn in die Mangel nehmen würde.

Natürlich hatte er in jener verhängnisvollen Nacht eine fatale Entscheidung getroffen, als er Elisabeths Leiche in der Heide entsorgt hatte; als er unter dem Eindruck seines Schocks das Badezimmer geputzt hatte, wo er sie gefunden hatte. Aber nicht er hatte sie getötet, nein, Robert war es gewesen – sein Sohn! Es war sein Hausschlüssel, der neben Elisabeths Leiche gelegen hatte. Dass Robert ihn dabei beobachtet hatte, wie er Elisabeth aus dem Haus getragen und in seinen Kofferraum gelegt hatte, war nur die Spitze des Eisbergs gewesen.

»Gib mir mal eine Zigarette«, sagte er, schaltete die Zündung ihres Wagens ein und ließ die beschlagene Seitenscheibe einen Spalt hinunter. Sofort schaltete er die Zündung wieder aus und griff mit zitternden Fingern nach der »f6,« die ihm seine Frau wortlos entgegenhielt. Sie gab ihm Feuer. Er sog den Rauch ein und musste husten. Seit dem Ende seiner Karriere als Leistungssportler hatte er nur ein paarmal zugegriffen, wenn ihm Zigarren angeboten wurden. Wenn er mit Sebastian Bergner und Hans-Peter Müller im »Blue Heaven« im hauseigenen Whirlpool gefeiert und sie sich von den Mädchen hatten verwöhnen lassen.

»Ich wollte Robert schützen«, sagte er tonlos.

»Das ehrt dich, aber es ist gelogen. Du steckst im Sumpf meiner Schwester bis zum Hals mit drin. Wir müssen überlegen, wie wir als Familie möglichst unbeschadet aus dieser Nummer rauskommen.«

»Wenn er tatsächlich mit Elisabeth geschlafen hat, kriegen sie das raus. Dann ist der Junge dran wegen Totschlags. Und mich nehmen sie wegen Begünstigung oder Vertuschung einer Straftat hoch.«

»Robert hat Elisabeth nicht umgebracht. Ich kenne unseren Sohn in- und auswendig. Du hingegen hast ein überzeugendes Motiv. Schließlich hat Elisabeth dich wegen ihres Ex-Geliebten Johannes jahrelang erpresst. Wenn die Polizei tiefer gräbt, und das wird sie, dann stoßen sie irgendwann auch auf deine Stasiakte.«

Schröter nahm noch einen nervösen Zug von der Zigarette und warf die Kippe anschließend aus dem Fenster.

»Allerdings war es eine gute Idee, dein Auto loszuwerden. Glaubst du, dass Anne Leitner wenigstens den Mund hält?«

»Wenn jemand die Klappe halten kann, dann sie«, sagte Schröter.

»Nur leider gibt es an jeder Tankstelle Überwachungskameras.«

»Jeder darf Benzin in einem Reservekanister kaufen – sogar Frauen.«

»Mitten in der Nacht – das fällt doch auf! Gerade wenn man so rumläuft wie Anne Leitner. Also spar dir deine Witze.«

»Der Kanister ist verbrannt. Geschmolzen«, sagte Schröder trotzig.

»Und das könnte der entscheidende Fehler sein«, entgegnete sie ruhig.

»Kein Kanister, keine Spuren!«, rief er.

»Denk doch mal nach, Hajo! Die Polizei muss auf jeden Fall einen identischen Kanister in Anne Leitners Auto finden, wenn sie eure Verbindung entdeckt. Und der müsste am besten voll sein. So könnten wir dein Autoproblem absolut glaubhaft lösen«, schloss sie.

Schröter blickte seine Frau erstaunt an. Er hatte sie mächtig unterschätzt.

»Und Robert müsste dann nur bei der Wahrheit bleiben. Er müsste nicht einmal auf das Alibi von Nicole zurückgreifen.«

»Was hat die denn damit zu tun?«, fragte Schröter verständnislos.

Brigitte Schröter schluckte, bevor sie ihm von ihrer Begegnung mit Nicole Weinert erzählte. Ihr Mann hörte schweigend zu. Er blieb gefasst, sogar als er von der Vaterschaft seines Sohnes erfuhr. Doch als Brigitte Schröter andeutete, dass ihre Schwester Elisabeth und Nicole Weinert vermutlich gemeinsame Sache gemacht hatten, ballte er die Fäuste, bis seine Fingerknöchel weiß wurden.

»Sie ist eine Soziopathin«, legte Brigitte Schröter nach, »sie ist völlig durchgeknallt, brandgefährlich – und sie steht auf Männer und Frauen. Vielleicht ist Elisabeth auch mit ihr im Bett gewesen.«

»Vorstellbar ist alles«, erwiderte er dumpf.

»Was, wenn es stimmt?«, rief Brigitte Schröter. »Dann weiß ich nicht, was meine kleine Schwester ihr noch alles erzählt haben könnte. Von wem soll Nicole sonst erfahren haben, dass du IM gewesen bist – und dass dieser verdammte Johannes Kohler deine Akte entdeckt hatte?« Brigitte Schröter konnte sehr überzeugend wirken. »Sie will Geld, ansonsten wird sie ihre Aussage widerrufen – das Alibi, das Robert entlastet!«

»Was stellt sie sich denn vor?« Schröter war blass geworden.

»Kein Bargeld, keine Überweisung. Sie ist nicht dumm. Dafür eiskalt. Sie will unser Haus. Ein fingierter Kauf, damit sie es irgendwann selbst versilbern kann. Angeblich hat sie ihrem Anwalt einen Brief geschickt, in dem sie all ihr Wissen aufgeschrieben hat.«

»Einen Scheiß kriegt sie! Wenn Robert bei seiner Aussage bleibt und ich alles andere zugebe, dann kann sie fordern, was sie will.«

»Wärest du denn bereit, dich zu stellen?« Brigitte Schröter sah ihren Mann ungläubig an.

Schröter starrte schweigend durch die Windschutzscheibe. Langsam wandte er sich seiner Frau zu. »Damit alles auffliegt? Nein, ganz bestimmt nicht.«

Brigitte Schröters Augen füllten sich mit Tränen. »Wir können doch nicht zulassen, dass sie zerstört, was wir aufgebaut haben!« Sie schluchzte laut auf.

»Beruhige dich doch, bitte.«

Sie fiel ihm weinend um den Hals. »Ich möchte das alles nicht«, flüsterte sie, »verdammt noch mal, ich liebe dich!« Sie spürte, wie er den Arm um sie legte. »Lass uns noch mal von vorne anfangen. Man kann doch ein halbes Leben nicht einfach so wegwerfen!«

Schröter atmete schwer. »Wer hat dann deine Schwester getötet?«, fragte er.

Brigitte Schröter richtete sich auf und blickte ihn mit verweinten Augen an. »Nicole Weinert. Weil sie den Kuchen nicht mit Elisabeth teilen wollte.«

*

Doreen Riekhof schaltete im Konferenzraum der Direktion 1 das Aufnahmegerät an. Robert Schröter war zur Aussage bereit. »Okay, dann beschreiben Sie mir bitte, wie sich der Sonnabend nach der Oper ›Carmen‹ für Sie abgespielt hat.«

»Was ich da gemacht habe?«

Doreen Riekhof nickte.

»Ich war wohl ein bisschen breit. Betrunken, meine ich.«

Die Kommissarin lächelte. »Da waren Sie sicherlich nicht der Einzige. Wir wissen, dass Sie mit Ihren Eltern und Ihrer Tante Elisabeth Miederson sowie einigen anderen Mitgliedern des Opernstammtisches in der Semperoper gewesen sind. Was ist danach passiert? Ist Ihnen irgendetwas aufgefallen?«

Robert schüttelte den Kopf.

»Gab es Streit?«

»Nein«, sagte Robert, »wieso?«

»Wann haben Sie Ihre Tante zum letzten Mal gesehen?«

»Welche von beiden?«

»Lassen Sie das bitte, Herr Schröter«, sagte Doreen Riekhof ernst. Robert war ihr jetzt doch etwas zu nassforsch.

»Elisabeth, also meine Tante, war nach der Oper jedenfalls nicht mehr mit uns zusammen. Meine Mutter sagte, sie sei wohl nach Hause gegangen. Und ich bin dann auch weg, zu meinen Leuten aus dem Verein.«

»Und?« Doreen Riekhof setzte eine süßliche Miene auf.

»Wie und?«

»Sie haben gefeiert.«

»Logo.«

»Mit der Mannschaft, also mit den Leuten, die heute mit Ihnen im Bus waren?«

Robert zuckte ein weiteres Mal die Achseln. »Also nicht ganz. Ich habe ein paar Leute aus meiner Schule getroffen, habe mit denen Bier getrunken und zwei Caipis … Es fing an zu regnen, ich hatte einen im Kahn und meine Schlüssel waren plötzlich weg.«

»Was haben Sie dann gemacht?«

»Mein Portemonnaie hatte ich noch. Also bin ich mit dem Taxi nach Hause gefahren. Aber meine Eltern waren noch nicht da. Da habe ich bei meiner Nachhilfelehrerin geklingelt.«

»Wie bitte?«

Robert seufzte. »Nicole Weinert ist Lehrerin und wohnt in einer Wohnung meiner Eltern. Sie und meine Mutter sind befreundet. Die gehen auch zusammen in die Oper. Und weil Französisch nicht so mein Ding ist, gibt sie mir Nachhilfe.«

»Wieso haben Sie nicht bei Ihrer Tante Elisabeth geklingelt?«, fragte Riekhof.

Robert senkte den Kopf. »Hab ich ja, aber sie hat nicht geöffnet. Das ist auch nicht so einfach …«

»Inwiefern?«

»Ihre Ehe lief nicht so gut«, sagte er leise. Und noch leiser: »Meine Tante ist wohl mal fremdgegangen.«

»Und Sie waren dabei oder wie soll ich das verstehen?«

»Natürlich nicht!« Er schien entrüstet. »Aber es wird ja immer geredet in der Verwandtschaft.«

»Wer hat denn darüber geredet?«

»Meine Mutter. Mein Vater … Müssen wir darüber sprechen?«

Doreen Riekhof beschloss, es gut sein zu lassen. »Noch einmal zurück zu Ihnen und Frau Weinert.«

»Wie ich schon sagte, ich hab bei ihr geklingelt, hab gesagt, was Sache ist, und irgendwann bin ich auf ihrem Sofa eingepennt.«

»Weil Sie breit waren.«

»Kann man so sagen, ja.« Robert lächelte.

»Haben Sie eine Vorstellung davon, wer Ihre Tante ermordet haben könnte?« Sein Nein kam schneller, als Doreen Riekhof erwartet hatte. »Gut, Herr Schröter, zum Abschluss werde ich noch eine Speichelprobe von Ihnen nehmen«, sagte sie.

Robert erhob sich halb aus seinem Stuhl. »Wieso das denn? Muss das sein?«

Riekhof entging nicht, dass Roberts Augen nervös zu flackern begannen.

»Dürfen Sie das einfach so?«

»Sie können sich selbstverständlich weigern. Dann müsste ich ein Verfahren in Gang bringen, was wahrscheinlich zu einer richterlichen Anordnung führt.«

»Aber ich hab nichts gemacht!«

»Dann spricht doch auch nichts gegen eine Speichelprobe!«

»Ich glaube, Sie verdächtigen mich!« Robert sprang auf.

Riekhof blieb ruhig. »Setzen Sie sich bitte hin.« Sie wartete, bis er nach einigem Überlegen wieder Platz genommen hatte und sie feindselig ansah.

»Es ist reine Routine, Herr Schröter. Ein Ausschlussverfahren.« Sie beugte sich vor. »Jeder Mensch hinterlässt dort, wo er steht, geht, sitzt oder liegt, unverwechselbare Spuren – DNA. Sie wissen, was das ist?«

»Natürlich«, entgegnete Robert kleinlaut. »Das Haus meiner Tante wird voller Spuren von mir sein. Und von meiner Mutter und meinem Vater.«

»Angenommen, Sie wären an jenem Abend doch zu Elisabeth Miederson gegangen …«

»Das ist totaler Quatsch!«, sagte Robert. »Ich war bei Frau Weinert. Ich war betrunken. Fragen Sie sie doch.«

»Das habe ich bereits getan«, entgegnete Riekhof.

»Und?«

»Frau Weinert hat Ihre Aussage bestätigt.«

»Dann ist doch alles klar.«

»Genau, und deshalb können Sie mir ja jetzt auch gestatten, von Ihnen eine Speichelprobe zu nehmen.«

»Mann, was soll dieser Scheiß?«, rief Robert. Der Polizeibeamte, der vor der Tür Posten bezogen hatte, drehte sich um. Doreen Riekhof gab ihm ein Handzeichen. Alles im Griff, sollte es heißen.

»Also los, machen Sie schon«, sagte Robert und öffnete demonstrativ den Mund.

Riekhof streifte sich Gummihandschuhe über und ein paar Sekunden später war es bereits vorbei.

»Der Kollege bringt Sie raus.«

Robert stand auf und wollte den Konferenzraum verlassen.

»Herr Schröter, haben Sie Ihren Schlüssel eigentlich wieder?«

Robert blieb im Türrahmen stehen. »Meinen Hausschlüssel meinen Sie?«

Riekhof nickte.

»Ja, habe ich«, sagte er nach einer kurzen Pause, »der wurde beim Verein abgegeben.«

»Wieso beim Verein?«, fragte die Kommissarin.

Robert griff in die Tasche seiner Jogginghose, holte den Schlüsselbund hervor und hielt ihn Riekhof entgegen.

»Weil da ein Vereinsemblem dran ist«, sagte er und ging.

*

Eine Stunde lang hatte sich in der Penthouse-Wohnung nichts gerührt. Die Außenjalousien waren nach wie vor geschlossen, und der glatzköpfige Unbekannte hatte sich nicht mehr auf der Dachterrasse blicken lassen. Lohmann hatte den Festnetzanschluss von Eberhard Preuss mehrmals angerufen, aber auch nach dem zehnten Anruf hatte niemand den Stecker herausgezogen.

Dann hatte einer der drei Präzisionsschützen, die auf den Dächern der benachbarten Häuser Position bezogen hatten und ein tödliches Dreieck bildeten, beobachtet, wie ein Fenster mit Milchglasscheibe in Kippstellung gebracht worden war. Die Einsatzkräfte konnten also davon ausgehen, dass sich jemand in der Wohnung aufhielt. Jemand, der geduldig und hartnäckig war und sich keinesfalls stören lassen wollte.

Im Treppenhaus, oben in der sechsten Etage, hielten vier SEK-Beamte die Stellung, unten in der Tiefgarage wurde die Aufzugtür von derselben Anzahl Männer bewacht. Eine andere Möglichkeit gab es nicht, das Haus zu verlassen.

In der Tiefgarage parkten außerdem drei Einsatzfahrzeuge des SEK; zwei Krankenwagen hatten sich außer Sichtweite des Hauses in der Wiener Straße postiert.

Lohmann hatte erfolgreich auf eine verdeckte Operation gedrungen, ohne Blaulicht und Martinshorn.

Das Prager Carrée war für den Verkehr weiträumig abgesperrt worden – wegen eines angeblichen Lecks in einem Gasrohr. Die Stadtwerke hatten unbürokratisch mitgespielt und binnen einer Dreiviertelstunde eine provisorische Tagesbaustelle auf dem Wiener Platz, Ecke Breslauer Straße, eingerichtet.

Lohmann war mit Roman Schack, dem Leiter des Sondereinsatzkommandos, übereingekommen, auf den Überraschungseffekt zu setzen. Alle sonstigen verfügbaren Beamten waren deshalb hinzugezogen worden, um die Anwohner des Hauses sowie der beiden Nachbarhäuser zu warnen und – soweit es das Haus mit der Zielwohnung betraf – zu evakuieren. Die Bewohner wurden durch die Tiefgarage zu einem Bus geführt, der sie zum Polizeipräsidium brachte. Hans Breitscheid hatte auf seinen geplanten Besuch bei Sebastian Bergner verzichtet. Er war mit Peter Zischler inzwischen in der Prager Straße eingetroffen; nur Doreen Riekhof war im Präsidium geblieben.

Lohmann streifte sich eine kugelsichere Weste über.

»Was machst du bloß für Sachen – in deinem Alter!«, sagte Schubert.

»Ich werde mich wie immer gepflegt zurückhalten«, entgegnete Lohmann, »aber wenn etwas schiefgeht, möchte ich es sein, der in der Schusslinie steht.« Als er Schuberts skeptisches Gesicht sah, fügte er hinzu: »Ich pass schon auf!«

Der Lift fuhr nach unten. Die Türen schoben sich zur Seite, und Hans Breitscheid und Peter Zischler traten in die Tiefgarage.

»Das Haus ist leer«, sagte Breitscheid. »Wir haben

noch einmal sämtliche Wohnungen gecheckt. Ihr könnt loslegen.«

Schack wandte sich über die verschlüsselte Kommunikationsfrequenz an alle Einsatzkräfte: »Minus 120 Sekunden bis null.«

Lohmann betrat als Erster den Fahrstuhl. Schack und fünf weitere SEK-Beamte folgten ihm. Einer trug eine Ramme, zwei andere jeweils einen kugelsicheren Schild.

In der sechsten Etage bezogen die SEK-Beamten vor der Wohnungstür Stellung, zwei von ihnen standen mit dem Rücken zur Wand neben der Wohnungstür.

Lohmann, der es nicht gewohnt war, eine Weste zu tragen, bewunderte die Fitness der SEK-Beamten, deren Schutzausrüstung über 20 Kilogramm wog und die sich trotz ihres martialischen Aufzugs so gut wie lautlos bewegten.

Die zwei Männer mit den Schutzschilden postierten sich an der Wand genau gegenüber der Wohnungstür und brachten ihre Heckler-&-Koch-Maschinenpistolen in Anschlag.

»Es geht los«, flüsterte Schack in sein Funkgerät. »Ab jetzt Funkstille bis zu meinem Kommando.«

Lohmann stellte sich nach ganz hinten. Roman Schack begab sich an die erste Position rechts neben der Wohnungstür. Er betätigte die Klingel und lauschte. Sekunden später waren aus der Wohnung schwache, undefinierbare Geräusche zu hören. Irgendetwas klapperte metallisch. Lohmann glaubte, einen unterdrückten Fluch zu hören. Dann war es wieder ruhig.

Trügerisch ruhig.

Schack nickte Lohmann zu, bevor er erneut auf den

Klingelknopf drückte. Anschließend hämmerte er mit der Faust gegen das Türblatt.

»Polizei!«, rief er. »Öffnen Sie!«

In der Wohnung regte sich etwas, ein Klicken, dass die Beamten nur zu gut kannten. Da lud jemand eine Waffe durch. Schack bedeutete demjenigen mit der Ramme, zurückzubleiben.

»Zugriff!«, sagte er an alle gewandt.

Das Holz der Türfüllung splitterte. Herrgott, dachte Lohmann, ist das laut. Er erkannte das Geräusch: eine Kalaschnikow, Kaliber 7,62 Millimeter. Ein altes Modell. Er hatte während seiner Ausbildung selbst ein paarmal mit der AK-47 geschossen. Die Salve zerfetzte in diagonaler Linie die Wohnungstür. Lohmann duckte sich instinktiv. Es staubte. Es roch nach Kordit. Die Wucht der Geschosse drückte die beiden Beamten hinter ihren Panzerschilden an die Wand. Über ihnen platzte Putz aus den gekalkten Wänden.

Sie erwiderten das Feuer durch die geschlossene Tür. Dann hörten sie einen Schmerzensschrei und kurz danach einen dumpfen Laut.

»Zugriff!«, schrie der Gruppenführer.

Der Beamte mit der Ramme sprang vor und donnerte sie auf den Knauf der durchlöcherten Wohnungstür. Sie sprang schon beim ersten Versuch auf. Die Beamten stürmten hindurch, zwei nach links, zwei nach rechts. Das hatten sie tausend Mal geübt. Schack war der Erste.

Vor ihm auf dem Boden lag ein Mann.

Er steckte in einem weißen Anzug, wie ihn Kriminaltechniker trugen. Der Anzug war blutverschmiert und völlig durchlöchert. Neben ihm lagen eine Kalaschnikow und ein leeres Magazin. Der Mann zuckte, Blut sprudelte aus seinem Hals.

Ein zweiter Mann rannte den Flur hinunter, die Hosenbeine seines weißen Overalls schlotterten ihm um die Beine.

»Stehen bleiben, du Arschloch!«, brüllte Schack.

Seine Kollegen gingen neben Schack auf die Knie und nahmen den Flüchtenden ins Visier. Er stoppte und drehte sich um. In der Hand hielt er eine Pistole.

»Waffe fallen lassen!«, rief der Gruppenführer.

Der Mann bleckte die Zähne. Er dachte nicht daran, sich zu ergeben, sondern zielte auf die Beamten, zielte auf Roman Schack. Sein Mund verzog sich zu einem Grinsen, doch er kam nicht mehr dazu, abzudrücken.

Drei der SEK-Beamten eröffneten gleichzeitig das Feuer. Der Kopf des Mannes wurde nach hinten gerissen. Einen Wimpernschlag später war Ivo Bukasz tot. Im Fallen drehte er sich um die eigene Achse, bevor er mit verrenkten Gliedmaßen auf dem Parkett liegen blieb.

Dort, wo sein Hinterkopf war, klaffte jetzt ein Loch im Schädel. Die Wand im Flur war rot gesprenkelt. Überall klebte graue Gehirnmasse, mit Knochensplittern durchsetzt.

Draußen vor der Wohnung erhob sich Lohmann. Das Herz klopfte ihm bis zum Hals. Er hörte, wie einer der Beamten rief: »Gesichert!« Noch ein Ruf: »Gesichert!«

Dann: »Gesichert. Hier ist jemand. Eine Frau! Sie lebt. Anscheinend unverletzt.«

Lohmann betrat die Wohnung. »Wo?«, fragte er und sah nicht auf den Toten am Boden.

Roman Schack hockte im Flur neben dem zweiten Mann, den er und zwei Kollegen gerade erschossen hatten. Er deutete ins Wohnzimmer. »Dadrin, ein Kollege kümmert sich um sie.«

»Chef!«, rief in diesem Moment einer der SEK-Beamten und wankte aus dem Badezimmer hinaus auf den Flur. »Das müssen Sie sich ansehen!«, stammelte er. Er griff sich an den Hals, riss sich die Sturmhaube vom Kopf und erbrach sich stöhnend aufs Parkett.

Irgendjemand rief: »Heilige Scheiße!«

Lohmann wollte von alledem jetzt nichts wissen. Er würde es früher oder später sowieso erfahren. Stephanie Walter lag halb nackt vor der Heizung auf dem Boden. Eine Handschelle hatte ihr rechtes Handgelenk blutig gescheuert. Lohmann kniete sich neben sie. Sie atmete. Er strich ihr über die Wange. »Wach auf! Es ist vorbei! Ich bin es, Jürgen! Du bist in Sicherheit.«

Er berührte sie noch einmal vorsichtig an der Wange. Sie schlug die Augen auf. Lohmann war sofort klar, dass sie unter Drogen stand.

Schack steckte den Kopf zur Wohnzimmertür hinein. »Der Notarzt ist gleich oben«, sagte er und blickte auf die junge Kommissaranwärterin hinunter. »Wie geht es ihr?«

»Die haben sie unter Drogen gesetzt«, sagte Lohmann.

»Was für Dreckschweine«, sagte Roman Schack und zog den Kopf wieder zurück. Stephanie Walter lächelte Lohmann an. Ihre Pupillen waren geweitet und rutschten ein paarmal weg.

»Hier«, sagte ein SEK-Beamter und reichte Lohmann einen kleinen Schlüssel, damit er sie von den Handschellen befreien konnte. Ihr Arm sank kraftlos herab. Lohmann zog seine Weste aus und schob sie ihr vorsichtig unter den Kopf.

»Jürgen!«, lallte Walter und lächelte erneut.

»Ja, ich bin es. Hilfe ist unterwegs.«

»Ich glaube, sie ist unverletzt«, sagte der SEK-Mann.

»Ich hatte keine Chance«, murmelte Walter undeutlich, »tut mir leid!« Sie versuchte, sich aufzurichten, doch sie konnte kaum den Kopf heben. »Die haben mir irgendwas gegeben …«

»Ganz ruhig«, sagte Lohmann und rief ungeduldig über die Schulter: »Wo bleibt der Arzt?«

»Kommt schon«, sagte eine Stimme. Der Notarzt trat mit zwei Sanitätern ein.

Lohmann und der SEK-Beamte erhoben sich und machten Platz.

»Sie steht wohl unter Drogen«, sagte Lohmann. »Aber sie ist ansprechbar.«

»Alles klar«, erwiderte der Arzt, der den Notfallkoffer aufgeklappt hatte und ihr eine Blutdruckmanschette anlegte.

»Eine Kollegin von Ihnen?«

Lohmann nickte. »Sie war beinahe zwei Tage verschwunden. Jetzt wissen wir, warum.«

»Blutdruck ist 150 zu 100«, sagte der Notarzt, »Puls bei 80. Ihr Zustand ist nicht lebensbedrohlich, aber sie sieht mir ziemlich dehydriert aus. Ich lege ihr einen Zugang für eine Infusion, dann rauf auf die Trage mit ihr und ab ins Krankenhaus. Die anderen beiden Patienten benötigen mich ja offensichtlich nicht mehr.«

Lohmann kannte diesen Ton. Auch er neigte dazu, besonders abgebrüht daherzureden, wenn ihn eine Situation belastete. Das Blutbad im Flur war nichts für empfindliche Gemüter.

»Der dritte Patient braucht auch keinen Arzt mehr.« Schack war wieder zu ihnen ins Wohnzimmer getreten. »Das nenne ich einen guten Riecher, Kollege«, sagte er zu Lohmann.

»Kompliment an Ihre Leute. Das hätte auch schiefgehen können.«

»Wie man's nimmt. Im Badezimmer befindet sich jedenfalls eine ganz schöne Schweinerei. Wollen Sie Herrn Preuss gleich identifizieren?«

»Was ist los?«, fragte Lohmann.

»Die Typen haben ihn in der Badewanne zerlegt und die Einzelteile verpackt. Aber sie waren noch nicht ganz fertig.«

Lohmann hob abwehrend die Hände. »Das überlasse ich lieber Brenner von der KTU und der Rechtsmedizin. Ich fahre mit Frau Walter ins Krankenhaus.«

Die Fahrt mit dem Krankenwagen ins Carus-Universitätsklinikum in der Lukasstraße dauerte nur acht Minuten. Eine Viertelstunde nach ihrer Ankunft lag Walter bereits in einem Krankenzimmer auf der Inneren. Lohmann wartete draußen auf dem Flur, während ihr Blut abgenommen wurde. Anschließend wurde Walter von zwei Schwestern gesäubert, die ihr eines der albernen Krankenhaushemden anzogen. Danach durfte er wieder zu ihr ins Zimmer.

»Ihre Kollegin braucht jetzt vor allem Ruhe. Aber sie will Ihnen unbedingt etwas sagen.« Die Schwester ging hinaus.

Lohmann trat ans Bett heran. Über einen Zugang im linken Handrücken wurde Walter mit Glukose versorgt. Ihr Zeigefinger steckte in einem Fingerpulsoximeter, der ihren Puls und die Sauerstoffsättigung im Blut anzeigte.

»Stephanie«, sagte er sanft, »kannst du mich hören?«

Sie schlug die Augen auf.

»Wie fühlst du dich?«

»Ganz ehrlich? Beschissen«, sagte Stephanie Walter. »In meinem Kopf ist jede Menge Watte.« Sie sprach mühsam, und immer wieder fielen ihr die Lider zu. »Ich habe richtig viel Glück gehabt, oder?«

»Ja, das hast du.«

»Diese Scheißtypen haben Preuss erschossen«, murmelte sie.

Lohmann sagte nichts. Vor allem nicht, dass ihn die brutale Skrupellosigkeit, mit der die beiden Männer vorgegangen waren, an eine ganz bestimmte Handschrift erinnerte.

»Chef!« Stephanie Walter schlug die Augen auf und sah ihn an. »Auf meinem Rechner liegt ein Dokument. Auf dem Desktop. Ich war noch nicht dazu gekommen, es dir zu sagen …«

»Das hat Zeit bis morgen«, entgegnete Lohmann beruhigend.

»Nein! Das müsst ihr unbedingt wissen!« Sie verzog den Mund zu einem gequälten Lächeln. »IM Lunge, guck dir das bitte an. Schröter … Der war bei der Stasi. Und jetzt lass mich schlafen.«

13

Noch in derselben Nacht wurde das »Numbers« von Beamten des Rauschgiftkommissariats durchsucht. Dabei wurden vier rumänische Staatsangehörige, die keine gültige Aufenthaltsgenehmigung vorweisen konnten, in einem muffigen Kellerverschlag festgenommen. Und obwohl der Spürhund Axel, ein sechsjähriger Golden Retriever, im Bierkeller der Diskothek nahezu ausflippte, dauerte es eine gute halbe Stunde, bis die Beamten zwei der präparierten Bierfässer entdeckten und öffneten.

Die sterblichen Überreste des Diskothekenbesitzers lagerten da bereits in einem Kühlfach der Dresdner Rechtsmedizin. In Einzelteilen, die jeweils in Plastikfolie eingewickelt worden waren. Zum Zerteilen des Leichnams hatten die Tschechen eine Knochensäge sowie einen Ausbeiner benutzt.

Ihre Identität wurde noch vor Mitternacht mithilfe der tschechischen Kriminalpolizei festgestellt: Ivo Bukasz, 36, und Miroslav Kravyczek, 42. Beide waren einschlägig vorbestraft und gehörten in ihrer Heimat der Organisierten Kriminalität an. Die Kollegen in Ústí nad Labem wurden über die sichergestellte Kalaschnikow informiert, da diese womöglich die Tatwaffe war, mit der der Polizist Stanislaus Hupka während der gemeinsamen Ermittlungen der tschechischen und deutschen Sonderkommission gegen einen Menschenschmugglerring ermordet worden war. Inzwischen vermuteten die Ermittler, dass dieser Ring auch für den europaweiten illegalen Handel mit synthetisch hergestellten Drogen verantwortlich war.

Als Lohmann und Schubert am späten Sonntagnachmittag ins Präsidium zurückkehrten, wurden sie dort bereits von Polizeidirektor Peer Zingelmann erwartet, der für 18.30 Uhr eine Pressekonferenz zu den dramatischen Ereignissen im Prager Carrée angesetzt hatte. Lohmann hasste solche öffentlichen Auftritte wie die Pest, doch Zingelmann hatte ihn als verantwortlichen Beamten dazu verdonnert, neben ihm auf dem Podium Platz zu nehmen und den Medienvertretern Rede und Antwort zu stehen.

Lohmann nutzte die verbleibende knappe Stunde, um einen doppelten Espresso zu trinken und dabei das Dossier zu überfliegen, das Stephanie Walter auf ihrem Rechner angelegt hatte. Wenn ihre Informationen stimmten, hatte Schröter ein starkes Motiv gehabt, seine Schwägerin zu ermorden. Noch reichte die Beweislage nach Lohmanns Ansicht allerdings nicht aus, um über die Staatsanwaltschaft einen Haftbefehl bei Gericht zu erwirken.

Der Polizeidirektor und Lohmann verständigten sich mit der Presseabteilung darüber, nur das Nötigste preiszugeben und vor allem nichts über die Identität der entführten weiblichen Person sowie über die Zerstückelung einer männlichen Leiche nach außen dringen zu lassen.

Mitten in der Pressekonferenz ritt Lohmann plötzlich der Teufel und er enthüllte, dass es sich bei dem Mordopfer um einen Zeugen im Fall Miederson handelte. Nein, er könne nicht ausschließen, dass die Taten in einem

Zusammenhang stehen. Zingelmann und der Pressesprecher der Dresdner Kriminalpolizei waren verärgert, ließen sich aber besänftigen, als Lohmann anführte, Druck auf die Tatverdächtigen im Fall Miederson ausüben zu wollen.

Nach der Pressekonferenz trafen sich die Mitglieder von Lohmanns Sonderkommission in seinem Büro. Schubert hatte sie bereits über den Verlauf des SEK-Einsatzes informiert, und so konnte Lohmann sofort in medias res gehen.

»Wenn wir davon ausgehen, dass Stephi auf der richtigen Spur war – und meiner Meinung nach spricht nichts dagegen –, dann dürfte Schröter fällig sein. Spätestens wenn die Ergebnisse aller Speichelproben sowie die Antworten der Gauck-Behörde aus Dresden und aus Berlin vorliegen«, sagte er.

»Dieser Robert verheimlicht etwas«, wandte Doreen Riekhof ein, »zuerst fällt das gar nicht so auf, aber er kam mir beinahe traumatisiert vor. Und er hat nur sehr widerwillig eine Speichelprobe abgegeben.«

»Diese ganze Familie ist ein Trauma«, sagte Schubert.

»Was ist eigentlich mit den Videoaufzeichnungen der Tankstellen?«, fragte Lohmann unvermittelt, um einer längeren Diskussion vorzubeugen. Langsam nahm ihn die Müdigkeit in die Zange.

Breitscheid und Zischler blickten sich frustriert an.

»Drei Bänder konnten wir bisher auswerten, dann kam uns Preuss dazwischen«, seufzte Breitscheid.

»Vier Tankstellen haben noch nicht geliefert«, ergänzte Zischler. »Die Kollegen kümmern sich gleich morgen früh darum.«

»Würdet ihr dafür heute ausnahmsweise mal auf den ›Tatort‹ verzichten, Männer?«, fragte Lohmann. Breitscheid und Zischler erhoben sich grinsend, um im abgedunkelten Technikraum in der zweiten Etage weiter die Bilder der Überwachungskameras zu überprüfen.

»Ich mach Schluss für heute«, sagte Riekhof. »Ich muss nachsehen, ob mein Sohn sich inzwischen schon rasieren muss.«

»Und ich muss aus diesen Lederklamotten raus«, sagte Schubert.

»Schönen Feierabend!«, sagte Lohmann abwesend.

Kurz darauf saß er allein im menschenleeren Bürotrakt der Kriminalinspektion und die Erinnerungen überfielen ihn. Sein Instinkt sagte ihm, dass die beiden toten Tschechen aus dem Prager Carrée etwas mit Angelas Entführung zu tun hatten. Doch das würde heißen, dass Angela vielleicht genauso wie Preuss getötet und zerstückelt worden war. Eine dunkelgraue Welle der Schwermut schwappte über ihm zusammen. Es würde nicht die letzte sein.

Das Telefon auf seinem Schreibtisch klingelte. Lohmann nahm mechanisch den Hörer ab. Die Pforte war dran. »Hier unten ist eine junge Dame, die Sie unbedingt sprechen möchte«, sagte der Wachhabende.

»Wie heißt die Dame denn?«, fragte Lohmann.

»Bettina Lange … Tut mir leid, ich habe außer Ihnen niemanden erreicht und die Leitstelle …«

»Schon gut«, sagte Lohmann, »sagen Sie ihr bitte, ich komme gleich runter.« Er war hundemüde. Doch er würde sowieso nicht schlafen können.

*

Bettina Lange hatte sich einen Besuch bei der Kriminalpolizei ganz anders vorgestellt. Und einen Hauptkommissar erst recht. Dieser Lohmann war ein alter Sack, aber vielleicht war ein wenig Lebenserfahrung in dieser komplizierten Angelegenheit sogar von Vorteil.

Nachdem Lohmann sich ihr vorgestellt hatte, fragte er, was er für sie tun könne.

»Robert Schröter wurde heute Nachmittag bei unserer Rückkehr aus Leverkusen festgenommen. Ich erreiche ihn nicht mehr, seitdem Ihre Kollegen ihn am Bus abgeholt haben.«

»Zunächst einmal, Frau Lange: Wer sind Sie überhaupt?«, fragte Lohmann verblüfft. »Eine Angehörige?«

»Entschuldigen Sie, ich bin Aktivensprecherin der Dresdner Leichtathleten vom SC, also eine Sportkameradin von Robert Schröter. Und eine Freundin.«

»Seine Freundin?«

»Nein, eine sehr gute Freundin. Ich kannte Elisabeth Miederson vermutlich besser als viele andere Menschen. Und Robert natürlich auch. Deshalb ist es vielleicht wichtig, was ich Ihnen zu sagen habe.«

»Wir sollten in mein Büro gehen, dort können wir in Ruhe miteinander reden«, schlug Lohmann vor. Er sah die hektischen roten Flecken an Bettina Langes Hals und spürte, dass die junge Frau bald der Mut verlassen würde. Als sie die Treppe nach oben liefen, versuchte er deshalb, höflich Konversation zu machen. »Ist Robert die 800 Meter gelaufen? Wie sein Vater?«

Die junge Frau lächelte stolz: »O ja und sogar mit neuer persönlicher Bestzeit. Unter 1:50 Minuten.«

Bettina hatte den ganzen Nachmittag mit sich gehadert, ob sie hierherkommen sollte. Immerhin würde sie Robert damit in den Rücken fallen. Sie war sich zwar sicher, dass sie ihn entlasten konnte, aber gleichzeitig würde ihre Aussage sie selbst belasten und zum Kreis der Tatverdächtigen hinzufügen.

»Sie haben doch nichts dagegen?«, fragte Lohmann, als er das Aufnahmegerät vor Bettina Lange auf den Schreibtisch legte. Sie schüttelte den Kopf. Er haspelte sich durch die notwendigen Präliminarien und lehnte sich anschließend in seinem Stuhl zurück. »Dann erzählen Sie mal, Frau Lange!«

Sie holte tief Luft. »Ich glaube, dass Robert mit Elisabeth Miederson zusammen war … Ich meine in der Nacht, in der sie ermordet wurde. Aber er ist nicht ihr Mörder.«

Lohmann gab seine entspannte Sitzhaltung augenblicklich auf. »Wie kommen Sie zu dieser Annahme?«, fragte er konsterniert.

»Er kann es nicht gewesen sein, denn es ist so … Also, Elisabeth Miederson und ich … Wir hatten über mehrere Monate ein Verhältnis. Elisabeth war bisexuell, und ich … ich stehe nun mal nicht auf Männer. Wir lernten uns vor gut einem Jahr auf dem Stadtfest kennen, rein zufällig. Es war von Anfang an eine eher lockere Verbindung. Sie war verheiratet und außerdem habe ich ziemlich schnell gemerkt, dass sie mich manipulieren wollte. Ich bin sicher, dass sie eine Borderline-Persönlichkeitsstörung hatte.«

»Wie können Sie da so sicher sein, Frau Lange?«

»Ich bin Psychologin. Ich schreibe gerade an meiner Masterarbeit und arbeite halbtags in einer Praxis hier in Dresden.«

»Also sind Sie vom Fach, okay. Meine Frage sollte eher auf die Tatnacht zielen«, korrigierte sich Lohmann.

»Ich kann es zwar nicht beweisen, aber das alles hängt zusammen. Ich habe ziemlich tiefe Einblicke in diese Familie erhalten, von zwei Seiten, verstehen Sie?«

Lohmann schwieg.

»Es fällt mir jedoch schwer, darüber zu sprechen«, fügte Bettina Lange hinzu.

»Der Verrat wird stets geliebt, aber nicht der Verräter«, entgegnete Lohmann, »etwa so?«

Bettina Lange nickte. »Ich habe mit Elisabeth Miederson vor etwa einem halben Jahr Schluss gemacht. Sie war mir einfach zu anstrengend geworden. Außerdem … hat sie mit Robert geschlafen.«

»Das wissen Sie genau?« Lohmann sah sie skeptisch an.

»Sie hat es mir eines Morgens nach dem Aufwachen erzählt. Einfach so. Ich war damals natürlich verletzt, aber ich habe Elisabeth nicht geliebt, zum Glück. Und solche Spielchen sind charakteristisch für das Krankheitsbild.«

»Wie haben Sie reagiert?«

»Ich bin aufgestanden und gegangen, ohne mich noch mal umzudrehen. Ich habe sie aus meinem Leben geworfen. Alles andere bringt nichts, solche Menschen machen einen sonst kaputt.«

»Sie waren nicht eifersüchtig?«

»Nein, hören Sie, Robert war bis vor einem halben Jahr ein anderer Mensch. Enorm ehrgeizig, fleißig und diszipliniert, zudem ist er klug und gut aussehend – die Mädchen lagen ihm zu Füßen. Er hatte eine tolle Freundin, eine brasilianische Austauschstudentin. In der

Schule lief es nicht ganz so gut, weil er wie ein Besessener trainiert hat, wahrscheinlich, um seinem Vater zu imponieren. Nachdem er aber ein Verhältnis mit seiner Tante begonnen hatte, hat Robert sein Leben in kürzester Zeit an die Wand gefahren. Und mit seinen Eltern konnte er ja schlecht reden.«

»Also hat er sich Ihnen anvertraut?«

»Ich bin auf ihn zugegangen«, sagte Bettina Lange. »Ich habe gespürt, dass da was Schlimmes in ihm vorging, ich wollte ihn schützen – vor seiner durchgeknallten Tante und vor sich selbst. Er hatte ja sonst niemanden mehr, er war innerhalb kürzester Zeit zum Einzelgänger geworden.«

»Was meinen Sie mit durchgeknallt?«

»Für Elisabeth waren Menschen wie Marionetten. Ihr Mann, ihre diversen Liebhaber – ja, auch ich – und natürlich Robert. Ich vermute sogar, dass sie mit ihrem Schwager im Bett war – mit Roberts Vater. Robert war wie besessen von ihr.«

»Kommen wir zurück zur Tatnacht«, bat Lohmann.

»Er war es jedenfalls nicht«, sagte Bettina. »Zu einem Mord wäre er nicht fähig.«

»Robert Schröter hat angegeben, an jenem Sonnabend seinen Schlüssel verloren zu haben«, sagte Lohmann. »Er sei betrunken gewesen und zu einer Freundin seiner Mutter gegangen, die in einer Mietwohnung der Schröters wohnt.«

»Zu Nicole Weinert?«, rief Bettina Lange.

»Sie kennen sie?«, fragte Lohmann.

»Das wäre zu viel gesagt. Aber ... sie ist auch ein Teil von Roberts Problemen.«

»Erklären Sie mir das bitte«, sagte Lohmann.

»Können Sie sich das nicht vorstellen? Die Weinert unterrichtet am selben Gymnasium und sie gibt ihm zweimal in der Woche Nachhilfe. In *Französisch.*« Den Rest überließ sie Lohmanns Fantasie. »Außerdem halte ich sie für eine Stalkerin«, fügte sie an.

»Ich weiß nicht, ob ich den jungen Mann für sein Glück bei den Frauen beglückwünschen soll«, murmelte er.

»Richtig«, entgegnete Bettina Lange. »Bitte, Herr Lohmann, kann das alles unter uns bleiben – vor allem wegen Robert?«

»Ich fürchte, nein«, sagte Lohmann. »Übrigens haben meine Kollegen Robert Schröter nicht festgenommen.« Ihre Aussage war wirklich starker Tobak, aber sie bestätigte, was er von Anfang an geahnt hatte: Der Opernstammtisch war das sprichwörtliche Wespennest. »Wo waren Sie am besagten Sonnabend?«

»Ich habe mit der Mannschaft gefeiert. Dafür habe ich mindestens zwei Dutzend Zeugen. Robert wollte eigentlich zu uns stoßen, aber er ist nicht gekommen. Später hat er mir andeutungsweise erzählt, wo er gewesen ist.« Bettina machte eine Pause und gab sich dann einen Ruck. »Robert war es ganz bestimmt nicht. Er hat Elisabeth vergöttert. Doch er muss irgendetwas beobachtet haben, denn seit dieser Nacht steht er nur noch neben sich.«

*

Etwa zur selben Zeit trafen sich Brigitte und Hans-Joachim Schröter in der Garage ihres Hauses im Weißen

Hirsch. Sie war bis nach Zwickau zu einer ARAL-Tankstelle gefahren. Nach dem Bezahlen der Tankfüllung hatte sie im Verkaufsraum eine kleine Show abgezogen, hatte scheinbar spontan noch einen blauen Reservekanister zur Kasse getragen, den sie in bar bezahlte. »Wir haben seit Neuestem einen Benzinrasenmäher«, sagte sie dem über und über tätowierten Angestellten.

Schröter schraubte den Tankdeckel ihres Wagens ab. »Ich habe das lange nicht mehr gemacht«, sagte er und führte einen dünnen Schlauch aus weichem, durchsichtigem Kunststoff in den Tank ein, der normalerweise für Infusionslösungen genutzt wird.

»Pass bloß auf, dass du dich nicht verschluckst.« Brigitte Schröter unterdrückte ein Kichern. »Benzin ist nicht gerade gesund.«

Schröter sagte nichts, nahm das Ende des Schlauchs in den Mund und saugte den Kraftstoff vorsichtig an.

»Wie früher«, sagte Brigitte Schröter, »weißt du noch, als wir mit dem Trabbi am Kyffhäuser liegen geblieben sind?«

Schröter schüttelte sich. Er presste den Daumen aufs Schlauchende, spuckte aus und steckte den Schlauch in den Kanister, der neben ihm auf dem Betonboden stand.

»Zweitaktergemisch schmeckt genauso beschissen«, sagte er, »aber es funktioniert wenigstens.« Der Kraftstoff lief langsam in den Kanister. »Und du bist sicher, dass die Polizei uns das abnimmt?«

»Hast du eine bessere Idee?« Meine Güte, wie hilflos dieser Mann ist, dachte Brigitte Schröter. »Es wird funktionieren«, sagte sie dann. »Es gibt schließlich für alles eine plausible Erklärung, und wenn sich der Sturm erst einmal gelegt hat … Du wirst sehen, bald kräht kein Hahn mehr nach Nicole Weinert oder dem Umstand, dass du als Vater in größter Verzweiflung versucht hast, deinem Sohn zu helfen.«

»Das reicht«, befand Schröter ungeduldig statt einer Antwort, zog rasch den Schlauch aus dem zu gut drei Vierteln gefüllten Kanister und hielt ihn nach oben. Ein paar Tropfen Benzin fielen auf den Boden und verdunsteten. Er nahm das andere Ende des Schlauchs aus dem Tank, schraubte den Tankdeckel zu und danach den Reservekanister.

»Vorhin haben sie im Radio über eine Schießerei in der Prager Straße berichtet, in diesen neuen Häusern am Wiener Platz. Ein Dresdner Diskothekenbesitzer sei dabei ums Leben gekommen.« Brigitte Schröter sah ihren Mann an. »Wohnt da nicht Eberhard Preuss? Dem gehört doch das ›Numbers‹.«

»Was?« Schröter blickte ungläubig drein.

»Der hat sich doch nie wirklich für die Oper interessiert. Und gesagt hat er auch nicht viel, wenn er mit uns am Stammtisch saß.« Brigitte Schröter winkte ab und lächelte herausfordernd. »Komm schon, wir sind noch nicht fertig.«

Schröter schüttelte den Kopf. »Das, was du vorhast, ist Mord, Brigitte.«

»Falsch, das, was *wir* vorhaben, wird wie ein Selbstmord aussehen. Und Nicole hat sehr gute Gründe, sich aus lauter Verzweiflung die Pulsadern aufzuschneiden. Schwierig wird nur, ihr das Thiopental zu injizieren. Dabei dürfen wir sie keinesfalls verletzen. Und dann lassen wir ihr ein schönes Bad ein, mit Kerzenlicht.«

»Ich sage dir, das ist verrückt, Brigitte.«

»Ha! Und das ausgerechnet von demjenigen, der schon einmal diese Schwelle übertreten hat! Meinst du vielleicht, ich bin blind gewesen? Glaubst du wirklich, ich habe nicht gesehen, wie du Johannes Kohler damals beim Wandern einfach losgelassen hast? Elisabeth wusste es auch!«

Schröter blickte betreten zu Boden. Kohler, diese miese kleine Ratte, hätte um ein Haar sein Leben verpfuscht, alles, was er sich aus den Ruinen der untergegangenen DDR aufgebaut hatte. Und das war einiges.

Brigitte wurde ihm immer unheimlicher. Er war es gewohnt, die Zügel in der Hand zu halten, aber in der jetzigen Situation war er für ihr zupackendes Handeln dankbar. Sie hatte keine Zweifel zugelassen, dass sie die Tragödie um ihre Schwester zwar mit Beulen, aber ohne Totalschaden überstehen würden. Doch Nicole Weinert heimtückisch aus dem Leben zu befördern, überforderte ihn völlig.

»Wo ist überhaupt Robert?«, fragte er, um Brigitte abzulenken, und schaute auf seine Armbanduhr. Er wollte Zeit gewinnen. »Wohnt er überhaupt noch hier?« Sein kleiner Scherz verpuffte.

»Bestimmt bei seinem Freund Jonas.«

»Weißt du eigentlich, was er der Polizei erzählt hat? Wir hätten ihm vielleicht doch unseren Rechtsanwalt zur Seite stellen müssen.«

Brigitte Schröter schüttelte den Kopf. »Damit hätte er sich bloß verdächtig gemacht. Robert hat sich prächtig gehalten. Unser Problem heißt Nicole.«

Schröter atmete hörbar aus.

»Ich glaube, du solltest jetzt losfahren.« Brigitte Schröter deutete auf den Reservekanister. »Kommst du danach wieder?«

Er sah sie lange an. Dann nickte er.

*

Lohmann bestellte einmal mehr gebratene Calamaretti als Vorspeise und zum Hauptgang ein Thunfischsteak vom Grill. Dazu einen halber Liter Primitivo und zur Untermalung das »Brindisi« aus Verdis »La Traviata«, knapp unter Zimmerlautstärke. Der Wirt seines Stammitalieners war Anhänger der »Oper Light«; ab 21.30 Uhr ließ er stets ein Potpourri der berühmtesten Arien der großen italienischen Komponisten laufen. Das Leben bekommt langsam wieder einen Sinn, dachte Lohmann, zumindest ein bisschen.

Nach dem Gespräch mit Bettina Lange hatte er Doreen Riekhof angerufen, um sie über die neue Entwicklung zu informieren. Vielleicht war Robert Schröter an jenem verhängnisvollen Sonnabend einfach durchgedreht. Oder er hatte womöglich mit seinem Vater gemeinsame Sache gemacht. Bettina Langes freiwillige Zeugenaussage stufte er als glaubwürdig ein, und seine Kollegin hatte dies genauso gesehen.

Einmal mehr fragte er sich, was in den Menschen so alles im Verborgenen schlummerte. Auf was für abscheuliche und abstruse Ideen sie kamen, um sich aus brenzligen Situationen zu befreien, um ihre Lage damit nur noch zu verschlimmern. Der Fall Miederson hatte zu einem neuen, komplexen Fall Organisierter Kriminalität geführt – ein toter Diskothekenbesitzer, die verhinderte Entführung oder Ermordung von Stephanie Walter, zwei tote Tschechen und ein Umschlagplatz für Drogengeschäfte. Und all dies führte in einer unheimlichen geraden Linie direkt zu Angela. Sobald der Fall Miederson aufgeklärt war, würde er sich darum kümmern. Ja, er, Lohmann, wollte sich einmischen, Druck machen und die Ermittlungen an sich ziehen – wenn nötig, mit der Hilfe seines Freundes Samuel. Er spürte, dass sie in der Miederson-Sache kurz vor dem Durchbruch standen; er spürte auch, dass dies ungeahnte Energien freisetzte und ihm Lust auf mehr machte.

Auch auf ein Dessert, obwohl er eigentlich schon satt war.

14

Breitscheid und Zischler trafen um 8 Uhr unangemeldet bei Hans-Peter Müller im Dresdner Landgericht ein. Müller hatte sich seinen Ruf als »Richter Hammerhart« redlich erarbeitet. Auf der anderen Seite galt er jedoch auch als penibler und um Genauigkeit bemühter Richter, der den Ermittlungsbehörden schon mehrfach in Prozessen eine gewisse Schlampigkeit bei der Arbeit nachgewiesen hatte. Das Verhältnis zwischen Müller und der Kriminalpolizei durfte man daher durchaus als angespannt bezeichnen, und das bekamen Breitscheid und Zischler zu spüren, als sie es wagten, den Mann in der Robe mit einem angeblichen Liebesverhältnis zu der Ermordeten Elisabeth Miederson zu konfrontieren. Jedenfalls hätten sie von einem entsprechenden Gerücht gehört. Müller, der seine untadelige Stellung mit dem Amt des Kassenprüfers in einem Kirchenvorstand unterstrich, tobte. Seine Wut steigerte sich zu einem »Finale furioso«, als Breitscheid dann auch noch ein Wattestäbchen zückte und ihn um die Abgabe einer Speichelprobe bat, »der Gerechtigkeit halber«, wie der Kommissar süffisant hinzufügte.

Doch der honorige Hans-Peter Müller kam wohl als Täter nicht infrage. Sein äußerst kleinlaut geschildertes Alibi, er sei in der fraglichen Nacht mit Sebastian Bergner und dem Apotheker Hans-Joachim Schröter auf einer Festivität eher frivoler Natur gewesen, war seiner inneren Überzeugung geschuldet, als Richter die Wahrheit sagen zu müssen und nichts als die Wahrheit. Er trat die Flucht nach vorn an, bat die beiden Ermittler jedoch um absolute Diskretion. Strafmildernd fügte er hinzu, dass er und seine Frau bereits seit Längerem ein für beide Seiten befriedigendes modernes Ehe-Arrangement lebten, das sie mit Rücksicht auf ihre drei minderjährigen Kinder getroffen hatten.

Breitscheid und Zischler waren sich nach dieser Zeugenbefragung einig, dass der gefürchtete »Richter Hammerhart« in Wirklichkeit ein entsetzlich armes Würstchen war. Und sie waren müde, denn sie hatten in der Nacht noch bis kurz nach eins Überwachungsvideos gesichtet. Das 14. Band, das von der ARAL-Tankstelle an der Meißner Straße im Stadtteil Radebeul stammte, hatte endlich das erhoffte Ergebnis gebracht – eine blonde Frau, hochgewachsen, war am Tag vor der Anzeige des Raubüberfalls um 22.34 Uhr mit ihrem Fiat 500 an der Zapfsäule zwei vorgefahren, hatte am Nachtschalter einen Reservekanister gekauft und ihn befüllt. Abfahrtszeit Anne Leitner: 22.42 Uhr.

*

»Meine Mutter reißt mir den Kopf ab, wenn sie rauskriegt, dass ich bei dir bin.«

»Und wie will sie das rauskriegen? Du bist erwachsen, Robert. Du solltest allmählich deine eigenen Entscheidungen treffen – und dafür dann auch die Verantwortung übernehmen«, entgegnete Nicole Weinert. Sie schwang sich aus dem Bett, warf sich ihren Morgenmantel über und musterte ihn mit einem langen, zärtlichen Blick. Ihren Adonis, der nackt in den zerwühlten Laken lag. »Wann musst du eigentlich in der Schule sein?«, fragte sie.

»Erst zur vierten«, sagte er, »und du?«

»Eine Stunde früher. Ich mache uns jetzt einen Kaffee. Wir müssen noch etwas besprechen.« Ihr Gesicht verhärtete sich.

Robert sah sie erschrocken an und deckte sich reflexartig zu.

»Weißt du überhaupt, was du gestern getan hast?«

Er antwortete nicht, und Nicole stemmte die Hände in die Hüften.

»Dein Alibi, Robert, du hast dir dein Alibi versaut und mich in eine unmögliche Situation gebracht. Du hast dir eine Speichelprobe abnehmen lassen!«

»Aber ich musste doch ...«

»Gar nichts musstest du. Du hättest dich weigern können!« Nicole Weinert war laut geworden.

»Nein!«, rief Robert und hieb mit der flachen Hand auf das Bett. »Ich hatte keine Chance! Sie hat mir gedroht, mit einer richterlichen Verfügung oder wie das heißt.«

»Damit hättest du zumindest Zeit gewinnen können. Verdammt, Robert, wie willst du denen erklären, dass dein Sperma ausgerechnet in deiner Tante klebt?«

Robert war entsetzt. Binnen Minuten war aus der leidenschaftlichen Liebhaberin und zärtlichen, verständnisvollen Frau eine Furie geworden. Sie machte ihm Angst, doch gleichzeitig stellte sich bei ihm ein schlechtes Gewissen ein. Weil sie recht hat, dachte er.

»Hast du einmal an mich gedacht?«, schrie Nicole. »Wie stehe ich denn da? Ich schenke dir ein Alibi, und du zerstörst es mutwillig, weil du einfach nicht nachdenkst.«

»Aber es geht doch gar nicht um die Tat an sich, es geht bloß um die drei Stunden, die ich draußen vor dem Haus gewartet habe.«

»Wen versuchst du eigentlich, die ganze Zeit zu schützen?«, fragte sie mit schneidender Stimme. »Und komm mir nicht wieder mit irgendwelchen Ausreden.« Nicole Weinert setzte sich auf die Bettkante.

»Ich habe meinen Vater gesehen«, antwortete er nach langem Zögern und stockte.

»Rede weiter, Robert.«

»Er trug Elisabeth aus dem Haus. Dann hat er sie in den Kofferraum seines Autos gelegt und ist weggefahren.«

Nicole Weinert presste entsetzt die Hände vor der Brust zusammen. »Mein Gott, Robert! Warum hast du das der Polizei gegenüber verschwiegen?«, rief sie.

»Weil er mein Vater ist, vielleicht?«

»Das ist ja entsetzlich. Das heißt also, dass dein Vater ...«

»Nein, ich bin nicht mehr sicher, dass er Elisabeth umgebracht hat. Vermutlich hat er gedacht, ich wäre es gewesen, und wollte mich schützen. Ich hatte doch dort meinen Schlüssel verloren ...«

»Ich komme nicht mehr mit«, unterbrach sie ihn, »du musst mir die Geschichte von Anfang an erzählen. Ich melde mich in der Schule krank.«

Robert atmete erleichtert auf. Er war vollkommen verunsichert und hatte Angst.

Nicht nur vor ihr, sondern vor dem Leben.

Als sie vom Telefonieren zurückkam, lächelte sie zuversichtlich. »Und jetzt überlegen wir in Ruhe, was du der Polizei erzählen wirst.« Ihr Lächeln wurde breiter und sie ließ sich wieder neben ihn ins Bett gleiten. Mit sanfter, vollkommen veränderter Stimme fuhr sie fort: »Ich habe eine Überraschung für dich. Ich wollte es dir eigentlich noch nicht verraten, aber vielleicht ist besser, wenn du es so früh wie möglich erfährst.«

Robert sah sie verblüfft an. »Du willst mich heiraten?«, platzte es aus ihm heraus. Dann fing er an zu lachen. »War nur ein Witz, Nicole.«

»So witzig ist das gar nicht«, entgegnete sie und strubbelte ihm verliebt durch die Haare. Zärtlich nahm sie seine Hand und platzierte sie auf ihrem Bauch. Genau auf dem Bauchnabel. »Wir müssen nur warten, bis du nächstes Jahr dein Abitur geschafft hast, ich werde dir dabei helfen, auch wenn ich mich zu Weihnachten vorläufig aus dem Schuldienst verabschieden werde.«

Robert konnte eins und eins zusammenzählen. Aber glauben konnte er es nicht. »Ist das wahr?«, fragte er leise »Du bist schwanger?«

Nicole Weinert drückte seine Hand ein wenig fester auf ihren Bauch und schwieg.

In diesem Moment traf Robert eine Entscheidung. »Nicole, ich liebe dich!«

*

Lohmann bedankte sich bei Breitscheid und Zischler für die geleisteten Überstunden und verband die Namen von Anne Leitner und Hans-Joachim Schröter auf dem Whiteboard mit einem roten Strich. Richter Müller hatte er bereits durchgestrichen. Er sah zufrieden aus, denn die Mitglieder seiner kleinen SoKo hatten soeben übereinstimmend Schröter und dessen Sohn als tatverdächtig eingestuft. Jetzt kam es auf die Auswertung der DNA-Proben an.

Lohmann wollte noch die Rolle von Brigitte Schröter diskutieren, die seiner Meinung nach in diesem schmutzigen Reigen des Opernstammtischs eine größere Rolle spielte, als es zunächst den Anschein gemacht hatte. »Die Zeugenaussage von Robert Schröter ist inzwischen unglaubwürdig geworden. Dank Bettina Lange können wir davon ausgehen, dass der Junge ein ausgesprochen aktives Liebesleben geführt hat – mit seiner Tante und mit seiner Nachhilfelehrerin, die beide ebenfalls diesem merkwürdigen Opernstammtisch angehören. Außerdem haben wir es möglicherweise mit Erpressung im engsten Familienkreis zu tun. Nach den Informationen von Stephanie Walter hat Schröter seiner Schwägerin seit einigen Jahren eine Art Schweigegeld bezahlt, das sie hälftig an einen jungen Mann weitergegeben hat, der im Koma liegt und vermutlich nie wieder ein normales Leben führen wird. Und warum hat Schröter das getan?« Lohmann war in Fahrt; der Professor und seine Schüler.

»Weil der angehende Diplom-Journalist Johannes Kohler herausgefunden hatte, dass Schröter wahrscheinlich IM gewesen ist«, sagte Schubert. »Er und Elisabeth Miederson werden damals eine Affäre gehabt haben.«

»Und ausgerechnet auf einer Wandertour mit den Schröters hat der arme Kerl einen Unfall, den er nur knapp überlebt«, fuhr Lohmann fort, »was für ein Zufall! Elisabeth Miederson wird daran gezweifelt haben, dass ihr Schwager ihren damaligen Geliebten wirklich vor dem Absturz bewahren wollte. Kohler hat ihn mit seinen Rechercheergebnissen konfrontiert, und Schröter wusste, so eine Chance bekommt er nie wieder.«

Lohmann blickte in die Runde; die Kollegen hörten ihm gebannt zu. »Elisabeth Miederson hat zeit ihres Lebens für Unfrieden gesorgt. Sie hat sich überall Feinde gemacht. Ihre Schwester Brigitte Schröter musste ständig mitansehen, dass dieses Enfant terrible durch ihre heile Welt pflügt wie ein Panzer und versucht, die Familie zu spalten: den eigenen Schwager erpresst, den Neffen um seinen Verstand vögelt und nicht zuletzt auch noch den Ehemann Wolfgang Miederson nach Strich und Faden ausnimmt.«

»Und was ist mit Bernd Mandel?«, wollte Riekhof wissen.

Lohmann winkte ab. »Mandel hat durch seine unüberlegte Kofferaktion belegt, dass Elisabeth Miederson bereits tot war, als er bei ihr auftauchte. Schließlich befand sich die Tatwaffe in den Koffern, die ja – man glaubt es kaum – einfach so vor der Haustür standen.«

»Also könnte sich der Täter zu diesem Zeitpunkt noch im Haus befunden haben«, warf Schubert ein. »Hans-Joachim Schröter musste nur warten, bis Mandel wieder wegfährt, dann bringt er seine Schwägerin in den Wald und entsorgt sie.«

»Oder der Täter war eben nicht mehr da«, sagte Breitscheid.

»Könnte es dann nicht auch Robert Schröter gewesen sein?«, fragte Riekhof. »Vielleicht lügt er ja und war erst viel später bei Nicole Weinert.«

»Vielleicht lügt auch Nicole Weinert«, gab Lohmann zu bedenken.

»Vielleicht, vielleicht, vielleicht«, sinnierte Zischler.

»Doreen, führ doch deine These mal aus«, bat Lohmann.

»Robert Schröter wird von Elisabeth Miederson verführt. Seine Tante ist eine schöne, erfahrene Frau. Er verliebt sich unsterblich, ist geradezu besessen von ihr und vergisst alles um sich herum. Für sie ist er allerdings nur ein Toyboy. Als er erfährt, dass sie ihren Mann wegen eines anderen verlassen und wegziehen will, wird er rasend vor Eifersucht, flippt aus und bringt sie um.«

»Das ist plausibel«, sagte Lohmann, »aber ich glaube nicht, dass Robert Schröter die Nerven hatte, den Tatort so gründlich zu säubern, wie er später vorgefunden wurde. Und außerdem wäre da noch das Mobiltelefon des Opfers, von dem Nachrichten an Wolfgang Miederson geschickt worden sind, zu einem Zeitpunkt, als Elisabeth Miederson bereits tot war.«

»Was wäre denn, wenn Hans-Joachim und Robert Schröter gemeinsam beschlossen haben, Elisabeth muss weg?«

»Das würde voraussetzen«, spann Lohmann den Gedanken fort, »dass der Vater von der Amour fou seines Sohnes wusste. Aber wie wäre es damit: Elisabeth Miederson geht mit ihrem Neffen und parallel dazu mit ihrem Schwager Hans-Joachim ins Bett. Sie erpresst ihn, aber er weiß zu viel über ihr ausschweifendes Leben. Robert Schröter nutzt in jener Nacht die Gunst der Stunde und taucht bei Elisabeth Miederson auf, die jedoch auf Bernd Mandel wartet. Robert und Elisabeth werden von der misstrauischen und ständig gedemütigten Brigitte Schröter überrascht, Robert haut ab, Brigitte Schröter stranguliert ihre Schwester, dann steht plötzlich ihr Mann vor der Tür. Sie versteckt sich im Haus, Schröter entdeckt die tote Elisabeth Miederson und findet eventuell irgendwas, das seine Frau oder seinen Sohn belasten könnte. Und deswegen sorgt er dafür, dass die Leiche verschwindet. Als wir ihm auf die Pelle rücken, gerät er in Panik, täuscht einen Raubüberfall vor und fackelt sein Auto ab, um Spuren zu verwischen.«

»Das klingt sehr abenteuerlich«, wandte Breitscheid ein.

»Stattgegeben«, sagte Lohmann.

»Und es reicht nicht«, sagte Riekhof.

Lohmann kratzte sich am Kinn. »Hast recht. Noch nicht«, sagte er, »aber vielleicht schon bald. Als Nächsten nehmen wir uns den Bergner vor. Das möchte ich zusammen mit Werner machen.«

*

Sebastian Bergners Speditionsunternehmen residierte im Stadtteil Klotzsche in einem Industriegebiet. Der große, unpersönliche Gebäudekomplex bestand aus mehreren Hallen und einem vierstöckigen Bürotrakt. Lohmann zählte mehr als zwei Dutzend Lkws auf dem riesigen Hof, ein halbes Dutzend weitere wurde gerade an den Rampen be- und entladen. Schubert parkte auf dem

Besucherparkplatz vor dem Bürotrakt, und Lohmann registrierte den roten Fiat 500, der auf einem reservierten Firmenparkplatz stand.

Anne Leitner empfing sie hinter dem Empfangstresen der Spedition. Lohmann fand sie auf den ersten Blick zwar attraktiv, aber sie war für seinen Geschmack viel zu stark geschminkt und darüber hinaus sehr offenherzig. Sie trug ein auffälliges Collier aus Bernstein, das ein Vermögen gekostet haben musste. Ein echter Blickfang. Die Fernfahrer hatten sicherlich ihre Freude an dem tiefen Ausschnitt und Leitners langen Beinen, die unter einem kurzen, hautengen Lederrock hervorkamen und in Stilettos endeten.

»Herr Bergner lässt sich noch für einen Moment entschuldigen«, sagte sie betont freundlich, »er ist gerade erst aus Russland zurückgekehrt und hat noch zwei dringende Telefonate zu führen. Darf ich den Herren vielleicht einen Kaffee anbieten?«

»Immer!«, sagte Werner Schubert. »Ich trinke ihn schwarz.«

»Gern, vielen Dank«, sagte Lohmann. »Ich würde die Wartezeit gern nutzen, um Ihnen ein paar Fragen zu stellen.«

Schubert blätterte gelangweilt in einer Werbebroschüre, die auf dem Besuchertisch auslag. »Bergner Global – We keep the world in motion.« Er nahm sich fest vor, Bergner seine Stimme nicht zu geben, wenn sich dieser Zampano tatsächlich als Oberbürgermeister zur Wahl stellen würde.

»Was denn für Fragen?«, entgegnete Anne Leitner irritiert.

»Sie wissen ja, weshalb wir mit Herrn Bergner verabredet sind, es geht um den Tod von Elisabeth Miederson.«

»Davon habe ich gelesen«, sagte sie, »schrecklich. Aber was soll ich …?«

»Ihr Name fiel immer mal wieder während der Zeugenbefragungen.«

»Ich arbeite seit mehreren Jahren für Herrn Bergner«, sagte sie, »Elisabeth Miederson habe ich nur zwei Mal im Leben getroffen und mich auch kaum mit ihr unterhalten.«

»Das war jeweils in der Semperoper, richtig? Wenn Herr Bergner eine Karte übrig hatte.«

Anne Leitner nickte knapp. »Wie möchten Sie Ihren Kaffee?«

Schubert legte die Broschüre aus der Hand und trat an den Tresen. »Ich hab das eben mit halbem Ohr mitbekommen«, sagte er. »Waren Sie nicht mit Herrn Bergner und Elisabeth Miederson in Moskau? Ich glaube mich zu erinnern, dass es sich um das Gazprom-Jubiläum handelte.«

Genau im richtigen Moment, dachte Lohmann.

»Oh, da haben Sie recht! Ich muss mich korrigieren. Elisabeth Miederson und ich sind uns in Moskau begegnet. Aber das war eher Zufall.«

»Elisabeth Miederson begleitete Ihren Chef doch sehr häufig auf seinen Reisen nach Russland?«, fragte Lohmann.

»Sie hat auf der Jubiläumsgala diesen komischen Opernsänger getroffen und deshalb bei Herrn Bergner kurzfristig die weiteren Termine abgesagt. Wir mussten auf die Schnelle vor Ort einen anderen Dolmetscher engagieren.«

Das erklärt den zornigen Blick, den Bergner ihr auf dem Foto zuwarf, dachte Lohmann. Für ihn klang Anne Leitners Erklärung plausibel.

»Ich möchte offen zu Ihnen sein. Es gibt konkrete Hinweise darauf, dass Sie in eine Straftat verwickelt sein könnten.«

»Da bin ich jetzt aber gespannt«, sagte sie und lächelte Lohmann spöttisch an.

»Sie stehen unter Verdacht, Hans-Joachim Schröter dabei geholfen zu haben, Beweismittel zu vernichten«, sagte Lohmann in einem Ton, der keinen Widerspruch zuließ, obwohl es sich im Grunde nur um eine These handelte.

»Wie soll ich das denn angestellt haben?«, fragte Anne Leitner. »Wer ist dieser Schröter überhaupt?«

»Sie haben vor einiger Zeit in der ARAL-Tankstelle in der Meißner Straße einen Reservekanister gekauft und betankt. Das wird durch die Bilder einer Überwachungskamera belegt.«

Anne Leitner fing an zu lachen. »Ist das etwa verboten?«

»Das Benzin wurde wenig später dazu benutzt, ein Auto anzuzünden«, entgegnete Schubert, »und zwar den Audi A6 von Herrn Schröter. Das haben wir mithilfe einer chemischen Analyse zweifelsfrei nachgewiesen.«

»Das ist totaler Quatsch«, sagte Anne Leitner, »versuchen Sie bloß nicht, mich aufs Glatteis zu führen. Ich kann Ihnen den Kanister gern zeigen, er liegt im Kofferraum meines Autos. Ich bin nun mal gerne auf der sicheren Seite.«

Anne Leitner erhob sich zornig von ihrem Schreibtischstuhl. Eine Minute später standen sie zu dritt auf dem Parkplatz vor dem geöffneten Kofferraum des Fiat, in dem ein nagelneuer Reservekanister lag.

»Darf ich?«, fragte Lohmann, nahm den Kanister und hielt ihn gegen das Licht.

»Haben Sie noch nie einen Reservekanister gesehen?«

Lohmann überging ihre Frage. »Guck mal, Werner, standen nicht auf der Tankstellenquittung 5,34 Liter? Also ich will ja nicht unken, aber das hier sind höchstens 3,5 Liter, vielleicht 4.« Dann erst wandte er sich an Anne Leitner. »Und wer Hans-Joachim Schröter ist, sollten Sie wissen, wenn Sie Ihr Auto auf dem Privatparkplatz seiner Apotheke abstellen.«

»Ich habe keine Ahnung, wovon Sie reden«, sagte Anne Leitner.

»Davon, dass Sie für Herrn Schröter einen Benzinkanister gekauft und befüllt haben. Und Schröter danach ins Mittlere Seidewitztal begleitet haben, wo er seinen eigenen Wagen auf einem Waldparkplatz angezündet hat. Und weil er keine Lust hatte, 20 Kilometer zurück nach Hause zu laufen, haben Sie für ihn das Taxi gespielt.«

»Ich rufe mal die KTU an«, sagte Schubert und setzte eine wichtige Miene auf. »Wegen der Reifenabdrücke.«

Die unsichtbaren Mauern, die Anne Leitner um sich herum gebaut hatte, fingen merklich an zu bröckeln.

»Ist Ihnen bekannt, dass die Abdrücke von Autoreifen in einem feuchten Waldboden so unverwechselbar sind wie ein menschlicher Fingerabdruck?«

Anne Leitner schwieg betreten.

»Ich wette übrigens, dass es sich bei diesem hier um einen neuen Kanister handelt. Den anderen hätte Schröter gern verbrannt, doch das hat nicht ganz geklappt. So sind wir überhaupt auf die Tankstelle und dann auf Sie gekommen.«

»Dem kann ich nicht mehr viel entgegenhalten«, sagte Anne Leitner leise.

»Herr Schröter hat Ihnen diesen Kanister in den Kofferraum gelegt, nicht wahr? Wann? Heute Morgen?«

Anne Leitner wand sich, sagte aber nichts.

»Machen Sie es noch nicht schlimmer, als es ist! Sie reiten sich da in etwas hinein – es geht hier nicht um Versicherungsbetrug, sondern um Mord.«

»Sie haben gewonnen«, sagte sie matt. »Und was jetzt?«

»Woher kennen Sie Hans-Joachim Schröter so gut, dass Sie ihm einen solchen Gefallen tun? Wir kriegen es sowieso heraus, aber Sie würden uns Zeit sparen.«

»Und was hätte ich davon?«, fragte sie.

»Eine wohlwollende Behandlung durch die Justizbehörden zum Beispiel, falls es zu einer Anklage kommen sollte«, sagte Lohmann. »Da wird ein gewiefter Anwalt bestimmt einen Weg für Sie finden«

»Also gut … Ich führe nebenbei das ›Blue Heaven‹. Dort ist auch mein Studio.«

»Das ist doch ein Bordell«, sagte Schubert.

»Was Sie nicht sagen! Waren Sie schon mal bei uns? Sie sollten sich das nicht entgehen lassen. Da wäre bestimmt auch eine Frau für Sie dabei.«

»Was ist das für ein Studio?«, fragte Lohmann nüchtern.

»Ich bin Spezialistin für Erniedrigungen. Und ich zahle außerdem Steuern und Sozialabgaben.«

Lohmann lächelte. »Und Schröter lässt sich gerne von Ihnen erniedrigen?«

»Kein Kommentar.«

»Sie haben ein Verhältnis mit ihm?«

»Kein Kommentar.«

»Ich habe gehört, er bevorzugt Vollbäder mit viel Schaum, Champagner und Zigarren, gerne zusammen mit anderen Honoratioren der Stadt – Geschäftsleuten, Lokalpolitikern und sogar Richtern!«

»Kein Kommentar. Anscheinend sind Sie gut informiert, Herr Lohmann«, sagte Anne Leitner.

»Hörensagen«, entgegnete Lohmann.

»Also Hajo und ich haben tatsächlich ein besonderes Verhältnis, aber das soll er Ihnen selbst erklären.«

»Waren Sie in der Nacht, als Elisabeth Miederson ermordet worden ist, mit Herrn Schröter zusammen?«

Anne Leitner nickte. »Wir haben an dem Abend eine unserer beliebten Swingerpartys gefeiert. So gegen 23.30 Uhr sagte Hajo plötzlich, er müsse noch mal weg. Es kann auch etwas früher oder später gewesen sein.«

»War Herr Bergner ebenfalls anwesend?«

»Das fragen Sie ihn besser selbst«, sagte Anne Leitner.

»Das werden wir«, versprach Lohmann. »Und Sie kommen bitte in den nächsten Tagen aufs Präsidium und geben das, was Sie uns eben erzählt haben, zu Protokoll.«

Anne Leitner wirkte auf einmal zerknirscht. »Herr Bergner dürfte inzwischen aufgelegt haben.«

*

Das Gespräch mit Sebastian Bergner hatte gerade mal zehn Minuten gedauert. Selbst diese kurze Zeitspanne hatte gereicht, um den beleibten Unternehmer hinter seiner Sonnenbankbräune gehörig ins Schwitzen zu bringen. In der Öffentlichkeit präsentierte sich Bergner stets als unbestechlicher Saubermann und Familienmensch, und man räumte ihm zumindest gute Außenseiterchancen ein, im kommenden Frühjahr als Parteiloser bei den Wahlen zum Oberbürgermeister die Kandidaten der etablierten Parteien zu überflügeln. Die Spekulationen um seine Kandidatur hielt Bergner geschickt am Köcheln.

Lohmann betrachtete den 55-Jährigen insgeheim als einen dieser typischen Wendehälse, für die die Mauer genau im richtigen Moment gefallen war. Als junger Anwalt hatte Bergner bei der Treuhand einsteigen und sich ein paar Filetstücke der ansonsten so maroden DDR-Wirtschaft sichern können. Bereits Anfang des neuen Jahrtausends hatte er vom Rechtsanwalt zum Unternehmer umgesattelt.

Inzwischen verfügte Bergner über ein gut funktionierendes Netzwerk sowie über weitreichende wirtschaftliche Kontakte in die ehemalige Sowjetunion. Deswegen wunderte Lohmann sich auch darüber, dass Bergner offenbar regelmäßig das Risiko einging, mit seinen Besuchen im bekanntesten Bordell Dresdens sein Saubermann-Image zu gefährden.

»Nee, nee, das siehst du falsch«, sagte Schubert, als sie ins Präsidium zurückfuhren, »so ein Typ wie Bergner geht nicht in den Puff, um einen wegzustecken, sondern um dort seine Geschäftskontakte zu pflegen. Ich könnte mir sogar vorstellen, dass ihm der Laden gehört und die Leitner bloß pro forma die Chefin mimt.«

Lohmann musste zugeben, dass an Schuberts Vermutung etwas dran sein konnte.

Sebastian Bergner hatte wie alle Zeugen, die sich plötzlich mit den eigenen unmoralischen Handlungen konfrontiert sahen, um Diskretion gebeten. Im Gegenzug war er von Anfang an kooperativ gewesen. Elisabeth Miederson hatte er ebenso kurz wie prägnant charakterisiert: »Eine Femme fatale, die Sie mir auf den Bauch hätten binden können. Es wäre nichts passiert, auch wenn sie natürlich sehr attraktiv war!« Bergner hatte glaubhaft versichert, hinter Elisabeth Miedersons hübscher Fassade schon immer eine gewisse Durchtriebenheit vermutet zu haben, die einem Mann binnen kurzer Zeit Haus und Hof kosten konnte.

Was für ein entsetzlicher, selbstgefälliger Kerl, dachte Lohmann.

Allerdings hatte Bergner die Aussage von Anne Leitner bestätigt, Schröter habe zwischen 23 und 24 Uhr das »Blue Heaven« verlassen. Die Party sei da erst richtig losgegangen. Bergner habe russische Geschäftsfreunde eingeladen, dem Treiben aber von der Bar aus zugesehen.

Lohmann stand vor seinem Schema und strich Sebastian Bergners Namen durch, als sich die Bürotür öffnete und Stephanie Walter eintrat.

»Was machst du denn hier?«, fragte Lohmann entgeistert.

Die Kolleginnen und Kollegen im Hintergrund linsten neugierig über ihre Bildschirme. Walter sah blass aus, aber entschlossen. Und frisch geduscht.

»Ich habe ausgeschlafen«, sagte sie, »und mich heute Mittag selbst aus der Klinik entlassen. Mir fehlt nichts.«

Schubert kehrte aus der Teeküche zurück und ließ beinahe den Kaffeebecher fallen. »Wieso bist du nicht im Bett?«, fragte er.

»Was soll ich denn da?«, entgegnete Walter und setzte sich auf den Besucherstuhl vor Lohmanns Schreibtisch. »Ich muss arbeiten. Ich will, dass wir diesen Fall lösen, damit ich den Kopf freikriege, um mich um den Schmugglerring zu kümmern. Du kommst doch auch zum Dienst, obwohl …«

Lohmann und Schubert tauschten einen wissenden Blick.

»Mach mal die Tür zu, Werner!«, bat Lohmann und setzte sich.

»Weißt du, warum ich zur Polizei gegangen bin? Übrigens sehr zum Leidwesen meiner Eltern.«

»Nö«, sagte Stephanie Walter, »woher auch?«

»Als ich ein kleiner Junge war, gerade mal zehn Jahre alt, musste ich wegen meiner Füße mit meiner Mutter in die Poliklinik. Wir mussten auf den Orthopäden warten, und vom Wartezimmer aus hatte man einen guten Blick auf eine Baustelle auf dem Nachbargrundstück. So eine richtig große Baustelle mit Kränen, Baggern und einer tiefen Grube, in der gerade das Betonfundament gegossen worden war. Ich fand es natürlich interessant, am Fenster zu stehen und runterzugucken, auch wenn gerade nicht viel passierte, denn die Arbeiter machten Mittag. Meine Mutter hat gelesen und sich gefreut, dass ich sie nicht genervt habe. Da fiel mir ein Arbeiter auf, der mutterseelenallein am Rand dieser Baugrube Steine in eine Schubkarre lud. Plötzlich kam ein anderer Arbeiter hinzu, sagte irgendetwas zu ihm und versetzte ihm einen unauffälligen Stoß – der Arbeiter fiel rund zehn Meter tief, während sich der andere verstohlen umschaute, ob ihn jemand beobachtet hatte. Ich habe das meiner Mutter erzählt, und sofort sprangen alle Leute im Wartezimmer auf und glotzten aus dem Fenster …«

»Was war mit dem Arbeiter?«

»Am nächsten Tag stand in der Zeitung, dass es auf der Baustelle einen tödlichen Unfall gegeben habe. Durch Selbstverschulden. Ich wusste es besser. Aber niemand hat mir meine Geschichte geglaubt – meine Mutter nicht, mein Vater nicht, niemand. Ich bin mir ganz sicher, dass ich mich an diesem Tag entschieden habe, Polizist zu werden. Ich habe es bis heute nicht überwunden, dass dieses Verbrechen ungesühnt geblieben ist.«

»Das hast du mir noch nie erzählt, Jürgen«, sagte Werner Schubert.

»Tja«, meinte Lohmann und lehnte sich zurück.

»Und warum hast du uns jetzt davon erzählt, Chef?«, fragte Stephanie Walter.

»Vielleicht, um zum Ausdruck zu bringen, dass ich dich gut verstehen kann. Willkommen zurück. Aber schön langsam und erst mal nur Innendienst!«

Stephanie Walter bedankte sich knapp, erhob sich und verließ Lohmanns Büro in Richtung ihres Schreibtisches. Die Gesichter der Kolleginnen und Kollegen drückten vor allem eins aus: Respekt.

Lohmann wollte gerade Oberstaatsanwalt Samuel anrufen, als das Telefon klingelte. Ein Journalist der

»Sächsischen Zeitung« meldete sich. »Hier Lüding, Helge Lüding von der SZ.« Lohmann kannte ihn. Ein junger Mann. Engagiert und immer ein bisschen übermotiviert. Aber kein »Schreiberling«. Lohmann kam nicht einmal dazu, den Gruß zu erwidern. Lüding sprudelte sofort los: »Herr Lohmann, ich habe eine interessante Nachricht für Sie. Vor einer Stunde hat sich ein Mann bei uns gemeldet, der in der Mordnacht vor dem Haus der Miedersons einen Pkw mit dem Kennzeichen ›AH – 88‹ gesehen haben will. Das Städtekürzel weiß er nicht mehr. Auch an den Typ und die Farbe des Autos kann er sich nicht erinnern. Das Kennzeichen hat er sich wegen der Buchstaben- und Ziffernkombination gemerkt, und er vermutet, dass der Fahrer ein Rechtsradikaler war. Deshalb will er auch nichts mit der Polizei zu tun haben. Er fürchtet Racheakte. Und er hat sogar den Fahrer gesehen, der ausgestiegen und auf das Haus zugegangen ist. Aufgefallen ist ihm ein merkwürdiger großer Hut. Er würde den Mann aber nicht wiedererkennen.«

Lohmann wusste, dass jetzt ein entscheidender Zeuge gefunden war. Die nötigen Voraussetzungen für einen Haftbefehl gegen Hans-Joachim Schröter waren endlich gegeben. »Ich danke Ihnen, Herr Lüding. Bitte teilen Sie dem Zeugen mit, dass ich diesen Mann mit dem großen Fedora-Hut kenne. Der ist bestimmt kein Rechtsradikaler, ganz im Gegenteil. Wir brauchen aber unbedingt die Anschrift des Zeugen.«

Lohmanns Hoffnung wurde nicht enttäuscht. Nach kurzer Bedenkzeit meldete sich der Zeuge und erklärte sich zu einer Aussage bei der Polizei bereit.

15

Der Fahrtwind zerzauste Nicole Weinerts Haar. Ihre linke Hand lag auf Roberts rechtem Knie, mit der anderen rückte sie sich ihre Sonnenbrille zurecht.

»Ich wusste nicht, dass es hier so schön ist«, rief sie und sah ihn an. Robert konzentrierte sich lieber aufs Fahren.

Wenn Nicole die Schule schwänzte, dann konnte er das auch. Und sie hatte nichts gegen eine Überraschung gehabt, die er ihr unter der Dusche versprochen hatte.

Also hatte sich Robert den Hausschlüssel zur Miederson'schen Villa bei seinen Eltern geholt – beide waren um diese Zeit bei der Arbeit gewesen. Dort angekommen war er zielstrebig zur Anrichte im Flur gegangen und hatte den Zweitschlüssel von Elisabeths Mini Cabrio herausgesucht. Elisabeths Mann Wolfgang Miederson, dieses Weichei, lag ja noch immer mit massiven Herzbeschwerden im Krankenhaus. Die Polizei hatte den Tatort inzwischen wieder freigegeben.

Der Wagen war sogar vollgetankt gewesen. Robert hatte das Verdeck heruntergelassen, den Fahrersitz auf seine Größe eingestellt und war vorsichtig vom Grundstück auf die Straße gefahren, um Nicole abzuholen. Den Führerschein hatten ihm seine Eltern zur Volljährigkeit geschenkt. Im bordeigenen Navi hatte er »Boží Dar« eingegeben. Sie fuhren die ehemalige Silberstraße entlang, durch alte Bergbaustädte wie Schwarzenberg und Schlettau. Er erinnerte sich daran, dass seine Eltern früher häufig Ausflüge in diese Gegend unternommen hatten.

»Du bist ein verrückter Kerl, Robert!«, sagte Nicole. »Du machst mich glücklich.«

Ein verrückter Kerl? Wahrscheinlich, dachte Robert, weil ich mit dir in diesem Auto sitze und so tue, als würde es mir gefallen. Als ob es nichts Schöneres auf der Welt für mich gäbe, als Vater zu werden. *Alle* sind verrückt geworden! Und wenn wir wieder zu Hause sind, wird die Polizei dort schon auf mich warten. Wie kannst du bloß so bescheuert sein anzunehmen, dass ich mich aus dieser hoffnungslosen Situation herauswinden kann? Ich habe Spuren am Tatort hinterlassen, aber ich habe nicht getötet. Mein Vater ist es gewesen, dieses Schwein.

»Du sagst ja gar nichts, Robert!«

Sie erreichten Raschau-Markersbach. In der Ortsmitte bremste Robert, schaltete in den dritten, dann in den zweiten Gang und bog rechts auf die Straße des Friedens ab.

In diesem Moment fühlte er sich so frei und unbeschwert wie nie zuvor. Scheiß auf Maria, dachte er. Scheiß auf Bettina, auf Elisabeth, auf meinen Vater, auf meine Mutter. Und scheiß auf Nicole. Er würde sich nie wieder herumschubsen lassen.

Sie fuhren aus dem Ort heraus. Direkt nach dem Ortsausgangsschild beschleunigte Robert auf 100 km/h. Die grüne Landschaft wurde hügeliger. Die Landstraße war gut ausgebaut und schlängelte sich leicht ansteigend immer höher. Er gab noch etwas mehr Gas. Der Mini lag wie ein Brett auf der Straße.

»Fahr bitte langsamer«, sagte Nicole. Ihr wurde hörbar unheimlich. Die Tachonadel pendelte zwischen 130 und 150 km/h hin und her, wenn er überholte, kletterte sie bis an die 200-km/h-Marke heran.

»Wir müssten gleich in Tschechien sein!«, brüllte er.

»Geh verdammt noch mal vom Gas runter, Robert!«, schrie sie zurück.

Doch er dachte nicht daran, nahm die rechte Hand vom Lenkrad und legte sie auf ihren Oberschenkel. »Warum denn?«, fragte er. »Macht es dir etwa keinen Spaß? No risk, no fun!«

Die Straße wurde enger. Er schnitt jede Kurve. Die entgegenkommenden Fahrzeuge warnten ihn mit Lichthupe, aber das war ihm vollkommen egal. Er hielt voll drauf, sollten die anderen doch ausweichen.

»Nein, Robert, das macht mir keinen Spaß!«, schrie Nicole Weinert. »Halt sofort an, ich will aussteigen!«

Als sie sich nach einem Beinahezusammenstoß umdrehte, sah sie, wie das andere Auto fast von der Straße abkam.

»Mitgehangen, mitgefangen!« Robert lachte. »Das hat schon meine Mutter immer gesagt.«

*

Gerade als Hans-Joachim Schröter einer Kundin die Vorteile einer teuren Vitamin-B12-Kur erläuterte, betraten zwei Männer in Begleitung einer Streifenwagenbesatzung seine Apothekenfiliale in der Leipziger Hauptstraße. Gleichzeitig bezogen zwei weitere Streifenbeamte Stellung vor der gläsernen Schiebetür. Er nickte den

Männern zu, bat eine seiner Angestellten, die Kundin zu bedienen, und kam hinter dem Verkaufstresen hervor.

»Herr Schröter, ich bin Hans Breitscheid von der Kripo Dresden und …«

»Ich weiß, wer Sie sind und warum Sie hier sind«, entgegnete der Apotheker leise.

»Wir müssen Sie festnehmen wegen des Verdachts …«, sagte Hans Breitscheid.

»Jaja, ich weiß. Ich komme freiwillig mit, bitte kein großes Aufsehen.«

Zischler holte Handschellen hervor. Die Angestellte und die Kunden wurden aufmerksam.

»Muss das sein?«, fragte Schröter.

»Bitte zeigen Sie mir einfach Ihre Hände«, sagte Zischler.

»Moment bitte«, sagte Schröter, zog seinen weißen Kittel aus und faltete ihn über den linken Unterarm. Zischler legte ihm die Handschellen an.

»Könnten Sie vielleicht …?«, bat der Festgenommene und deutete mit dem Kinn auf den Kittel. Der Beamte zog dem Apotheker wie gewünscht den Kittel über die Handgelenke.

Später würden Breitscheid und Zischler erzählen, dass es die unproblematischste Festnahme eines Mordverdächtigen gewesen war, die sie je erlebt hatten. Schröter hatte geradezu erleichtert gewirkt, als er auf die Rückbank des Streifenwagens verfrachtet worden war. Als sie das Präsidium erreichten, hatte er lediglich höflich darum gebeten, seinen Anwalt anrufen zu dürfen.

*

Brigitte Schröter hatte den ganzen Nachmittag vergeblich versucht, Robert anzurufen, es meldete sich nur die Mailbox. Als es dann gegen 17.30 Uhr an der Haustür klingelte, beschlich sie sofort ein merkwürdiges Gefühl, das sich steigerte, als sie sich Lohmann und Schubert sowie zwei Streifenbeamten gegenübersah.

»Wir würden uns gern mit Ihrem Sohn unterhalten, Frau Schröter«, sagte Lohmann und entfaltete einen rosafarbenen DIN-A4-Zettel. »Ist er da? Ich habe einen Haftbefehl gegen ihn.«

Brigitte Schröter wich einen Schritt zurück und fasste sich ans Herz. »Wieso haben Sie einen Haftbefehl gegen meinen Sohn?«, stammelte sie.

»Seht mal im Haus nach«, wandte sich Lohmann an seine Kollegen.

»Das können Sie nicht tun!«, rief Brigitte Schröter.

Schubert und die Streifenbeamten drängten sich an ihr vorbei.

»Leider doch, Frau Schröter«, entgegnete Lohmann. »Ihr Sohn hat uns gegenüber unwahre Angaben gemacht, was seinen Aufenthaltsort betrifft in der Nacht, als Ihre Schwester ermordet wurde. Darüber hinaus haben wir DNA-Spuren am Tatort entdeckt, die unzweifelhaft von Robert stammen.« Er hoffte, nicht mehr Einzelheiten nennen zu müssen. »Es tut mir leid, Frau Schröter, aber es besteht der dringende Tatverdacht, dass Ihr Sohn gemeinsam mit Ihrem Mann Ihre Schwester Elisabeth getötet hat.«

»Nein, nein, nein! Das kann nicht sein.« Brigitte Schröter sah ihn flehend an. »Robert wäre zu so etwas niemals in der Lage. Fragen Sie meinen Mann, fragen Sie jeden, der ihn kennt.«

Sie schwankte plötzlich, Lohmann trat rasch einen Schritt vor und hielt sie am Oberarm fest. »Wollen Sie sich setzen?«

Sie fasste sich sogleich wieder und schüttelte seine Hand ab. Er sah, dass ihre Verzweiflung schon im nächsten Moment in Aggression umschlagen würde, und beschloss, ihr den Wind aus den Segeln zu nehmen.

»Meine Kollegen haben vor einer Stunde Ihren Mann festgenommen. Er befindet sich in Polizeigewahrsam, aber er verweigert die Aussage und hat seinen Rechtsanwalt angerufen.«

Brigitte Schröter wurde blass. Sie brauchte jetzt dringend eine Zigarette.

»Hier oben ist er nicht«, rief Schubert von der Galerie in der ersten Etage hinunter.

»Seht bitte auch im Keller nach«, sagte Lohmann ungerührt und folgte Brigitte Schröter in die Küche, wo sie sich mit ungelenken Fingern eine Zigarette anzündete.

»Wissen Sie, wo Robert sich aufhalten könnte?«

»Er hat um diese Zeit Training.«

»Auf dem Trainingsgelände in der Magdeburger Straße ist er nicht aufgetaucht. Und er war heute auch nicht in der Schule.«

Sie zuckte mit den Schultern. »Ich könnte bei seinem besten Freund anrufen, Jonas Schieffer.«

Lohmann deutete zum Telefon.

Brigitte Schröter ließ es so lange klingeln, bis die Mailbox ansprang. Sie schaltete den Lautsprecher ein: »… hinterlasst mir einfach eine Nachricht, ich melde mich bei euch. Vielleicht«, sagte eine junge Männerstimme. Sie legte auf. »Dann weiß ich es auch nicht.«

»Könnte er sich bei Nicole Weinert aufhalten, seiner Nachhilfelehrerin?«

»Mit dieser Person haben wir nichts mehr zu tun«, entgegnete Brigitte Schröter. »Wir haben ihren Mietvertrag gekündigt.«

»Zu Hause ist sie jedenfalls nicht. Und sie hat sich im Gymnasium krankgemeldet«, sagte Lohmann.

»Wieso interessiert Sie denn diese Frau?« Brigitte Schröters Stimme wurde schneidend.

Lohmann spielte einen weiteren seiner Trümpfe aus. »Sie hat Ihrem Sohn für die Tatnacht ein Alibi verschafft. Wir gehen davon aus, dass sie ebenfalls gelogen hat.«

Brigitte Schröter brachte ein verächtliches Lächeln zustande. »Diese Frau lügt ständig. Robert braucht kein falsches Alibi, weil er unschuldig ist.«

*

Sie rasten jetzt durch Zweibach, immer in Richtung Oberwiesenthal, parallel zur deutsch-tschechischen Grenze. Nicole Weinert überlegte fieberhaft, wie sie dieser tödlichen Falle entkommen könnte.

Kurz vor Oberwiesenthal bog Robert rechts ab in einen Kreisverkehr. Einen Moment lang war Nicole versucht, die Beifahrertür zu öffnen und sich auf die Straße fallen zu lassen, aber im selben Augenblick verwarf sie den riskanten Plan. Hilflos musste sie mitansehen, wie sie die Landesgrenze überquerten. Ein zweiter Kreisverkehr tauchte vor ihnen auf.

»Denk nicht mal daran«, rief Robert fröhlich und steuerte das Auto halsbrecherisch linksherum auf der Fahrbahn des Gegenverkehrs auf die Landstraße 219 nach Jáchymov. Jetzt befanden sie sich auf einer langen Gerade, die leicht bergauf führte. Auf der linken Seite tauchten Windräder auf, zu ihrer Rechten flog die Bergstation eines Schlepplifts vorbei. Robert schaltete aus dem fünften in den vierten Gang zurück und beschleunigte das Auto.

»Bitte, Robert! Bitte hör endlich auf damit«, rief Nicole. Sie fing an zu schluchzen.

Robert reagierte nicht, sondern blickte stur geradeaus. Sein Mund war leicht geöffnet.

Ein zweiter Schlepplift erschien auf der rechten Straßenseite. Hier war er schon mal Ski gefahren. Die Bergstation war ein hell getünchter Bau mit grünen Stahlverstrebungen. Früher war es eine Bretterbude gewesen.

Nicole sah, dass er den Sicherheitsgurt löste. »Bitte, tu es nicht«, flehte sie.

Robert antwortete nicht. Er drückte das Gaspedal bis zum Anschlag durch.

Nicole griff nach dem Zündschlüssel und wollte ihn herauszuziehen, ein Akt der Verzweiflung. Doch Robert schlug ihr den Ellenbogen gegen den Kopf. Mit aller Kraft. Er traf ihre Schläfe. Ihr Kopf flog zur Seite, und Nicole sackte auf dem Beifahrersitz zusammen.

Er löste ihren Sicherheitsgurt.

Sie waren nur noch 150 Meter von der Bergstation des Skilifts entfernt.

Oder zwei bis drei Sekunden.

Jetzt oder nie, dachte Robert. Scheiß auf Maria, dachte er. Scheiß auf Bettina, auf Elisabeth, auf meinen Vater, auf meine Mutter. Und scheiß auf Nicole. Er würde sich nie wieder herumschubsen lassen.

Er riss das Steuer des Cabrios herum. Da war ein Graben. Der Mini hob ab.

Robert sah die hell getünchte Wand auf sich zurasen.

Er nahm beide Hände vom Lenkrad und riss die Arme hoch. Er hoffte, dass er nichts spüren würde.

Keine Schmerzen.

Keine Angst.

Und dann war es vorbei.

16

Eine Stunde nach Hans-Joachim Schröters Festnahme traf Rechtsanwalt Dr. Schmittlechner im Polizeipräsidium ein. Seine Kanzlei beriet die Familie Schröter seit Langem, vor allem in Zivilsachen. Er bat zunächst um ein vertrauliches Gespräch mit Lohmann, der ihm den Fall ausführlich schilderte.

»Der zweite Tatverdächtige Robert Schröter befindet sich offensichtlich mit dem Auto des Mordopfers auf der Flucht.«

Der Anwalt hatte nur eine Frage: »Was hat die Untersuchung des Handys von Elisabeth Miederson ergeben?«

»Die Nachrichten an ihren Ehemann in Brasilien erfolgten von diesem Handy«, antwortete Lohmann, »weitere Hinweise auf den Täter haben sie nicht ergeben.«

Schmittlechner nickte. »Ich habe nichts anderes erwartet. So läuft das nicht, Herr Hauptkommissar. Wenn das alles ist, was Sie gegen meinen Mandanten in der Hand haben, wie wollen Sie ihn dann überzeugend mit dem Mord in Verbindung bringen? Vermutungen, nichts als Vermutungen. Die werden dem Richter morgen zum Haftbefehl nicht reichen. Und selbst wenn Herr Schröter den Raubüberfall vorgetäuscht und sein Auto selber angezündet hätte, würde das nicht für einen Haftbefehl reichen. Ich werde ihm raten, keine Aussage zu machen.«

40 Minuten später war das Gespräch des Verteidigers mit Hans-Joachim Schröter beendet. »Sie haben gewonnen, Herr Lohmann«, sagte Schmittlechner bei der Verabschiedung, »Herr Schröter wird ein Geständnis ablegen, obwohl ich ihm davon abgeraten habe. Er ist völlig fertig und kann nicht verstehen, dass sein Sohn verhaftet werden soll.«

Es war 16 Uhr, als Lohmann und Stephanie Walter in Lohmanns Büro Hans-Joachim Schröter gegenübersaßen.

»Wollen Sie also wirklich ohne Ihren Rechtsanwalt aussagen, Herr Schröter?«, fragte Lohmann.

»Ich verzichte bewusst auf meinen Rechtsbeistand«, sagte Hans-Joachim Schröter, der sehr entschlossen wirkte. »Es ist was Persönliches, wissen Sie?«

»Eine Aussage ist immer etwas Persönliches«, pflichtete ihm Lohmann bei. »Und Sie wollen doch eine Aussage machen?«

Der Apotheker nickte. »Ich möchte ein Geständnis ablegen: Ich habe mein Schwägerin Elisabeth Miederson in der Nacht vom Sonnabend, 10. September, auf Sonntag, 11. September, in ihrem Haus umgebracht. Mein Motiv war Eifersucht. Ich mache diese Aussage freiwillig, in vollem Bewusstsein, weil ich mein Gewissen erleichtern möchte.« Es hörte sich an, als hätte Hans-Joachim Schröter diese Sätze auswendig gelernt. Lohmann sah ihn schweigend an. Der Apotheker erwiderte seinen Blick. »Das war's«, sagte er nach einigen Sekunden mit brüchiger Stimme.

»Ich weiß nicht«, sagte Lohmann. Er war erschrocken, wie wenig von der früheren Selbstsicherheit des Apothekers übrig geblieben war. Vor ihnen saß ein gebrochener, sichtlich gealterter Mann.

»Ich war's. Das ist es doch, was Sie hören wollen.«

»Nee, Herr Schröter. Ihr Geständnis ist die eine Sache. Die andere Sache ist die Wahrheit. Und die möchte ich gerne von Ihnen hören.«

»Sie glauben mir also nicht?«

»Nur ein bisschen«, sagte Lohmann. »Ihr Motiv überzeugt mich nicht. Aber Ihr Sohn Robert – der hatte eins.«

»Nein, nein, nein!«, sagte Hans-Joachim Schröter, wobei er aufgeregt mit seiner rechten Hand wedelte. »Meinen Sohn lassen Sie bitte aus dem Spiel. Er hat mit der Sache nicht das Geringste zu tun.«

»Sie beide wollten Elisabeths Tod, aus unterschiedlichen Motiven. Robert hat kurz vor dem Mord mit ihr geschlafen. Vielleicht hat er sie vorher bedroht. Wahrscheinlich wusste er, dass seine Tante mit einem anderen Mann verschwinden wollte. Er war eifersüchtig, rasend vor Eifersucht, nicht Sie, Herr Schröter.« Lohmann hielt einen Augenblick inne und beobachtete den Apotheker, der am ganzen Leibe zitterte. Was haut ihn bloß derart um, fragte er sich. Die Sorge um seinen Sohn?

»Und Sie sind von Ihrer Schwägerin erpresst worden«, unterbrach Stephanie Walter Lohmanns Gedanken.

»Das sind haltlose Unterstellungen«, sagte Hans-Joachim Schröter.

»Zugegeben, ja«, warf Lohmann ein, »aber wenn Sie alles berücksichtigen, was wir zusammengetragen haben, ergibt sich ein komplexes Bild aus Indizien.«

»Ich allein habe meine Schwägerin ermordet«, entgegnete Schröter.

Lohmann seufzte. Er beugte sich vor. »Jetzt hören Sie mir mal bitte zu, Herr Schröter. Ich habe schon vier Mal falsche Geständnisse erlebt. Immer ging es darum, den Mittäter zu decken – aus welchen Gründen auch immer.«

»Noch mal: Robert hat mit der Sache nichts zu tun.« Schröter sagte es leise, beinahe flüsternd. »Das Gegenteil können Sie nicht beweisen.«

»Wie haben Sie Ihre Schwägerin umgebracht?«

»Das wissen Sie doch. Ich habe sie stranguliert.«

»Und wo?«

»Im Badezimmer – als sie vor dem Spiegel stand.«

»Und sie öffnete Ihnen die Haustür?«

»Das war nicht nötig. Ich besitze einen Hausschlüssel. Aber davon wusste niemand etwas.«

»Verstehe«, sagte Lohmann. »Also noch einmal: Wie haben Sie sie stranguliert?«

»Mit einem Seidenschal«, sagte Hans-Joachim Schröter, »einem grünen Seidenschal, den trug sie gern.«

»Was haben Sie mit dem Schal gemacht?«, fragte Lohmann.

»Da standen zwei Koffer, gepackt, dort habe ich ihn hineingelegt. Und auch ihren Slip.«

»Ein pikantes Detail«, bemerkte Lohmann. »Warum in den Koffer?«

»Einfach so. Eine plötzliche Idee.«

»Hatte vielleicht Robert die Idee?« Lohmann gab nicht auf.

»Lassen Sie Robert aus dem Spiel. Ich sage es Ihnen noch einmal, Herr Lohmann. Er hat mit dieser Sache nichts zu tun.«

»Na gut«, sagte Lohmann.

»War's das?«, fragte Schröter.

»Im Prinzip schon. Sie haben soeben ein Verbrechen gestanden«, antwortete Lohmann.

»Gut«, sagte Schröter und erhob sich. »Dann auf Wiedersehen, Herr Lohmann.«

»Ich weiß allerdings noch nicht, welches«, sagte Lohmann. »Aber glauben Sie mir: Das finden wir raus.«

Hans-Joachim Schröder stutzte und setzte sich wieder auf seinen Stuhl »Was meinen Sie mit ›welches Verbrechen‹?«, fragte der Apotheker.

»Auf einer Wanderung im Bielatal vor etwa vier Jahren ist ein junger Mann namens Johannes Kohler verunglückt. Er fiel einen etwa 50 Meter hohen Steilhang hinunter und erlitt irreparable Verletzungen seines Gehirns. Er liegt seitdem im Wachkoma.«

»Ja und?«, fragte Schröter.

»Wir haben Grund zu der Annahme, dass dieser Johannes Kohler Sie mit Ihrer Vergangenheit als IM konfrontiert hatte. Er war damals ein angehender Diplom-Journalist und schrieb an seiner Masterarbeit. Und er war Geliebter Ihrer Schwägerin Elisabeth.«

»Ja«, sagte Hans-Joachim Schröter. Einfach nur »Ja«. Er wurde blass.

»Ich sage es Ihnen offen und ehrlich, Herr Schröter: Ich glaube, dass Sie damals vielleicht zunächst versucht haben, den jungen Mann vor dem Sturz zu bewahren. Aber plötzlich ergab sich für Sie diese fantastische Gelegenheit, Ihr kleines Stasi-Problem auf elegante Art und Weise zu lösen. Es sah selbstverständlich aus wie ein verzweifelter Rettungsversuch, doch in Wahrheit war es versuchter Mord, denn vermutlich haben Sie einfach seine Hand losgelassen und gehofft, dass er sich bei dem Sturz das Genick bricht …« Schröter schwieg betroffen. »Sie wissen natürlich selbst, dass Ihnen das jetzt nach Elisabeths Tod niemand nachweisen kann. Sie hat das damals wahrscheinlich gesehen und Ihnen mit Anzeige und Veröffentlichung Ihrer IM-Tätigkeit gedroht. Sie hatte Sie in der Hand.«

Zwei Tage später erhielt Lohmann eine Mail. Der Absender stammte aus dem tschechischen Ústí nad Labem, ein Lohmann bekannter Kollege der dortigen Kriminalpolizei, der ihn darüber informierte, dass die Fahndung nach Robert Schröter erfolgreich, aber tragisch verlaufen war. Anhand einiger Ausweisdokumente, die man bei zwei Leichen in einem fast vollständig ausgeglühten Autowrack neben der Landstraße 219 bei Jáchymov gefunden hatte, hatte man die Toten einwandfrei identifizieren können. So erfuhr Lohmann, dass auch Nicole Weinert ums Leben gekommen war. Die Unfallermittler der tschechischen Polizei gingen nach sorgfältiger Untersuchung davon aus, dass der Fahrer den Wagen mit einer Geschwindigkeit von etwa 180 km/h absichtlich gegen die Wand eines Lifthauses gelenkt hatte. Die Straße dort verlief schnurgerade und war überdies trocken gewesen.

»Ein erweiterter Suizid … Warum hat der Junge das nur getan?«, fragte Schubert wenig später, als die Ermittler des Kommissariats 11 sich im Konferenzraum versammelt hatten. Er wirkte wie alle seine Kollegen – und Lohmann sowieso – konsterniert.

»Weil er Elisabeth Miederson getötet hat«, stellte Hans Breitscheid in sachlichem Ton fest. »Er sah für sich keinen Ausweg mehr … und peng.«

»Eher Crash«, warf Schubert ein.

»Zusammen mit seinem Vater Hans-Joachim«, sagte Lohmann und blickte in die Runde. »Aber ich sage euch: Bei Robert habe ich immer noch Zweifel.«

»Gefühlte Zweifel ...«, sagte Schubert und wiegte seinen Kopf.

»Nenne es, wie du willst. Ich sehe jedenfalls einen völlig traumatisierten jungen Mann vor mir, der mit seiner Tante und gleichzeitig mit seiner Nachhilfelehrerin ins Bett geht. Wobei ihn Elisabeth Miederson vermutlich genauso mies behandelt hat wie alle ihre anderen Männer. Sie hat ihn wahrscheinlich zappeln lassen – ich denke da an die Aussage seiner Freundin Bettina Lange.«

»Das wäre doch ein starkes Motiv für einen Mord!« Schubert ließ nicht locker.

»Sicher. Aber Bettina Lange hat auf mich äußerst glaubwürdig gewirkt. Ihre Kurzanalyse dieses fatalen Beziehungsgeflechts, in das Robert Schröter sich verstrickt hatte, war extrem präzise. Und sie ist schließlich Psychologie-Studentin, kurz vorm Abschluss, also vom Fach. Sie hat mir gegenüber sozusagen Stein und Bein geschworen, dass Robert niemals in der Lage gewesen wäre, seine Tante zu töten.«

»Jeder kann sich mal irren«, sagte Hans Breitscheid.

Lohmann nickte.

»Ich glaube, dass Jürgen vielleicht doch recht hat mit seiner These«, schaltete sich Doreen Riekhof ein. »Nach meinem Gespräch mit Robert bin ich zu der Überzeugung gekommen, dass er über diese merkwürdigen Bettgeschichten hinaus ein fürchterliches Erlebnis gehabt haben muss.«

Lohmann hob den rechten Zeigefinger. Womit er ausdrücken wollte, dass er ihr beipflichtete.

»So viel also zur weiblichen Intuition«, feixte Schubert. »Abgesehen von Gefühlen und Intuitionen hatte der Richter ja einen dringenden Tatverdacht gesehen, um einen Haftbefehl gegen Robert Schröter zu erlassen.«

Doreen Riekhof zuckte mit den Schultern. »Er könnte ja auch tatsächlich mit dem Vater zusammen den Mord begangen haben«, sagte sie, »obwohl …«

»Ich finde, dass Hans-Joachim Schröter das stärkste Motiv hat«, warf Stephanie Walter ein, »immerhin stand sein Ruf auf dem Spiel. Und Elisabeth hat ihn erpresst. Vielleicht befürchtete er, dass sie immer noch mehr Geld wollte. Warum ist er nicht dem Rat seines Verteidigers gefolgt und hat geschwiegen? Seine Chancen, davonzukommen, standen doch nicht schlecht.«

»Mag sein, er wollte sein Gewissen erleichtern und gleichzeitig seinen Sohn schützen«, antwortete Lohmann. »Leider können wir Robert nicht mehr befragen. Vielleicht war es ein Fehler, den Verteidiger genau über die Beweislage zu informieren. So kannte Hans-Joachim Schröter natürlich einige wichtige Details.«

»Wie es wohl der Mutter geht?«, fragte Schubert in den Raum hinein.

»Der Schröter? Beschissen wahrscheinlich«, sagte Peter Zischler. »Der Mann im Knast, der Sohn vermisst. Dass er tot ist, weiß sie ja noch gar nicht.«

»Da sagst du ein wahres Wort«, sagte Lohmann, schlug sich auf die Oberschenkel und erhob sich. »Es hilft nichts: Wir müssen jetzt erst mal den Vater informieren. Und es wäre schön, Werner, wenn du und Doreen zur Mutter fahren würdet. Ich fühl mich heute dazu nicht in der Lage.«

Er wirkte mürrisch, aber Schubert wusste, dass Lohmann mit hoher Wahrscheinlichkeit gerade gegen einen seiner depressiven Schübe ankämpfte. »Okay, dann mal frisch ans Werk. Was haben wir noch?« Ihm graute davor, gleich zum Weißen Hirsch zu fahren, um Brigitte Schröter die Todesnachricht zu überbringen. Dieses Mal würde er nicht auf die Begleitung eines Kriseninterventionsteams verzichten.

*

Hans-Joachim Schröter erlitt bei der Nachricht vom Tod seines Sohnes einen Nervenzusammenbruch. Er wurde in eine Zweimannzelle verlegt, da eine Suizidgefahr nach Ansicht des Anstaltsarztes nicht ausgeschlossen werden konnte. Es wurde entschieden, ihn mit Helmut Wohberg zusammenzulegen, der den Ruf eines Musterhäftlings genoss. Kein lautes Wort, keine Widerreden, kein Murren waren bisher über seine Lippen gekommen; er hatte sich reibungslos in den Gefängnisalltag eingefügt, las viel und hörte beinahe den ganzen Tag klassische Musik.

So auch jetzt, als sich die Zellentür öffnete und der Apotheker wohlvertraute Klänge vernahm. »Nessun dorma«, dachte Schröter, »Turandot«, das ist aber merkwürdig.

Schröter legte sein rot kariertes Bettzeug auf die Matratze und setzte sich auf das Bett.

»Ihr vertragt euch dann, Männer«, sagte der Schließer, verließ die Zelle und verriegelte die Tür.

*

Wohberg hatte seinen neuen Zellengenossen interessiert betrachtet, aber kein Wort gesagt. Schröter sah ihn an.

»Schüttelt man sich hier die Hand oder wie funktioniert das?«, fragte er.

»Nur noch einen Moment, bitte!«, flüsterte Wohberg und hob den rechten Zeigefinger, denn Luciano Pavarotti steuerte stimmgewaltig auf die letzte Strophe der Arie zu.

Dilegua, o notte!
Tramontate, stelle!
Tramontate, stelle!
All'alba vincerò!
Vincerò!
Vincerò!

Als der Applaus aufbrandete – es handelte sich offenbar um einen Live-Mitschnitt –, sagte Schröter: »Die Arie aller Arien.«

Wohberg schaltete das Radio aus. »Du kennst ›Nessun dorma‹?«, fragte er verblüfft.

»Wer kennt ›Nessun dorma‹ nicht? Das eben war Pavarotti.«

»Hier drin duzt man sich. Ich bin Helmut«, sagte Wohberg.

»Hans-Joachim Schröter. Du kannst Hajo sagen.«

»Bist du zum ersten Mal im Gefängnis?«

Schröter nickte.

»Ich auch.« Wohberg lächelte. »Die erste Zeit ist es tatsächlich ziemlich hart, aber man gewöhnt sich rasch daran.«

»Meine Frau sollte mir eigentlich ein paar Sachen bringen«, sagte Schröter und erhob sich, um sein Bett zu beziehen. Am liebsten würde er losflennen wie ein kleiner Junge. Das eintönige Grau der Wände drückte ihm aufs Gemüt.

Wohberg bemerkte, wie ungeschickt sich der Neue anstellte.

»Alles, was von draußen kommt, wird kontrolliert. Deine Sachen kriegst du morgen früh«, sagte er.

Schröter linste zu dem vergitterten Zellenfenster. Die Gitterstäbe waren draußen vor den Scheiben angebracht. Er riss sich zusammen.

»Weißt du, ich habe gestanden. Das macht die Sache einfacher«, sagte Wohberg. »Mein Prozess ist irgendwann in den nächsten drei Monaten anberaumt. Sie werden mir wahrscheinlich einige Jahre geben, aber garantiert nicht lebenslänglich.«

»Und wofür?«, fragte Schröter und legte sich aufs Bett. Es war recht hart, doch das war ihm egal, denn er war schrecklich müde. Es tat gut, die Beine auszustrecken.

Sie hörten, wie ein Schließer draußen die runde Metallplatte vor dem kleinen runden Sichtfenster zur Seit schob.

»Alles in Ordnung, Chef!«, rief Wohberg der Zellentür zu und hob den Daumen.

Dann wandte er sich an seinen neuen Zellenkameraden. »Ich habe meine Frau umgebracht. Ich habe sie erschlagen. Mit einer Beethoven-Büste aus Bronze.«

Helmut Wohberg stand auf und klaubte von einem Bord unter dem Waschbecken eine halbe Tafel Schokolade. Er bot Schröter ein Stück an. »Ab und zu sollte man sich die Zeit ein wenig versüßen«, sagte er.

»Du bist also der Musiklehrer vom Robert-Koch-Gymnasium. Das war in den Medien. Mein Sohn ist dort zur Schule gegangen.«

»O ja? Hat er im Chor gesungen?«

»Robert hat Musik in der Oberstufe abgewählt. Er war eher sportlich ambitioniert.«

Helmut Wohberg dachte eine Weile nach, doch an einen Robert Schröter konnte er sich nicht erinnern. »Und du? Was hast du der Welt da draußen angetan?«, fragte er.

Schröter hatte längst beschlossen, den freundlichen Schwätzer auf Abstand zu halten. »Die Polizei denkt, dass ich jemanden getötet habe. Aber ich war es nicht.«

»Ich habe jedenfalls nicht aus Habgier getötet«, sagte Wohberg und setzte sich auf sein Bett. »Und es war auch nicht geplant. Es überkam mich. Einfach so.«

Schröter schwieg.

»›Nessun dorma‹ lief. Sie wollte, dass ich den Müll rausbringe. Ich sagte, warte noch ein paar Minuten, stattdessen geht sie zu meinem Plattenspieler und bricht den Tonarm ab. So was Blödes!«

Schröter drehte sich zur Wand.

»Manche verdienen es nicht anders, oder?«

Schröter schloss die Augen. Nein, dachte er, manche verdienen es wirklich nicht anders, und dann versuchte er einzuschlafen.

*

Als Helmut Wohberg einige Tage später von einem Besuch seines Verteidigers in die Zelle zurückkehrte, fand er Hans-Joachim Schröter leblos vor. Die sofortigen Versuche, ihn wiederzubeleben, scheiterten. Bei der Obduktion wurde festgestellt, dass das Herz des ehemaligen Spitzensportlers unnatürlich vergrößert war. Hans-Joachim Schröter war an einem Herzinfarkt gestorben.

Am Tag darauf schrieb Helmut Wohberg einen Brief an die Kriminalpolizei Dresden und bat um ein Gespräch »in der Sache Elisabeth Miederson«.

Weitere vier Tage später suchte Lohmann den Gefangenen in der JVA Dresden auf.

»Herr Hauptkommissar«, begann Wohberg, »einen Tag vor seinem Tod hat mir der Hajo, ich meine der Herr Schröter, etwas mehr über sein Verfahren erzählt. So was soll's ja geben. Vielleicht ahnte er das nahe Ende. Ich sollte das nicht weitersagen, aber jetzt, wo er doch tot ist ... Jedenfalls hat er gesagt, er habe eine Tat gestanden, die er nicht begangen habe, um seinen Sohn zu schützen. Dafür sei er für eine andere Tat nicht bestraft worden, als er einen Studenten bei einer Bergwanderung absichtlich hat abstürzen lassen, aber ...«

»Hat er Ihnen Einzelheiten über den Tod seiner Schwägerin Elisabeth Miederson mitgeteilt?«, unterbrach ihn Lohmann.

»Seine Schwägerin wollte wegen dieser Sache in den Bergen mehr Geld von ihm. Deshalb ist er nachts zu ihr gefahren. Vielleicht gab es ja auch noch andere Gründe. Sie lag jedenfalls tot im Badezimmer und daneben der Hausschlüssel seines Sohnes. Er hat das Bad geputzt und die Leiche weggefahren, um die Spuren zu verwischen. Sein Sohn – der Mörder der eigenen Tante. Schrecklich, nicht wahr? Haben Sie so was schon mal erlebt? Ich …«

»Vielen Dank, Herr Wohberg, ich bin heute sehr in Zeitdruck. War's das oder hat Ihnen Herr Schröter noch mehr über die Tat erzählt?«, unterbrach Lohmann.

Wohberg schien enttäuscht. Er genoss offenbar die willkommene Abwechslung und dachte daher besonders angestrengt nach, bevor er die Frage mit Bedauern verneinte.

*

Lohmann parkte seinen Dienstwagen auf dem Bürgersteig vor dem Haus der Schröters im Weißen Hirsch. In der Abenddämmerung bei diesem nassfeuchten Wetter wirkte es beinahe unheimlich, obwohl in einigen Zimmern das Licht geradezu verschwenderisch brannte. Lohmann zupfte seinen Anzug zurecht und ging entschlossen zur Haustür.

Brigitte Schröter hatte inzwischen eine Sprechanlage einbauen lassen.

Ihrer Stimme nach zu urteilen, war sie von seinem unangekündigten Besuch nicht überrascht. Als die Haustür sich öffnete, glaubte Lohmann einen leichten Geruch von Weißwein wahrzunehmen. Brigitte Schröters Augen waren ein wenig glasig. Und sie war kühl wie immer. Sie wirkte beherrscht. So wie damals, als er ihr das erste Mal begegnet war und die Nachricht vom gewaltsamen Tod ihrer Schwester an ihr abgeperlt war wie tropischer Regen an einem Lotusblatt.

»Ich habe mir schon gedacht, dass Sie mich irgendwann einmal besuchen werden, Herr Lohmann«, sagte sie. »Wollen Sie reinkommen?«

»Wenn es Ihnen keine Umstände macht. Ich habe mich schließlich nicht offiziell angemeldet.«

»Sicher«, sagte Brigitte Schröter, »kommen Sie in die Küche. Kann ich Ihnen etwas anbieten?«

Er roch eine leichte Fahne. »Nein danke, für einen Wein ist es mir zu früh.«

Brigitte Schröter lächelte und ging voraus. In der Küche standen mehrere leere Weinflaschen. Sie nahm einen Schluck aus einem halb vollen Glas, schenkte sich nach und fragte: »Das ist also ein inoffizieller Besuch, ja?«

Lohmann nickte. »Ein informelles Gespräch, Frau Schröter.«

»Und was verschafft mir diese Ehre?«

Lohmann schilderte ihr zunächst kurz seine Begegnung mit Helmut Wohberg und kam danach ziemlich rasch zur Sache. »Frau Schröter, nehmen wir einmal an, Ihr Mann hat im Gefängnis die Wahrheit gesagt – ich sehe auch keinen Grund, warum er seinen Mithäftling angelogen haben sollte –, dann hat Ihr Sohn den Mord allein begangen. Ein Motiv hatte er schließlich, ein starkes Motiv, Eifersucht! Das hat ja auch der Haftrichter so gesehen. Und dennoch … Wissen Sie, es ist eine reine Gefühlssache, Frau Schröter, und eine Kollegin von mir sowie eine Zeugin, die Robert gut kannte, teilen meine Zweifel. Wir zweifeln daran, dass Ihr Sohn zu einer solchen Tat fähig war. Aber, wie gesagt, reine Gefühlssache.«

»Mein Mann hat gelogen«, sagte Brigitte Schröter, die wieder überraschend ruhig geblieben war, wie Lohmann fand. »Robert hat mir seine Erlebnisse dieser Nacht geschildert. Er hat mit Elisabeth geschlafen und musste das Haus verlassen, da Hans-Joachim auftauchte.«

»Wenn Robert ebenfalls als Täter ausscheidet, wer hat es dann getan, wer hat Ihre Schwester umgebracht, Frau Schröter? Der große Unbekannte? Oder … *die Unbekannte*?«

Lohmann sah ganz genau hin, doch Brigitte Schröter zeigte keine Reaktion. Kein Blinzeln, kein Augenflackern, keine plötzliche Rötung der Haut. Sie griff seelenruhig nach einer Schachtel Zigaretten, klaubte sich eine heraus und zündete sie an. Kein Zittern der Finger.

Lohmann wartete geduldig, bis sie den ersten Zug genommen hatte. Dann antwortete sie: »Vielleicht war es die Weinert, die sicher auf Elisabeth eifersüchtig war. Sie erwartete übrigens ein Kind von Robert. Wussten Sie das? Hatte sie eigentlich ein Alibi?«

Lohmann verbarg seine Überraschung und überging die Frage. »Frau Schröter, ich würde Ihnen gern einen Tathergang schildern, der der Wahrheit wahrscheinlich sehr nahekommt, den ich allerdings nicht beweisen kann.«

Sie musterte ihn verächtlich. »Schießen Sie los. Ich bin gespannt.«

»Na ja, ich will es kurz machen: Ihre Ehe mit Ihrem inzwischen verstorbenen Mann bestand nur noch auf dem Papier. Sie mussten hilflos dabei zusehen, wie Ihre Schwester Elisabeth von innen heraus all das langsam zerstörte, was Sie mühsam aufgebaut hatten.«

»Weiter«, sagte Brigitte Schröter mit unbewegtem Gesicht, »nur zu.«

»Und eines Tages platzt Ihnen der Kragen. Plötzlich merken Sie, dass Elisabeth drauf und dran ist, aus Ihrem Leben zu verschwinden. Aber anstatt sie ziehen zu lassen, können Sie es nicht ertragen, dass sie vielleicht zum ersten Mal in ihrem Leben so etwas wie Liebe oder Glück an sich herangelassen hat.«

Brigitte Schröter lachte laut auf. »Sie vergessen da was, Herr Lohmann: Sie vergessen, dass sich Menschen – vor allem Menschen wie meine Schwester – niemals ändern. Stellen Sie sich doch bitte mal vor, wie sich ein so großartiger Tenor wie Bernd Mandel – ein empathischer, sensibler Künstler von Weltruf – an Elisabeths Seite entwickelt hätte!« Sie griff nach ihrem Weinglas und leerte es in einem Zug.

»Sie wollen sagen, dass Sie der internationalen Opernwelt einen großen Gefallen tun wollten?«

»Ich? Nein. Ich sage es nicht, ich deute es nur an«, entgegnete Brigitte Schröter, »also, wenn Elisabeths gewaltsames Ende überhaupt einen Sinn gehabt haben soll, dann doch diesen!«

Lohmann fiel es schwer, seine Fassung zu bewahren. »Wie haben Sie es überhaupt angestellt?«

»Was?«

»Den Mord. Was ist an jenem Sonnabend im Haus Ihrer Schwester passiert?«

»Soll das jetzt ein Geständnis werden?«

»Am liebsten ja. Doch das könnten Sie jederzeit widerrufen. Ich habe Ihnen bereits gesagt, dass wir Ihnen nichts nachweisen können.«

»Also gut. Wenn Sie mit Ihrer Version fertig sind, sage ich Ihnen, ob Sie recht haben.«

»Einverstanden«, antwortete Lohmann. »Sie waren der einzige Mensch, der wusste, dass Elisabeth Ihren Mann Wolfgang für einen geheimnisvollen Fremden – nennen wir ihn mal Bernd Mandel – verlassen wollte. Nach der Oper fährt Elisabeth wie angekündigt mit einem Taxi nach Hause, um die letzten Vorbereitungen ihrer Abreise – oder Flucht – zu treffen. Es kommt Ihnen sehr gelegen, dass die Innenstadt wegen eines Open-Air-Konzerts an diesem Sonnabend voller war als gewöhnlich. Ihr Opernstammtisch tagte zwar wie üblich im ›1900‹, aber weder Ihr Mann noch Sie sind dort lange geblieben – und vor allem auch Robert nicht. Ich kann es nur vermuten, aber Sie haben Robert in ein Taxi steigen sehen und Ihnen war klar, wohin seine Fahrt gehen würde. Sie sorgten noch einige Zeit dafür, dass Sie am Stammtisch gesehen wurden, dann verliert sich Ihre Spur. Wie Sie nach Hause gekommen sind, weiß ich nicht. Ich gehe davon aus, dass Sie direkt zum Haus Ihrer Schwester fuhren.«

Brigitte Schröter schenkte sich ein weiteres Glas Wein ein, sagte jedoch kein Wort. Lohmann wartete, bis sie einen Schluck genommen hatte. »Ihre Schwester öffnet Ihnen die Tür. Sie ist allein. Sie geht ins Bad, um sich zu schminken. Sie warten wahrscheinlich unten im Wohnzimmer und entdecken den Hausschlüssel Ihres Sohnes auf dem Teppich und daneben einen Slip Ihrer Schwester. Sie wissen sofort, was passiert ist: Die beiden haben gerade offenbar Sex gehabt. Und zwar schnellen Sex, denn Ihre Schwester erwartete noch Besuch, mit dem auch Sie zumindest rechnen mussten. Wie auch immer ... In Ihnen steigt unbändiger Zorn auf. Sie wissen, dass Sie nicht viel Zeit haben. Sie gehen ins Badezimmer, treten bewundernd lächelnd von hinten an Ihre Schwester heran, machen ihr ein Kompliment. Sie wiegen sie in Sicherheit und warten, bis sie damit beginnt, die Augenlider zu schminken. Da sehen Sie plötzlich die beiden Enden des Seidenschals locker herunterhängen und wissen, was zu tun ist. Der Todeskampf dauert drei, vielleicht vier Minuten. Danach liegt sie endlich vor Ihnen, mit weit aufgerissenen Augen. Sie greifen reflexartig nach der Mordwaffe, dann fallen Ihnen der Hausschlüssel und der Slip im Wohnzimmer ein – und die beiden fertig gepackten Koffer. Sie stopfen den Schal und den Slip in die Koffer, und jetzt tun Sie etwas, was ich nicht so richtig verstehe: Sie platzieren die Koffer Ihrer Schwester vor der Haustür.«

»Das wäre doch recht geschickt von mir gewesen, nicht wahr?«, sagte Brigitte Schröter.

»Ja, aber vermutlich haben sich Bernd Mandel und Sie bloß um ein paar Minuten verpasst.«

»Ich konnte doch gar nicht genau wissen, dass es sich um Bernd Mandel handelte«, warf Brigitte Schröter ein.

»Er würde etwas anderes aussagen – glauben Sie mir!«, sagte Lohmann. »Auf jeden Fall spielt Ihnen das Schicksal in die Hände. Und es wird noch besser: Denn während Sie überlegen, was Sie mit Ihrer toten Schwester anstellen sollen – ob Sie überhaupt etwas anstellen sollen –, taucht Ihr Mann in der Einfahrt auf. Und da Sie ja ausgesprochen clever sind, haben Sie auch sofort einen Plan. Sie eilen in den ersten Stock, lassen Roberts Schlüssel im Badezimmer auf den Boden fallen und verstecken sich irgendwo, vielleicht im begehbaren Kleiderschrank. Ihr Mann tappt ahnungslos in die Falle, denn was soll er denken, wenn er den Schlüssel seines Sohnes neben der Leiche seiner Schwägerin findet?«

»Dass Robert der Mörder gewesen ist«, sagte Brigitte Schröter, »mein armer, verwirrter Junge.« Ihre Stimme stockte.

Krokodilstränen, dachte Lohmann. »Sie mussten dann nur noch warten, bis Ihr Mann Ihre Schwester aus dem Haus transportierte«, fuhr er fort. »Wobei Sie natürlich wieder großes Glück hatten: Denn man kann wohl davon ausgehen, dass der rasend eifersüchtige Robert in der Nähe des Hauses blieb und Ihren Mann dabei beobachtete, wie er Elisabeth in den Kofferraum seines Wagens legte. Sie haben bis zum frühen Morgen gewartet, bis Sie das Haus verließen. Auf diese Weise stehen Sie heute vollkommen unbelastet da. Dabei sind Sie eine Mörderin.«

Brigitte Schröter legte ihre Zigarette im Aschenbecher ab und begann damit, Lohmann Applaus zu spenden.

»Und, habe ich recht?«, fragte er.

»Ihrer Erzählung ist im Prinzip nichts hinzuzufügen, Herr Lohmann«, entgegnete Brigitte Schröter. »Allerdings wird dies für die Öffentlichkeit immer bloß ein Märchen bleiben. Ein Märchen, in dem eine Tote Nachrichten per SMS versendet! Aber sagen Sie mal, so rein interessehalber: Wurmt es Sie sehr, dass Sie mich, die vermeintliche Mörderin, laufen lassen müssen?«

»Woher wissen Sie denn, dass Ihr Schwager Nachrichten per SMS vom Handy Ihrer Schwester erhalten hat?« Jetzt war es an Lohmann, ein breites Lächeln aufzusetzen. Er schüttelte den Kopf, verschränkte die Arme vor der Brust und musterte Brigitte Schröter spöttisch von oben bis unten.

»Sie selbst haben es mir erzählt, Herr Lohmann.« Brigitte Schröter widerstand Lohmanns Blicken mühelos.

»Nein, nein, vielleicht erinnern Sie sich: Ich hatte Ihnen gegenüber damals lediglich von *Nachrichten* gesprochen. Dass es sich dabei explizit um SMS handelte, davon war nie die Rede gewesen.«

Brigitte Schröter zuckte die Schultern. Ihre Mimik blieb starr.

Lohmann hob entwaffnet die rechte Hand. »War aber nur ein Versuch, Frau Schröter: Sie haben die Prüfung bestanden. Herzlichen Glückwunsch, die offizielle Beweislage spricht leider gegen Sie – als Mörderin.«

»So sieht es wohl aus, Herr Lohmann.« Brigitte Schröters Stimme war monoton. Ruhig, beherrscht und emotionslos. »Das wissen wir beide, und es wird immer unser kleines Geheimnis bleiben.«

»Aber«, sagte Lohmann, »wenn ich Ihre heutige Situation bei Licht betrachte, dann haben Sie trotzdem lebenslang kassiert – in Einzelhaft, ohne Aussicht auf Begnadigung. Denn ich weiß, dass Sie Ihren Sohn sehr geliebt haben. Letztlich haben Sie auch ihn auf dem Gewissen.«

Es gab nichts mehr zu sagen. Und als er Brigitte Schröters Haus verließ und hinter ihm die Haustür lauter als gewöhnlich ins Schloss fiel, hatte er mit dem Fall innerlich abgeschlossen. Während er einigermaßen erleichtert die lang gezogene Auffahrt zur Straße hinunterging und sich ausmalte, was er sich zum Abendessen gönnen würde, vibrierte sein Smartphone in der Anzugtasche. Er wunderte sich, Schuberts Stimme zu hören. »Was gibt's, Werner? Ich freue mich gerade auf einen geruhsamen Feierabend.«

»Jürgen, was ganz Wichtiges!« Schubert klang aufgeregt. »Das musst du dir sofort ansehen. Hier ist ein anonymer Brief eingeworfen worden … Angela … Ein Foto … Vielleicht ist sie noch am Leben!« Lohmann wollte etwas erwidern, aber Schubert hatte schon aufgelegt.

Als er wenig später in Schuberts Büro den Brief in seiner Hand hielt, erstarrte er. Von einem Polaroid-Foto sah ihm Angela aus dunkel umschatteten Augen entgegen, mit kurzen Haaren. Sie trug ein graues T-Shirt und eine Jeans. Sie war sichtlich abgemagert und in ihrem Blick lag eine tiefe Hoffnungslosigkeit. Sie saß auf einem Stuhl, der, soweit er es erkennen konnte, in einem kahlen Raum mit schmutzigen weißen Wänden auf grauem Betonboden stand. Hinter ihr befand sich, nur schemenhaft zu erkennen, offenbar eine Eisentür mit genieteten Beschlägen. Das Foto war mit Blitzlicht aufgenommen worden. Angela wurde anscheinend in einer Art Gefängniszelle festgehalten. Eine weitere Nachricht enthielt der Umschlag nicht. Was bedeutete das? War Angela noch am Leben? War es vielleicht ein Hilferuf, der ihm heimlich zugespielt worden war? Lohmann verstand es nicht, aber sein Magen krampfte sich zusammen, und seine Augen füllten sich mit Tränen.

EPILOG

Elisabeth Miederson und Robert Schröter wurden in Dresden beigesetzt – allerdings auf verschiedenen Friedhöfen. Nicole Weinert fand ihre letzte Ruhestätte auf dem Friedhof ihrer Heimatstadt Vechta. Sie hatte keinen Brief bei einem Rechtsanwalt hinterlegt.

Das »Numbers« wurde auf Anordnung des Dresdner Ordnungsamtes geschlossen. Eberhard Preuss' sterbliche Überreste wurden nach Hamburg überführt, wo er auf dem Ohlsdorfer Friedhof zur letzten Ruhe gebettet wurde. Seine Adoptiveltern verkauften ihr Haus und siedelten nach Mallorca um, wo sie bis heute die Finca ihres Adoptivsohns bewohnen und ein sorgenfreies Leben genießen.

Zur selben Zeit stellten Ballistiker der tschechischen Kriminalpolizei fest, dass ihr Kollege Stanislaus Hupka tatsächlich mit eben jener Kalaschnikow erschossen worden war, die nach dem SEK-Einsatz in Preuss' Wohnung im Prager Carrée sichergestellt worden war. Ein paar Tage danach identifizierte ein Augenzeuge anhand von Fotos den damaligen Schützen eindeutig. Es handelte sich um Ivo Bukasz.

Drei Monate später wurde der Musiklehrer Helmut Wohberg wegen Totschlags zu einer Freiheitsstrafe von fünf Jahren und sechs Monaten verurteilt.

Wolfgang Miederson stürzte sich nach seiner Entlassung aus der Dresdner Universitätsklinik wieder in die Arbeit. Bereits auf seiner nächsten Reise lernte er in Omsk Ludmilla Petrenko kennen. Die 32-jährige russische Krankenschwester war verwitwet, nachdem ihr Mann nach exzessivem Alkoholgenuss in einer Schneewehe erfroren war. Sie sollte Wolfgang Miederson bereits ein halbes Jahr nach ihrem Kennenlernen mit ihrem Sohn Jury nach Dresden folgen. Wolfgang Miederson brach den Kontakt zu seiner ehemaligen Schwägerin Brigitte Schröter ab, zu Monika und William Douglas pflegte das Paar hingegen ein herzliches Verhältnis.

Das Ermittlungsverfahren gegen Anne Leitner wurde eingestellt. Es konnte ihr letztlich nicht nachgewiesen werden, von dem fingierten Raubüberfall gewusst zu haben, zumal Hans-Joachim Schröter seine Kfz-Versicherung nicht mehr benachrichtigt hatte. Anne Leitner arbeitete weiterhin als unnahbare Domina im »Blue Heaven« und führte im Namen von Sebastian Bergner die Geschäfte des Bordells. Der Richter Hans-Peter Müller badete jedoch nie wieder dort im Whirlpool.

Maria Costa und Carlos Ribera gingen zurück nach Brasilien. Sie wurden ein Paar.

Bettina Lange schloss ihre Masterarbeit mit »sehr gut« ab. Sie wurde Partnerin in einer großen psychologischen Gemeinschaftspraxis in Dresden und engagierte sich weiterhin als Aktivensprecherin in der Leichtathletikabteilung des Dresdner SC. Sie verweigerte jeden Kontakt zu Brigitte Schröter.

Bernd Mandel und seine Frau entschlossen sich zu einer Paartherapie mit guten Chancen auf eine gemeinsamen Zukunft. Drei Monate nach den hier geschilderten Ereignissen debütierte er an der Metropolitan Opera in New York in Giacomo Puccinis »La Boheme«.

Der Opernstammtisch blieb bestehen. Es kamen neue Mitglieder hinzu, darunter auch Werner Schubert, dessen Begeisterung für die Oper eine erstaunliche Entwicklung nahm, wie Hauptkommissar Lohmann mit Freude feststellte.

Brigitte Schröter mied nahezu alle sozialen Kontakte. Auch die Semperoper besuchte sie nur noch sehr selten.

BIRGIT POPPE
Die Frau am Fenster
Ein Leben an der Seite von Caspar David Friedrich
Roman
GMEINER